安徽师范大学文艺学省级教学团队成果之一

驯致以绎辞

——安徽师范大学文学院本科生文论习作选

江守义◎主编

安徽师范大学出版社
·芜湖·

责任编辑：刘　佳
装帧设计：丁奕奕

图书在版编目(CIP)数据

驯致以绎辞：安徽师范大学文学院本科生文论习作选 / 江守义主编. — 芜湖：安徽师范大学出版社，2017.9
ISBN 978-7-5676-2710-9

Ⅰ. ①驯… Ⅱ. ①江… Ⅲ. ①文艺学－文集 Ⅳ. ①I0-53

中国版本图书馆CIP数据核字(2016)第326030号

驯致以绎辞

——安徽师范大学文学院本科生文论习作选

江守义　主编

出版发行：安徽师范大学出版社
芜湖市九华南路189号安徽师范大学花津校区　邮政编码：241002
网　　址：http://www.ahnupress.com/
发 行 部：0553-3883578　5910327　5910310(传真)　E-mail：asdcbsfxb@126.com
印　　刷：虎彩印艺股份有限公司
版　　次：2017年9月第1版
印　　次：2017年9月第1次印刷
规　　格：700mm×1000mm　1/16
印　　张：21
字　　数：300千字
书　　号：ISBN 978-7-5676-2710-9
定　　价：58.00元

目　录

Contents

上　编

下 编

驯致以绎辞

上编

XUNZHI YI YICI

论“文学人物的反叛”问题

——实质是作家的自我反叛

◇江青云

摘　要：中西自古以来都有把文学人物混同于现实人物的表现，但这忽视了人物的文学本质，自帕乌斯托夫斯基提出“作品人物的反叛”这一术语后，才使这种现象上升为理论的性质，为我们重新讨论并试图解决两种人物间的关系提供了契机。解决人物反叛问题，主要应从创作的动态过程来考察。文学创作是一个复杂的内心系统的运作过程，内部因素和外部因素都会促使作家在创作的过程中，逐渐认识或感觉到文学人物自身应当如何从而反叛自己先前的构想。“文学人物的反叛”实质上是作家的自我反叛。本文从问题的由来出发，主要以作家反叛的诱因来阐释观点，结合人物的审美原则对问题进行探讨，并借此恢复作家创作的主体地位，考虑人物的功能，为现代叙事学奠定理论根基。

关键词：文学人物的反叛；作家自我反叛；反叛的诱因；人物审美原则

我们准备讨论的问题可以用一句话来概括：“文学人物”是否具有反叛性。

“实在性和道德——是从我们在希腊古代史上难以完全回避的一项原则中产生出来的。……这条原则就是，不能把艺术上的再现看做是在种类上或目的上同日常生活的现实有所不同的东西。”[①]著名的“模仿说”就是在这样的情形下产生的。不管是被西方长期承认的“模仿说”，还是中国古代一直强调的内在生命力，以及中西方都关注人物的性格方面，从某种程度上中西方自古以来都有一种把文学人物混同于现实人物的表现。认为“文学人物反叛”也就承认了人物等同于现实生活中的人，把人物当作独立的人，但这忽视了人物是作家虚构出来的文学本质，忽视了文学人物是审美的对象，作品人物的反叛其实是作家的自我反叛。

20世纪，文学批评已经经历了两次转向。一次是从传统的作家角度转向了文本角度，接下来的一次是从文本角度转向了读者角度。对于“文学人物反叛”的问题的解决之所以还要从作家这个传统角度来谈，是由于文学人物的来源。时代的主流批评只是为我们提供了一种有别于过去的角度和视野去审视问题，但有时候主流批评并不一定就是最合适的角度，而应该从问题本身出发，去寻找最合适的角度。“文学人物反叛”作为一个理论问题，是由康·帕乌斯托夫斯基在《金蔷薇》中提出：“一旦作家开始动笔，作品中出现了人物，一旦这些人物按照作家的意志获得了生命，他们就会开始对提纲提出异议，与提纲作起对来……作品中的人物是按他们各自的性格行动的。”[②]我们可以看到，人物是由作家所创造出来的，人物按自己的性格行动也只有呈现在文本中才得以显现，这需要依靠作家。并且人物对提纲是否提出异议也只有作家自己知道，可以说如果没有这些作家谈及此种现象，这个问题也不会被广泛关注到。所以解决文学人物反叛的问题就不得不牵涉作家这一角度。由于“反叛”一词透露着变化的含义，人物是被创作出来的，所以问题的解决就应主要从作家创作的动态过程来考察。那么“文学人物反叛”是怎样兴起而变成一种被广泛认同的审美原则？人物反叛的本质是什么？这背后的诱因又是什么？据此，本文从“文学人物反叛”被认同的历程出发，联系作家创作和人物是作家表情达意的

① 鲍桑葵：《美学史》，张今译，商务印书馆1987年版，第17页。
② 康·帕乌斯托夫斯基：《金蔷薇》，戴骢译，上海译文出版社2012年版，第50页。

工具和符号的审美原则，阐释“文学人物的反叛实质是作家的自我反叛”的观点，对这一问题做进一步的探讨。

一、“文学人物反叛”被认同的历程

上述谈到中西方自古以来都有把文学人物混同于现实人物的表现，再加上后来客体被重视成为具有自身审美价值的对象，使得人物独立于作家看似变得理所应当。作家受到整个思考风气趋势的影响，难免会认同人物具有反叛性，使得这一问题逐渐被文学领域的人所认同。

在众多作家谈论自己创作的情况中，他们讲得很多的就是关于人物的问题。托尔斯泰在一次和一名读者交谈时，读者责怪他对待安娜·卡列尼娜过于狠心，居然让她卧轨自杀，托尔斯泰微微笑了笑后这样说道：“您这个意见使我想起了普希金的一件事。有一回，他对一个朋友说：‘你瞧，塔基亚娜跟我开了一个什么样的玩笑。她竟嫁人了。我怎么也没有料到她会做出这种事。’关于安娜·卡列尼娜，我也可以说同样的话。总的说来，我的男主人们和女主人公们有时爱跟我开一些我所不喜欢的玩笑！他们做现实生活中所应该做的事，惯常做的事，而不是我想要他们做的事。”[①]苏联作家法捷耶夫也说过这样类似的话：“就是在写作过程中出现了我从前连想都没有想到的新的情况。……在作者用最初几笔勾画出主人公们的行为、他们的心里、外表、态度等等之后，随着小说的发展，这个或那个主人公就仿佛开始自己来修正原来的构思。”[②]

以上这两个事例都反映到了人物写到后面与作家原先的设定有很大出入，人物似乎不受作家自己意志的支配，成为一个独立的人。但我们应该了解到，作家在谈论自己创作时并不是创作过程中的作家，而是从一种观

---

① 康·帕乌斯托夫斯基：《金蔷薇》，戴骢译，上海译文出版社2012年版，第51页。

② 山东师范学院中文系文艺理论教研室：《外国作家谈创作经验》，山东人民出版社1980年版，第767页。

照自己人物的姿态来进行的自我审视。同时应该看到这些作家在谈到文学人物的这种现象时都只是一种经验之谈，直到俄国著名作家康·帕乌斯托夫斯基把这种现象称之为“作品人物的反叛”，这一问题才上升为理论性质的问题。在这之后，仍有很多人认为作品人物具有反叛性、独立性。

王汶石在《漫谈构思——在〈延河〉编辑部小说座谈会上的发言》中谈到：“人物性格一旦形成，一旦活起来站起来，他就要顽强地按照他的社会地位、生活环境、思想性格、个人气质来思考，说话，做事，行动，抒发内心情绪，这时候，他常常都要跟他的作者发生争执，和作者的主观随意性对抗，作者描写他，就不得不揣摸他的性子，顺着他的脾气。”[①]到这儿我们可以看出，作品人物的反叛性程度更加大，竟然跟作者发生争执。由此我们不难理解托尔斯泰所谈到的：“巴尔扎克经常同他的想象的人物吵架。”就连现代作家张炜也认为：“‘人物’分明有自己的灵魂，这灵魂顽强到不死不灭，强大到足以自主行动，不受一切力量的约束——甚至是不受作家本人约束的地步。……其实‘人物’一旦出生了，就有自己的事情要干，作家这时候等于是他（它）的生身父母，即便有养育之恩，也不能左右和决定一切。……一部小说越是写到了最后，作家就越是要迁就他的‘人物’。作家这时候应该是‘糊涂’一些的，这并没有什么不好。”[②]张炜的话体现出作品人物随着时间、情节的发展似乎脱离了作家，他的力量强大到“不受一切力量的约束”，但他也承认了作家是人物的“生身父母”，脱离了这个事实，一切也无从谈起。

不仅是作家会这样认为，就连一些学者也这样认为。中国著名学者孙绍振也曾在学术著作中阐明了自己的看法：“形象自然是在作家心灵中诞生的，是作家的感情、个性、思想给了他以生命，但是一旦形象有了自己的生命，就不能充当作家的传声筒。如果一系列形象都按作家的性格逻辑行事，形象就丧失了自己生命。角色要有自己的生命，就得与作家的个性相

① 舒聪：《中外作家谈创作》（上册），山西人民出版社1980年版，第203页。
② 张炜：《小说坊八讲》，生活·读书·新知三联书店2011版，第17页。

异……作家把自己的灵魂直接地分配给角色是粗暴的，这样的想象是狭隘的。作家的想象领域应该有广泛的容受性，有高度的民主性，它与作家的个性统治一切是不相容的。作家的想象因挣脱自己个性的框框获得自由，当他所创造的人物与自己的思想、性格对抗时，正是他成功的表现。当人物按着不同于他自己的逻辑独立地行事，他无权干涉，他的想象应该虚心地顺从人物。”[①]孙绍振认为作品人物的个性是要与作家个性“不相容”的，人物的思想、性格要与作家“相对抗”。这样人物完全独立不受作家的支配。其实孙绍振有过度强调对立的极端态度之嫌，事实上即使是自传式的文学人物也不是完全的作家本人，这里有把创作状态的作家和现实生活中的作家混为一体和降低作家虚构能力的嫌疑。

从以上的例子我们可以看出，关于“文学人物反叛”问题历来是受到作家和学者肯定的，这一问题似乎成为了一种不争的事实。但作家真的处于被动的地位吗？其实不然，“在成功的形象创造中作者绝不停留于最初印象的审美阶段。”[②]进一步说，作品人物并不是固定不变的。认为人物具有反叛性，就陷入了虚构的人物等于现实的人这一审美误区，“文学人物反叛”实质是作家的自我反叛，是作家写活一个人物的标志。

二、人物反叛背后的作家自我反叛

基于上述的观点，先试着探讨作家自我反叛的诱因，从而重申关于人物的审美原则。文学创作是一个作家内心系统进行复杂劳动的精神工作，诱因来自于方方面面。然而，在创作人物过程当中，作家需要具有不同性格的因子，自我对话的能力，同时，作家不仅是有意识在进行创作，还伴随着潜意识。创作是一个有着时间差的过程，并且在此过程当中作家也在不断地超越自己。这些都是造成作家自我反叛的原因，在此，我将从作家

① 孙绍振：《文学创作论》，海峡文艺出版社2004年版，第120页。
② 张天定：《写作心理学》，河南大学出版社1999年版，第136页。

的性格积淀，自我对话，潜意识写作与时间差，自我观照和超越，这四个方面来谈谈这个问题。

（一）性格积淀是肢解和重构的基础

我们常说处于创作状态的作家并不就等同于现实生活中的作家本人，这种现象在荣格那里被称为“集体的人”。这就是说，在进行艺术创作时，作家身上存在着他者的痕迹，这种痕迹是由于历史、文化、生活的积淀所致。

诺贝尔文学奖获得者帕·怀特在《镜中疵》曾坦言道：“至于我自己，我从不讳言，作为一个艺术家，我的面孔是千状百态，我的身子也随着时间、气候和小说的要求而变幻莫测。”[①]由于小说家需要塑造众多的人物形象，而这些人物形象都是不同性格的人，所以小说家的内心要有性格多样化的“种子”，以备创作与自己不同性格的人物形象。而这些“种子”是作家在生活中经过长期观察不同人物的性格时在自己内心留下来的印象，也存在着历史文化传统对作家的影响所形成的印象。这些不同的印象在作家的心里积淀，在创作的过程中，作家会积极调动回忆因子，通过作家的神秘体验，回忆将向作家打开一个遥远的“集体”的内心世界。这些原始的多样化“种子”会在打开的那一瞬间重新复苏，展示出它们自身的价值与活力，受到作家筛选的意识，它们会经过肢解再到重构的过程使其变为一个新的形象。在作家还没有把文本完成时，这种重构其实并不具有稳定性，而具有可变性、可塑性。一旦作家对自己写的文本产生否定时，它就会重新肢解和重构，也就是会受到作家的“否定之否定”的影响，达到“最优状态的组合”。所以在作家这种性格积淀的前提下，作品人物的反叛将变为可能，但这并不是作品人物具有反叛性，而是作家在创作中的一种性格战胜了另一种性格投射到了人物身上，这种变化是作家事先没有预料

① 《世界文学》编辑部：《世界文学五十年作品选》，新华出版社2003年版，第700页。

到的，使其产生了一种错觉。

（二）主客体同一的自我对话是产生矛盾的“大地”

正是由于作家的性格积淀，才让作家在创作过程中具有“自我对话”的能力。小说中的人与事或是作家亲眼所见，亲自体验过，或是听说过，只是在此基础上进行了艺术加工。就连变为甲虫的格里高尔，也依然来源于现实生活中的人。不管是哪种类型的人物，作家在创作他们时，都要与其进行对话，把他们当作自己的朋友，也就是一个有别于自己的他者。然而这他者是作家本身衍生出来的，是自我的他者，所以交流从本质上来看，就是作家的“自我对话”。作家与人物共同经历人生的酸甜苦辣，其实是作家把灵魂依附在这些所塑造的人物身上。比如托尔斯泰用渥伦斯奇的眼光去打量安娜，艾芜所说的：“你要替人物设身处地地想。”而只有这样的作家才能写出真挚感人的作品。

福楼拜在描写包法利夫人服毒自杀的时候，感觉自己产生了毒性发作的症状。这种情况是一种“忘我的境地”，作家与人物融合为一体。“物我同一”是因为有情感的促使，是情感强烈的体现，叔本华将其称作为“主客体合二为一”，分为两个方面，移情作用和内模仿。所有作家在创作人物时，最开始都是将自己的情感转移到人物身上，等创作的人物有了轮廓以后，作家逐渐会在自己创作的人物身上摸索到人物发展的自身逻辑，从而进行“内模仿”创作，也可以说是作家在提纲人物形象的基础上的再创造。在自我对话这一“大地”上的再创造，由于是包含着主客体，包含着他者的因素，这些众多的因素在“大地”上产生冲突。所以这一再创造就可能打破先前的人物设计，造成人物反叛的假象，构成新的世界。在实际创作中，“移情作用”和“内模仿”并不完全是先后影响着作家，而是相互交织影响着创作效果，使其矛盾更加复杂。但都是合二为一的表现，实质也是一种“自我对话”的表现。

（三）时间差是潜意识写作发展的前提

文学创作是一个复杂的精神性劳动，在有意识创作下，还存在着潜意识创作。潜意识“安居于人的意识与行为之后，暗自支配着人们的生命活动”[①]，所以作家连自己也没有感觉到这一点，而这种潜意识依然可以促使写作活动的自然行进。

理性的意识是意识中的一种“特殊的类型”，而潜意识也是意识中一种微妙的类型。意识是不断变化的，当它积累到一定量，如果与理性意识发生冲突时，它就会以自身的姿态来干预作家的理性意识，故而写作是理性与情感交融的一个过程。但潜意识在干预理性意识的时候，已经带有理性意识，只是这种理性还处于浅层阶段，仍然依附着浓厚的情感，处在潜意识中。

通常所说的作家写作具有“非自觉性”，其实就是指的潜意识写作。“非自觉性”其实也潜在地带着理性意识，它并不是情感的无限发泄，而是一种“妙悟”的表现形式。但这“妙悟”的背后却汇集着作家以往的经历、阅历、各种理念以及美学观念等等。在创作的过程当中，除了作家事先构思好包括的一部分，另外的一部分将是以一种微妙的形式隐藏在作家的心里。当实际创作时，会有一个触点像磁铁一般，准确地把潜伏在作家心里的，与此时进行创作有联系的某一部分从“黑洞”里给吸出来，从而使作家注意到这一点。虽然这种感觉极其神秘，但毕竟是作家整个身心系统的杰作，这就是潜意识的力量。

给予潜意识发展的机会是创作的时间差，从作家的腹稿形成形象的“原始胚胎”的过程一直到文本完成的这一段时间里，有着改变一切的可能。作家受着离心力和向心力这两种力的影响，重心向哪一方倾斜都将影响人物的完整塑造。人物的反叛可以看作是重心向离心力发展的一种趋

① 张天定：《写作心理学》，河南大学出版社1999版，第61页。

势，但这里的“心”指的是原设定的人物形象。如果把“心”的内涵改为一种内在规律，那么人物反叛从某种意义来说却是向心力的趋势，原设定人物形象因为已不符合发展规律而被淘汰，成为一种离心力的表示。人物反叛也衬托出作家在创作时是情感与理性统一的存在，唯有情感才能感同身受，唯有理性才能洞察内在的规律。在创作的时期里，作家受外来信息、环境的影响不断产生新的性格积淀。受新旧积淀和内在思绪交织的影响对表现对象的感情逐步加深，认识也是逐步深化，在想象、联想的共同作用下，从而使人物形象更加丰满，更加符合艺术真实。整个写作过程都充满着“不可预知性”，这为潜意识干预理性意识和离心力的产生提供了契机，也为“文学人物反叛”提供了可能性，换个说法也就是作家为反叛自己创造了条件。

当作家随着自己的灵感写作，故事容量增大，而随着故事的发展，作家潜意识的自己也在逐渐寻找着符合事物发展逻辑的构成要素。这个逻辑不等同于生活逻辑，它遵循于艺术世界本身的逻辑。其中人物的反叛就是作家潜意识的一种外化形式，是处在不同时间段里的作家对人物重新审视的结果。这并没有违背事物内在发展的规律，只是作家在构思或表达时逐渐认识到或感受到人物发展的必然性，从而自己反叛了之前列出提纲和原设定的自己。

（四）人物反叛是自我观照和超越的见证

文学创作不仅要求作家有丰富的生活阅历，渊博的知识，“审美感受能力”，“娴熟的艺术技巧”，“思想开掘能力”，还要求作家具有崇高的精神，优秀的品性等等。文学创作是富有创造力的精神劳动，作家创作文学不仅创造了艺术世界，同时在情感的再次体验中也创造着新的自己，就像易卜生所说要警惕“自我天性中的渣滓”。

创作是个痛苦而快乐的过程，这好比《西游记》中唐僧去取经，是个“顿悟”与“苦修”同时进行的过程。托尔斯泰在《复活》中对玛斯洛娃的肖像描写多达二十余次，才描写出人物形象的“灵魂的深”。福楼拜在一次给路易丝·高莱的信中写道：“我写这本书，就像一个人弹钢琴，每一节指骨都带了铅球一样。不过等我手法练熟了，碰巧曲谱合我的口味，我又可以卷起袖子弹，就许弹得好的。”[1]这封信中，福楼拜很形象地传达出创作是一件很痛苦的事，写的时间越长，“苦修”也就越久。但在这个过程中，作家自身的技巧也会得到提高，这是“顿悟”的一种结果，即作家在自我创造的艺术世界里进行学习探索与进步。

作家在创作的过程中，自我能力的提高应该受到重视。这种自我能力的提高不仅包括技巧上的提高，更重要的是思想和精神上的提高。通过反思性感知能力的提高，“非定型性”的文学形象，就面临着要顺应这种提高所带来的被打乱后重新组合的危机，人物形象就会有被作家自己改变的可能。就像钱谷融所说：“托尔斯泰原来是想把安娜当作‘有罪的妻子’而加以贬责的，但结果他却‘不得不’寄给她以深深的同情，甚至还赞扬了她。……在《安娜·卡列尼娜》中，是托尔斯泰对不幸的安娜的人道主义的同情，战胜了他在妇女问题上和家庭问题上的反动思想的。”[2]总的来说，作家不仅创作了一个崭新的人物，同时在此过程当中，也进行了一次自省的旅程。作家在创作完成过后，此时的作家已不是创作状态的作家，他是第一位对作品中的人物进行理解的人，这一种理解是基于脱离创作状态的自己。所以相比较而言，是作者对自己所塑造人物的重新认识，一种站在旁观者的角度对作品进行观照，这也就形成了一种对自我观照的形态。作家在作品作为一个整体的他者角色中学习如何更好地认识自我。自我中包含着他者，某种程度上也是一种对于人类的观照。这样看来作家塑造人物不仅是一次实践活动，还是一种认识活动。在实践和认识的统一中作家得到了能力的提高和思想、精神的升华，人物的反叛是这种提高和升

① 山东师范学院中文系文艺理论教研室：《外国作家谈创作经验》，山东人民出版社1980年版，第270页。

② 钱谷融：《当代文艺问题十讲》，复旦大学出版社2004年版，第99页。

华的见证。

三、文学人物是作家表情达意的审美符号

以上仅是初步探讨了作家自我反叛的某些诱因，其他在此就不再进一步地探讨了。“文学人物反叛”实质是作家的自我反叛，就连帕乌斯托夫斯基在《作品人物的反叛》一文中也已暗示了这一点，尽管文章的前部分都是在证明“作品人物的反叛”，但文章的末尾却这样写道：“作品中形象的生命是受作家的意识、记忆、想象、经验制约的，是受他整个内心系统制约的。”[①]既然这样，人物又何谈反叛？这就涉及人物功能的审美原则。

叙事文学从作家“直接介入故事”的阶段到19世纪中叶变为“有节制的叙述”，再到后来的“作家隐退”，20世纪意识流小说更是将描写深入到人物的内心。这种作家逐渐退到“幕后”的现象，使得人物在“幕前”有了更多的表演机会。作家创作想要达到的地位如同上帝一般，觉察不到他的存在，但他却像是无处不在。正是追寻着这种真实，“历来的小说理论往往把文学人物形容成有血有肉、有主体意识、有独立生命的真人”[②]，使得文学领域认可“作品人物的反叛”成为一种历史的必然。这在无形中会有把作家创作的主体地位降低的危险，这对作家是不公平的。作家退居幕后，极力在文中不显露自己的痕迹，避免自己的个人观点使作品不具有客观性，是希望自己的作品能够经得起时间的考验，是一种对于“永恒”的信仰，是对自己的一种挑战。

正是作家的信仰、挑战等促使着他们不断地用“文学性思维”去进行创作。人物类型也从“扁形人物”变化到“圆形人物”、立体人物为主要表现对象。从小说文学史的进展来看，无数作家的努力，使其文学创作逐渐

① 康·帕乌斯托夫斯基：《金蔷薇》，戴骢译，上海译文出版社2012年版，第52页。

② 陈文忠：《当前文学人物心理学研究中的几个问题》，《安徽师大学报》（哲学社会科学）1996年第2期。

发展倾向于探寻类似于19世纪现实主义文学所主张的“真实”，这“真实”是“天然去雕饰”的自然，它消解着作家的存在，试图呈现生活的真实。我们也应该注意到，“圆形人物”相比“扁形人物”而言是要更接近于生活的真实。但在文学史的进程中，扁形人物依然没有退出历史舞台，相反在一些大师的笔下，扁形人物成为了不朽的经典。从古罗马戏剧《一坛金子》中的吝啬鬼欧克利奥，短篇小说大师契诃夫的《装在套子里的人》中的别里科夫，以及1999年荣获诺贝尔文学奖的格拉斯笔下的奥斯卡等人物形象，都是“扁形人物”。这表明文学并不遵循现实生活中的真实，这在一些魔幻现实主义等文学也能看出。所以把人物等同于现实生活中的人来进行审美就并不合适了，甚至会埋没一些具有文学价值的人物形象，这不利于文学的健康成长。

我们必须看到，立足于人物性质，文学本质，就如陈文忠教授所说，这“混淆了生活与艺术、现实与想象的区别，把虚构的艺术形象等同于真实的人”[①]。从某一点来看，作家把其人物看作具有反叛性，是一种躲避悲剧的潜在心理，一旦认为人物不具有反叛性，也就表示人物被束缚着。这束缚的背后暗藏着人物只是一个“物”的事实，这不是作家想要看见的，尤其是那些呕心沥血进行创作的作家更不愿意承认这个事实，但他们心里比谁都清楚，人物是自己“虚构”出来的。这种矛盾的心理更凸显出作家悲悯的人文关怀，我们也就不难理解帕乌斯托夫斯基在他文章里出现的矛盾了。“文学人物反叛”成为了作家创作以及学者进行审美的理想谎言。但这种对应下的把人物等同于现实生活中的人的审美原则，则不利于我们更好地认识人物，毕竟人物脱离不了文本。我们更愿意把这种人物反叛说成是文学性的反叛，使作品中创作的人物区别于现实生活中真正的人。人物是作家文学性思维的结晶，这种思维区别于日常的思维，可以防止作家对人物进行绑架，从而使作家自觉地按照文学的原则进行创作。作家和学者

① 陈文忠：《当前文学人物心理学研究中的几个问题》，《安徽师大学报》（哲学社会科学）1996年第2期。

肯定人物具有反叛性，遵循的也是这一理念，但他们的归结点是错误的，占主体地位的不应该是人物，而是作家。

在叙事学中，形式主义和结构主义者认为人物只是叙事作品中的行动元，是“动作的执行者”“情节的产物”。虽然使人物丧失了生命的美感，但却道出了一个事实：“虚构的人物形象”不等同于“现实中的人”。艺术来源于生活，又高于生活，作家创作出来的人物形象是现实中的人的本质力量的文学性体现。也就是说作家追求的“真实”并不是现实生活中的真实，而是一种遵循于艺术世界的真实，是高度提炼出来的本质现象，所以更具有人类的共同性，能让我们更好地认识人本身。表现普遍性需要抽象思维的介入，同时也需要冷静的理性思考的协助，人物自身并不实际具有这样的能力，他只是“纸上的生命”，不是现实中的生命。所以人物的审美原则不应该把作家的创作主体地位让位于人物自身，把“虚构的人物形象”等同于“现实中的人”来进行审美，而是作家是否通过人物让人类更好的认识了人本身。也就是考虑人物的功能而不是仅仅关注其性格，就是不把人物当作独立的存在，而当作作家表情达意的工具和符号。作家的创作需要“诗性的智慧”和“抽象思维”的结合，可以遵循人物的音乐化去塑造人物。音乐是由不同符号所对立起来的和谐整体，人物与此类似。

四、结　语

“文学人物反叛”的背后认可了“虚构的艺术形象”等同于“现实的人”的人物审美原则。但这陷入了审美原则的误区，实际上“虚构的艺术形象”并不等同于“现实的人”，在此基础上，作家创作的人物形象其实在回答一个哲学问题：“认识你自己”，未来的作家也应该朝着这方向努力。

文学作品创作是一个十分复杂的过程，上面分析的结果是：文学作品人物的反叛问题是一个假象。这种假象赋予了文学创作的神秘感和艺术美感，是作家把人物写“活”了的标志。但究其本质，“文学人物反叛”实质就是作家的自我反叛。本文从“文学人物反叛”这一问题出发，探讨了作家反叛的诱因以及人物功能的审美原则，涉及一些心理学、文学理论和美学相关的问题。这一问题的解决也在某种程度上为现代叙事学的人物功能说奠定了理论根基。

（指导教师：李伟）

“味无味”与“味外味”

——以“淡”为味审美探究

◇丁艺婉

摘　要：“味”这一审美范畴在中国文论里有着清晰的发展轨迹，老子的“味无味”和司空图的“味外味”是这条发展线上的两颗璀璨明珠。二者同臻以“淡”为味，却有着“无我”与“物我”之别。在区别无我、物我之余，又以相近的审美选择将以“淡”为味的发展方向引入了“自然”之说。

关键词：味无味；味外味；淡；自然；物我相契

老子的“味无味”思想将饮食之“味”过渡到审美之“味”，使得味论成为具有高度美学价值的艺术范畴，余泽所至，浸润深远。司空图的“味外味”说则把“味”的研究角度从美论转换到美感论，完成了“味”作为审美规范的高质飞跃。可以说，此两种观点是中国味论发展史上的双峰。况深受玄佛学思想影响的司空图向来推崇老子之说，故为后世研究“味无味”与“味外味”搭建了思想纽带。学界的研究观点无法一一概说，一般认为，“味无味”是“道”之所存，“至味”之所在，是老子自然无为思想的另一种表述。“味外味”则是司空图基于佛道思想以及人生经历所总结出的主“格”、讲境味的审美感悟。在此基础上笔者研究发现，虽然有着不同的表述方式，然而两者之“味”论都指向了“淡”这层含义，在以“淡”

为味的认知前提下，前者主“无我之淡”，后者主“物我之淡”，却又在“淡”与“味”的美感结合中通向自然之意涵。

一、味无味——无我之淡

《老子》一书涉及“味”的言论共有三处，且都以或正或反、或隐或显的方式指向了“淡”这层含义。《老子·十二章》指出：“五色令人目盲，五音令人耳聋，五味令人口爽。”[①]光耀夺目的色调，纷繁嘈杂的声音以及丰富鲜美的味道会令人丧失审美的愉悦性，影响感官的判断力，最终违背了人的自然属性。“五味”是老子批判的对象，最主要的原因在于它遮蔽了属于人性的最本真的“道”。那么“道”的表现形式应该是什么呢？《老子·三十五章》里解释说，“‘道’之出口，淡乎其无味，视之不足见，听之不足闻，用之不足既”。[②]在这里，老子主动将“淡”与“味”联系起来，再把“无味”总结为“道”。可见“淡”就是“无味”的指向内容，它不仅仅是“五味”之外的味，更是“五味”的本源。虽然“道”玄而又玄，不能为平常感官所感知，但是“味”却是通向理解老子“道”的一条途径。《老子·六十三章》又说：“为无为，事无事，味无味。”[③]为了实现对“道”的追求，我们应该以顺应无为的态度去有所作为，采用不滋生争端的方式去处理事情，把恬淡无味当作至上的味觉去体味人生。既然“五味”皆以“淡”为本，那么“恬淡为上”就是老子对事物要求的最高标准。“味无味”即品“淡”之味，“淡”是“味”在实践过程中的表象特征，是人的心灵中发生的能动反应。

“味”由抽象的概念生发出“淡”这一形象的感官内容，这一转化看似与人的感受密切相关，实则无论在对象选择上还是行为安排上，老子推崇

① 陈鼓应：《老子注译及评介》，中华书局1984年版，第106页。
② 陈鼓应：《老子注译及评介》，中华书局1984年版，第203页。
③ 陈鼓应：《老子注译及评介》，中华书局1984年版，第306页。

的“淡”已然达到了“无我”的高度。“无我”来源于佛教教义，实际上是对物我关系的规范。在这个问题上，老子采取的是有容的态度，容我容万物，于恍惚之境中达到天人合一。到了庄子，“无我”就是“齐物我”，是“天地与我并生，而万物与我为一”。[①]我如万物，万物如我，但是二者都不是构成生命活动的元素。说老子的味论是一种“无我”之淡，乃是基于“味无味”所体现的物我关系的考量。

“五色令人目盲，五音令人耳聋，五味令人口爽。驰骋畋猎，令人心发狂；难得之货，令人行妨。是以圣人为腹不为目，故去彼取此。”[②]老子在这里列举了“驰骋畋猎”的贵人，有着“难得之货”的常人，可见上至统治阶级，下至布衣黎元，都有可能受到形形色色的诱惑，为了实现欲望而做出一些有损天性有违本心的事。恰恰圣人在面对这种情况时，选择的是“为腹不为目”。王弼注曰：“为腹者以物养己，为目者以物役己，故圣人不为目也。”（《老子道德经注》）老子没有把“物”与“己”二元对立起来，而是摒除对“物”的依赖，将其视作实现自我的途径而已。在这里，老子首先否决了“物”的存在形式，以“齐物”的态度去满足生存需要，形成了主淡然的人生观。林语堂英译注说：“腹”指内在自我，而“目”指外在自我或感觉世界。[③]根据马斯洛需求理论，“为腹”强调的是生理需求，只需要保证人的生理机能正常运行，“为目”更侧重于自我实现需求，例如圣人经天纬地安国定邦，在充盈内在自我的同时实现感觉世界的满足，与此同时，主观世界的“我”却在不断得到强化。这于老子看来是不可为的。结合“为而不有，功成而不居”[④]等其他主张，我们可以知道老子虽然认为圣人在满足生存现状以外去实现个人价值是可行的，但是却强调不要追逐这背后所带来的一系列利益，原因是这样会产生“欲”，堕入普通

① 陈鼓应：《庄子今注今译》，中华书局1983年版，第71页。
② 陈鼓应：《老子注译及评介》，中华书局1984年版，第106页。
③ 转引自陈鼓应：《老子注译及评介》，中华书局1984年版，第107页。
④ 陈鼓应：《老子注译及评介》，中华书局1984年版，第60页。

人的境遇。名利原本无所谓好坏不用分是非，只有适时以用，量才而夺才是受用之道。强调“无我之淡”并非真的无“我”，只是要求施展才能不全以功利为目的，转而以一种淡泊超脱的态度来实现。“五味令人口爽。”爽，败也。《淮南子·精神训》也说：“五味乱口，使口爽伤。”[①]纷繁的味觉会让自身的体验紊乱，哪怕仅仅“为腹”也可能受到来自“五味”的诱惑。故老子认为应该选择五味之外又是五味根本的淡味，以平衡自我，避免欲望膨胀。这个时候实现的“无我”就是一种清心寡欲内敛平静的“淡味”状态。

如果说上句的表述还拘囿于哲学领域的话，那么以下的味论则涉及了老子的审美态度问题。“‘道’之出口，淡乎其无味，视之不足见，听之不足闻，用之不足既。”这里的“味”不同于“五味”的“味”，它的内涵已经从饮食的味觉转变成观察他人言语方式，听取他人言语内容，实践他人言语行为的举动，是超越味觉而联合视觉听觉以及触觉的审美能力。叶朗先生认为，“‘淡乎其无味’并不是否定一切美感，而是提倡一种特殊的美感，一种平淡的趣味。”[②]老子用否定的形式对“淡无味”包含的内容加以肯定。值得注意的是，老子使用的是“不足”此种带有否定性质的措辞，目的是表达“道”的不可感知性，或者说“道”不具有一般的感知常态。提供给我们唯一感知“道”的方式就是同样带有否定色彩的无味之“淡”。而这种“淡”亦是不可知的，强行体味“淡”的过程就是否定“无我”的过程，会导致审美主体既不能“感物而动”也无法“随心所欲”。这里的“无我”是指人的主观机能（如视觉、听觉、触觉、味觉等）无法参与的一种状态，进一步说就是排除主观成见。那如果人强行发挥主观性，会有什么后果呢？《抱朴子》里说道：“是偏嗜酸甜者，莫能赏其味也；用思有限者，不得辩其神也。”[③]这里提出了一个文章鉴赏的问题，谓在鉴赏过程中

① 刘文典撰，冯逸、乔华点校：《淮南鸿烈集解》，中华书局1989年版，第223页。
② 叶朗：《中国美学史大纲》，上海人民出版社1985年版，第33页。
③ 杨明照：《抱朴子外篇校笺》（下），中华书局1997年版，第442页。

人各有偏爱，是则无法鉴别好坏与浅深，故力强而不可得。老子之意同样在此，无论赏鉴日常事物，亦或神秘莫测的“道”，都应该秉持超越人生理需求的非功利性心态，“无我”方能纳万物。后来唐人司空图提出诗应该追求咸酸之外的醇美之味，与此或者不无关系。可见，以“淡味”的审美嗜好去品味食物，才有可能尝到其全味，不被个别味觉所支配；以“无我”的审美心境去品味事物，更有可能观其全貌，不被个别感官所局限。

“为无为，事无事，味无味。”这里的“味”被王弼注解为“以恬淡为味”，老子自己也说：“恬淡为上。”“无味”并非完全排除所有的味，只是主张“淡”这种至味。自此，由“无味”论所产生的“淡”范畴开始在中国文论中产生深远影响。承接于此，庄子在《天道》篇云：“夫虚静恬淡寂漠无为者，万物之本也。”[①]同样在体道察万物的过程中加入“淡味”的审美倾向。后世苏轼也不遗余力地推崇“淡味”，概括出“发纤秾于简古，寄至味于淡泊”的文学创作主张。“淡”以其极大的包容性涵盖了极致的味觉体验，带领审美主体进入“心神恬适”的绝对纯粹状态。这种看似清心寡欲的心态实际上就是“无我”的选择，老庄、欧苏、梅尧臣等人皆以“无我之淡”去把握最高层次的“味”。正如“无为”是另一种“为”，“无味”也是一种“味”，“无我”也非完全去除主体情感和想象，而是强调处于审美静观中的人的心态必须是恬静淡然的。在《史记·老子韩非列传》中司马迁指出老子哲学的核心是“无为自化，清静自正。”[②]即反对人主观能动地改造自然，但是对客观世界又不能不反映，所以在观察审视自然万物时要求自身处于审美静观的心态。司马迁所说的“清静自正”用老子自己的话来说就是“致虚极，守静笃。”[③]处于“静笃”状态下的“无我”非完全隔绝外物，而是内心足够澄澈空明，外物无法干扰本心。只有当主体做到“若一志”，全神贯注于认识的对象，才能达到对审美客体的深观远照。“无

① 陈鼓应：《庄子今注今译》，中华书局1983年版，第337页。
② 司马迁：《史记》，中华书局2014年版，第1311页。
③ 陈鼓应：《老子注译及评介》，中华书局1984年版，第124页。

我”是“无味”的必要准备。于文学家而言，与其说是追求审美对象的淡然风格，不如说是欣赏自我的淡化过程。

通过以上三例味论的分析，可以看到，老子口中的“味”近乎“道”一样不可捉摸，在把握“味之淡”这个大前提下，我们总结出它的指向更偏于“无我”的状态，姑且称之为“无我之淡”。而在不同的语境下，“无我之淡”有着迥异的含义，分别指淡泊超脱的态度、排斥人的主观参与、审美静观的心态。这个结论迎合了老子的人生与政治要求，从宏观理解出发而保有具体而微的审视，从形而上着手又落实到现实生活的需要。

二、味外味——物我之淡

在谈及“味外味”这一概念时，我们免不了要点明“味”与“旨”的关系。李壮鹰先生指出，“味外味”不符合司空图“味外说”的第一面貌，而应该还原为“味外之旨”。[①]值得注意的是，无论是“味”还是“旨”，在司空图的表达中只是一项具有指代意味的词，被采用的是其比喻意义，在这里，我们不对此进行深究，仅采用指代背后的内涵。通过对司空图鉴赏风格及创作要求的分析，笔者认为“味”所代指的正是作品思想意蕴隐藏下的整体风貌。而如果一定要让这种风貌归结为一种风格，那么就非“淡”莫属了。

在《与李生论诗书》中，明确提及诗“味”的言论有两处。司空图开篇立论“辨于味而后可以言诗”，然后举例醯盐虽然有酸咸味，却缺少基本味以外的“醇美”之味。所谓“醇美”，在《尚书大传》中原指酒味的芳香。众所周知，酒是由多种农作物发酵混合而成的食物，其味道层次丰富，但是每一种滋味又都是清淡的，不足以覆盖其他的味道，故“醇美”的味觉体验应该包含着“淡”这一层次。再者说，司空图受道家思想影响

① 李壮鹰：《略论司空图“味外说”的第一面貌》，《学术月刊》1986年第3期。

颇深，“取训于老氏，大辩欲讷言”（《自诫》），那他应该理解老子所说的“五味令人口爽”，故而反对过于强烈且具有排他性的单一味觉体验，以避免对其他味觉带来的损害。从这个层面上来说，“醇美”也只能是由一种味感发散转化成其他味感以后的交互性味觉体验，各种味感交织而又以淳淡的方式展现出来，所以说，具体到真实的味觉体验，司空图所倡导的“味”倾向于“淡”，这是其一。其二，同样在这篇文章中，司空图提出“倘复以全美为工，即知味外之旨矣”，“全美”指的是具有整体性的作品意蕴，要求作品描绘的形象“近而不浮，远而不尽”。文中作者举例具有这种特征的诗人是王维和韦应物，并将其创作风貌概括为“澄淡精致”。从王、韦的作品风格来看，“澄淡精致”指的是情趣的淡远和语言的洗练，一个是情淡一个是语淡。从“醇美”到“全美”，可见当引伸到具体文学作品时，司空图设想中的“味外味”也还是指“淡”这种风貌。不同于老子味论下的“无我之淡”，司空图推崇的淡味是一种物我相契的美感。

“物我”并不是客体与主体的相互对立，而是强调二者同为生命活动之要素。钱锺书先生将物我关系表述为：“物我之相未泯，而物我之情已契。相未泯，故物仍在我身外，可对而赏观；情已契，故物如同我衷怀，可与之融会。”[①]即主客体身份始终处在跳动变换之中，在交互性体验下共同完成意境的营造和思想的传达。由于对象的不明确，会给读者以“景在象外”“意在言外”的审美效果，这正是“味外味”所极力追求的。

诗人的生活经历、思想倾向影响着他的审美趣味，司空图赞赏王、韦的诗，究其原因与他们作品中的“澄淡精致”艺术风貌是分不开的。我们以王维晚年半官半隐时期所作这句“松风吹解带，山月照弹琴”（《酬张少府》）为例，来体会其诗作的“淡味”，进而探知司空图的艺术取向。诗句首先在意境营造上织就了一番淡然适意：迎着松林吹来的清风抒怀解带，在山间疏朗的月光下独坐抚琴，远离喧嚣，悠然自得。这样的诗妙在没有

① 钱锺书：《谈艺录》，中华书局1984年版，第53页。

所谓的时空限制，每每读起来，都有清风拂面的自然之感，淡雅怡然又充满真淳情趣。恬淡的意境呈现当然离不开精巧的意象选择。“松风”“山月”均含有空灵高洁之意，高洁之外又饱含与诗人互动的灵力：“松风”不是没有来由的风，而是解带的风；“山月”不是凄冷的月，而是映照奏乐者的月。营造诗境之余实现了人与物的交汇，使二者同为构造生命活动之要素。风和月并非不解人意才来亲近，恰恰为了是帮助诗人消解愁思。这样一来，诗风洒脱超然的同时也包含着若隐若现的苦闷，而这一切又是依靠精练平淡的语言来完成，含蓄蕴藉具有“淡语亦浓”的朴素美感。诗人有意选取隐逸生活的典型细节，将松风、山月都描绘得拟人意通人情，物和我相连，情与景相生，意和境相谐，是具有“味外之味”的典型佳作。祖保泉先生在解释司空图的鉴赏论时指出，一般的“思与境偕”就是指“情景交融”，但是依据司空图的艺术趣味来看，“应该把偏爱‘澄淡精致’之美和‘思与境偕’结合在一起”。[①]这两种解释的区别在于，前者只涉及主客观的和谐统一，后者却强调了自然景物的心灵化以及人从中获得的恬淡闲适的意趣，浑然天成没有刻画痕迹。在这首符合司空图鉴赏论的诗中，我们领悟到了松风、山月对作者内心苦闷的理解，同样也感受到了诗人在外物感召下释放的恬淡之情。

偏爱于这类诗风的司空图，敏感地捕捉到了物我相契合之下的淡然，这在他的《二十四诗品》里得到了更好的解释。“冲淡”一品向来被视作是“味外味”的最佳注解。其恬静闲适的思想、清淡质朴的语辞与“味外味”所推崇的澄淡雅洁、含蓄蕴藉有着诸多相似之处。“冲，和也。淡，淡宕也。”[②]有含糊、散淡之意，潜藏在内心是“淡”，反映于外表则是“静”。关于中国文论中的“静”，历来有不少独到的见解。老子主张以静观默察的方式去对待客观世界，以“无我”的态度去认识生活。荀子的“虚壹而

① 祖保泉：《司空图的诗歌理论》，上海古籍出版社1984年版，第22页。

② 孙联奎：《诗品臆说》，孙联奎、杨廷芝《司空图〈诗品〉解说二种》，齐鲁书社1980年版，第13页。

静”也认为专一冷静的态度才能得到正确认识。刘勰亦提出“陶钧文思，贵在虚静”（《文心雕龙·神思》）。司空图也主张静态观察，然而却要求诗人在虚静心清的状态中既观察到事物的本象，又要妙悟到表象之外的思想特征，即象外之象。张少康先生曾指出，“味外之旨”的包容范围要比“象外之象”更加宽广，并举例《与李生论诗书》中司空图所引用的既有“境生于象外”富有禅意的诗句，也不乏传达“理趣”“意趣”描绘精神境界的作品。[①]因此，“味外味”的内涵从“境”的描绘延展到“理”的转达，这一点在“冲淡”一品里表现得尤为突出。“素处以默，妙机其微”，孙联奎注曰：“以心之妙，触理之妙；以心之妙，触景之妙；此时之妙，乃妙不可言。”[②]本象只需静态地观取，“象外之象”却需要诗人与万物心交神会。这样一来，处于观察主体的人是“冲淡”的，与之产生联系的被观察对象也是“冲淡”的，从而形成了“物我之淡”。“犹之惠风，荏苒在衣。阅音修篁，美曰载归”[③]，和煦的春风经过幽人身畔轻拂着他的衣襟，飘飘荡荡，吹带起周围幽静的竹叶，仿佛奏上一曲轻音雅乐，诗人伴着这样的氛围踏上回归的小径。这里描述的是一种冲淡的境界，也是司空图所欲表达的处世理想。处于此境界中的，前有曾点言志，后有竹林七贤赋诗，皆是寓包蕴无穷、言中有物于平淡至极之中。理想是浅淡的，现实却无比艰深。“遇之匪深，即之愈稀。脱有形似，握手已违。”[④]正因为事物的神情难以把握，所以创造诗境只能心领神会不能强力而至，只有将自已置身于自然万物之中，物我相契才能自然而然地与之遇合。

“以味论诗”的方式是古代审美理论上的重大突破，而司空图的“味外味”则开拓了人们对诗意的内在发觉和向外探求的双向过程，即包含欣赏

① 张少康：《司空图及其诗论研究》，学苑出版社2005年版，第77页。

② 孙联奎：《诗品臆说》，孙联奎、杨廷芝《司空图〈诗品〉解说二种》，齐鲁书社1980年版，第13页。

③ 孙联奎：《诗品臆说》，孙联奎、杨廷芝《司空图〈诗品〉解说二种》，齐鲁书社1980年版，第13页。

④ 孙联奎：《诗品臆说》，孙联奎、杨廷芝《司空图〈诗品〉解说二种》，齐鲁书社1980年版，第13页。

与创作，同时也兼顾作者与读者。从审美欣赏论来看，它追求物我相契的澄淡风貌，从审美创作论来看，它又是物我共生中的情、境、意的结合。上文已经介绍，不论是真实的味觉体验、具体的文学作品欣赏，还是主观的生活方式选择，司空图所说的“味”都涵盖了“淡”这种审美因素。区别于老子上升到哲学层面上的味论观点，司空图对“味”的把握始终围绕现实生活这个中心点，故而离不开“物”和“我”的参与，可以总结为“物我之淡”。

三、淡而有味成“自然”

《二十四诗品》真实自然的艺术追求以及朴素淡远的诗美意境深受老子“自然观”的影响。老子审美哲学中的“淡味”观念，被司空图继承后，形成了艺术风貌上的“平淡”。两人都从“味”这个审美范畴出发，提炼出“淡”的艺术风格，“淡而有味”的审美趣味既适用于论文之“味”又暗合人生之“道”，从心所欲而不逾矩，融情自然而不浅溢。虽然同为“自然”之淡，但是在追求方式上二者存有微殊，一个主张从形而上的意义来解释“化为自然”，一个着重从现实人生角度去实现“工于自然”。

在审美态度上，“味无味”所要达到的自然是不加改造的，而“味外味”追求的自然是经过人的审美再创造的，所以两者有“化”“工”之别。上文提到，“味无味”的“淡味”呈现的是无我之淡，将“我”在润物无声之中化为自然。老子的无我之淡是一种整体性思想，它建立在直观观察的基础之上，是处在混沌状态、个体体悟的产物。首先，从人与社会关系层面上看，“无我之淡”具有超功利性，是老子对社会弊端的清醒认识和深刻批判，同时也是对纯净的社会关系的肯定。与“味无味”相关的其他命题诸如“见素抱朴”“绝圣弃智”都可以看作是老子对其人生论的补充。所谓的“少私”“寡欲”都是指把社会利益看得淡然，以“德”立命，守护本真自然的生命状态。其次，从人与自然关系上看，它排斥人主观机能的参与。“无我”一方面指静而不动，人与自然互不相扰，另一方面也隐含着不以人力去违背自然的思想，静而待动，在“无为”的同时实践着“无不为”，以“道”立身，顺应自然规律，在春风化雨中接近自然本真的状态。

司空图“味外味”，从人的美感经验出发，移情于外物，以“物我之淡”的审美趣味来妙造自然，而味物的过程本身就是一种审美再创造，是“工于自然”的体现。司空图所欣赏的具有“味外之外”的作品，其表现形式是淡然、枯澹的，而思想内涵是丰富奥妙而具有包蕴性的。从形到神的探求过程离不开审美主体的造诣和审美客体的境界，二者共同造就了“平淡自然”的艺术风貌，呈现出“淡而有味”的作品。这一探求过程是由确定性转向不确定性的循环往复，它实到虚，由浅入深，不仅扩大了艺术境界的领域——诗味，也拓展了审美领域——味诗。朱光潜先生以观赏古松的态度来对这种探究物我相契的美感经验作出过解释。古松坚韧挺拔的形象引起人高风亮节的类似联想，这种经由人加工过的审美联想便自然而然地投射到古松上，仿佛这种气节就是古松本身所具有的自然属性，作为观赏者的人不知不觉地受到影响，也振作起来，修成物我同一的境界。在这里，人所探求到的是古松的“味外之味”，是审美创造的产物，但是由于物我相契的作用，使得人往往认为这才是物的自然状态。这种审美方式虽然最终指向也是“自然”，然而经过一系列的加工也只能说是“人化的自然”，即“工于自然”。

总而言之，“味无味”观照下的“化为自然”无为无我妙合天性，“味外味”体验下的“工于自然”物我情深契合人性。天性和人性作为构成生命活动的元素，并无高下之分。“味无味”和“味外味”同为“淡”的表达，虽然在物我关系上存有微殊，然而生活大于选择，二者本意都是为了使审美回归纯粹的本真，心灵得到诗意的栖居。

（指导教师：张勇）

先秦儒道诗学观念之比较

◇余　姗

摘　要：先秦时期，儒道两家的诗学观念在整体上是不同的。儒家主张的诗学是入世的，以伦理道德规范为基础，用诗来规范人伦秩序；而道家虽然没有直接提出诗学观念，但是老庄主张的出世、探讨内心的思想对后世的文人创作有很大影响。

关键词：儒家；道家；诗学观念

儒道思想在中国文学史上有着举足轻重的地位，受这两种思想影响的文学成了中国灿烂辉煌的古代文学。究其源流，要以先秦的儒家和道家的思想为出发点，虽然先秦时期的儒道两家都未形成比较系统的文学理论，但是在其经典作品中都有涉及文学的理论，后人所阐发的文学理论，在其中都能找到相关论述。这两种诗学观念从整体上看是截然不同的，但是通过比较分析也有共通之处。

一、先秦儒道两家关于诗歌本质的探讨

孔子对《诗经》有着高度的肯定，《论语》中论《诗》凡18次，甚至

说："不学诗，无以言。"《论语》中孔子有一句话：

子曰："《诗》三百，一言以蔽之，曰'思无邪'。"

"思无邪"三字便包括了孔子对《诗经》三百零五篇的评价，从表面上看，这三个字未免太过简洁，但是从《诗经》的内容上看可以说这三个字其实已经包含了《诗》三百的所有思想内容。《诗经》分风、雅、颂，其中有情真意切的爱情诗，或是抒发男女相悦之幸福，或是描写婚恋之悲伤痛苦等；有歌功颂德的赞歌，或歌颂帝王、宣扬君威，或是歌颂天命、夸耀战功等；有记载周朝历史的史诗，揭露社会黑暗和政治腐败、对统治者剥削压迫劳动人民的丑行表示愤恨的辛辣尖锐的怨刺诗，还有农事诗、征役诗、爱国诗等。《诗经》如此丰富的内容仅用"思无邪"三字能概括？但实际上，孔子并没有总结错，"思无邪"出自《诗·鲁颂·駉》："思无邪，思马斯徂。""思无邪"就是指思想内容中正无邪，语言艺术上具有中和之美。前面说过，孔子对《诗经》是非常肯定的，在他看来，《诗经》里的思想内容无论是什么，都达到了思想纯正的标准，这种纯正的思想是人们的伦理道德修养的范本，这才是真正的诗学。"凡诗之言，善者可以感发人之善心，恶者可以惩创人之逸志，其用归于使人得其情性之正而已。"（朱熹《论语集注》）孔子用"思无邪"来概括《诗经》不仅仅是对个别作品的要求，也是对诗的整体的要求，反映的是他以伦理道德为本的诗学观念。既然是以伦理道德为本的诗学观念，肯定是以人和社会为中心的。"儒家学说是社会组织的哲学，也可以说是现实生活的哲学，它强调人在社会生活中的责任和义务。"①孔子主张的是"仁"，"仁者爱人"，这个"仁者"不仅仅是人民，也包括统治者，"苛政猛于虎"，故统治者要爱自己的人民。孔子的这些思想反映到诗学观念上就是"思无邪"的观点，以诗来教化百姓，

① 童庆炳：《中国古代文论的现代意义》，北京师范大学出版社2001年版，第7页。

统治者遵守《诗经》的伦理道德规范，让自己思想纯正，才能有效地组织和治理社会，人民要用《诗经》的这种伦理道德修养来规范自己，使自己的行为符合“礼”。统治者和人民都做到这样，才能使家和国都秩序井然、安宁稳定。孔子以“思无邪”来概括诗的本质，孟子继承了孔子的中正思想。

（公孙丑）“敢问夫子恶乎长？”（孟子）曰：“我知言；我善养吾浩然之气。”“敢问何谓浩然之气？”曰：“难言也。其为气也，至大至刚，以直养而无害，则塞于天地之间。其为气也，配义与道；无是，馁也。是集义所生者，非义袭而取之也。行有不慊于心，则馁矣。”

（《孟子·公孙丑上》）

孟子在这里所说的“浩然之气”是指人在道德修养上达到很高的水平，这种“浩然之气”是“配义与道”，“集义所生”，使人具有高尚的道德品质，具有内在精神品格之美。道德修养的完善不仅是个体人格的完善，更重要的是自身的人格要具有一定的影响力，可以影响到周围环境的道德才是完善的道德。孟子的“养气说”虽然并不是直接的诗学理论，但是代表着先秦儒家诗学理论对理想完美人格的执着追求，对后世文人创作诗歌的影响是很深的，如韩愈的“不平则鸣”说等。

再来看道家的诗学观。老子的诗学观念融合于其哲学观念，与其哲学观念一致。老庄的基本思想是“道”，就是：

道生一，一生二，二生三，三生万物。

（《老子·四十二章》）

夫道，有情有信，无为无形；可传而不可受，可得而不可见；自本自根，未有天地，自古以固存；神鬼神帝，生天生地；在太极之先而不为高，在六极之下而不为深，先天地生而不为久，长于上古而不为老。

（《庄子·大宗师》）

在老子看来，“道”是看不见的、无形的，是原始物质，但它又是永恒存在的，有着永恒运动的规律，世界的运转都在冥冥中有“道”支配着，而且“无为而无不为”是“道”的基本特点，一切都要听其自然、顺其自然即可，道之自然是至高无上的，一切都早已有了自然的安排，人为的力量是渺小的，是不被需要的，“无为”而自治，“无为”的结果就是无不为。老子还提出“大方无隅，大器晚成。大音希声，大象无形”。“大音希声，大象无形”虽然是指道的特点，但这也符合老子对诗学的要求。“听之不闻名曰希，不可得而闻知音也。有声则有分，有分则不宫而商矣，分则不能统众，故有声非大音也。”（王弼《老子注》）最美的声音就是没有声音，无声之音才是“大音”。最美的形象就是没有形象，无形之象才是“大象”。这种“大音”“大象”在诗学理论中是绝弃人工，委任自然的，是一种有无相生、虚实相成的至美境界。给人以丰富的想象，使人体会不尽，这实际上就是中国古代诗之意境的主要特征。

庄子崇尚“真”，《庄子》一书有66个“真”字。那么何谓“真”?《庄子·渔父》篇做了精辟的解释：

真者，精诚之至也。不精不诚，不能动人。故强哭者虽悲不哀，强怒者虽严不威，强亲者虽笑不和。真悲无声而哀，真怒未发而威，真亲未笑而和。真在内者，神动于外，是所以贵真也。其用于人理也，事亲则慈孝，事君则忠贞，饮酒则欢乐，处丧则悲哀。忠贞以功为主，饮酒以乐为主，处丧以哀为主，事亲以适为主。功成之美，无一其迹矣。事亲以适，不论所以矣；饮酒以乐，不选其具矣；处丧以哀，无问其礼矣。礼者，世俗之所为也；真者，所以受于天也，自然不可易也。故圣人法天贵真，不拘于俗。愚者反此。不能法天而恤于人，不知贵真，禄禄而受变于俗，故不足。

由此而知，庄子贵真，但强调的是主体之真，是主体的真实性，反对一切的虚伪做作。此种“真”其所以为“贵”，是因其“法天”，“受于天”，是自然无为，而不是世俗之所为，不拘泥于礼俗，表现的是一种合乎自然的纯真、率真、纯朴、精诚之美。闻一多称庄子为“最真实的诗人”，“他的思想的本身便是一首绝妙的诗”。[①]

其实在老子和庄子的著作中没有直接谈到文学艺术，他们甚至是反对文学艺术的，但是他们的思想中间接地蕴含着一种以自然为本的诗学观。因为万事万物都是由“道”产生的，那么文学艺术自然也是由“道”而来。老子提出“大音希声”“大象无形”，庄子提出“天地有大美而不言”“人籁、地籁、天籁”，他们认为“我们感觉到的只是现象界，可真正的诗和美是在本体界。我们唯有‘法自然’，妙悟自然之道，才能接近本体界，也才能达到诗和美的境界。”[②]道家的诗学观强调从诗歌内部出发，达到主体与诗歌的契合。

二、实用型与审美型的诗学功能

儒家的诗学观念是以人和社会为本的，把诗歌作为组织社会的工具，因此，儒家的诗歌功能自然是以实用为目的，这也是历代诗人学者所追求的。在《论语·阳货》篇中说：

① 闻一多：《古典新义》，上海古籍出版社2013年版，第193页。

② 童庆炳：《中国古代文论的现代意义》，北京师范大学出版社2001年版，第16页。

子曰："小子何莫学夫《诗》?《诗》可以兴，可以观，可以群，可以怨；迩之事父，远之事君；多识于鸟兽草木之名。"

在这里，孔子很明确地指出了诗有"兴、观、群、怨"的功能。朱熹注"兴"是"感发志意"，就是指诗描写的是现实生活，有感染人的力量，能使人在读诗之后在现实生活中获得新的启发，写诗之时可以抒情言志。"观"就是"考见得失"（朱熹注）、"观风俗之盛衰"（孔安国注），能使人更正确地理解和认识现实社会生活。"群"是指诗可以"群居相切磋"（孔安国注），通过诗来教化人。"怨"是指诗可以用来讽刺当时统治阶级的政治，作为人民斗争的工具，即"怨刺上政"（孔安国注）。这是孔子对诗歌的社会功能和艺术价值的高度概括。"兴观群怨"四者，"兴"与"怨"侧重于个体心灵感发的抒情功能，"观"与"群"侧重群体审美时，诗歌所表现的社会教化功能。在《论语·季氏》中也提到"不学诗，无以言"。"言"指一般的语言，诗能够使人"多识于鸟兽草木之名"，所以学诗可以使语言表达更加准确。而且"太上有立德，其次有立功，其次有立言，虽久不费，此之谓不朽"，由此，"立言"是"立功""立德"的基础，"立言"的终极目标是"立德"。

孟子在诗学功能上则比孔子更进了一步，更加强调个体意识的凸显，注重人的道德情操和人格修养，强调以"充实"为美。他在《孟子·尽心下》说：

浩生不害问曰："乐正子，何人也?"孟子曰："善人也，信人也。""何谓善？何谓信?"曰："可欲之谓善，有诸己之谓信，充实之谓美，充实而有光辉之谓大，大而化之之谓圣，圣而不可知之之谓神。乐正子，二之中、四之下也。"

虽然是简单的人物评价，却体现了孟子的人格完美的理论核心。"充实”与“空虚”相对，在诗歌理论上就表现为充足、丰富、有内涵，不做无病之呻吟。

总的看来，儒家对诗学功能的看法主要集中在实用功能上。通过诗的感化教育，树立起合乎儒家“礼义”的人伦道德，“事父”，“事君”，按照“礼义”遵从道德秩序。诗还有获得认识的作用，“多识于鸟兽草木之名”，扩展视野，《论语·子路》篇也提到：“子曰：诵《诗》三百，授之以政，不达；使于四方，不能专对；虽多，亦奚以为?”这里的“专对”也是指诗歌具有认识作用。

与儒家诗学功能不同的是，道家的诗学功能是审美型的。“审美，是人类掌握世界的一种特殊方式，指人与世界（社会和自然）形成一种无功利的、形象的和情感的关系状态。”[①]老庄的诗学观念的特点就是崇尚自然之美。

> 夫天地者，古之所大也，而黄帝、尧、舜之所共美也。
>
> （《庄子·天道》）

> 判天地之美，析万物之理，察古人之全，寡能备于天地之美，称神明之容。
>
> （《庄子·天下》）

> 天地有大美而不言，四时有明法而不议，万物有成理而不说。圣人者，原天地之美而达万物之理，是故至人无为，大圣不作，观于天地之谓也。
>
> （《庄子·知北游》）

① 陈文忠主编：《文学理论》，安徽大学出版社2012年版，第35页。

所谓“天地之美”就是自然之美，庄子认为美存在于“天地之中”。“天地之美”本质特征就是自然无为。自然无为的集中表现就是“逍遥游”，庄子的《逍遥游》主张的是无欲无求，放弃现实世界中的一切功利目的，绝对地赞美精神自由，达到不分物与我的境界。“所以，‘游’的实质就是对人生采取一种超然物外的艺术态度和审美追求。”

道家在哲学上注重自然，庄子的“虚静”“齐物”“无待”“逍遥”等思想，给人一种独特的精神上的启示，要求人要在现实的世界里去探寻现实以外的另一种心灵世界。这就说明，道家的诗歌功能要求以审美为主要目的，注重内心的“物化”和与外界的自然融合，忽视诗学的实用功能。这也是道家引导诗歌追求自然、率真、清新，给人以豁达开朗、洒脱浪漫的情怀的主要原因，越是在自由的心境中，越是能欣赏诗歌和艺术的美。

三、先秦儒道两家在形式与内容关系上分歧

如前所述，诗学观念上的外向与内向以及诗学功能上的实用与审美，儒家主要从诗歌的外部规律发生影响，而道家则从诗歌的内部规律上发生影响。从言与意的关系看，儒家认为用语言可以表达出意思，重视语言的作用。

> 子曰：“辞达而已矣。”
>
> （《论语·卫灵公》）

> 子曰：“质胜文则野，文胜质则史。文质彬彬，然后君子。”
>
> （《论语·雍也》）

孔子认为语言的作用在于充分表达思想内容，“辞达而已矣”，即写文章只要文辞能表达清楚意思就行了。“文质彬彬”虽然讲的是人既要有

"仁"的内涵，又要有礼的表现，"质"是人的内在品格，"文"是人的外在仪表，但是引申到文学理论上就是"文"与"质"、言与意的关系。

从这里可以看出儒家比较重视文的作用，认为文与质同等重要，言能达意就足够了，无需过分追求辞藻的华丽，如果没有思想意义，文章也只是华而不实，空洞无味。《论语》关于文质的思想，被后世运用于文学创作之中，成为要求文学作品内容与形式完美统一的基本理论，如杨雄的"文质论"、刘勰的"情采论"都是阐明文与质的关系。

儒家主张"辞达"，肯定"言以足志，文以足言"，但是道家却主张舍"言"求"意"、"得意忘言"和"言外之意"的观点。庄子说：

> 世之所贵道者，书也。书不过语，语有贵也。语之所贵者意也，意有所随。意之所随者，不可以言传也，而世因贵言传书。世虽贵之，我犹不足贵也，为其贵非其贵也。故视而可见者，形与色也；听而可闻者，名与声也。悲夫！世人以形色名声为足以得彼之情。夫形色名声果不足以得彼之情，则知者不言，言者不知，而世岂识之哉！
>
> （《庄子·天道》）

庄子在这里指出，"言"是为表"意"的，肯定语言表情达意的功能。但是语言只能把握"物之粗"，语言文字的可贵之处是"意"，而"意"是"不可言传"的。那怎样获得"意"呢？"言不尽意"才是最好的。庄子认为，人必须要在"虚静"和"心斋"的精神状态中慢慢领悟，去追求言外之意，在语言之外去寻找那不能言说的"意"。对此，庄子做了这样一个比喻：

> 筌者所以在鱼，得鱼而忘筌；蹄者所以在兔，得兔而忘蹄；言者所以在意，得意而忘言。吾安得夫忘言之人而与之言哉！
>
> （《庄子·外物》）

“庄子实际上是把语言表达的意，分为言内意和言外意，他认为言内意还不是道，必须把它忘掉，只有在把语言忘掉的言外之意中才可得到道。”[①]“言”只能起一种暗示、象征作用，在庄子看来，语言文字不过是表达人们思维内容的象征性符号，是暗示人们去领会“意”的一种工具。

四、先秦儒道诗学理论对后世的影响

儒家在审美鉴赏方面的诗学理论，为后世做出了巨大贡献。尤其是孟子提出的著名的“以意逆志”与“知人论世”的审美方法。

> 咸丘蒙曰：“舜之不臣尧，则吾既得闻命矣。《诗》云：‘普天之下，莫非王土；率土之滨，莫非王臣。’而舜既为天子矣，敢问瞽瞍之非臣，如何？”曰：“是诗也，非是之谓也；劳于王事而不得养父母也。曰：‘此莫非王事，我独贤劳也。’故说诗者，不以文害辞，不以辞害志；以意逆志，是为得之。如以辞而已矣，《云汉》之诗曰：‘周余黎民，靡有孑遗。’信斯言也，是周无遗民也。
>
> （《孟子·万章上》）

在此，孟子指出咸丘蒙之所以那样理解，是他对诗的本意缺乏正确理解，不懂得如何读诗的一种表现。孟子认为咸丘蒙引用的诗句联系全篇，旨在说明“莫非王事，我独贤劳”，而“率土之滨，莫非王臣”，应该看作是诗歌的一种夸张描写，并不是说人人皆是王臣。所以，读诗不能“以文害辞，以词逆志”，不能因为个别文字而影响对词句的理解，也不能因为个别词句而影响对诗歌整体的理解，要“以意逆志”，用自己对诗意的理解去推求作者本意。

① 童庆炳：《中国古代文论的现代意义》，北京师范大学出版社2001年版，第106页。

如何能做到“以意逆志”呢？孟子认为要做到“知人论世”，深入地了解诗人的生平经历、思想、品德等资料以及诗人所处的时代背景。

孟子谓万章曰：“一乡之善士，斯友一乡之善士；一国之善士，斯友一国之善士；天下之善士，斯友天下之善士。以友天下之善士为未足，又尚论古之人。颂其诗，读其书，不知其人可乎？是以论其世也，是尚友也。”

（《孟子·万章下》）

虽然讲的是交友问题，但是对古人不但要“颂其诗，读其书”，还要“知其人”“论其世”。所以对于诗歌鉴赏来说，要想读懂一首诗，就必须要先了解诗人以及诗人所处时代的背景。

相比儒家的“以意逆志”和“知人论世”的审美鉴赏方法而言，道家的代表庄子强调“虚静”和“以天合天”的“体道”过程。“虚静”是人作为主体摆脱了现实世界中一切利害关系，不受私欲杂念干扰，获得洞彻宇宙人生真谛智慧的自由状态。“以天合天”是指以主体的自然去合物的自然，在《庄子》中“佝偻者承蜩”“庖丁解牛”等寓言故事都是说明进行艺术创作要“以天合天”，要求主体和客体相互契合。庄子提出“物化”的创作主张：

若一志，无听之以耳，而听之以心；无听之以心，而听之以气。耳止于听，心止于符。气也者，虚而待物者也。唯道集虚。虚者，心斋也。

（《庄子·人间世》）

工倕旋而盖规矩，指与物化而不以心稽，故其灵台一而不桎。忘足，履之适也；忘要，带之适也；知忘是非，心之适也；

不内变，不外从，事会之适也。始乎适而未尝不适者，忘适之适也。

（《庄子·达生》）

这虽是说工倕技艺高超，与造化同工。但是在诗歌创作中，则是创作诗歌时，要使主体与客体完美契合，不知我是物，还是物是我。在创作过程中，首先要“无欲无求”，“绝圣弃智”，达到“心斋”“虚静”，即空明静寂的心理状态；但是“心斋”“虚静”只是前提，创作者真正展开创作必须要“物化”，创作主在开始创作时，逐渐失去主体的自我意识，将自己完全“化”于创作对象之中，创作主体与创作对象融为一体，从而达到对创作对象的深刻把握。其实，老子主张的“涤除玄览”也与庄子这一主张类似。

由此可见，道家的诗歌创作要求诗人创作要从“有我之境”进入到“无我之境”，儒家的诗歌鉴赏要“以意逆志”和“知人论世”，儒道两家诗歌审美创造理论对后世文人对诗歌的创作和鉴赏产生了深远影响。

在这里值得补充的是，儒道两家的诗学观念的影响也体现在中国古人的社会心理上。冯友兰先生说：“因为儒家‘游方之内’，显得比道家入世一些；因为道家‘游方之外’，显得比儒家出世一些。这两种趋势彼此对立，但是也互相补充，两者演习着一种力的平衡。这使得中国人对于入世和出世具有良好的平衡感。”[①]“这是中国古人的一种很重要的社会心理，它影响了中国的诗学观念，即在‘诗言志’的大纲领下，涵盖了丰富的内容，既容纳了‘兴、观、群、怨’和‘美刺’等儒家的审美观念，也容纳了‘游’‘虚静’‘玩味’等道家的审美观念，这两种观念既互相对立，又互相联系与沟通。”[②]

所以在中国古代，有的是人隐居山林却心系朝堂，有的诗人身在庙堂之上却心隐于山林之中。有的诗人进时写美刺讽谏之诗，退时则作山水田

① 冯友兰：《中国哲学简史》，北京大学出版社1985年版，第29页。

② 童庆炳：《中国古代文论的现代意义》，北京师范大学出版社2001年版，第32页。

园之诗。这些诗人“总能在诗中找到自己的位置，达到某种平衡”[①]，这种心理上的平衡就是儒道两家诗学观念的影响所产生的。

以孔孟为核心的儒家思想成为封建时代统治者的工具，以老庄为核心的道家思想不管在政治上还是文学上都有一定的影响。先秦儒道思想在诗学观念上的互补，在中国文学发展史上创造了许多不朽的诗篇。

（指导教师：储晓军）

① 童庆炳：《中国古代文论的现代意义》，北京师范大学出版社2001年版，第34页。

浅析“言不尽意”论的思想意蕴及其对文学创作的意义

◇王　倩

摘　要：中国古代文学一直十分重视“意在言外”的传统，认为文章中蕴涵着的深刻而难以表达出来的意义是在具体的语言文字之外的。先秦时期的《周易》、老子、庄子，魏晋南北朝时期的王弼、陆机、刘勰，唐朝的刘禹锡、司空图，宋代的杨万里，以及近现代相交时期的王国维，这些文人学者们对文学创作中的言和意的关系问题都提出了精辟独到的见解，其中“言不尽意”论是影响最为广泛的一个观点。本文重点介绍了“言不尽意”论的渊源发展和思想意蕴的问题，并且探讨了它对文学创作的启示和意义，对我们当今的文学写作有一定的参考价值。

关键词：言不尽意；言意关系；思想意蕴；文学创作

一、引　言

众所周知，历史上的春秋战国时期是一个动荡不安的时代，“士”阶层开始崛起。他们利用自己杰出的演说辩论才能纷纷游说国君接受自己的主张策略。因此，在这里语言技巧就具有了举足轻重的地位。如果说，先秦的言不尽意论始于老子的话，那么庄子则在老子的言意关系的基础上，做了全面的发展和推进，可以说是先秦道家论言意关系的集大成者。后代的文学家和文艺理论家在继承老庄的言意观的基础上，对言意关系的问题有了更加深刻的认识和理解。“言不尽意”论的提出和发展，可以更好地指导我们进行文学创作，从而写出更多形神统一、风骨兼备的优秀作品。

二、“言不尽意”论的渊源与发展

《周易·系辞上》中有一段对后世影响很深的关于言意关系的名言：“子曰：‘书不尽言，言不尽意。’然则圣人之意，其不可见乎？子曰：‘圣人立象以尽意，设卦以尽情伪，系辞焉以尽其言，变而通之以尽利，鼓之舞之以尽神。’”《系辞》中的这段话，清楚地阐明了语言是不可以尽意的，但是我们可以通过立象设卦的方式来弥补语言的这个缺憾。

《老子》第一章云：“道可道，非常道；名可名，非常名。”它的意思是说，可以用语言表达的道，就不是永恒的道；可以叫得出的名，就不是永恒的名。这形象地说明了言和意之间的关系是矛盾的。庄子进一步继承和发展了老子的观点。他认为言不能尽意，圣人之意是无法言传的。庄子强调语言文字的局限性，指出它不可能把人的复杂的思想内容用有限的语言文字充分地表达出来。

庄子在《天道》篇中说：“世之所贵道者，书也。书不过语，语有贵也。语之所贵者，意也，意有所随。意之所随者，不可以言传也，而世因贵言传书。世虽贵之，我犹不足贵也，为其贵非其贵也。故视而可见者，形与色也；听而可闻者，名与声也。悲夫！世人以形色名声为足以得彼之情。夫形色名声，果不足以得彼之情，则知者不言，言者不知，而世岂识之哉！”这段文字提出了言不尽意的命题。庄子认为世人所贵重的道，载见于书籍，书籍不过是语言，语言有它的可贵之处。语言所可贵的是在于它表现出的意义，意义自有它指向之处。然而意义的指向之处是不可以用言语传达的，而世人因为注重语言而记载下来传之于书。庄子又举了“轮扁斫轮”的故事告诉我们：轮扁虽然有着神乎其技的斫轮技艺，但他无法用语言来充分表达出来，让其子孙传承。眼睛只能看到事物的形体和色彩，耳朵只能听到物体相互碰撞发出的声音，从形状、色彩、名称、声音实在是不足以充分表达事物本身的。在他看来语言文字不过是表达人们思维内容的象征性符号而已，是暗示人们去领会“意”的一种工具罢了。庄子很赞赏老子的“知者不言，言者不知”的理论。庄子的《秋水》篇，更是将他的“不可言传”论发展到极致：“可以言论者，物之粗也；可以意致者，物之精也；言之所不能论，意之所不能察致者，不期精粗焉。”这里，有三层意思。第一层，“可以言论者，物之粗也”，是指语言可以表达的意，即言内之意。第二层，“可以意致者，物之精也”，是指不可言传，但可以意致的意，也即言外之意。第三层，“言之所不能论，意之所不能察致者，不期精粗焉”，是指更难把握的意外之意。①

庄子在“言不尽意”的基础上，提出“得意而忘言”的主张。《外物》篇说：“筌者所以在鱼，得鱼而忘筌；蹄者所以在兔，得兔而忘蹄；言者所以在意，得意而忘言。吾安得夫忘言之人而与之言哉！”《外物》篇不一定是庄子本人写的，但这种观点是符合他的思想的。他认为“言”的目的在“得意”，但“言”本身并不是“意”，它是不能尽意的，如果拘泥于“言”，认为“意”即在此，反而不能“得意”，故必须“忘言”而后方能“得意”。但在这里，庄子所说的“意”的内涵到底是什么呢？我觉得庄子此处的意，并不神秘，它有着丰富的内涵。它在文学创作中可以传达思想，表达情感，抒情写景，塑造形象等众多功能。也就是说，这里的意既包括通过语言直接传达出来的意，还有间接传达出来的言外之意，甚至还有语言不能传达出来的意外之意。在弄清楚意的内涵后，我们再分析一下上面这段话中关于言意之辨的内容并且理解二者之间的关系。

首先，庄子肯定言可以表意，意有待于语言来表达，语言在表意上有重要作用。他认为正如用筌可以捕到鱼，用蹄可以得到兔一样，通过语言

① 李回：《得意忘言　不可言传　大美不言——庄子言、意、美的三个层次》，《丹东师专学报》2001年第3期。

是可以表达意和得到意的。其次，庄子在肯定语言对表意作用的基础上，进一步指出言和意的关系是工具、手段和目的的关系。正如筌和蹄是用以得到鱼和兔的工具和手段一样，使用语言本身并不是目的，其目的在于表意和得意。再次，庄子的“得意忘言”论也体现出一种审美态度。从作家来说，固然要用语言文字来表意，但如果不能集中全力注意整体艺术形象的把握，真实情感的表达，时刻不能忘记语言文字上的刻意求工，字斟句酌，就会造成“文多拘忌，伤其真美”的弊病，而陷入“为文而造情”的恶道。从读者来看，如果只停留于字里行间，时时刻刻关注的是语言文字本身，就不可能“入情”。所谓“忘言”，就是要忘记语言本身，要求审美主体对审美对象保持一种静观态度，保持一定的心理距离，从语言上超脱出来，从而进入审美的境界。①

魏晋玄学家王弼，创造性地“以老庄解周易”，进一步陈述和发展了“得意忘言”的观点。他在《易经略例·明象》一开篇就说：“夫象者，出意者也。言者，明象者也。尽意莫若象，尽象莫若言。言生于象，故可寻言以观象；象生于意，故可寻象以观意。意以象尽，象以言著。故言者，所以明象，得象而忘言；象者，所以存意，得意而忘象……然则，忘象者，乃得意者也；忘言者，乃得象者也。得意在忘象，得象在忘言。”在王弼看来，只有忘象才能得意，只有忘言才能得象。所以他说：“得意在忘象，得象在忘言。”当然，这里的“忘言忘象”是不要执着于象和言，而并非刻意弃言绝象，如果完全抛弃了言和象，也就不会有古人的任何言论流传至今了，当然也包括王弼的这些言论。他所提出的这个原则在魏晋玄学中具有一般方法论的意义。它要求人们把握事物的主要矛盾或精神实质，从事物的根本环节入手，来处理事物，反对在事物的细枝末节上枉费工夫。他把庄子的“言不尽意”论发展成为“言不尽象”“象不尽意”论，也就是说“象在言外”。

① 张少康：《中国文学理论批评史教程》，北京大学出版社2011年版，第37页。

陆机在《文赋》的小序中说："余每观才士之所作，窃有以得其用心。夫其放言遣辞，良多变矣……恒患意不称物，文不逮意。盖非知之难，能之难也。"陆机在这里提出了"文不逮意"的问题。"文"是指由语言文字写成的文章，"意"是指构思的具体内容。所以"文不逮意"是指文章不能充分表现出思维过程中所构成的具体内容。为了寻找到最精彩的、能最充分表现构思中艺术意象的语言文字，陆机认为要"倾群言之沥液，漱六艺之芳润"，上天入地，无所不至。

刘勰的《文心雕龙》中对言意的关系也做了较为精彩的论述。他在《神思》篇中说："意翻空而易奇，言征实而难巧也。是以意授于思，言授于意，密则无际，疏则千里。或理在方寸而求之域表，或义在咫尺而思隔山河。"在艺术构思的过程中，想象的内容是绚丽多彩的，但如果要把它具体化为语言形象，就不那么容易了。刘勰说："至于思表纤旨，文外曲致，言所不追，笔固知止。至精而后阐其妙，至变而后通其数，伊挚不能言鼎，轮扁不能语斤，其微矣乎！"可见，刘勰是肯定"言不尽意"论的。为了尽可能缩小言意之间的差距，就要注重"文外"之意，利用语言所能表达的部分，去暗示和象征语言所不能表达的难以描绘的部分，并充分利用读者的想象力。①

刘禹锡在《董氏武陵集纪》中说："诗者，其文章之蕴邪！义得而言丧，故微而难能；境生于象外，故精而寡和。"刘禹锡所谓"境生于象外"，是指诗歌的意境比诗歌中具体描写的实的景象要更加广阔得多，他要求诗人善于从实的景象的逼真描写中激起读者的丰富联想，通过暗示和象征的方法，使读者能在实的景象描写之外构成一个虚的、更加广阔的艺术境界，并体会其中无穷的言外之意，这样才能具有"片言可以明百意，坐驰可以役万景"的功效。

晚唐司空图在《与李生论诗书》中明确指出："文之难，而诗尤难。古

① 王志彬译注：《文心雕龙》，中华书局2012年版，第56页。

今之喻多矣，而愚以为辨于味，而后可以言诗也。”他认为真正的诗歌其味是在具体的咸酸之外的。文学作品运用生动具体的语言，创造许多自然传神的意境。但诗歌中的味不存在于这些生动的语言文字上，而是存在于由这些文字所描绘成的诗歌意境上。

宋代的杨万里是宋代著名的诗人和文学理论批评家。他在《颐庵诗稿序》云：“夫诗，何为者也？尚其词而已矣。曰：‘善诗者去词。’‘然则尚其意而已矣。’曰：‘善诗者去意。’‘然则去词去意，则诗安在乎？’曰：‘去词去意，则诗有在矣。”所谓“去词”和“去意”，即是要诗人不拘泥于词和意，而要重在创造出超出具体的词和意而具有含蓄不尽、超绝言象的深远意境。所以说，诗歌必须要恰当地去词和去意，这样才能真正得到诗歌的真谛。

“以通方知类为宗”的学术大师王国维，不仅研究古文字，而且也是一位十分出色的美学思想家和文艺批评家。《人间词话》是他最具有代表性的一部文学理论批评著作。这部书的核心是讲诗词的境界。王国维认为境界要有“言外之味”，“弦外之响”。他说：“古今词人格调之高，无如白石。惜不于意境上用力，故觉无言外之味，弦外之响，终不能与于第一流之作者也。”王国维的“言外之味”“弦外之响”说，正是对我国古代文艺美学中有关意境美学特征论述的精辟总结。

三、“言不尽意”论的思想意蕴

当代著名的美学大师朱光潜先生认为：言所以达意，然而意绝不是完全可以言达的。因为言是固定的，有迹象的；意是瞬息万变，缥缈无踪的。言是散碎的，意是混整的。言是有限的，意是无限的。以言达意，好像用继续的虚线画实物，只能得其近似。[①]这段话具体生动地说明了言和意

① 朱光潜：《无言之美》，北京大学出版社2013年版，第3页。

之间的微妙关系，并且肯定了“言不尽意”论的观点。语言作为文章写作的工具，有其一定的局限性。遇到曲折深远的意义，语言就会难以全部表达清楚。“言不尽意”论发展至今，已经蕴涵了丰富的文学思想，对后世的文学理论研究和文学创作产生了深远的影响，值得我们探讨。

第一，“言不尽意”一词，直接道出了语言的局限性。而所谓的语言的局限性是指人们在通过语言这个中介来抒发感情、阐明事理、交流思想和传递信息时，总是由于种种原因使语言的描述及表达往往有一定的缺憾。[①]在老庄哲学思想的影响下，魏晋时期的王弼等人对这一论题做了更加淋漓尽致的探讨。而在《红楼梦》第一回中，作者作诗云：“满纸荒唐言，一把辛酸泪。都云作者痴，谁解其中味。”这首小诗中的“谁解其中味”，道出了曹雪芹此时的绝望与悲凉。当今著名作家王蒙在一个电视访谈节目中解读《红楼梦》时说：“‘谁解其中味’，就是他（曹雪芹）还有很多的话要说，不能说。由于各种原因，而且语言文字它有一种特性，就是在表达出很多东西来的同时，它有隐藏着一些东西。任何一个东西当要用语言说出来以后，它就局限化了，而且隐藏了。……所以语言是表达的最重要的方式，有时候是唯一的方式，但语言有时候又是表达的一个坟墓。当它变成了语言以后，你自己把自己已经捆上了。而且最重要的那个内容，最重要的那个味，是无法用语言来表达的。”从这段话中可以看出，王蒙先生在解读《红楼梦》的过程中，也看到了语言的局限性。

在日常生活中，我们每个人都不可避免地要进行对话和交流，并且希望找到一个能够真正了解自己内心想法的那个人，也就是古人所说的“心有灵犀一点通”。在大多数时候，语言能精确地表达我们所要说的事情，也能声情并茂地描述我们周围乃至远在天边的事物。然而，它在表述我们内心世界时，却总是不能尽如人意。一种想法和感受在心中激荡，最终在头脑中形成，给我们带来了诸多的情绪体验，有激动、兴奋、愤怒、苦恼、

① 郭宇丽：《浅谈语言表达的局限性》，《文学界》2011年第2期。

悲伤、哀痛……当我们尝试用语言去表达它们的时候，说出来的话语往往已经丧失了大部分的韵味。这就是语言的局限性。多少年来，我们一直努力寻找着能够完全理解自己内心想法的那个人。不需要借助语言，只要看你一眼，不用说话，就能够很好地明白你心中的想法。然而无论是古人，还是今人，在历史的长河中，我们始终没有找到与自己心神合一的那个人。就算偶尔有时候，在某个特定的场景中，某些人无意或有意说出的话语，似乎短暂地触碰到了我们的内心，那一瞬间，我们感觉到自己完全被别人理解，好像找到了人生的知音。但是，我们不得不承认，这种情况少之又少，更多的时候，我们还是会处于一个有话不能尽言的境地。

第二，语言的比喻、暗示、象征功能。正因为语言具有种种的局限性，为了使语言尽可能地发挥作用，我们可以借助语言的暗示和象征功能，启发人们的想象和联想，充分调动自己的主观能动性来获得无尽的“言外之意”。比喻作为一种修辞方法，可以把抽象化为形象，从而将诗人理性化的哲理感悟或抽象化的内心情感形象化地表达出来。曹植的《释愁文》中写到：“愁之为物，惟惚惟恍。不招自来，推之弗往。寻之不知其际，握之不盈一掌。寂寂长夜，或群或党。去来无方，乱我精爽。”在这篇文章中，他把无形的愁比喻成某种莫名其妙的东西，可推可握，能来能去，奇妙地将无形的愁用形象化的语言描述出来，给人以直观的视觉感受。象征和暗示的表现手法，一般可以结合起来使用。用作品中具体的形象来暗示性地意指这一形象之外的事物或对象。它不仅可以表现自身所代表的事物的性质和意义，同时也能表现一种深远的思想感情或抽象意义。象征手法从西方的象征主义诗歌开始成为现代主义流派最普遍性的、最有影响的手法。象征主义的先驱波德莱尔把大自然比作一个物物之间互通信息的“象征的森林”。后期象征主义大师艾略特提出“客观对应物”的理论[①]，使抽象的思想诉诸可感的形象，使其更

① 杜宗义主编：《新编外国文学教程》，人民大学出版社2003年版，第264页。

加生动形象。这样，象征就是使现代主义在表述事物或意念、情感时，不用或少用正面的描写，借助联想、比喻和暗示取得笔墨精练而又意境深远的效果。①

第三，重视言外之意。在中国古代文学理论批评中，言和意的关系一直为人们所津津乐道。其中，在魏晋这个文学自觉的时代，“言不尽意”的问题已经有了较为成熟的探讨和论述。无论是言外之意、弦外之音，还是味外之味、象外之象，都是以有尽之言来寓无尽之意。语言只是思维的工具，不可能没有局限性。不论是篇幅短小的诗歌，还是长篇累牍的著述，文字的书写总是会有终结的时候。然而在这些有尽的语言中，所包含的无尽的意蕴才是作者所要真正想表达的。在我看来，言和意是有矛盾的，日常生活中，言不尽意的例子比比皆是。但是，如果我们只重视意的表达，而忽视文字的书写，那么古代文人学者所书写的著作，在今天应该就没有存在的意义了。言有尽而意无穷，我们不仅要了解语言文字的基本含义，还要充分发挥自己的想象力，创造出一片能超越有限的语言文字而获得更为丰富的内涵意蕴的天地。

四、“言不尽意”论对文学创作的启示和意义

语言是思维和交流思想的工具，言是用来表意的，是工具，是手段。意要靠语言来表达，是结果，是目的。文学是语言艺术，语言对文学艺术来说，不只是工具和手段，而且具有艺术符号的功能。在文学艺术中，语言所要表达的意，也远不只是一般的思想，它具有无限丰富的内涵。运用语言文字来写作的文章，即要不受语言文字的局限，而求之于“言意之表”，这样才能真正体现“妙理”。

具体来说，“言不尽意”对写作有哪些意义呢？

① 杜宗义主编：《新编外国文学教程》，中国人民大学出版社2003年版，第264页。

（一）从语言本身来看

“言不尽意”论由于抓住了语言和思想之间的矛盾和差异，这就提醒写作者必须重视“词不达意”和“言不尽意”的事实，激发写作者运用语言文字表意的积极性、创造性和能动性。扩大语言的容量，用有限的语言去获得无穷的意蕴，为走出语言的困境，做不懈的努力。我们可以充分运用语言的启发性，暗示性，象征性来表达丰富而深刻的意蕴，使语词超过字面上的意义，而获得“多重意义”。如何使语言具有隐喻性呢？一则可以选用富有弹性和暗示性的语词来实现。如贾岛的诗句“僧敲月下门”之所以用“敲”字比用“推”字好，就在于暗示了不同的意义。不仅暗含了僧人敲门的动作，也暗示了敲门的声音，更增添了寺院的静。同时我们也可以运用省略、对比、双关等修辞手法来增添语言的表现力，以获得“言外之意”“味外之旨”“韵外之致”。

省略是将句子中一个或多个成分省去，避免重复，使语言简练紧凑的一种语法手段，省略后的结果不仅能使句子更加精练，而且还可起到连接上下文使相邻词语受到强调的作用。[①]

比如柳宗元的《捕蛇者说》中有一句“永州之野产异蛇，黑质而白章。”在这里，第二个分句前面省略了主语“蛇”，是蛇的花纹“黑质而白章”。在现代文的写作中，我们也可以恰当地使用省略的手法，使语句表达得更加简洁和精练。

对比是把两种不同事物或者同一事物的两个方面放在一起相互比较的一种辞格。运用这种修辞手法，可以让读者在比较中分清好坏、辨别是非。[②]运用这种手法，有利于充分显示事物的矛盾，突出被表现事物的本质特征，加强文章的艺术效果和感染力。

我们经常说的“虚心使人进步，骄傲使人落后”，“黎明催人奋进，黑

① 黄伯荣、廖序东：《现代汉语》，高等教育出版社2011年版，第202页。
② 黄伯荣、廖序东：《现代汉语》，高等教育出版社2011年版，第218页。

夜催人入梦”都是运用了对比的手法，不仅言简意赅，而且可以让读者在比较中分清事实的好坏，具有一定的教育作用。

在一定的语言环境中，利用语音或语义条件，有意使语句同时关顾表面和内里两种意思，言在此而意在彼，这种修辞手法叫做双关。在文章中恰当地使用双关手法，一方面可以使语音幽默，饶有风趣；另一方面也能适应某种特殊语境的需要使语言表达地含蓄曲折、生动活泼，从而增强文章的表现力和感染力。

比如李商隐的《无题》“春蚕到死丝方尽，蜡炬成灰泪始干。”中“丝”即“思”的意思，以此来表达男女执着无悔的相思之情。再如刘禹锡《竹枝词》中著名的这句“东边日出西边雨，道是无晴却有晴。”其中“晴”是谐音双关，表面上指天气，这里实际暗指“情”，即情思。

（二）从写作风格来看

由于“言不尽意”论主张不可能也不必要用语言把什么都写出来，这就启示我们要含蓄委婉。刘勰正是从中得到启发，才提出了“隐秀”论，所谓“隐”，就是“文外之重旨也”，“隐以复意为工”，“隐之为体，义生之外”。这就是我们现在所说的“含蓄”，它要求“意不浅露，语不穷尽，当中有余味，篇中有余意，其如不外寄言”而已。

“桐城派”是清代中叶最大的散文流派，在清代文坛上影响极大。代表人物刘大櫆在《论文偶记》中说：“文贵远，远必含蓄。或句上有句，或句下有句，或句中有句，或句外有句，说出者少，不说出者多，乃可谓之远。”作者强调为文要“含蓄”“味永”。所谓含蓄，就是要“说出者少，不说出者多”，“言止而意不尽”；所谓“味永”，就是要文外无穷，意味、韵味幽深长远。[①]刘大櫆这一“贵远”的观点，与中国古代诗论、文论中一贯重视“含不尽之意见于言外”的观念相承接，体现了一切艺术表达都是在

① 贾文昭编著：《桐城派文论选》，中华书局2008年版，第68页。

有限中见出无限的基本审美特征。

桐城古文的另一位代表人物方苞的《送王箬林南归序》中，作家怀念友人却不直接抒写相思之情，而是充分展开想象，写友人抵达故乡之后深切怀念自己的情景。友人和家人在游山玩水时必然会遥想到北方有一个好友在思念自己，油然而生惘然不乐的心情，以“不写自己思人而写为人所思，纯从对面落墨，而自己的思念已饱含其中，造成词旨婉切、感情更为含蓄深沉的艺术效果。”[①]在杜甫的《月夜》和王维的《九月九日忆山东兄弟》早已应用了这一技巧，以之写情真切动人，缠绵悱恻。“今夜鄜州月，闺中只独看。遥怜小儿女，未解忆长安。香雾云鬟湿，清辉玉臂寒。何时倚虚幌，双照泪痕干。”诗人借妻子独自一人在闺房中思念远在异地的自己，年纪幼小的儿女还不懂得孤独无依的母亲对月怀人的心情，从而进一步地抒发自己含蓄深远的思念之情。

（三）从写作技巧来看

由于“言不尽意”在写作中有时是必要的，甚至是必须的，这就启示我们要利用“言”“意”之间的矛盾和差异，故意在“言”“意”之间留下一段距离，给读者留下广阔的想象和联想，补充和回味的空间，让读者自己去咀嚼，体会那字句之外隽永深长的情感和意蕴，以达到言有尽而意无穷的效果。美学家布洛就曾说过“美是距离”。写作也是这样，写得过于直露，必失之寡味，而留下一段距离，让读者去填补，进行审美再创造，却能获得更多美感，令人回味无穷。

美感与联想有着密切的关系。《诗经》是我国古代富有美感的诗歌总集，《诗经》作者广泛采用“比”“兴”的手法，朱熹认为，“比者，以彼物比此物也”；“兴者，先言他物以引起所咏之词也”。（《诗集传》）这都需要人们充分展开联想。《关雎》《桃夭》之所以能够引起人的美感，就是因

① 王镇远主编：《桐城三家散文赏析集》，巴蜀书社1989年版，第32页。

为作者在创作过程中运用了联想，使读者产生了丰富而又生动的想象，所以容易引起人的审美感受。

李商隐的诗写得朦朦胧胧，恍惚迷离，我们读起来似懂非懂。《锦瑟》是李商隐极负盛名的一首诗，也是其中最难索解的一首诗。诗家素有“一篇《锦瑟》解人难”的慨叹。有人说它是写给令狐楚家一个叫“锦瑟”的侍女的爱情诗；有人说是睹物思人，写给故去的妻子王氏的悼亡诗；也有人认为中间四句诗可与瑟的适、怨、清、和四种声情相合，从而推断为描写音乐的咏物诗；此外还有影射政治、自叙诗歌创作等许多种说法。千百年来众说纷纭，莫衷一是。

我想，古人乃至今人都会“独恨无人作郑笺”，但“诗家总爱西昆好”，谁不喜欢他的诗呢？另外，我们也可以不直接描写对象本身而描写与对象有关联的别的事物，从侧面来烘托映衬描写对象。这也就是我们常说的侧面衬托法，对人物不从正面进行庄重严肃的描写，而是从侧面着笔，从旁边入手，对人物进行多角度的映照和多层次的烘托，曲折生动地描写人物。恰到好处地运用侧笔，可以将人物描写得峰回路转，曲径通幽，情味盎然。

如汉乐府《陌上桑》写美女罗敷的形象，就运用了这种笔法。“行者见罗敷，下担捋髭须；少年见罗敷，脱帽著帩头。耕者忘其犁，锄者忘其锄；来归相怨怒，但坐观罗敷。”通过“行者”“少年”“耕者”“锄者”看到罗敷后不同的反应，反过来映衬罗敷的倾城倾国之美，这比直接描写她的美貌要高明得多。

（四）从意象创造来看

前面提到，在《周易·系辞》中已经有“观物取象”“立象以尽意”之说。不过这里的象是指卦象，并不是后来所说的意象。虽然卦象原本是用来记录天地万物及其变化规律，但后世的文人灵活地将卦象中的“象”，经过艺术加工，使之成为了饱含着诗人深厚感情的具体可感的意象。《系辞传》提出“立象以尽意”的命题，把“象”和“言”区分开来，同时又把“象”和“意”联系起来，指出“象”对于表达“意”有着“言”所不能及的特殊功能。[①]意象可以分为两种，一种是自己的意象，一种是间接的。艾略特在《观点》中对这个问题进行了详细的论述。他说：“一个著者的意象只有一部分是来自他的阅读。意象来自他从童年就开始的整个感性生活。我们所有人，在一生的所见、所闻、所感之中，某些意象（而不是另外一些）屡屡重现，充满着感情，情况不就是这样吗？”[②]如果我们在日常的写作中，能够巧妙地使用意象，可以使所要表达的感情被具体化，加深审美的愉悦。无论是在抒情类作品，还是在叙事类作品中，这些富有感情的意象的精心组合，就能够形成一个作者所需要描述出来的一个形象化的意境。意象是具体的事物，意境是由具体事物组成的作者感情和自然环境的结合，情融于景中，景中又蕴涵着情，就能完美地达到情景交融的境界。

综上所述，“言不尽意”论对写作的启示是丰富多样的，影响也是巨大的。中国从古代就一直十分重视探讨“言”和“意”之间的关系，也取得了很大的成绩。起源于庄子的“言不尽意”论一直在潜移默化地影响着我们的文学创作。为了使语言能够更加充分，更加真实地表达出作者的意识和想法，我们不仅要继承和发扬我国从古至今流传下来的艺术表达技巧，同时也应该扩大眼界，积极学习西方文学作品中的某些艺术创作方法。在西方现代主义文学的兴起和发展中，象征和意识流手法的运用，弥补了文学创作中主题揭示和心理描写上的不足。对我们而言，凡是有利于写作者充分表达“意”的文学创作方法，都应该积极地学习，并自觉地在今后的写作过程中恰当地运用。

① 叶朗：《中国美学史大纲》，上海人民出版社1985年版，第72页。

② ［英］艾略特：《观点（选译）》，裘小龙译，《诗探索》1981年第2期。

五、结　语

“言不尽意”论由于看到了“言”“意”之间的矛盾和差异，它启发了作者不要拘泥于语言形式，而是要超越语言，扩大语言的承载量，以获得“言外之意”“象外之象”“味外之味”“韵外之致”。而“言不尽意”论所主张的“得意忘言”又看到了“言”只是写作主体表达意蕴的工具，而非目的，所以它不仅启发作者也启发欣赏者不要拘泥于有限的语言文字，而是要透过字面上的意思通过想象和思考去把握领会作品中所隐含的深沉意蕴。所以，把握好“言”和“意”之间的关系，继承和发扬我国古代优秀的文艺创作和鉴赏理论，并且结合当今富有开创性的文学创作经验，做到古今贯通，这样才将有助于我们更好地进行写作。因此，“言不尽意”论对当今写作的意义还是很大的，值得我们深思。

（指导教师：侯宏堂）

从《全唐诗》中的“境”字看唐代诗境论的发展

◇凌海曦

摘　要：在《全唐诗》共四万八千余首诗中，“境”字是使用频率很高、使用范围极广的字眼。本文通过对唐人不同时期对“境”字的运用（词语、意象）进行归纳分析来看其对“境”的内涵理解的变化，从而描画、印证唐代诗境论发展的历史线索。旨在从《全唐诗》中“境”字的意义变化探究唐代诗境论的发展，并发现其丰富的理论内涵和深刻的美学价值。

关键词：《全唐诗》；境；诗境

诗境论是唐代文学理论发展史上的一个重要问题，一直深受学界关注，相关的研究成果也很多[①]。但值得注意的是，过去不少学者的研究大多将关注点落在王昌龄、皎然、司空图等明确提及诗境问题的理论文本上，而较少注意到唐人诗歌创作中使用到的“境”字及对其意涵的理解。这显

① 古风《意境探微》（百花文艺出版社2001年版）第一章《20世纪‘意境’研究回眸》对此有系统梳理。近十多年来学界仍有诸多新成果出现，专著如萧驰《佛法与诗境》（中华书局2005年版），重要论文如陈伯海《唐人“诗境”说考释》（《文学遗产》2013年第6期）、钱志熙《唐诗境说的形成及其文化与诗学上的渊源——兼论其对后世的影响》（《文学遗产》2013年第6期）、查正贤《论“境”作为中国古代诗学概念的含义——从该词的梵汉翻译问题入手》（《文艺研究》2015年第5期）等。

然忽略了作为一个理论命题的诗境论得以产生的更广阔的理论土壤。

就唐人诗歌来看，“境”字使用频率很高。检索电子版《全唐诗》可以发现，四万八千多首唐诗中，“境”字共出现六百三十八例，其中初唐四十五例、盛唐九十一例、中唐两百四十九例、晚唐两百五十三例，使用频率呈现逐渐增加的趋势。同时，“境”字在唐诗中构词变化的丰富也令人赞叹。其中出现频率较高的，如“人境”（四十一例）、“灵境”（三十四例）、“绝境”（二十九例）、“胜境”（二十三例）、“佳境”（二十一例）、“幽境”（十五例）等，至如仙境、真境、心境、远境、净境、僻境、清境、尘境、逃境、土境、禅境、圣境等也常常可见。此外，从“境”字成词的词义来看，自初盛唐至中晚唐也逐渐呈现一种由实转虚的倾向。这些均从某种程度上提示我们，唐人诗中“境”字的使用与诗境论的发生发展是存在较为紧密的关联的。而这个工作，此前学界似乎很少有学者特别关注。因此，本文拟通过对唐人诗歌作品中“境”字运用（词语、意象）的归纳分析，来看唐代不同时期“境”字意涵的变化以及诗境论的发展。

一、初盛唐时期“境”字变化发展与王昌龄“三境”说

初唐时期诗歌中“境”字的构词，主要有“灵境”“人境”“佳境”等，多指风景名胜之地的意思，相对较实。诸如“心境”之类较虚化的“境”字出现较少。详见下表：

表1　初唐诗中的“境”字用例

“境”字构词	序　号	作　者	诗　句
灵　境	1	李　忱	仙峰不间三春秀，灵境何时六月寒
	2	徐　氏	虔祷游灵境，元妃夙志同。
	3	徐　氏	周游灵境散幽情，千里江山暂得行。
	4	张九龄	灵境信幽绝，芳时重暄妍。
	5	孙　逖	晚从灵境出，林壑曙云飞。
	6	卢　象	灵境信难见，轻舟那可回。

续表：

"境"字构词	序 号	作 者	诗 句
人 境	1	张 均	从此更投人境外，生涯应在有无间。
	2	蔡希寂	不出人境外，萧条江海心。
	3	崔 翘	地奇人境别，事远俗尘收。
佳 境	1	张九龄	忆昨闻佳境，驾言寻昔蹊。
	2	张 说	今日清明宴，佳境惜芳菲。
	3	张 说	琴爵留佳境，山池借好园。
胜 境	1	徐 氏	寻真游胜境，巡礼到阳平。
	2	骆宾王	灵峰标胜境，神府枕通川。
仙 境	1	李 峤	自然碧洞窥仙境，何必丹丘是福庭。
	2	卢鸿一	磷涟清淬兮涤烦矶，灵仙境兮仁智归。
真 境	1	李 乂	满月临真境，秋风入御弦。
	2	杨 廉	万乘临真境，重阳眺远空。
心 境	1	张 说	静默将何贵，惟应心境同。
远 境	1	崔国辅	因高见远境，尽此数州内。
净 境	1	樊 忱	净境重阳节，仙游万乘来。
僻 境	1	徐 氏	同寻僻境思携手，暗指遥山学画眉。
清 境	1	张 说	危堞临清境，烦忧暂豁然。

从《全唐诗》所收初唐时期的诗歌来看，"境"字构词最多的是"灵境"，泛指风景名胜之地。如孙逖《酬万八贺九云门下归溪中作》"晚从灵境出，林壑曙云飞"[①]，正是诗人晚间从风景极好的地方出游归来，看到山间林上黎明微光与彩云纷飞的景象。又如卢象《峡中作》："云从三峡起，天向数峰开。灵境信难见，轻舟那可回。"[②]此"灵境"，主要指云彩从峡谷中升起、碧天向山峰两边散开的人间仙境。

至于上表所举"胜境""仙境"等，指的也是风景优美之境。这与"境"字的本意是有着直接关联的。"境"，《说文解字》曰："境，疆也。从土，竟声。"其意本指边境、边疆。《史记·廉颇蔺相如列传》："与燕王会

① 《全唐诗》卷一一八，中华书局1990年版，第1190页。

② 《全唐诗》卷一二二，中华书局1990年版，第1233页。

境上”[①]的“境”便是此意思。因此“境”字作为实指地理空间的名词意思由来已久，在唐代依旧使用。

李隆基《途次陕州》诗：“境出三秦外，途分二陕中。山川入虞虢，风俗限西东。”[②]其中“境出三秦外”中的“境”字，指的就是边境、边疆的意义。又如宋之问《送合宫苏明府颋》：“神哭周南境，童歌渭北垂。贤哉荀奉倩，衮职伫来仪。”[③]中的“周南境”，指的是江汉流域的一些小国的边境。而许敬宗《奉和过慈恩寺应制》：“月宫清晚桂，虹梁绚早梅。梵境留宸瞩，掞发丽天才。”[④]中的“梵境”，并非后世类似用词指一种虚化的“境界”，而是实指印度地界。如《翻译名义集·宗翻译主》中就提到：“〔玄奘〕于是杖锡裹足，履险若夷，既戾梵境，筹谘无倦。”[⑤]与之相同。除此之外，“土境”“远境”以及由地名加“境”字构成的名词性短语约十例，几乎都可作“边境、边疆”解。

当然，“境”字在唐以前也已经出现某种虚化的意义。如《庄子·逍遥游》“且举世誉之而不加劝，举世沮之而不加沮，定乎内外之分，辨乎荣辱之境”的“境”，已经带有抽象性空间含义。另如《世说新语·排调》所载，顾长康吃甘蔗先食尾而云“渐至佳境”，这个“佳境”也有某种心中感受的意思，不同于上述的疆界之义，而带有抽象空间的色彩。[⑥]但这种意义上的“境”字在初唐诗歌中出现极少。

至盛唐时期，“境”字的意义更为多元化。

其中，使用最为广泛的“境”的构词是“人境”。“人境”一词，在陶

① 《点校本二十四史修订本：史记》第八册，卷八十一，中华书局2013年版，第102页。

② 《全唐诗》卷三，中华书局1990年版，第56页。

③ 《全唐诗》卷五十三，中华书局1990年版，第521页。

④ 《全唐诗》卷三十五，中华书局1990年版，第398页。

⑤ 南宋平江景德寺僧法云编《翻译名义集》第一卷十一篇《宗翻译主》。

⑥ 钱志熙：《唐诗境说的形成及其文化与诗学上的渊源——兼论其对后世的影响》，《文学遗产》2013年第6期。

渊明《饮酒》“结庐在人境，而无车马喧”[①]一句中的意思主要指“人间之境”，同“边疆、边境”的初始意义不完全相同，但作为最基础的边境、边疆的意思依然存在。这在盛唐时期的“人境”诗例中仍然可见。如刘长卿《赠别于群投笔赴安西》“汉境天西穷，胡山海边绿”[②]，杜甫《遣怀》“拓境功未已，元和辞大炉”[③]以及《秦州杂诗二十首》“近接西南境，长怀十九泉”[④]等。

至于在山水诗中大量出现的“佳境”“胜境”“灵境”等，也仍与初唐一致，为风景优美之境。不过，其构词方式比初唐更丰富，出现了“尘境”“绝境”“幽境”等新构词。具体详见下表：

表2　盛唐诗中的“境”字用例

“境”字构词	序　号	作　者	诗　句
人　境	1	王　维	虽与人境接，闭门成隐居。
	2	祖　咏	寥寥人境外，闲坐听春禽。
	3	储光羲	兹山在人境，灵贶久传闻。
	4	王昌龄	始穷清源口，壑绝人境异。
	5	王昌龄	筑室在人境，遂得真隐情。
	6	李　白	筑室在人境，闭门无世喧。
	7	韦应物	屡跻幽人境，每肆芳辰眺。
	8	高　適	驾车出人境，避暑投僧家。
	9	杜　甫	古来无人境，今代横戈矛。
	10	杜　甫	造幽无人境，发兴自我辈。
	11	杜　甫	春日无人境，虚空不住天。
	12	皇甫冉	绝漠无人境，将军苦战时。
佳　境	1	李　白	偶逢佳境心已醉，忽有一鸟从天来。
	2	李　白	佳境宜缓棹，清辉能留客。
	3	李　白	佳境千万曲，客行无歇时。
	4	李　白	岛屿佳境色，江天涵清虚。

① 《陶渊明集》卷三，中华书局1975年版，第29页。
② 《全唐诗》卷一五〇，中华书局1975年版，第1539页。
③ 《全唐诗》卷二二二，中华书局1975年版，第2167页。
④ 《全唐诗》卷二二五，中华书局1975年版，第2305页。

续表：

“境”字构词	序　号	作　者	诗　句
	5	李　白	此中得佳境，可以绝嚣喧。
	6	高　適	白发知苦心，阳春见佳境。
	7	高　適	东亭何寥寥，佳境无朝昏。
	8	杜　甫	幽独移佳境，清深隔远关。
绝　境	1	李　白	笑夸故人指绝境，山光水色青于蓝。
	2	孙昌胤	灵鹤产绝境，昂昂无与俦。
	3	杜　甫	忡忡去绝境，杳杳更远适。
	4	杜　甫	故人官就此，绝境兴谁同。
	5	杜　甫	远游凌绝境，佳句染华笺。
	6	钱　起	绝境胜无倪，归途兴不尽。
	7	钱　起	幽人还绝境，谁道苦奔峭。
	8	钱　起	无双锦帐郎，绝境有林塘。
灵　境	1	王　维	不疑灵境难闻见，尘心未尽思乡县。
	2	裴　迪	灵境信为绝，法堂出尘氛。
	3	綦毋潜	南山势回合，灵境依此住。
	4	岑　参	作礼睹灵境，焚香方证疑。
	5	钱　起	稍入石门幽，始知灵境绝。
	6	皇甫冉	肃寺祠灵境，寻真到隐居。
胜　境	1	范　朝	胜境宜长望，迟春好散愁。
	2	李　白	胜境由来人共传，君到南中自称美。
	3	李　白	五松何清幽，胜境美沃州。
	4	刘太真	莫将迁客程，不为胜境留。
仙　境	1	李　颀	仙境若在梦，朝云如可亲。
	2	皇甫冉	偏依佛界通仙境，明灭玲珑媚林岭。
	3	刘昚虚	有时近仙境，不定若梦游。
幽　境	1	李　颀	行人与我玩幽境，北风切切吹衣冷。
	2	李　白	神女殁幽境，汤池流大川。
	3	独孤及	独立寒夜移，幽境思弥积。
尘　境	1	李　白	朱绂遗尘境，青山谒梵筵。
	2	韦应物	即此尘境远，忽闻幽鸟殊。
	3	韦应物	似与尘境绝，萧条斋舍秋。

续表：

“境”字构词	序 号	作 者	诗 句
坏 境	1	常 衮	何方非坏境，此地有归人。
逃 境	1	王昌龄	援毫无逃境，遂展千里眺。
土 境	1	杜 甫	君已富土境，开边一何多。
禅 境	1	钱 起	白水入禅境，砀山通觉路。
圣 境	1	王昌龄	圆通无有象，圣境不能侵。
清 境	1	韦应物	清境岂云远，炎氛忽如遗。
境 界	1	李 颀	境界因心净，泉源见底寒。
真 境	1	王昌龄	暂因问俗到真境，便欲投诚依道源。

从上述材料可见，相比初唐，盛唐时期“境”字意义多元化了，除了作为最基础的边境、边疆的意思，“佳境”“人境”“仙境”“幽境”等作为“地方、地域”解释的名词性短语更是数不胜数，“佳”“清”“幽”“灵”等前缀词赋予了“境”更为丰富的抽象意义。特别值得注意的是盛唐时期“禅境”一词的出现，不仅与盛唐时期诗人与僧人交往密切有关，也可看出盛唐后期“境”字更多融入了佛教“境界”的意义，其词义开始发生某种虚化的倾向。

与诗中“境”字用义多元化相平行，诗境论也大体出现于这一时期。王昌龄《诗格》中明确提到“三境”说：

> 诗有三境：一日物境，二日情境，三日意境。一曰物境。欲为山水诗，则张泉石云峰之境，极丽绝秀者，神之于心。处身于境，视境于心，莹然掌中，然后用思，了然境象，故得形似。二曰情境。娱乐愁怨，皆张于意而处于身，然后驰思，深得其情。三曰意境。亦张之于意，而思之于心，则得其真矣。”①

① 转引自张少康：《中国文学理论批评史教程》，北京大学出版社2011年版，第121页。

王昌龄对诗中“三境”的分析，与此前诗中“境”字的含意是有联系的。

初盛唐时期，含“境”的诗句往往指诗人在旅途中所见之景，多指向风景美好的地方或者环境，这类词语搭配多为“灵境”“佳境”“幽境”等等。这与王昌龄所述“物境”极为相似，其“境”是人的感官所感受到的实景，取材于山水诗中所观之景，直接描写而来。

而“情境”是在物境的基础上，由于人的认知能力和想象力的相互结合，赋予物境以情思：“娱乐愁怨，皆张于意，而处于身，然后驰思，深得其情。”情感神思触发却不立即抒发，而是将情感在物境的基础上进一步深化，用心去感受物境与情思的交相融汇，触动心灵深处的思考，人情与景物相辅相成，构成一种“带有深情的实在之境”。这与张说《岳州西城》“危堞临清境，烦忧暂豁然”[①]中的“清境”颇为相似，既不离一种现实存在的物境，更是对诗人当下情感直接描摹而生成的“人情之相”。

至于王昌龄所说的“意境”，不同于现代所谓“情景交融”而生的审美空间意义上的“意境”，后者更近于一种虚化的空间。王昌龄所说的“意境”，更多指向诗人的思想意识之“相”，是诗人心中思索而得的某种意念的图像化。因此，他所说的“意境”，应该是与“物境”“情境”相并列的一种描写的对象，即如果说“物境”以自然呈现景物为主，“情境”以呈现人的情感之相为主，则王昌龄所说的“意境”以呈现诗人之思形成的“意思之相”为主。王昌龄《论文意》“诗有意阔心远，以小纳大之体”[②]与之相近似。

当然，初唐末期已出现“心境”一词，至盛唐使用更多。如张说《清远江峡山寺》中“静默将何贵，惟应心境同”[③]等。另如相类似的用

① 《全唐诗》卷八十八，中华书局1975年版，第872页。
② 《文镜秘府论》，人民文学出版社1975年版，第45页。
③ 《全唐诗》卷八十八，中华书局1975年版，第874页。

例，包佶《近获风痹之疾，题寄所怀》“寓形齐指马，观境制心猿”[①]，皇甫曾《赠沛禅师》“观空色不染，对境心自惬”[②]，李颀《长寿寺粲公院新甃井》“境界因心净，泉源见底寒”[③]，独孤及《题思禅寺上方》“目极道何在，境照心亦冥”[④]等，都与“心境”相关。仔细来看，这些诗作中的“境”，多有“境界、境地”之义，存在某种将实在之境虚化为心中之境的倾向。这应与盛唐时期佛教思想的传播息息相关，王昌龄的诗中似乎也可见到某些痕迹。如《同王维集青龙寺昙壁上人兄院五韵》“圆通无有象，圣境不能侵”[⑤]中的“圣境”，就是指佛教信徒所向往的超凡入圣的境界，类似于《无量寿经》中提到的“比丘白佛，斯义弘深，非我境界”[⑥]。但就其“三境”说而言，似乎还并没有太多佛学中的“境界”之义。

二、中唐时期“境”字意涵的抽象化与诗境论的拓展

中唐诗歌相对于盛唐时期的浪漫激昂而言，其显著特点是风骨顿衰，崇尚疏旷澹然之美，其中“境”字用例意义的虚化开始受到诗人的推崇，且大多与佛教相关。如王建《昭应李郎中见贻佳作次韵奉酬》“精思道心缘境熟，粗疏文字见诗回”[⑦]，羊滔《游烂柯山》“深入不动境，乃知真圆寂”[⑧]，崔元翰《奉和圣制中元日题奉敬寺》“离相境都寂，忘言理更

① 《全唐诗》卷二〇五，中华书局1975年版，第2049页。
② 《全唐诗》卷二一〇，中华书局1975年版，第2204页。
③ 《全唐诗》卷一三四，中华书局1975年版，第1388页。
④ 《全唐诗》卷二四六，中华书局1975年版，第2513页。
⑤ 《全唐诗》卷一四二，中华书局1975年版，第1425页。
⑥ 出自印光大师勘定，曹魏时期康僧铠主持翻译《佛说无量寿经》卷二，宗教文化出版社2013年版，第12页。
⑦ 《全唐诗》卷三〇〇，中华书局1975年版，第3008页。
⑧ 《全唐诗》卷三一二，中华书局1975年版，第3145页。

精”[①]，白居易《香山寺二绝》“且共云泉结缘境，他生当作此山僧”[②]等等。受佛教用语“境界”的影响，“境”字大多数表示虚幻的境界，若王建《题东华观》“寂寥虚境里，何处觅长生”[③]，戴叔伦《送车参军江陵》“身随幻境劳多事，迹学禅心厌有名”[④]等等。

中唐诗歌中“境”字构词最多的是“人境”，共十六例，还有“灵境”，共十三例，出现频率和初盛唐时期略同，而“静境”却是首次出现，大多指“静谧的环境、境界”。这与佛教修持中遂有“观心”一说相关，“观心”是指须借助观照外物来反观心源，所谓“唯于万境观一心，万境虽殊，妙观理等”，即是指通过体察万物的变幻无常，来体认本心的空寂妙用[⑤]。也即，“境”是人们内心的写照。禅学中讲究诗歌意境的创造需要诗人有虚静的精神境界，排除内心一切世俗欲念，“静境”大致说的就是这个意思。参见下表：

表3　中唐诗中三个主要的“境”字用例

“境”字构词	序　号	作　者	诗　句
人　境	1	顾　况	人境年虚掷，仙源日未斜。
	2	戴叔伦	偶来人境外，何处染嚣尘。
	3	皎　然	野寺出人境，舍舟登远峰。
	4	武元衡	夙驾逾人境，长驱出塞垣。
	5	萧　祐	一丘人境尚堪恋，何况海上金银台。
	6	权德舆	心源齐彼是，人境胜岩壑。
	7	权德舆	怀君在人境，不共此时情。
	8	权德舆	偶来人境外，心赏幸随君。
	9	令狐楚	远覆无人境，遥彰有德君。
	10	刘禹锡	结根不得要路津，迥秀长在无人境。

① 《全唐诗》卷三一三，中华书局1975年版，第3150页。
② 《全唐诗》卷四五四，中华书局1975年版，第4573页。
③ 《全唐诗》卷二九九，中华书局1975年版，第3002页。
④ 《全唐诗》卷八一二，中华书局1975年版，第8144页。
⑤ 陈伯海：《唐人“诗境”说考释》，《文学遗产》2013年第6期。

续表：

“境”字构词	序 号	作 者	诗 句
	11	孟 郊	洞庭非人境，道路行虚空。
	12	白居易	不与人境接，寺门开向山。
	13	白居易	官曹清切非人境，风月鲜明是洞天。
	14	施肩吾	相呼已到无人境，何处玉箫吹一声。
	15	朱庆馀	四望非人境，从前洞穴深。
	16	雍 陶	但觉鸟声异，不知人境同。
灵 境	1	窦 庠	信知灵境长有灵，住者不得无仙骨。
	2	司空曙	前登灵境青霄绝，下视人间白日低。
	3	刘 迥	灵境偶一寻，洞天碧云上。
	4	皎 然	灵境若仿佛，烂柯思再逢。
	5	皎 然	灵境若可托，道情知所从。
	6	皎 然	苍林有灵境，杳映遥可羡。
	7	柳宗元	灵境不可状，鬼工谅难求。
	8	孟 郊	灵境物皆直，万松无一斜。
	9	元 稹	灵物比灵境，冠履宁甚睽。
	10	元 稹	梦魂良易惊，灵境难久寓。
	11	白居易	灵境与异迹，周览无不殚。
	12	白居易	始知天地间，灵境有所归。
	13	朱庆馀	炎夏寻灵境，高僧澹荡中。
静 境	1	孟 郊	静境无浊氛，清雨零碧云。
	2	白居易	幸与静境遇，喜无归侣催。
	3	白居易	每一得静境，思与故人言。
	4	白居易	子近湖边住，静境称高情。
	5	白居易	畏途常迫促，静境暂淹留。
	6	白居易	幽怀静境何人别，唯有南宫老驾兄。
	7	白居易	静境多独得，幽怀竟谁知。
	8	白居易	君以旷怀宜静境，我因蹇步称闲官。
	9	周 贺	幽鸟背泉栖静境，远人当烛想遗文。
	10	雍 陶	静境唯闻铎，寒床但枕肱。

而且，中唐诗歌中开始出现“诗境”一词，共九例。刘商《酬问师》“虚空无处所，仿佛似琉璃。诗境何人到，禅心又过诗。”[①]这里的“诗境”，主要指诗歌的境界，与此相同的还有白居易《秋池二首》“闲中得诗境，此境幽难说”[②]，白居易《将至东都先寄令狐留守》“诗境忽来还自得，醉乡潜去与谁期”[③]，朱庆馀《陪江州李使君重阳宴百花亭》“醉里求诗境，回看岛屿青”[④]等等。显示了中唐诗人对诗歌美学特征的探求，对诗境的阐述更加深入。

皎然是中唐时期有名的诗僧，其所作含有“境”字的三十三首的诗作中，“古磬清霜下，寒山晓月中。诗情缘境发，法性寄筌空”（《秋日遥和卢使君游何山寺宿扬上人房论涅槃经义》）[⑤]一首流传甚广。在此诗中提出的“诗情缘境发”，即情因境生，境中含情，借境言情，情由境发。“缘境”本是佛教语，本意为六识所观，而缘六境。而皎然的“缘境”融入诗学，做出了新解释，他在《诗式·辨体有一十九字》释“情”：缘境不尽曰情。[⑥]“不尽”是指情不止于境（景象），诗人观景产生情感，情感通过景象来抒发，但又不能完全通过语言表达出来，诗歌情志寄托于实境而存在，缘境而又生情，诗歌由“言——境——情”层层深入，即表面的意义转化为思想，再由思想升华为深刻含蕴。诗歌创作起于外境又不止于境。故诗境的创造，不仅在于情与境的结合，还在于其有着回味不尽的韵味。皎然的诗歌理论中“采奇于象外”也与之相通，即强调诗歌意境的创造不再局限于实景描写，而更在于透过实际的景象使人联想到丰富的象外之意、文外之旨。诗境的美学特征，就在于言不尽意的留白给人创造出更加奇特的想象空间。

---

① 《全唐诗》卷三〇四，中华书局1975年版，第3047页。
② 《全唐诗》卷四四五，中华书局1975年版，第4449页。
③ 《全唐诗》卷四五〇，中华书局1975年版，第4552页。
④ 《全唐诗》卷五一四，中华书局1975年版，第5148页。
⑤ 《全唐诗》卷八一五，中华书局1975年版，第8170页。
⑥ 转引自张少康：《中国文学理论批评史教程》，北京大学出版社2011年版，第123页。

如刘禹锡《送韦秀才道冲赴制举》诗中所写：

惊禽一辞巢，栖息无少安。秋扇一离手，流尘蔽霜纨。
故侣不可追，凉风日已寒。远逢杜陵士，别尽平生欢。
逐客无印绶，楚江多芷兰。因居暇时游，长铗不复弹。
阅书南轩霁，緪瑟清夜阑。万境身外寂，一杯腹中宽。[①]

“万境身外寂，一杯腹中宽”，表达了诗人已经不在乎身外的环境是怎样的，唯有杯酒解愁，透过了“境”表达更加深刻的“情”，读罢此诗，悲凉凄清之感涌上心头。

因此，和初盛唐时期不同，中唐时期的“境”包含有抽象化的意义，如杨巨源《送李舍人归兰陵里》“家贫境胜心无累，名重官闲口不论”[②]、欧阳詹《和严长官秋日登太原龙兴寺阁野望》“境闲知道胜，心远见名浮”[③]中的“境”，不再是地域、疆界的意思，而是心中的境界，是包含了作者超凡脱俗的情操。

与皎然“采奇于象外”异曲同工，刘禹锡“境生于象外”的诗境美学特征概括也极为深刻。在《董氏武陵集纪》中他论述道：“诗者，其文章之蕴邪？意得而言丧，故微而难能，境生于象外，故精而寡和。”[④]所谓“境生于象外”也是这个意思，即诗歌的意境超脱于诗歌所描写的具体实景、具体物象，通过联想、双关、暗示等写作手法使人从具体生动的物象感受到无穷无尽的虚像之中，感受想象带来的趣味。

《全唐诗》所收刘禹锡诗中有二十七首带“境”字的诗篇，其中“人稀夜复闲，虑静境亦随。缅怀断鳌足，凝想乘鸾姿。”（《和河南裴尹侍郎宿

① 《全唐诗》卷三五四，中华书局1975年版，第3550页。
② 《全唐诗》卷三三三，中华书局1975年版，第3321页。
③ 《全唐诗》卷三四九，中华书局1975年版，第3457页。
④ 转引自张少康：《中国文学理论批评史教程》，北京大学出版社2011年版，第125页。

斋天平寺诣九龙祠祈雨二十韵》）[1]中的“境”就是虚境，思虑清净那么自己所处的境界也就清净了许多。仿佛感受不到实景，但又感觉深夜宁静的景象就在眼前，诗歌意境之美，就在于言语能够超越具体物象，意境虚实结合产生的一种审美三维艺术境界的生成。在“应觉清谈胜绮罗。境入篇章高韵发，风穿号令众心和。”（《夏日寄宣武令狐相公》）[2]中就体现了刘禹锡对诗境论的美学特征的概括，“境入篇章”就是指诗歌意境融入字里行间，此时的“境”为虚境，是心中的“境”，不论诗歌的言辞有多么丰采繁复，情景交融才能产生高深的韵味，与读者产生共鸣，诗歌的意境并不是象的堆砌，而是在具体的实境之外，衍生出的广阔的思想与情感交错的复杂境界。就如同柳永《雨霖铃》：“杨柳岸，晓风残月。”单看此句，只有杨柳、微风、残月三个意象，而杨柳依依使人联想到离别赠柳的习俗，晓风残月的不圆满也表达了离别的不舍和委婉悲伤。

在初盛唐时期，“境”字仍是实指，那么到了中唐时期，“境”字构词的虚指意义开始出现，体现在“万境”“虚境”“诸境”“幻境”等词上，而在文学理论上，皎然“采奇于象外”与刘禹锡“境生于象外”，都强调“象外”，即超越具体的物象而描写诗境，这都表现了在中唐时期“境”字发展与诗歌意境理论相辅相成。

三、晚唐诗中的“境”字与司空图的诗歌意境论

晚唐时期《全唐诗》中含“境”字的诗作共有两百五十三首，“境”字发展运用集前人之大成者，意义丰富。其中主要的用例可见下表：

---

① 《全唐诗》卷三五五，中华书局1975年版，第3562页。

② 《全唐诗》卷三六〇，中华书局1975年版，第3614页。

表4　晚唐诗中的“境”字用例（只选取特殊用例）

“境”字构词	序　号	作　者	诗　句
此　境	1	陆龟蒙	第一莫教谙此境，倚天功业待君为。
	2	周　繇	最堪佳此境，为我长诗情。
	3	吴　融	何如当此境，终朝旷遐瞩。
	4	韦　庄	此境只应词客爱，投文空吊木玄虚。
	5	曹　松	此境未开日，何人初见时。
	6	曹　松	任官当此境，更莫梦天台。
	7	无名氏	此境谁复知，独怀谢康乐。
	8	齐　已	遂有冥心者，还寻此境来。
	9	无　可	此境堪长往，尘中事可谙。
此　境	10	贯　休	方寻此境去，莫问几时回。
	11	齐　已	此境终抛去，邻房肯信无。
	12	齐　已	还有无心者，闲寻此境来。
	13	齐　已	此境此身谁更爱，掀天羯鼓满长安。
	14	吕　岩	强居此境绝知音，野景虽多不合吟。
	15	刘得仁	凉风白露夕，此境属诗家。
	16	马　戴	此境可长住，浮生自不能。
	17	马　戴	知君亲此境，九陌少相逢。
	18	许　棠	终难依此境，坐卧避钧衡。
	19	许　棠	人间方大火，此境无朱夏。
绝　境	1	赵　嘏	膺门不避额逢珠，绝境由来卷轴须。
	2	李群玉	吾将抱瑶琴，绝境纵所适。
	3	陆龟蒙	异才偶绝境，佳藻穷冥搜。
	4	陆龟蒙	行行问绝境，贵与名相亲。
	5	张　乔	山桥通绝境，到此忆天台。
	6	胡　曾	乘船浮鹢下韶水，绝境方知在岭南。
	7	方　干	为文通绝境，从宦及良辰。
	8	罗　隐	绝境非身事，流年但物华。
	9	徐　夤	绝境宜栖独角仙，金张到此亦忘还。

续表：

“境”字构词	序号	作者	诗句
	10	李洞	忘餐二绝境，取意铸陶钧。
	11	徐铉	绝境何人识，高亭万象含。
	12	路应	绝境久蒙蔽，芟萝方追兹。
旧境	1	薛能	敢叹临行殊旧境，惟愁后事劣今时。
	2	薛能	旧境深相恼，新春宛不殊。
境象	1	郑颢	境象非曾到，崇严昔未经。
空境	1	寒山	默知神自明，观空境逾寂。

与中唐相同，晚唐以齐己、贯休等为代表的诗僧所作禅诗也极为有名，其诗作中含有“境”字的统共有六十一例，约占晚唐时期的四分之一。禅学讲究诗歌创造需要诗人有虚静的精神境界，排除内心一切世俗欲念，因此其释义也多为虚意。在他们的诗作中也有所体现，如寒山“默知神自明，观空境逾寂”[①]、无可“雨后清凉境，因还欲不回”[②]。

晚唐时期，“境”字发展运用集前人之大成者，意义丰富。其诗歌流派大致分为四个：一是主张缘情绮丽文学，寓感伤与风情之中，寄性灵于华艳之间，以杜牧、李商隐为代表；二是宣扬纵情声色的闺阁香艳文学，以韩偓、欧阳炯等为代表；三是提倡隐逸冲淡文学，系忧愤于山水田园之作，以皮日休、陆龟蒙等为代表；四是追求超逸的诗味诗美，潜心艺术意境的创造，以司空图为代表。[③]前两个流派中含“境”字的意义以实意为主，其释义多为“地方、环境”等，后两个流派以虚意为主，其释义多为“境界”或“境遇”，如“高燕凌鸿鹄，枯槎压芰荷。此中无别境，此外是闲魔”（《五月九日》）[④]、“荷香浥露侵衣润，松影和风傍枕移。只此共栖

① 《全唐诗》卷八〇六，中华书局1975年版，第8203页。

② 《全唐诗》卷八一四，中华书局1975年版，第8314页。

③ 转引自张少康：《中国文学理论批评史教程》，北京大学出版社2011年版，第142页。

④ 《全唐诗》卷八八五，中华书局1975年版，第8990页。

尘外境，无妨亦恋好文时”（《争名》）[1]等。

在齐已诗作中，“境”字构词最多的是“此境”，“此境”同“万境”“诸境”相似，都是泛指，“此”既可以指实景也可以指虚境。如：“此境谁复知，独怀谢康乐。”（《落日山照曜》）[2]中的“此境”是虚指，其意义是诗人所处的境遇有谁能够知道呢？境遇不是实景，是指无法描述的心境和遭遇。而“凉风白露夕，此境属诗家。”（《池上宿》）[3]中的“此境”就是实指，指代前面一句中的“凉风白露夕”的美景。由此可见，在晚唐时期，诗人对“境”字运用十分娴熟，较于初盛唐时期的诗句，意义更加丰富，诗美创造更加独特。

构词还比较丰富的有“绝境”，但是与初盛唐时期不同的是，在初盛唐，“绝境”是指风景优美的地方，在晚唐，“绝境”意义有增，例如方干“为文通绝境，从宦及良辰”（《重阳日送洛阳李丞之任》）[4]，其中的“绝境”是指绝妙的境界，有虚化的意义。

司空图是晚唐一名著名的诗人，同时也是一位成就极高的文学批评史家。刘禹锡“境生于象外”的思想间接地启发了司空图的诗境论阐述，而司空图对诗境论的影响，集前代诗人的成就，总结了唐代诗境论，为后世研究诗境论提供了完整的方法。他对诗境论的看法与刘禹锡、皎然大体一致，并提出“韵外之致”“味外之旨”“象外之象”“景外之景”的观点，对诗境论又是一个很大的推进。观其诗作中，“境”字虽然有虚指，但是“境”并未脱离实景，如司空图《争名》：

争名岂在更搜奇，不朽才消一句诗。
穷辱未甘英气阻，乖疏还有正人知。

---

① 《全唐诗》卷六三二，中华书局1975年版，第6446页。
② 《全唐诗》卷七八七，中华书局1975年版，第7988页。
③ 《全唐诗》卷五四四，中华书局1975年版，第5521页。
④ 《全唐诗》卷六四九，中华书局1975年版，第6579页。

荷香浥露侵衣润，松影和风傍枕移。

只此共栖尘外境，无妨亦恋好文时。[①]

“荷香浥露侵衣润，松影和风傍枕移。”人与境的相互融合，从实景中我们可以看出司空图的“境”与思偕、“意与境浑”“超以象外，得其环中”，即艺术构思与所写之境融合无间，诗歌所具备的内涵超出具体物象之表。

司空图对所谓“意境”的定义，就是实景产生或通过联想、象征暗示而来的虚实结合、情景交融的美感哲理性的感受和领悟，也就是含蓄澹远的诗美创造。同时司空图还提出“韵味”说的美学原则——近而不浮，远而不尽。“噫！近而不浮，远而不尽，然后可以言韵外之致耳。”“近而不浮”——指诗歌的形象具体鲜明，能使读者感到如在目前，却不流于浮泛；“远而不尽”——指诗歌的意蕴含蓄深远，不尽于句中，能引起读者的想象和联想，使人感到言有尽而意无穷。

司空图的诗境论与晚唐时期的“境”字发展也息息相关，其理论与实际诗作文本相符合，在晚唐时期创作的诗歌中，很难去确切地区别实境和虚境，实与虚，心境与实境是紧密融合的，不可分割的。古风先生在《意境探微》一书中提到：“‘实境’是基础，‘虚境’是楼阁，离开了‘实境’，‘虚境’就无所依托，成了空中楼阁，难以存在。所以，只有将‘虚境’置于‘实境’之上，构成两重象以上或两重景以上的‘虚境’，才能使我们透过前一个‘象’、‘景’而捕捉到其外的‘象’、‘景’，获得韵味无穷的审美满足，所以离开‘虚境’谈‘实境’，‘实境’则呆；离开‘实境’谈‘虚境’，‘虚境’则浮。[②]”

晚唐时期，“境”字从初唐边境、边疆以及地域等实意到晚唐境界、境况之虚意，诗歌也从“境出三秦外，途分二陕中”的直白描写到“人稀夜

① 《全唐诗》卷六三二，中华书局1975年版，第6446页。

② 古风：《意境探微》，百花文艺出版社2001年版，第84页。

复闲，虑静境亦随。缅怀断鳌足，凝想乘鸾姿”的虚化境界，既具有声律之美，又有鲜明形象刻画、情景交融，还蕴含着情深意实的文学意象。综观晚唐时期含“境”字诗歌的特点，即：虚实结合，与司空图所论述诗歌意境的理论是相互映衬的，理论的产生从未离开过诗歌本体的广阔土壤。通过对诗歌本体的研究和归纳，描画和印证了晚唐诗境论发展的线索。此中转变可以说是文学创作影响了理论发展，继而理论发展又与文学创作相互推进相互映照。

四、小 结

唐代是我国古代封建社会中最为繁荣昌盛的时代，同时也是中国古代文学创作的巅峰之一，唐代文学上承晋南北朝文学，下启两宋文学。综观全唐诗，清新脱俗，一扫齐梁时期的采丽竞繁，风骨与诗美兼备。

本文通过对《全唐诗》中所有含有“境”字诗句意义结构的分析，更加清楚诗境论的产生，并非偶然的结果。“境”与诗境论相互促进协调发展。“境”字自从意义内涵丰富之后，尤其是增加了诗人对景物的心理体验，就必然会开启对诗歌意境的探究，从而萌发诗境论；同时诗境论的出现使传统诗学研究方向从外境转化到内境。从初唐到晚唐，从王昌龄到司空图，唐代诗歌中“境”字的意义内涵变化以及诗境论的理论思维的影响都是十分深刻的。尤其是诗歌意象思维、怨刺作用的凸显，都极大程度上推动了诗歌思想领域和研究方法的全面成熟，对后世诗境论产生了深远的影响。

（指导教师：项念东）

从《美学四讲》看李泽厚美学思想的审美现代意义

◇董素敏

摘　要：在美学史上，感性与理性的这对范畴一直存在并受到了美学家们的重视。对于这一对立范畴，李泽厚先生从马克思历史唯物主义实践观出发，将感性与理性置于具体的历史现实中，通过《美学四讲》中所阐释的“自然人化说”“美是自由的形式”和“审美积淀说”等理论，揭示了理性的来源——自然的人化，反思理性并重视感性的社会化，强调“新感性”积淀的社会性内容。在社会历史实践活动中，找到了感性和理性的融合点——审美，在审美活动中感性与理性实现了和谐统一，人性在艺术与审美“二律”背反的运动中得到了培植与完善，突出了审美对人性培育的现代意义，为人类审美化生存提供了可能。李泽厚关于感性与理性的认识既揭示了审美现代意义的理论根据，又展现了他美学观中审美现代意义的深邃内涵。

关键词：李泽厚；感性；理性；人性；审美的现代意义

一、引　言

作为20世纪后半期中国美学学术历程中的一处重镇，李泽厚建构了一套以主体性实践哲学为骨架和灵魂，通过“自然的人化”“人的自然化”

"美是自由的形式""积淀说"等命题或范畴来论述的主体性实践美学体系[①]。他的美学体系在当时影响很大但并非无懈可击，其美学观中感性与理性、偶然与必然、个体与群体这些美学概念存在的不可调和的张力结构[②]，这种内在的紧张不可避免地带来了不同学术流派众多学者的质疑与驳难，高尔泰、刘晓波首开先河对其"积淀说"进行批判，而夏中义的《新潮学案》、陈炎的《积淀与突破》等人充分肯定了李泽厚美学思想人性"积淀说"的思想解放之功效。近几年，关于他的实践美学的探讨与争论仍呈现方兴未艾之势。可以说，学者们关于其个体的研究的深度与广度已令美学的初学者望洋兴叹。作为中文专业的学生，立足于美学研究中所存在的感性与理性这一对立范畴，选择他的理论专著《美学四讲》作为美学的入门书，依托他的美学思想，试图从李泽厚美学观中关于感性与理性的认识这一视角入手，以此为切入点分析李泽厚美学思想的审美现代意义问题。

二、感性与理性的辨析

在美学史发展过程中，感性与理性的关系是一个说不完的话题，堪称美学史上一组重要的对立范畴。关于感性与理性对立关系的讨论研究从未停止过，但有些思考却渐渐地脱离了原感性、理性最初的内涵，使抽象的概念变得愈加模糊了，为此，必须先了解它们最基本的含义，追根溯源看看中西方学者们是如何理解感性与理性的。

（一）词源学上的感性与理性

在《辞海》中，理性"一般指概念、判断、推理等思维形式或思维活动"。相关的词条包括思维、逻辑思维、概念、判断、推理、思想、观念、

① 韩小龙：《李泽厚美学思想研究文献综述》，《绵阳师范学院学报》2010年第3期。

② 韩小龙：《李泽厚美学思想的内在张力》，《长安大学学报》（社会科学版）2009年第2期。

理论、分析与综合、真理等。而感性是指“在实践中外界事物作用于人的感觉器官而产生的感觉、认识和表象等直观形式的认识”。在此词条前后，相关词条还有感性认识、直观、感觉、知觉、表象、印象、经验、直接经验等。在《现代汉语词典》中感性与理性都是属性词，感性指属于感觉、知觉等心理活动的，而理性则属于判断、推理等活动，与感性相对。

从词源学上来看，感性与理性总是相对出现的，单就其概念本身而言似乎太玄奥了，如果将感性与理性放在具体语境上来看，比如“这个人很感性”和“这个人很理性”，两个简单的判断句，关于“理性”一词的理解，大多数人的理解应该都不会有偏差，总是和“理智”相关。但是就“感性”一词而言，听者和说者可能大相径庭，“感性”可能被认为是不理智，感情用事，多愁善感，这就造成了对“感性”的误解和偏见，“感性”一词的感情色彩并不是非常消极的贬义词，感性与理性也并非是人们一般理解的不可调和的对立，可以说，词源学上关于感性与理性基本含义的规定仍旧只是一个暂时性的相对的概念，为人们理解提供了一个可供参考的范本而已。

（二）中西方哲学传统对感性与理性的不同解读

感性与理性是重要的哲学概念，在西方哲学史上，受西方哲学抽象的思辨本体论传统影响，对感性与理性的论述都是众说纷纭，莫衷一是，感性开始被理解为感性经验和认识论层次上的感性认识，感性一直是在理性的传统之下被理解，感性是被抽象化或直观化了的。而占据统摄地位的理性概念，经历了从古希腊时期抽象的哲学概念、中世纪的神性到文艺复兴时期的理性认识这三个阶段，从本体论角度揭示了理性的来源。在中国古代，以儒家思想为代表，他们肯定了人的感性需求，但更多强调理性对感性的一种道德规范与塑造，理性更多体现在伦理道德实践活动中。

1.理性来自抽象的哲学概念

古希腊时期，许多哲学家就提出了关于感性与理性的认识，感性被理解为感官所感觉到的，主张感觉论，感性只是依附于理性的影子。例如柏拉图提出的“理念论”，他认为，每一个事物都有它的理念，具体事物只是理念的影子。理念是永恒不变的，而个别的具体事物是变化的、不真实的，在这里，他指出理念是类似灵魂的抽象。感性现象在理念的世界里是虚幻的，不真实的，以理性来否定感性的存在。持这种观点的还有巴门尼德，他要大家“不要遵循这条大家所习惯的道路，以你茫然的眼睛、轰鸣的耳朵以及舌头为准绳，而要用你的理智来解决纷争的辩论”[①]。由于感性认识的相对性而怀疑感性知识的实在性，他们否认感性的客观存在，也就意味着他们对感性的、现实存在的人和世界的无视，撇开了人这一主体，而专注于人之外的“灵魂实体”。当然，他们所认为的“理念”是一种宇宙的理性和普遍的理性，从感性经验中抽象出永恒的理念，即一种建构宇宙秩序的力量或一种主体自主创造的能力，理性是来源于宇宙、灵魂等抽象的哲学概念。

2. 理性来自神性

在中世纪，教会处于至高无上的地位，哲学成为经院哲学，宗教条文具有法律效应，基督教神学占绝对的统治地位。这一时期，理性主义传统非但没有消失，反而加强了，上帝成了全能的理性，知识来源于“上帝的启示”，把一般、共相看作实在的东西，把知识看作先验的，或天启的，上帝是理性得以存在的基础，揭示了理性来源于上帝的启示，虽然这一时期的理性范围已经缩小为理智，理智中的真理就在于理智和所了解事物的一致。理性只不过是其附属物，人为了归于上帝这一崇高理想，盲目地信仰，弃绝尘世生活，实行禁欲主义，人类灵魂中的感性部分被彻底压抑了，理性虽然成为了人的一种认识能力，但是受到神性的压抑，仍然没能关注到人这一感性本体的巨大力量。

① 北京大学哲学系外国哲学史教研室：《古希腊罗马哲学》，商务印书馆1961年版，第50-51页。

3. 理性来自人的理性认识

文艺复兴时期，随着市场经济的发展带来了人们观念认识的改变，宗教统治的衰落，人们对感性与理性的认识更加深入，从培根，霍布斯，到洛克都承认感性是客观事物刺激人们的感觉器官而产生的感性观念，培根将感性与理性的关系以蜘蛛、蚂蚁和蜜蜂作比喻，反对像蜘蛛一样只从肚子里吐丝来纺织知识之网的理性主义，也反对像蚂蚁一样碰到东西就统统搬到洞穴的经验主义者，习惯堆积而不会加工制作，而认为真正的哲学家、科学家应像蜜蜂那样，既要从花园和田地里采集材料，又要加工消化材料。在认识过程中，要像蜜蜂一样搜集感性资料，并用头脑的思维进行加工改造，由感性认识上升到理性认识。

而真正认识论层次上的感性认识和理性认识是由德国古典哲学创始人康德提出来的，他将人的认识能力分为感性、知性和理性，感性是接受印象的能力，知性是规划的能力，理性是原理的能力，它们一起构成了人类认识的完整结构。他反对中世纪以来将理性归之于神性的思想，强调人在认识客观世界的决定性作用，人类所有问题的最终答案不在经验，不在上帝，而是纯粹理性，这种纯粹理性是一种先验理性，而这种先验理性究竟来自哪里他并没有给出充分的解释。在1788年《实践理性批判》一书中指出了人的实践理性可以来自于信仰，只有遵守内心的道德律令，我们才能自由。他认为，我们无法证明上帝的存在，但他仍然终将是人类走投无路的最后的救赎，主张在道德实践领域要给宗教或者上帝留出空间。康德的先验理性成为人的理性认识能力，人对自身认识能力的自信重新确立起来，不再将理性归结为神性。

4. 理性来自于伦理实践

在中国古代，理性被更多地理解为伦理领域中人的道德理性。孔子贵“仁”，“仁”在哲学领域即是崇尚人道与理性。仁者“爱人”，“爱人”体现为人高于物凌架于鬼神之上，人是目的而非器物工具，仁爱之道应是出自自然自愿，比如孝悌之仁。关于“仁”，孔子还承袭了传统的“克己复礼为仁”，将“非礼勿视，非礼勿听，非礼勿言，非礼勿动”作为克己复礼的基本要求，表现出克己复礼是用外在规矩对自我的矫正。

那么，关于理性从何而来，孔子在《论语》中说：“学而知之”，“学而不思则罔”，涉及认识过程中如何获得理性认识。他所说的“知之为知之，不知为不知，是知也”，认为自知无知是认识活动发生的条件，自以为无所不知则使得认识活动陷于停顿，不仅体现了以自知无知的理性反思为求知的开端，而且体现了反对以不知为知的理性求实精神。不过，孔子的侧重点是“仁”和“知”的统一。从“不知”到“知”的过程是德性培养的过程，孔子所说的人的认识活动倾向于评价方面，而非知识理性，简单地说，“评价”是论好坏，由价值判断所组成，伦理理性与关于善恶的道德评价相联系。孔子“仁”“知”统一，主要以伦理理性为内涵。强调“知”是实行“仁”的手段，而“知”主要是“知命”和“知礼”，就“知”的内容可见“知”对伦理理性的偏重。由此可见，理性在儒家思想看来是源自人的伦理实践中的道德理性，强调后天的道德实践活动对一个人理性能力培养的重要性。

（三）偏重感性与偏重理性都不利于人性的完善

纵观感性与理性发展过程中的流变消长，历史的发展告诉我们：这好比将感性与理性放置天平的两端，对任意一方的偏重都会带来失衡，都不利于人性的完善。人本身既是感性的动物也是理性的动物，被认为是感性与理性的对立统一体，因此从根本上来说，感性与理性之间的对立冲突是出于人本身所固有的分裂。正如席勒所说：“正是教养本身给现代人性造成了这种创伤。只要一方面积累起来的经验和更明晰的思维使科学更明确的划分成为必然，另一方面国家的越来越复杂的机构使等级和职业更严格的区别成为必然，那么人的本性的内在纽带也就断裂了，致命的冲突使人性的和谐力量分裂开来。”[①]

近现代以来，为了解决这种分裂，使人性得到完善和统一，人们试图去找到二者的平衡点。德国古典主义哲学家康德、黑格尔、席勒都企图将感性与理性结合起来，康德试图通过审美这一维度将感性直观地与理性思维的内容结合起来，但似乎只停留在对心灵过程的描述。在黑格尔看来，感性与理性只有通过反思，感性才能上升到理性，感性与理性才能统一，他说：“……我们可以说认为唯有凭借反思作用以改造当下的(感觉材料)，方能达到（事物的）实质，乃是一切时代共有的信念。”[②]在康德和黑格尔那里感性与理性似乎是统一的，但是更深层次的是具有自主自为的理性对感性的绝对支配和操纵。席勒在此基础上提出了“游戏冲动”说，他的理性的游戏是审美游戏，将感性与理性置于完全自由的审美状态下，在感性冲动与形式冲动中找到了游戏冲动，而游戏冲动的对象是“活”的对象，即美，美是感性与理性冲动的共同对象，因此他认为通过审美活动或审美教育可以实现人性的完善与和谐。然而，在当时的社会中，席勒的这套理论没能真正实现。

马克思在总结前人关于感性与理性关系的经验教训的基础上，站在唯物主义立场上，立足于生命感性的思维方式，感性不再是作为认识的初级阶段，也不再是与理性相对的，他极为强调理性与感性的统一和辩证思维，并对感性相当肯定。他曾指出，“人不仅通过思维，而且以全部感觉在对象世界中肯定自己。”[③]因而“感觉”是确证人的本质力量的本体存在。于人而言，感性与理性是不可分割的，它们是同一认识发展过程中互相联系的两个不同发展阶段，承认理性依赖于感性的同时，强调感性必须上升到理性，从感性到理性是一个重大的飞跃过程，而这个重大的飞跃过程是

---

① 席勒：《美育书简》，徐恒醇译，中国文联出版社1980年版，第50页。

② 黑格尔：《小逻辑》，贺麟译，商务印书馆1980年版，第88页。

③ 马克思：《1844年经济学哲学手稿》，中共中央马克思恩格斯列宁斯大林著作编译局译，人民文学出版社1985年版，第82页。

指人类的实践过程，他强调夸大感性与理性的任意一端都会导致唯心主义。人的生命活动是现实的，但未必是合理的，因此需要理性去反思审视现实的感性生活，感性承载着理性。

回归到现代社会，随着市场经济的转型与大众文化的勃兴，人们淤积已久的感性能量得到了空前的解放，而理性则成了“受人嘲弄的过时玩意儿”。这样，在社会心理层面就极易导向贝尔所说的“及时行乐”倾向。人的感性生存论，人世俗化的无深度的感官化日常生活。对感性的弘扬可能将人的感性引入歧途，那么，我们是否可以找到与社会现代性极度发展带来工具理性与技术理性过度膨胀对应的感性产物呢？在追求现代性的全球化时代，我们需要反思人的主体价值，弘扬人的审美感性，使人避免遭受“异化”的“单面人”命运。感性与理性本身存在的内在张力结构，给现代美学家们提供了一个更为开放性的拓展空间。

三、李泽厚美学观中的感性与理性

20世纪50年代的中国美学占主体地位的仍然是理性主义美学，发展到“文革”，社会的理性出现了一定程度的偏差，以当时的“样板戏”来说，女英雄形象大多是巾帼不让须眉的铁姑娘、铁娘子，这样的文艺作品是违背人性的。六七十年代的中国，社会发展过程中暴露出了一些矛盾，被称为新时期精神领袖的李泽厚也开始注意到了现代社会中人的感性与理性的对立问题，受康德、席勒和马克思关于感性与理性认识相关理论的影响，试图处理感性与理性的辩证统一关系。

（一）理性的来源

1. 引入“实践观”

与《美学四讲》所谈的“美是什么”“美学是什么”“美感是什么”等一系列问题一样，他并没有从抽象的概念本身展开思路，而是将感性与理性置于具体的历史现实中，引入了“实践”观。李泽厚在《美学四讲》中第一讲第四节就提出了他所建构的是以马克思主义美学为基础的人类本体论哲学美学，即主体性实践哲学美学，强调的是作为社会实践的历史总体的人类发展的具体行程，是康德以来的人的哲学，从人类学本体论这一角度去谈感性与理性。

李泽厚强调的“实践”概念是源于马克思在《1844年经济学哲学手稿》中所强调的实践观，如马克思所说：“凡是把理论引向神秘主义的神秘东西，都能在人的实践中以及对这个实践的理解中得到合理的解决。”①“实践”所体现的人所特有的自动、自觉、自为的特性，即“脱离了人的主体（包括集体和个体）的能动性的现实物质活动，‘社会存在’便失去了它本有的活生生的活动内容，失去了它的实践本性，变成了某种客观式的环境存在，人成为消极的、被决定、被支配、被控制者，成为某种社会生产方式和社会上层建筑巨大结构中无足轻重的砂粒或齿轮。”②在李泽厚看来，实践可以理解为人能动地“使用-制造工具的活动”，是感性的客观现实性活动，是人所特有的一种活动。在人类实践活动中，人的五官真正变成了“人”的五官，区别于动物的感官，是历史的产物，也就是说人类在劳动实践中获得了丰富的感受力，而这种感知力并非康德所说的先验的存在，而是包含着深刻的历史内容。

2. 自然人化论

为了更好地说明人的理性在实践过程中是如何产生的，李泽厚充分吸收和发挥了马克思在《1844年经济学哲学手稿》中讲的“自然人化”的思想，“人是按照美的规律来塑形的”。在他看来，“自然的人化”说是马克思主义实践哲学在美学上（实际也不只是在美学上）一种具体的表达或落实。他认为，“自然的人化”应包括两方面，一方面是外在自然的人化，即山河大地、日月星空的人化。人类在外在自然的人化中创造了物质文明；

① 《马克思恩格斯选集》，人民出版社1995年版，第56页。

② 李泽厚：《批判哲学的批判——康德述评》，人民出版社1979年版，第428页。

另一方面是内在自然的人化，创造了精神文明，即人的感官、感知和情感、欲望的人化。使生理性的内在自然变成人，这也就是人性的塑造。“自然的人化”说将实践范畴的人这一“主体性”价值凸显出来，解释了人之为“人”的独特所在。从美学上讲，前者（外在自然的人化）使客观世界成为美的现实，后者使主体获有审美情感。前者是美的本质，后者则是美感的本质。

人性建构是积淀的产物，也是内在自然的人化，也是文化心理结构，也是心理本体。它可分为认识、伦理、情感三大领域，而理性只不过是人性结构中的一种子结构。内在自然的人化则是李泽厚美学思想的核心观点，通过内在自然的人化这一思想，分析了人的文化心理结构，包括审美的形成过程和结构，强调了人的个体感受中所凝聚的社会性、群体性的内容，理性的认识经验是在自然人化过程中慢慢积累，感性的群体的现实活动经验经巫术礼仪的巩固、强化日益积淀为理性的普遍性、规范性、程式化的意识。个体经过文化教育自觉地接受了人类社会化的意识，而且这种文化沿传历经时代的变革随着人际关系的扩展为不同社会的人所接受。正如恩格斯所说：“人的思维的最本质的和最切近的基础，正是人所引起的自然界的变化，而不仅仅是自然界本身；人在怎样的程度上学会改变自然界，人的智力就在怎样的程度上发展起来。”[①]人的理性的来源正是在人改造客观世界的活动中，以《美学四讲》中论述社会美时所谈到的形式美为例，人也正是通过这种形式结构、规律的发现和把握，获得了巨大的物质力量，于是人不再是自然生物界的简单成员，而成了它的主宰。人在这形式结构和规律中，获得了生存和延续，这就正是人在形式美中获有的安全感、家园感的真正根源。[②]形式美的出现，是以使用制造工具从事生产的技术活动为根源、基础。形式美在这里呈现为技术美，呈现为庞大的物质生产和产品中的美。在外在自然人化的过程中，内在自然也随之人化了。

① 《马克思恩格斯选集》，人民出版社1995年版，第329页。

② 李泽厚：《美学三书》，安徽文艺出版社1999年版，第491页。

（二）建立“新感性”

李泽厚的美学思想在揭示了人的理性的来源基础之上，并不夸大理性的作用，和席勒对理性的深刻反思一样，在《美学四讲》中，他反复提到理性给人类带来的精神危机，现代科技工艺和工具理性的泛滥化带来了人性的偏离，人的非理性的个体生存价值的遗忘、失落、沦落，作为感性个体的人被吞噬、被同化、被搁置在无处不在的科技理性的形式结构中而不再存在……人做了由自己所发现、掌握、扩大的形式力量和理性结构的奴隶。[①]从上述观点可以看出，李泽厚对理性的关注已不仅仅局限于哲学领域，而转向对社会现象学中理性所带来现代社会的异化问题的关注。

1.对感性的重视

对理性的批判恰恰表现了李泽厚对感性的重视。在《批判哲学的批判：康德述评》中，李泽厚认为从美学的角度来看，美学的发展脉络并不是如时下许多人所套的公式，康德®黑格尔®马克思，而应该是：康德®席勒®马克思。贯穿的这条线索则是对感性的重视，不脱离感性的性能特征的塑形、陶铸和改造来谈感性的统一。不脱离感性，也就是不脱离现实生活和历史具体的个体。从这段话可以看出，李泽厚更注重的感性的社会性，而美学要解决的恰恰是感性的社会性。理性的社会性比较好理解，因为理性是指逻辑思维、伦理道德，总是和社会性相连。感性的社会性比较难理解，因为感性总是与具体的和个体的直接生存、欲望、利害相连，社会性似乎不明显。[②]与动物生存的功利性不同，人的感性并不只为了生存、生殖的功利而存在，正因为如此，眼睛才变成了“人”的眼睛，耳朵才变成了“人”的耳朵，“性”才变成了“爱”。感性已经积淀了理性的东西，有着丰富的社会内容。

在感性的具体内涵理解上，马克思指出人与动物不同的类特征在于人

① 李泽厚：《美学三书》，安徽文艺出版社1999年版，第492页。
② 李泽厚：《美学三书》，安徽文艺出版社1999年版，第514页。

能开展自由自觉的实践活动，这样一种主观见之于客观的活动具有现实直观特征。人的生命活动就是在人与自然的这种感性的实践活动中展开。马克思认为人的感性一方面指自然欲求、意愿、冲动，另一方面则指人的实践活动，他把后一层次视为感性的主要内容。李泽厚吸收了这些观点，将感性置于具体的历史现实中。首先，他肯定了人与动物具有自然欲求和感性的一面，“人活着”是人首先遇到的现实，吃、喝、睡觉、性是第一生活内容。但是人不同于动物、甚至超越于其他族类的地方在于人有理性，这里的“感性”与个人的生存密切相关的，是人的生命的感性实践活动，包涵了理性的社会性内容。

2. 内在自然的人化

为此，李泽厚提出了“新感性”，这里的“感性”已并非马尔库塞提出过的“新感性”，把“新感性”作为一种纯自然性的东西，马尔库塞讲的性爱、性解放，实际是主张性即爱，性快乐本身就是爱。在审美活动中，他主张的是快乐原则而不是现实性的原则，把感性泛性欲化，这似乎是对马克思《1844年经济学哲学手稿》中“人作为对象性、感性的存在物，是受动的存在物……情欲是人强烈追求自己的对象的本质力量”这段话的一种误解。

李泽厚在《美学四讲》第四讲“谈美感”时明确提出了“新感性”的概念，他认为，马克思所说的人作为自然的和感性的存在应该理解为具有具体的历史社会性质的“新感性”，即这种由人类自己历史地建构起来的心理本体，它仍然是动物生理的感性，但已区别于动物心理，它是人类将自己的血肉自然即生理的感性存在加以“人化”的结果。这也就是所谓的“内在自然的人化”。①

李泽厚认为“内在自然的人化”分为感官的人化和情欲的人化，感官的人化是感性的功利性的消失，即人的感官不再受生理欲望支配，也就是

① 李泽厚：《美学三书》，安徽文艺出版社1999年版，第509页。

不仅仅是为了满足基本的生存而存在，经过“人化”而具有了社会性。人的眼睛和耳朵表现得最为明显，它们不再是动物为了觅食求偶的生理性的传感器，而在自然的人化过程中变成发现美获得精神性满足的器官。情欲的人化，表现为对人的动物性的生理情欲的塑造和陶冶，人们的感情虽然是感性的，个体的，有生物根源和生理基础的，但其中积淀了理性的东西，有着丰富的社会历史的内容。这即是说：“性欲成为爱情，自然关系成为人的关系，自然感官成为审美感官，人的情欲成为美的情感，这就是积淀的主体性的最终方面。”[①]在这一过程中，性变成了爱，感性之中蕴含了理性的内容。在中外艺术作品中表现人类伟大情感——爱情这一永恒主题的数不胜数，如《红与黑》中，市长夫人对于连的感情是“爱”，《红楼梦》中贾宝玉与林黛玉之间是“爱”，他们之间的爱是高于“性爱”的一种精神性寄托，是“情欲的人化”。艺术创作虽高于现实却源于现实，现实中人与人之间的爱情已超越于性爱之上而成为一种美好的情感。

3. 积淀说

“内在自然的人化”是李泽厚关于美感（新感性）的总的观点。李泽厚认为美感就是自然的人化，它本身具有二重性，一方面美感是感性、直观、非功利的，另一方面，美感又是超感性的、理性的具有功利性质。为了解释美感的二重性，用他自己的话来说，即“要研究理性的东西是怎样表现在感性中，社会的东西怎样表现在个体中，历史的东西怎样表现在心理中。后来我造了‘积淀’这个词，就是指社会的、理性的、历史的东西累积沉淀成了一种个体的、感性的、直观的东西，它是通过‘自然的人化’过程来实现的。这样，美感便是对自己存在和成功活动的确认，成为自我意识的一个方面和一种形态。它是对人类生存所意识到的感性的肯定，所以我称之它为‘新感性’，这就是我解释美感的基本途径”[②]。

美感是理性向感性的积淀，也是社会性历史性向心理结构的积淀。由

① 李泽厚：《美学三书》，安徽文艺出版社1999年版，第515页。

② 李泽厚：《美学三书》，安徽文艺出版社1999年版，第516—517页。

此，李泽厚站在历史唯物论和实践论的基础上，通过积淀说，把感性、理性、超感性、功利性、非功利性等交融性地统一起来，建立起人类的“文化——心理结构”，为主体审美创造了心理条件。仔细研读李泽厚关于“积淀说”论述，他并没有深入地探讨人类的外在实践是如何内化、积淀为个体的心理结构的，而只是宏观描述了积淀说，并未对具体的问题进行实证性的回答。但不可否认，“积淀说”在充分发展了“人化”自然理论的基础上，突出解释了“新感性”即哲学上所讲的心理本体是如何融理性于感性之中，使理性与感性不再是不可调和的对立状态。就这一点来看，积淀说还是有其特殊意义的。

（三）感性与理性的统一

李泽厚通过积淀说为感性与理性并存融合提供了可能性，那么实现感性与理性的统一的桥梁又在哪里呢？

1.美是自由的形式

在《美学四讲》谈“美的本质”这一节中，李泽厚提出了“美是自由的形式”的观点，他从主体性实践哲学出发，认为“自由”是由于对必然的支配，使人具有普遍形式（规律）的力量，“形式”是一种主动造形的力量，改变现在外在对象外观的形式规律或性能。自由的形式组合起来就是合目的性与合规律性的必然统一，由此，他认为美作为自由的形式，是真与善的统一，是合规律性与合目的性的统一，是外在自然的人化或人化的自然。

审美作为与这自由形式相对应的心理结构，是感性与理性的交融统一，是人类内在的自然的人化或人化的自然。它是人的主体性的最终成果，是人性最鲜明突出的表现。在这里，人类的积淀为个体的，理性的积淀为感性的，社会的积淀为自然的。李泽厚着眼于历史唯物主义，继承了康德、席勒对感性的重视，通过现实的社会实践来沟通人的感性与理性，在内在自然的人化过程中实现感性的理性化。而“内在的自然的人化”其实就是指审美，正由于“审美的特征正在于总体与个体的充分交融，即历史与心理、社会与个人、理性与感性在心理、个体和感性自身中的统一。这不再是理性的一般内化，不再是理性的集中凝聚，而是理性积淀。它不再是以一般压倒个别，而是沉积着一般的个性潜能的充分培养和展现……从而理性的积淀—审美的自由感受便构成人性结构的顶峰。”[①]审美心理积淀也就成为了理性与感性相统一的中介，主体审美心理结构的中介性及能动作用突显出来。与康德、席勒还仅仅停留在审美作为感性与理性中介理论表面相比，李泽厚的“主体性实践哲学”思想体系指出了审美实现的现实途径，在外在自然的人化的基础上实现内在自然的人化，在审美活动中，审美架起了实现感性与理性相统一的桥梁。

2. 审美过程中的感性与理性的统一

《美学四讲》中对审美过程和结构的粗略描述验证了上述审美实现感性与理性的统一的哲学提法。李泽厚将审美过程分为准备阶段、实现阶段和成果阶段，最初由审美态度经过审美注意这一关键环节进入审美经验，完成了审美的准备阶段，进入实现阶段，即审美愉快或称审美感受，也就是一般人常说的“美感”（即狭义的美感），这一阶段过程被比拟为某种结构性的“数学方程式”，含有多项变数，这里仅以审美过程中的感知、理解、想象、情感四项因素来说明。感知作为审美的出发点，理解作为审美的认识性因素，其中介、载体或展现形态，则是想象，而情感因素使想象装上了翅膀，趋向理解，化为感知，构成一定种类的审美感受或审美经验。[②]

起初，在审美感知中，审美对象不只是通过人类感官本身而被认识，而是作为实践的对象被感官所“立体”地感觉着，这已超越了动物生理性的感知，比如在一幅画中，一个平面上有波涛汹涌的大海和险峻的群山，但我们感受到的却是山水对峙、惊涛骇浪的立体景象。审美感知虽然看上去是纯感性的直觉，但是实际上是超感性的，具有认识、理解的因素。这

① 李泽厚：《李泽厚哲学美学文选》，湖南人民出版社1981年版，第176页。

② 李泽厚：《美学三书》，安徽文艺出版社1999年版，第527—529页。

是自然人化的产物，是社会历史实践进程中积淀的成果。在这一过程中，“可意会不可言传”的审美理解则建构起了不同于工具理性的审美理性，是理性却又是感性的，进而构成了心理本体最深沉的实在，是一种积淀的、历史性的存在。例如欣赏西方绘画，如果你不理解十字架是耶稣受难的象征，你可能就无法“看懂”这些绘画，感性的艺术欣赏本身是要具备一定的理性储备的。想象是审美中的关键，感知在生理上和理解在逻辑程序中都是常数，而想象使它们成了变数，想象使感知超出了自身，使理解不走向概念，想象丰满而自由，想象一开始就贯穿在感知中，只有人能想象，而人所特有的情感因素的介入，人的情感移入对象，好比杜甫的“感时花溅泪，恨别鸟惊心”，主客融化，物我统一，情感因素使得想象又趋向理解、感知，构成了一定的审美经验。因此，美感不只是一种心理功能，而是多种心理功能（理解、感知、想象、情感等）的综合结构。审美感受经验的积累便产生了审美观念，形成审美趣味，孕育审美理想，进入成果阶段。从审美过程中，可以看到美感的矛盾二重性，即在感性又超感性的积淀，在内在自然的人化中感性与理性实现了融合。

李泽厚强调了审美作为实现感性与理性相统一的中介的能动性作用，在自然人化理论基础上，认为每个个体的审美活动的都负载着人类的实践活动和理性知识，审美活动的物质根源在于人类的生产实践，因此，只有人类的物质生产活动进一步发展，即“只要经济上去了，许多问题就会逐渐得到解决，社会的各个方面，包括经济领域本身也会由无序慢慢变成有序，由混乱慢慢走向成熟。”[①]人类才会有更多的时间从事审美活动。这种想法无形中就落入了他所批判的第二国际庸俗经济决定论的窠臼。为此，以杨春时为代表所倡导的“超越实践美学”就认为审美活动固然要以实践为前提和基础，但审美在本质上是超越实践的生存活动，它具有超群体的个体性、超物质的精神性、超理性的自由性，超现实的理想性和超越主客

① 李泽厚：《世纪新梦》，安徽文艺出版社1998年版，第279页。

对立的同一性。这种批评是较为中肯的，这正是李泽厚理论的缺陷，由于自身思想固有的理性本体论导致他没有从横向对审美的个体性特点进行分析。较之“文革”时期思想的禁锢和理性教条的压抑，李泽厚从实践观出发，揭示理性的来源——自然的人化，重视感性并力图实现感性的理性化，提出审美作为感性与理性相统一的中介，是一切异化的对立物这一观点，为培植和完善人性实现审美化生存提供了理论指导和现实途径，从中可以看出李泽厚美学思想已经具有了审美现代意义。

四、人性的完善

在读《美学四讲》“美学的对象与范围”“谈美”“美感谈”“艺术杂谈”四章中，你会发现，李泽厚从一开始就给读者提出了一个问题——如何自觉地塑造能与异常发达了的物质文化相对应的人类内在心理——精神文明，即如何培植和完善人性，这里的“人性”是人类独有的文化心理结构，即哲学上讲的“心理本体”，李泽厚虽然没有直接回答这一问题，但是却通过自然人化、积淀说等理论，意在将这一问题回归到社会历史实践中，指出了审美在人性形成中的重要意义，审美不仅使人的感性理性化，而且使人性中的感性与理性实现了统一。审美作为超生物的需要和享受，在审美中，吃饭不只是充饥，而成为美食；两性不只是交配，而成为爱情；从旅行游历的需要到各种艺术的需要；在感性而不只是感性，在形式（自然）而不只是形式，可以说，在审美中，人类实现了审美化的生存。

（一）完善的人性

人作为感性的生命，面对死亡，与动物一样都会产生恐惧，正所谓“死亦大矣，岂不痛哉”，人难免一死，但有的人却置生死于度外，舍生取义，人类战胜、克服、压倒了生物性的原因就在于人的感性之中积淀了理性的、社会性的内容，人性在感性与理性的这两方面的冲突对立又互相取得了和谐、丰富和发展。正如李泽厚一直坚持的观点，人性既不是绝对的感性（动物性），也不是绝对的理性（神性），而是感性与理性、自然性与社会性的统一。[①]完善的人性也许正如李泽厚所说的，感性与理性达到一种和谐的状态，不偏重感性与理性的任何一方，这和中国古代先哲们所提的“中庸之道”如出一辙，“中庸”之道，即是人性禀受天命之初，此性不偏不倚，修“中庸”之道是为了达到“诚明”的境界：“自诚明，谓之性；自明诚谓之教。诚则明矣；明则诚矣。”《中庸》说了一个“诚明”，《大学》则把“明德”作为人性修养之道：“大学之道，在明明德，在亲民，在止于至善。”“至善”自然是人性的最高目标，也是社会的最高目标。对个人来说，此境称为“大智”“大勇”“大仁”“大义”具有最完整的人性；对社会来说，此境称为“大同世界”，无孤无苦、老有所养、弱有所助，完全是人性社会。孔子所提出的“七十而从心所欲，不逾矩”是否可以看作人性的最高境界呢？

（二）艺术的培植

人生活在一个语言的世界里，生活在一个物质生产和人际交流的世界里，生活在一个思想意识的世界里，所有这些世界都是公共的、群体的、社会的，那么个体究竟在哪里？真正的自我究竟是什么？于是又回到上面讲的那个统一。动物性与社会性的统一，即自然的人化，建立新感性等。关键在于这统一、这人化、这感性只有在和只能在个体生存中来实现或呈现，它才不等同于、不回归于公共的普遍的逻辑世界、语言世界、工具世界，它才不失去“我”。而这，便只有艺术世界才能担任，只有艺术才能陶冶情性、塑造心灵。[②]

李泽厚曾说：“只有理解和解释了自己的存在，自己也才真正存在。”为了更好理解和解释人性所表现出的和谐的状态，李泽厚回到了历史具体

① 李泽厚：《美学三书》，安徽文艺出版社1999年版，第575页。
② 李泽厚：《美学三书》，安徽文艺出版社1999年版，第576页。

的艺术创作中，因为艺术是一定时代人类心理结构发展的对应物，一定的社会文化总是以艺术来表征的。如古希腊人作为“正常的儿童”（马克思语），对身体的展示大胆而纯洁无邪（像《米洛的维纳斯》《掷铁饼者》），文艺复兴时期因为崇尚古希腊罗马的文化艺术也表现出对健康肉体的崇尚（如《维纳斯的诞生》《大卫》《创世纪》等），而中世纪的文化艺术则是压抑身体和本能欲望的。中国“文革”时期也“狠批私字一闪念”，表现于服装文化则是泯灭性别、压抑身体的清一色草绿军装。[①]对身体的重视和张扬凸显了对感性的重视。从艺术作品所表现的内涵我们会发现：个体的人在艺术呈现的幻象的世界呈现的冲突与统一中得到了熏陶，人性也得到了培育和发展。艺术所具有的时代性、历史性和开放性，使人性在艺术的时空里得到唤醒、培育和丰富，找到了康德所说的“先验的共同感”。

艺术作为个体感性存在的心理对应物，艺术作品已不再是只供观赏的少数人的产品，而是每个个体存在的自我完成的天才意识。个体已经慢慢学会在生活中去作非功利的审视，在经验中进行情感的净化，从而使经验具有新鲜性、客观性、开拓性，使生活本身变成为审美意味的领悟和创作。[②]在审美和艺术“二律背反”的现实和历史的过程中，一方面人类学习和掌握了人类历史中已有的逻辑结构、思维形式和认识方法；另一方面，作为个体的人将突破现有的思维格局和历史经验，创造出新的知识，为人性建设注入新的活力以更适应时代发展的需要。

而在现实世界中，我们又面临着新的异化，工具理性的泛滥，人与自然的紧张的关系并没有得到缓和，而表现为人的感性的极度膨胀，个体的人由于受教育程度和社会大环境的熏陶，并没有超脱功利性的价值追求，成了理性结构的奴隶。不论社会如何发展，社会本身固有的矛盾仍然存在，这是时代的通病，而李泽厚所提倡的审美化生存作为人类追求的目标，可能在不久的将来会实现，至少现在的我们能够理解并解释自己的存

① 陈旭光：《从“理性美学”到“感性美学”》，《天津社会科学》2009年第3期。

② 李泽厚：《美学三书》，安徽文艺出版社1999年版，第595页。

在，而审美的作用随着时代的发展会越发凸显其价值所在，作为个体的人，虽然我们不能扭转整个社会的大局面，但是作为偶然的感性存在可以在理解并解释了自己的基础上去努力寻找和创造独一无二的自己。

五、结 语

李泽厚被誉为20世纪80年代“审美代启蒙”的旗手，在人类社会历史实践的长河中寻找、发现并解释了感性与理性相统一的现实途径之一——审美，而审美作为感性与理性相统一的融合点，对人性的丰富、发展和完善起到了关键性的作用，显示了李泽厚美学思想中的审美现代意义的一面。时至当下，审美也为处在迷茫、欲望被物质社会无限放大时代的人们指明了方向——寻求感性与理性之间富有张力的和谐状态。当然，仅仅依靠审美的教育和熏陶并不能解决根本问题，需要人们在艺术的长廊里去总结、反思与超越，真正构建起与发达的物质文明相适应的精神文明，实现人性的完善。

（指导教师：夏艳）

融情入采

——浅析《文心雕龙》“采”的融情原则

◇韦瑞瑞

摘　要：在创作的表达系统中“采”即文采，为修辞表现手法。《文心雕龙》创作论部分提出了“采”的一系列运用原则，而贯穿其中的重要原则是“采”的融情思想，即创作者运用“采”时当融合自我情感，融情是“采”的内在运用原则。

关键词：《文心雕龙》；情；采

刘勰的《文心雕龙》创作论部分由“剖情析采”这一主线贯穿其中。关于“情采”，目前学界多持两种见解，一为内容与形式的观点，如罗立乾、李振兴《新译文心雕龙》中“文附质，质待文”的翻译[①]。一为“情感二度转化”的观点，如童庆炳《〈文心雕龙〉“情经辞纬”说》中“自然之情——诗情——文”的观点[②]。这些观点均有其道理，但多是从主情的角度去谈“采”，“采”就常以形式、次要、被动的姿态出现。然而《文心雕龙》中对“情采”并无偏颇之见，而是强调创作者在立文过程中将情感与文采不断地进行信息反馈，在运用“采”时融合情思来进行精神活动的传达。

---

① 罗立乾、李振兴：《新译文心雕龙》，三民书局（台北）1994年版，第479页。

② 童庆炳：《〈文心雕龙〉“情经辞纬”说》，《江苏社会科学》1999年第3期。

太极始，万物分，人方现，三才格局并存。人而有言，言而成文，这是一个极自然的过程。为文立言是一个表达过程，文就是表达的结果，结果不仅要求文有明，还要求文有采，这个要求也是符合自然之道的。既然“采”与情似，均缘于自然，那么“采”就不是被动地传情，在运用过程中传情只是创作者的目的，而融情才是其实质，关于这一点《文心雕龙》中已有相关表述，由于尚文重采的六朝文人过分追逐修辞，助长了为形式而形式的浮靡文风，以致于后世在观文论采时，只注意到《文心雕龙》中对“情”的主导性以及“采”的传情作用的强调，却忽视了其所重视的“采”的融情一面。鉴于此，本文拟对“采”的融情原则作一个初步探讨。

根据刘勰之见，本文选取《文心雕龙》中从《声律》篇到《隐秀》篇的八种具体修辞表现手法，结合其特征，两相联系，布局全文，并通过其有关论述来分析“采”的融情原则，如下图所示：

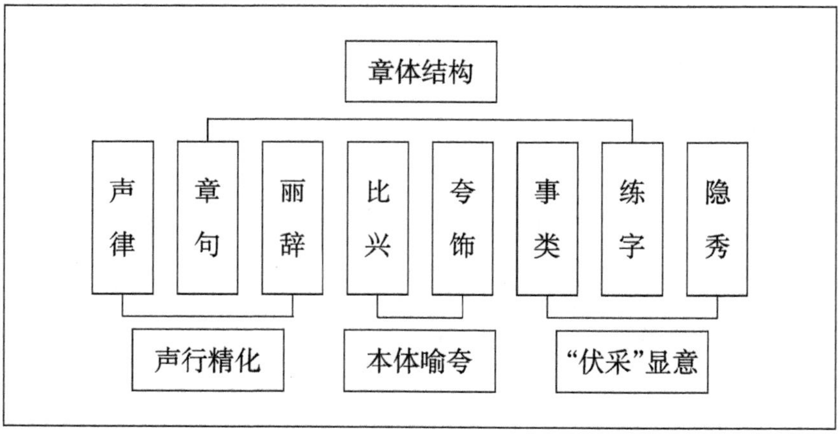

图1　《文心雕龙》中从《声律》篇到《隐秀》篇的八种具体修辞表现手法

一、环情草调：“章句”与“练字”

宅情曰章，位言曰句，字有常检。创作者在选字、造句、规章时均要随变适会，指归情趣，因此在起草字、句、章时常环绕自我情感。

（一）章　句

“局言者，联字以分疆；明情者，总义以包体”（《文心雕龙·章句》），创作者常联构字词以分界语言，选定章体以总述情义，为此刘勰提出“搜句切记颠倒，裁章贵于顺序”（《文心雕龙·章句》）。情思的内在孕育需要语言表达的外在丰富，两者关系复杂，所以刘勰一方面主张“随变适会”来依据内容，另一方面又强调“控引情理”来切合命意，以免乖离创作者基本意旨，故运用章句时创作者当融合自我情感，使句连章顺，融情而变，以达章句相接为用，意穷成体之效。汉魏六朝时期，章句间分明勾连有致且情味凸显的要数江淹的《别赋》。《别赋》共分九段，除第一、第八段外，其余七段以不同的字句写了七种离别伤情，写富贵者离别以场面的雍容华贵为主，有龙马朱轩，车饰之美；东都金谷，富贵之地；燕赵伎乐，声色之姿，融合了诗人感其奢靡之情。写侠士之别以人物壮怀激烈为主，割慈忍爱的决绝，诀别抆血的壮烈，融合了诗人感其壮美之情，接下来的贫贱者、夫妇，与父母、与恋人的离别诗人都融合其敏锐的情感来分句分章，使文章既朗目分明又勾连有致。如若创作者不融合其情感而乱分章句，则整篇文章就会章杂句乱，情无所显。

（二）练　字

针对“追观汉作，翻成阻奥”的流弊，刘勰强调练字有四点要求：“一避诡异，二省联边，三权重出，四调单复”（《文心雕龙·练字》）。避诡异以防陷于艰深，省联边以防不和谐，权重出以防繁缛，调单复以防不圆展，此四点无论是字义、字音还是字形上，若运用有差，很可能有“字靡易流，文阻难运”（《文心雕龙·练字》）之嫌，所以字要融合情感而用，方有一字传神之功效。先秦时期，文人并无自觉的练字意识，语言运用只要意思通晓即可，但其中一些字的运用依旧能窥见其融合了创作者的情感，如《诗经·小雅·采薇》“昔我往矣，杨柳依依；今我来思，雨雪霏霏”句，“依依”与“霏霏”虽两字重出，但不得已而为之，杨柳若不“依依”，无法与“我”丽春中远行戍边之痛相融，雨雪若不“霏霏”，无法与“我”归来中饥寒交迫之苦相合。汉魏六朝后，文人的自觉意识开起，对文字运用这一点始有讲究。练字在唐朝更是精绝，杜甫诗中多体现练字之处，如“穿花蛱蝶深深见，点水蜻蜓款款飞”中的“穿”字只有融诗人感花丛浓密之情，方有蛱蝶“深深见”之景，“点”字只有合诗人感蜻蜓轻盈之思，方有蜻蜓“款款飞”之态，字融其情，含天工之妙。由此可见，练字于文要随情取舍。

“篇之彪炳，章无疵也；章之明靡，句无玷也；句之清英，字不妄也。”（《文心雕龙·章句》）字不乱用则句子清新挺拔，句无毛病则章体明白细致，章无缺陷则文之精彩。而这“无疵、无玷、无妄”是需要创作者在构思系统与表达系统相互交流过程中一步步融合情感而实现的。

二、声形萌心：“声律”与“丽辞”

“造化赋形，支体必双，神理为用，事不孤立。”（《文心雕龙·声律》）故作为文章形体代表的“丽辞”自然要“高下相须，自然成对”。“声含宫商，肇自血气”（《文心雕龙·声律》），则作为文章音律代表的“声律”在创作中要力求声情和谐。“声律”与“丽辞”萌发于创作者的内心，在运用择选时必须融合其情感。

（一）声　律

“声含宫商，肇自血气”，“血气”即先天的气性，指出文章的声律源于先天生理自然，又有“气以实志”，则血气与情志密切相关，声律与情志分别为血气的外在传达与内在涵养，两者互为表里，可见声律的融情性内涵。由于“内听之难，声与心纷”（《文心雕龙·声律》），语言的缺陷性常使创作者难以根据言辞来考求心声，所以刘勰提出要运用声律，以自然之声来弥补单纯语言语用之不足，故在运用时创作者不免要融合情志以定声律，以免“摛文乖张”，声情失和。声律论始于六朝，但并未有成熟的理论与实践创作。在声律方面，刘勰也是只知押韵却不熟悉平仄，但他所明确指出声情和谐的运用要求，对创作者运用声律有重大意义。刘勰指出“双声隔字而每舛，叠韵杂句而必睽；沉则响发而断，飞则声扬不还”（《文心雕龙·声律》），表明运用飞声与沉声的要求，所以若使情不受阻，创作者必须“律吹我心”，融合自我情感而用。曹操在沉郁雄浑的《观沧海》中也首起平调，以冷静而客观的情感观照山水之景，再声调高转，以开阔的胸襟包囊日月星汉。曹丕在清绮愁怨的《燕歌行》中亦以景融情，淡淡其哀，随后渐转内心深处，直指愁思，情渐转浓。两者声调或转折有致或渐渐深入，都是融合了自我情感而变化催发。刘勰“声律”中的融情思想由此可见一斑。

（二）丽　辞

六朝文风浮靡，文章中常充斥着华丽之辞，刘勰以自然为宗，“夫心生文辞，运裁百虑，高下相须，自然成对”（《文心雕龙·丽辞》），从自然万物的角度出发类比，既然自然赋予万物形体，上下成双，使事物显得不孤立，那么创作文辞，运思谋篇也应多方考虑，使高低上下配合，自然成对，“丽辞”既然也缘于自然而成，只要“联字合趣”即可，并且提出“是以言对为美，贵在精巧；事对所先，务在允当”（《文心雕龙·丽辞》），由此可见对于“丽辞”的运用要求，精巧、允当是其首要。精巧则为“理圆”，即运用对偶时适度地传达出情感即可，允当则为“事密”，即偶句能正确地反映事理亦成，而此两点前提必然要融合创作者的情感，“自然而成”，“理圆事密”，才能做到精巧允当，使偶有所止，不流于繁复，偶有所指，不误于情理。如张华《轻薄篇》中“苍梧竹叶青，宜城九酝醝。浮醪随觞转，素蚁自跳波”句，通过酒来讽刺统治者纸醉金迷的生活，虽描写极尽其态，但四句词义相重，辞藻有堆砌之感，不免繁缛乏味而掩其原意，失之精巧。而刘琨《重赠卢谌》中“宣尼悲获麟，西狩泣孔丘”句，除词义重复外，其中孔子获麟而悲的说法没有什么依据，用于此处有失允当，所以创作者运用偶句时必须融合情感，否则易“碌碌丽辞，则昏睡耳目”。

“律吹胸臆”，“理密事圆”，“声律”与“丽辞”均需创作者萌心而用，声谐而形准，文章方可精味兼载。

三、融情圆理：“比兴”与“夸饰”

“比者，附也，兴者，起也。”（《文心雕龙·比兴》）“比兴”与“夸饰”均需本体依托，以求“比”而有形，“兴”而有意，“夸”而有节，“饰”而有实，故创作者在运用此两种修辞手法时要特别注意融情圆理，否则常会主客相离，文不达意。

（一）比　兴

比兴作为两种修辞手法由来已久，刘勰在总结前人的基础上提出自己的一些看法，他认为“比者，附也，兴者，起也，附理者切类以指事，起情者依微以拟议”（《文心雕龙·比兴》），即说明事理要按照事物的相似处，寄托情感要依据事物的隐微处，并要求运用比兴时要“拟容取心”，比拟时在强调事物的外在形貌比而有形时，更重要的是提取其精神实质，即需创作者融合内在情感以达到“比则蓄愤以斥言，兴则环譬以托讽”的“惊视回听”之效。《诗经》中比兴运用较多，如“关关雎鸠，在河之洲，窈窕淑女，君子好逑”广为传诵，雎鸠鸟和鸣之声喻君子求淑女之心，此则非美禽之音无以兴君子求淑女之意，创作者融合了对美好爱情的追求之情于美禽之音当中，取两者同为欲求美好事物之意。后来的《离骚》更是发展《诗经》的比兴手法，成为一篇讽兼比兴的名作，文中常用善鸟香草以配忠贞，恶禽臭物以比谗佞，灵修美人以媲于君，宓妃佚女以譬贤臣，虬龙鸾凤以托君子，飘风云霓以喻小人。融欣赏赞扬之情以美物比兴贤明君子、忠贞贤臣，融厌恶鄙夷之情以比兴奸佞小人，不仅丰富生动，亦加深了讽刺力度，融爱憎分明之情于所比事物之中，以“斥言”“讽喻”。

（二）夸　饰

“夸饰”即为夸张，对于夸饰，刘勰认为“饰穷其要，则心声锋起”（《文心雕龙·夸饰》），强调“夸而有节，饰而不诬”（《文心雕龙·夸饰》），即夸张要有节制，修饰要不掩文情，切记“夸过其理”，“名实两乖”，要使之主观上符合表达的情意，客观上不误以为所夸为实，因此要求创作者在运用夸饰时要融自我情理，收容有度，简而精当，不致繁芜。如西汉扬雄《羽猎赋》本想通过描写帝王羽猎中的奢华来达到讽谏的目的，但是其中的描写极尽夸张之能事，帝王前行中毫无节制的繁复铺排，羽猎过程中各种珍奇异兽的仓惶，甚至用“鞭洛水之宓妃，飨屈原与彭胥”的无实说法，“欲夸其威而饰其事，义睽剌也”。所以刘勰特别强调夸而有节，否则易流于繁芜，掩文章之情味。“夸饰在用”，若想不失文义，则需创作者融情而用，只有融于情理的夸饰才能不虚情。

“攒杂咏歌，如川之澹”，“旷而不溢，奢而无玷”（《文心雕龙·夸饰》），若想文章主客贴切相合，体大而当，创作者必须于“比兴”与“夸饰”中融情圆理，拟心而定。

四、征义含神：“事类”与“隐秀”

“事类”即为引用手法，“隐秀”则为婉曲和精警格，两者为“伏采”，或借他人之事以核己之口，或曲精言辞以达词外义，在不明说事理以明情思之用的背后创作者征义含神，融合情感，引用准确不被后世诟病，婉曲精警以为后世所传。

（一）事　类

“明理引乎成辞，征义举乎人事”（《文心雕龙·事类》），为此创作者要“综学在博，取事贵约，校练务精，捃理须核”（《文心雕龙·事类》），即在综合学问要广博，选取事例要精简，考核提炼要精当，采摘理论要核实，而其中的“约、精、核”都需要创作者融合情感，据其所学而用，否则文章中的引用则如缀金翠于足胫，靓粉黛于胸臆，既不适当也无法征义。如《楚辞·招魂》中“湛湛江水兮上有枫，目极千里兮伤春心”之言、宋玉《高唐赋》中“巫山神女云雨”以及《战国策·楚策》中“帝王公子淫乐于高蔡”的典故，被阮籍用在其《咏怀诗》（湛湛长江水）中见湛湛之水，片片红枫而伤感，借“云雨、高蔡”之事以讽时事，融合了诗人对楚辞伤春之痛的共鸣与云雨、高蔡之事的厌恶之情，以他人之言之事如出己之口，从而自然而巧妙地传达出正始时期的背景下，诗人对时政的讥讽与自我之悲。博览而事约，务精而理核，创作者在事类中的融情性由此可见。

（二）隐　秀

隐为一种含蓄的表达手法，秀为篇中秀拔警策之句。在《隐秀》残篇中，刘勰有“隐以复意为工，秀以卓绝为巧”之论，即隐要有言外之意，秀要有精巧之语，两者应做到“自然精妙”。后人据其意义与要求，补其残论，提炼出“情在词外曰隐，状溢目前曰秀”之说，如黄侃《文心雕龙札记》中拟叙“隐秀”，亦有“然隐秀之原，存乎神思。意有所寄，言有所追，理具文中，神余象表，则隐生焉；意有所重，明以单辞，超越常音，独标苕颖，则秀生焉”[①]，可见“隐秀”强调与神相交，它具于理，重于意，明于象，唯有融入精辟的思想和深厚的感情，才称得上是隐秀。如屈

① 黄侃：《文心雕龙札记》，上海古籍出版社2006年版，第173—175页。

原被视为忠君爱国者的代表，后代千秋志士均以其暗代自我，贾谊因人生经历与生平志向与屈子有同遇之感，故融情于此隐，《吊屈》以自伤。谢灵运写久病初起，登楼见满目清新之景，以精警之句“池塘生春草，园柳变鸣禽”，将所见之景状目于前，一直为后世所道。若非诗人运用精警格时融合情感，又怎会将情景交融之思高度整合，从而有生辉之笔，造化之句？

“事类”和“隐秀”委婉精曲地传达情思，同时也携有其他修辞手法的运用，但创作者唯有融合情感才能“深文隐蔚，余味曲包”（《文心雕龙·隐秀》），否则常有雕琢取巧，故作艰深之感。

五、结　论

“采”构成了创作表达系统的技巧基础，是立文的一个重要方面。刘勰对其的认识及其运用原则中的融情性思想，对我们具有巨大的借鉴意义，现将全文做一个简单的脉络梳理，以清晰明了地体察其融情性特征，列表如下：

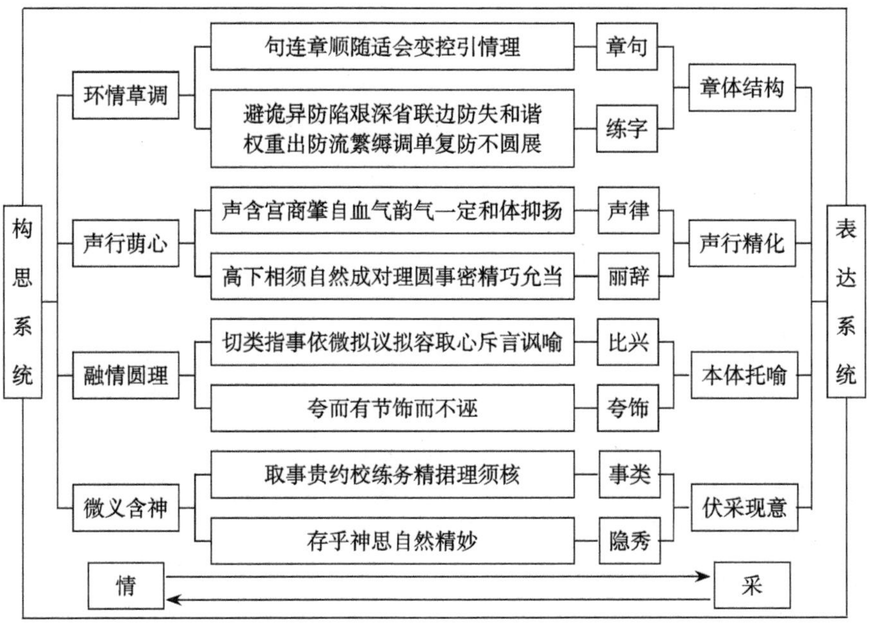

图2　《文心雕龙》全书构思脉络

在创作系统中，构思系统与表达系统不断地进行着信息的双向互动交流，则“情”与“采”需不断地相融，所以不能将其简单视为内容与形式的相依，只看到“采”的装饰性而忽略其内在的融情性，也不能只看到“情”的转化而忽略“采”的地位和意义。“采”缘于自然，并且作为修辞手法，创作者融情入“采”，以达到文章精华与韵味兼有的目的。《文心雕龙》创作论部分对“采”的运用原则，既丰富了后世的修辞学，也指导着文学创作论的发展与运用。“情采”作为立文最重要的两个方面，在各有其内在的变化的同时，亦相互联系地牵动彼此，运用把握好二者互为互生的态势与规律，情采相依，行文方远。

（指导教师：李平）

“天性逍遥”与“适性逍遥”

——庄子与郭象的逍遥观比较

◇方 荻

摘 要：庄子，名周，字子休，是战国中期著名的思想家。郭象，字子玄，是西晋时期著名玄学家。从思想渊源上来看，庄子可以算得上是郭象的先师，然而经过了几百年岁月的更迭，郭象对于庄子的思想的阐释因增添了更多时代的色彩而发生了改变。本文就以庄子与郭象各自的“逍遥观”为切入点，从“境界、内涵、风格”三个方面对庄子与郭象的一些基本思想做出比较，以此来体现郭象对于庄子逍遥观的继承发展以及影响。

关键词：庄子；郭象；逍遥观

引 言

“逍遥”一词缘自战国思想家庄子的《逍遥游》一文，在道家哲学中十分具有代表性。庄子的逍遥，是一种超越性的追求，它是精神境界达到理想高度时自然而然能得到的体验，至于这个境界要如何求得，庄子也没有说出具体的行为准则与修习方法。而这种境界又是与天地相通的，因此我们可以将其视为“天性的逍遥”。以解读《庄子》而闻名的魏晋玄学家郭象在其所注的《庄子》中，也对逍遥提出了自己的见解。郭象认为，逍遥就是“物任其性，事称其能，各当其分”[①]，想要达到逍遥的境界，就要先认清自己的能力大小，并且根据自己的能力去做事，这样的话每个人的逍遥就都一样了。这种对逍遥的解读显然是与其“适性”思想相对应的，因此我们将郭象的逍遥观概括为“适性的逍遥”。

一、庄子的天性逍遥

在《庄子》原文中，庄子总是将人与天地放在一起来讲，人与天地间万物有许多相通的地方，而人生的法则也可以从自然界规律中寻求到一些启示。这并不是巧合，而是这位先哲凭借其敏锐的眼光探寻出的自然——人生哲学，庄子格局之大，使我们在阅读中始终可以凭借他的语言感受到超越语言之外的另一层审美想象空间，是为“逍遥”也。在“逍遥”的空间中，庄子将万物的大道理以它们最朴实的面貌展现在我们面前时，无意间解开了我们人生中的小困惑，使我们看到，这天地间的万物原来就是我们人生的另一种存在方式，而人生的逍遥也与万物有着千丝万缕的联系。

概言之，庄子的逍遥观有三个层次：

（一）“大”的层次

逍遥的第一个境界是“大”。《逍遥游》中首先着眼于天地境界，描绘出一个广阔的大世界，鲲鹏的大小皆以“千里”为单位来度量：“鲲之大，不知其几千里也……鹏之背，不知其几千里也……”[②]接着又借着鲲鹏与蜩鸠之比较提出小大之辩：“小知不及大知，小年不及大年”[③]从这里对“大”的推崇，可以看出，庄子认为要达到逍遥首先离不开这个“大”字。（然而这种大又不仅是相对观念上的大，庄子想要表达的，是无限意义的

① 郭象、成玄英：《庄子注疏》，中华书局2011年版，第2页。
② 陈鼓应：《庄子今注今译》，中华书局2008年版，第3页。
③ 陈鼓应：《庄子今注今译》，中华书局2008年版，第13页。

大，而达到这种大之后就可以实现“无所待”。）这个前提，对于鸟来说是躯体要大，如此才有力量飞上九万里高空。而对于人来说就是人生上的“大”，即自身可以达到的高层次的境界。后面庄子又借肩吾与连叔之口说了接舆描述的神人的故事：“藐姑射之山，有神人居焉，肌肤若冰雪，绰约如处子；不食五谷，吸风饮露；乘云气，御飞龙，而游乎四海之外……”[①]，肩吾不相信接舆的话，却反被连叔比作是心智上的聋子和瞎子。写这个神人的形象，一来树立了逍遥的榜样，二来又说明了一个道理：没有相当的高度（即境界），自然无法理解别人眼中神奇而美妙的事物。连看都看不见逍遥，更别说能达到逍遥的境界了。人生境界的“大”（高），能使人的审美层次提升。逍遥之所以难以达到，正是因为许多人并不拥有这种与生俱来的天赋，正如蜩鸠无法比肩鲲鹏，满足于盈尺间的回环往复，这绝不是庄子所指的逍遥。

（二）“无用”的层次

逍遥的第二个境界是“无用”，庄子举出宋荣子的例子，说“至人无己，神人无功，圣人无名”[②]，这便是逍遥的第二个境界：“无用”。“世人之所谓‘用’，皆系由社会所决定的社会价值。人要得此种价值，势必受到社会的束缚。”[③]“用”是一个饱含着社会功利性的词，这个词通常是通过社会对于个人在社会生活中的贡献及其反馈体现出来的，它体现了一个人的社会价值。人的社会价值得到肯定和承认是可以增强人的存在感的，在心理上会有满足感，然而，这种社会价值也是会束缚人的，使人不得不时刻关注着自己的社会地位，关心着这个风云变幻的社会舞台，这无疑是达到逍遥境界的阻碍。因而，“无用”于社会，在失去了社会价值的同时，也摆脱了社会责任对于自由精神的束缚。“无己”“无功”“无名”都是“无

① 陈鼓应：《庄子今注今译》，中华书局2008年版，第25页。
② 陈鼓应：《庄子今注今译》，中华书局2008年版，第18页。
③ 徐复观：《中国艺术精神》，广西师范大学出版社2007年版，第50页。

用”，想要达到逍遥的人不需要世人的赞赏与贬低，他们已经有了独立自由的精神世界得以逍遥。

同样，庄子也举出了尧让天下与许由而被许由拒绝的例子，许由说：“庖人虽不治庖，尸祝不越樽俎而代之矣。”①许由自比“尸祝”（主祭者），尽管他的能力已经得到了尧的高度肯定，他仍不愿意有用于天下，因为一旦许由真的接手了天下，随之而来就会是许许多多的责任和束缚，使他不得逍遥。就像高大的树木不一定非要用作木材，让它静静地长在空旷之处，投下几片阴凉使你快活，它却不自知，于它便是逍遥。所以有用之人也不必非要刻意有用于世，令他自己寻求逍遥的同时，也可以发挥“无用之用”，这才是庄子所推崇的。

（三）“自然”的层次

庄子逍遥的第三个境界是“自然”。前述的“大”与“无用”，最终都将伴随着主体的精神活动而归于自然，主体的有机的无序的生命状态，即是主体的自然状态，也就是逍遥的最终状态。对于这种主体的自然状态，我们通常认为它应是人的“天性”，是人最本真的属性，在这种状态下得到的逍遥，也就是前文中所提到的庄子的“天性逍遥”。而想要充分回归天性，必然要经历一个精神提升的过程，从提升人格境界开始，直到获得精神自由，也即在自然中的“逍遥”状态。主体要获得自然状态下的天性逍遥，并没有任何约束性的行为规范或是现成的方式方法——它既没有固化的模式，也没有既定的规范，它是人回归“真我”后得到的精神升华，已然不再具有受世俗道德教化出的社会性，而是找回了自然赋予的达到逍遥的天性。如果我们结合庄子所处的时代，也不难看出，他对于“天性逍遥”的追求，与他对世俗世界的失望与逃避不无关系，但我们也不能以此将他看作是消极避世，他的世界观是积极的，向上的，他所期望的，是主

① 陈鼓应：《庄子今注今译》，中华书局2008年版，第22页。

体自我价值的实现。这对于一些人来说，可能是与社会价值相关联，例如功名利禄等。而对于庄子来说，正是抛却了社会功利价值的“天性逍遥”。

二、郭象的适性逍遥

对于逍遥，魏晋玄学家郭象在前人的基础上注入了自己的理解，他立足于《庄子》，在注解庄子的过程中，建构了一个自己的理论系统。他的理论是以“独化论”和“足性论”为逻辑主线的一个“儒道会通”的思想体系。[①]“独化论”主要是为了解释万物的生成模式——万物自生。“无既无矣，则不能有生；有之未生，又不能为生。然生者谁哉？块然而自生耳。”（《齐物论注》）郭象认为天地既然无为，就不能生物，因为生物也是有为，它破坏了天地的正常状态。所以，万物必然是自生的。[②]既然万物自生，那必是各自有性分之分，对于要如何自处的问题，郭象又提出了“足性论”来说明万物的存在状态——“性各有极，苟足其极，则余天下之财也。”[③]万物之间遵循足性原则，那么就可以使天下财富得以富余，天下可以少了许多纷争，而人也得到了自己想要的逍遥。

在“足性论”的影响之下，郭象的逍遥成为一种“适性的逍遥”，他认为只有每个人找到与自己性分相称的人生追求，才可以达到逍遥。这种对于逍遥的定义是需要以社会层级划分为前提的，也就是说，郭象事实上也是给人划分了等级，只有顺从这样的划分，才有可能达到他所说的逍遥。而郭象的逍遥也是分为三个层次的。

① 敦鹏：《郭象儒道会通的生存论阐释》，《烟台大学学报》2012年第1期。

② 魏义霞：《物之生也，莫不块然而自生——郭象玄学的思想主旨和逻辑主线》，《商丘师范学院学报》2014年第11期。

③ 郭象、成玄英：《庄子注疏》，中华书局2011年版，第14页。

（一）“自性”的层次

郭象逍遥观的第一个境界是“自性”，“各自‘性分’是‘天性所受’，万事万物都逃不掉，也改变不了，只能因循‘性分’。”自性是不光要有自己的性分，并且还要能认识、承认它。这之中包含了郭象的“因循”思想[①]，出发点就是万物的“性”。以“性”将万物区分不无道理，毕竟自然界中的每一样东西不可能都是相同的，所以每一事物的逍遥也可以是不同的。同时郭象也给人划分了等级，并且要求他们承认这种似乎是伴随着出世就已经定好的“命”理，这显然掺杂了一些儒家思想中的社会伦理性，已经不再是单纯的哲学和美学上的探究了，这也就决定了他的逍遥不会是像庄子那样试图脱离俗世而获得的精神自由：“直以大物自生于大处，大处亦必自生此大物，理固自然。”[②]大物之“性”源于大处自生，不是之后变成了大物，他为这个社会的尊卑与贵贱的分别找到了有力的理论支持。这样看来，郭象逍遥的第一层实则是在各物本身——找到各自的性分，而不要觊觎不属于自己的高位。

（二）“适性”的层次

郭象逍遥观的第二个境界是“适性”，在顺从了天生的性之后，再以合适的方式去自处。至于什么是合适的方式，郭象认为，能够与自己能力匹配的方式才是合适的。《〈逍遥游〉注》中提到：“苟足于其性，则虽大鹏无以自贵于小鸟，小鸟无羡于天池，而荣愿有余矣。”[③]在这里郭象完全改变了庄子对于大鹏的形象定位，大鹏已经不再象征着遥遥不可及的人，而蜩鸠之辈也不再代表着眼光狭隘的人，郭象给了他们分别寻找逍遥的方式，那就是“适性”而为之。这样的观点带有很强的功利性——即为了道

① 王云飞：《郭象“因循”思想与庄子》，《哲学分析》2013年第2期。
② 郭象、成玄英：《庄子注疏》，中华书局2011年版，第22页。
③ 郭象、成玄英：《庄子注疏》，中华书局2011年版，第14页。

遥而适性，同时也有很强的可操作性——即适性则可以达到逍遥。所以郭象认为，要想得到逍遥，只需在自我修养中平心静气寻求适性之法，便可得到心神的安宁与精神的愉悦体验。能做到适性，已然很接近逍遥了。

（三）“自然”的层次

郭象逍遥观的第三个境界也是“自然”，但郭象的“自然”是不同于庄子的。在郭象的思想中，人生存的最终状态也是“自然”：“天地以万物为体，而万物必以自然为正。”自然的境界是建立在前两个境界上的，郭象认为自然是“不为”：“自然者，不为而自然者也。”从适性到不为，显然中间还有一个需要跨越的鸿沟。从“自性”开始，到“适性”，对于一切事物感到满足而渐渐无所为，达到“无已故顺物，顺物而至矣。”[①]量变产生的质变使得个体得到了提升，进入了自然的境界。当然，简单意义上的生死并不能成为捷径，而是要超越了死亡之后才能拥有这样的感官体验。最终，人自己从有到无，完成了他的自生与自化，而他的逍遥的体验，已经超越了肉体的限制，得到了精神上的完满。这是郭象独化论的一个完美轮回，也是郭象逍遥观的最高层次。[②]

三、庄子与郭象逍遥观之比较

郭象所注《庄子》，实际上重新构造了一个他自己的理想精神世界，他与庄子的逍遥观表达了两种不同的思想。庄子的逍遥，是追求更高层次的精神天地，是不断的上升和永无止境的追逐，精神的自由王国不限于人，而在于万物，所以达到了一种能与宇宙相通的艺术性境界。而郭象的逍遥，则是人在自己性分之内的小天地里寻求解放，无法摆脱命运的安排，还必须去适应它，从而无所欲求，无所作为，才得以逍遥。这样的逍遥不

① 郭象、成玄英：《庄子注疏》，中华书局2011年版，第12页。

是庄子的绝对精神领域里的逍遥，更像是《逍遥游》中那些有待之人所无可奈何而追求的逍遥。

（一）境界之分

通过前面对于庄子和郭象逍遥观的三重境界的分析，可以看出，庄子以天地为境界，将人化作自然一部分，在庄子看来，人当如不借势海风而起飞的鲲鹏，脱离了狭小身躯的束缚，获得更广阔的飞翔天地才可能达到逍遥的境界。而在郭象眼中，蜩与学鸠已经不是庄子笔下的精巧伶俐却眼界狭小的动物了，它们更像是市井里尽管贫贱却怡然自得的平民百姓。郭象以人生为境界，赋予自然物以人的性分。

庄子讲“大”，是无可比较的大，郭象也讲大，却是由小对比得来的大；庄子讲“无”，是趋于无限的无，郭象也讲“无”，却是相对于有的无；庄子讲“自然”，是万物法则的最初形态之自然，郭象也讲“自然”，却是无为之自然。所以，如果要将这种境界之分更加直观地表述出来，用大小来区别也不为过。庄子是大境界，郭象则是相对“小”一些的境界。

尽管他们的逍遥境界不同，但是他们都各自为自己的精神世界树立了目标：一个认为逍遥要翱翔九万里才得以看见，另一个却认为蜩鸠在芦苇之间也能寻到自己的逍遥。庄子的“小大之辩”在郭象看来却是“小大皆可”，于是逍遥不再只属于与天地共生同化的圣人、神人，而变成了俗世里可以追求的快乐。所以不管境界大小如何，找到了归属才是最重要的。

（二）内涵之分

这里逍遥的内涵之别，也就是庄子思想与郭象思想之别。郭象虽也继承了道家思想，但是其中融入了很多儒家的思想。

庄子的思想的最终归宿是精神的自由解放，这是庄子讨论一切问题所想要求得的结果，也是他提出一切哲学命题的出发点。所以，庄子并不会讲世俗的处世方法，他的方法论，都是用于解决人生哲学问题的，几乎不带有功利性。“逍遥游”之“游”字，它与游戏有一些微妙的联系，因为在游戏中你会体验到一种自由的感觉，但是要在游戏中升华出绝对自由，又不仅仅是游戏了。于是这个“游”成为了一个抽象的概念，它成了精神世界的自由状态的象征，或者说是一个哲学符号。不止是“游”，庄子将许多原本直观的实体具有的感觉、体验等都抽象成了哲学符号，（例如“虚静”，《天道》中有描述：“夫虚静恬淡寂漠无为者，天地之平，而道德之至。”[①]它本是一种个体的精神状态，却最终成为了庄子哲学中重要的符号之一。）它们还有着原来的意义，却涵盖了比原来的意义更广的内容。

而郭象所做的事情，却像是把庄子抽象出来的符号又重新具化，并选择了他需要的那部分意义，加以创新性阐释，形成了自己独特的思想体系。郭象的思想核心就是“独化论”和“足性论”，这些都是他在拆解庄子的哲学符号时所推陈出新而形成得新的哲学观点，它解决了庄子没有解决的世俗个体所要解决的人生问题。郭象让无法理解庄子的人从另一个方面理解了庄子的话，即重新解释了人生问题，并且为每个人都找到了出路。它为庄子的“无用”找到了用途，用新的“无为”引导了人们的人生走向。这种转换不能简单地以好与不好来评价。庄子所讲的是绝对逍遥，是纯粹精神对“无待逍遥”的肯定，这是在最自然的状态下以无功利性而思考的哲学命题。而郭象的是“有待逍遥”，加入了世俗观念的成分，让逍遥中带了一些儒家的影子，却使得不容易达到的逍遥境界成为了可操作的行为准则。

（三）风格之分

《庄子》原文，即使是在讲人生道理时，也着力于故事本身而不是说理部分，庄子文章洒脱自如，风格多变，却总是清新自然，这些都是可以直接感受到的。这也体现了庄子即使是在语言使用上，也融入了自己的处世

① 陈鼓应：《庄子今注今译》，中华书局2008年版，第364页。

态度。他尽力避免文章的斧凿痕迹，庄子力求以有限的文字来表现无限的人生、自然、宇宙。所谓“得意忘形”，便是要让人们忘记这文字的束缚，来尽情体味这之中的无尽意味，所以庄子的逍遥风格也是无所限制的，一直延伸在无边际的精神世界中的。

可以看出，“庄子之逍遥游的实现是一个纵向的追求和提升的过程，是从顺应、到超脱、到终极的超越之体验的过程。安于既定境遇和实现逍遥游是两个层次、两个阶段的不同。”[①]而郭象的逍遥正是对于现世境遇的顺从，郭象的“顺物而至矣”之温和与不争的态度与庄子的追求超越是截然不同的两种风格。“安之”“任之”这类因循思想注入其中，也让郭象的逍遥看上去少了几分大气，多了几分无奈。

四、“适性逍遥”及郭象对道家思想的发展

作为一个出色的玄学家，郭象对于庄子思想的发展在当时是具有重要意义的。“逍遥”已经不再是庄子时代对精神世界的无限追求，更像是对于现世世界的认命与顺从，但这样的“适性逍遥”在当时却有着独特的社会意义。郭象站在统治阶级的立场上提出这样一种以劝服民众接受“尊卑合理”“贵贱合理”为目的来稳定民心的观点，在发展了道家思想的同时又无可避免地使其观点带上了许多功利性。然而还是不可否认郭象对于庄子思想的继承和发展。

郭象对于庄子逍遥观的发展主要体现在三个方面：

（一）“平民化”的逍遥

郭象让逍遥变得更加“平民化”。当然，这只是一种形象的说法，因为郭象所阐释的逍遥观是属于世上每一个人的，即使达不到圣人那样“不食

① 刘笑敢：《从超越逍遥到足性逍遥之转化》，《中国哲学》2006年第3期。

五谷，吸风饮露”，也可以在自己的一片小天地里寻找到自己的逍遥。于是逍遥不再是庄子笔下那个过于纯粹的精神世界，那样的境界光是参透都需要很高的修养，更别说是达到了。这对于大多数人来说是很难的。（庄子在文章中说的奇人毕竟只是寓言角色，为了表达自己的观点和思想，庄子免不了要有所修饰，并不能代表现世世界的大多数人。）而郭象的“逍遥”，却凭借其世俗性在大众的接受程度上占了优势。即使受众是文化程度不够高的平民，“足性”的观点也不会太难理解，民间就有诸如“知足常乐”这一类的俗语，这就是民众自己对于“适性逍遥”的消化与发展。庄子的绝对精神自由对于一般受众很难产生什么实质性的生命启示，但是相对的自由和心灵的解放——郭象的适性思想就可以帮助他们化解许多矛盾，于是也就起到了统治阶级所期待的稳定民心的效果。

（二）“政治化”的逍遥

郭象使得庄子包括道家思想更加“政治化”。郭象是朝廷官员，因此他不可能完全站在一个哲学家的角度去发扬道家思想。而道家思想能够在当时占据很高的地位也是因为玄学家们为道家注入了一股新的力量，这种力量与时代、与政治都息息相关。庄子对于官场一直是一种逃避的态度，庄子的思想更多的是面对人生问题而做出的种种思考。历代也都有将道家思想作为治国的指导思想的，但是那种“无为而治”比起儒家的教化思想存在的时间，其实是很短的。郭象推崇道家，又要兼顾实用性，自然要对道家做出新的释义。在不脱离道家基本思想的前提下，他用一个政治家的眼光把庄子思想重新释义了一遍。他在《庄子注》中归纳总结发展出一个管理学系统，为他的政治需要铺路。郭象为他的思想冠上了“道家”的名义，但是这中间却不乏许多儒家思想的影响在其中，他的这种儒道会通的生存状态的描述，比起庄子或许更适合受过多年儒家教化的民众。

（三）“时代型”逍遥

郭象也增强了庄子思想的功用性，郭象把庄子原本无法对于现世社会产生直接作用的逍遥思想变成了可以用来教化人民的“适性逍遥”。这种含意的改变虽然违背了庄子的原意，但是更能被世人所接受，也算是道家哲学适应时代发展。这里的功用与庄子倡导的“无用”成了对立面，它与庄子的原意已经相去甚远，这种发展很明显地被烙上了时代的印记，使之成为了“时代型”的逍遥，这正是当时统治阶级所需要的。郭象在继承庄子思想时缩小了精神境界，却增强了社会实用性，尽管仍有许多方面的束缚，但是这样一个释义上的跨越，让统治者看到了道家思想中衍生出来的政治功用与社会功用，也让《庄子》有了被更多人接受的可能，并因此进一步扩大了社会影响力。我们都知道魏晋时期新兴的佛教已经进入人们的视野，因此郭象等人想要发展以道家思想为基础的玄学，就必然要在原本的道家思想上做出一些改变。这是时代给《庄子》注入的新鲜血液，它也让这门学问在这一时期成为了一门灵活的学问而深受广大文人的喜爱。

小　结

通过对庄子和郭象逍遥观的比较，可以看出，在社会时代的发展中即使是一脉相承的学派，思想观点也是会不断变化发展的。在各种思想的不断碰撞与融合中，郭象已经重新构建新的哲学思想体系，他只是借了《庄子》来表达自己的思想。而历史久远的《庄子》可以焕发出新的光彩，也得益于不同时代的人对于它的不同解读。多年以前郭象解庄子，今人也在解郭象，它们的思想都在不断被扩展，被不断赋予新的时代意义。

（指导教师：乔东义）

诗画关系视域下的中西诗歌传统探微

——以莱辛、苏轼为例

◇王洪方

摘　要：18世纪中叶，德国美学家莱辛在《拉奥孔》中义界诗画艺术，提出诗画异质；在11世纪的中国，苏轼提出了古典美学中具有代表性的“诗画一律”观。本文试图在对这两种美学理念进行学理探究的基础上，紬绎出关于诗歌的基本原则，在此基础上厘定理论根源——一是滥觞于中国传统的生命美学，一是试图建立民族文学而追寻希腊古典精神的必然结果。由此充分显现诗画关系论的理论张力和内在诗论意涵，以求相互借鉴，推动中西文化的双向交流。

关键词：古典理想；生命精神；诗歌传统；双向交流

在中西漫长的艺术史上，诗画关系的探讨一直是一个古老的话题，常新的未来。在中国，苏轼对王维诗境画意的评价——“诗中有画，画中有诗”，代表了中国占据主流地位的传统诗画观念。这种“诗画一律”的诗画美学理念，对中国古典诗歌的创作产生了重大影响。同样，“诗和画的关系在西方是一个老问题。”而对于这样一个老问题探讨结果是：“诗画一致说几乎变成了一种天经地义”[①]。不过，到18世纪启蒙运动时期，莱辛却旗帜鲜明地提出诗画异质，并予以证明。

① 莱辛：《拉奥孔》，朱光潜译，商务印书馆2013年版，第235页。

各艺术种类之间的相互融合，有助于触类旁通，提高各艺术类别的审美内涵和审美情趣。本文在学理分析的基础上对莱辛和苏轼的诗画关系论述进行理论总结，继而解读与之相联系的中西诗学传统的差异，试图从横向对苏轼与莱辛两者所代表的理论形态进行比较，从纵向分析苏轼的“诗画一律”观、莱辛对诗画之界限的辨析与中西文化传统、时代语境、个体选择的关系，充分显现这两种诗画关系论中关于诗学部分的理论张力。

一、“拉奥孔”的遗产——诗画异质的价值考量

西方自贺拉斯提出“诗歌就像图画”的命题后，诗画一致说就被大多数西方理论家奉为圭臬。与莱辛同时代的温克尔曼等人同样坚持诗画一致，这成为莱辛名著《拉奥孔》成书的直接原因。其实在莱辛之前就已经有学者在区分这两种艺术，如亚里士多德的《诗学》：“正如有人（有的凭技艺，有的靠实践）用色彩和形态模仿，展现许多事物的形象，而另一些人则借助声音来达到同样的目的一样”①，狄德罗也曾言：“画家只能画一瞬间的景象；他不能同时画两个时刻的景象，也不能同时画两个动作。”②但《拉奥孔》之所以成为美学经典，不仅在于长于抽象和精于分类的论证，以及提出的影响深远的艺术分类原则，更在于在隐微的层面上传达出的对希腊古典人文精神的追寻。

（一）诗画异质，媒介使然

以“摹仿”的媒介为依据对艺术进行分类始于亚里士多德的《诗学》，在继承亚里士多德媒介分类法的同时，莱辛还引进认识的两个基本范畴——时间与空间，分别与诗画艺术结合，提出诗画是具有“质”的差别的

① 亚里士多德：《诗学》，陈忠梅译，商务印书馆2005年版，第27页。
② 狄德罗：《狄德罗美学论文选》，徐继曾、宋国枢译，人民文学出版社1984年版，第405页。

两门艺术，各有自身的艺术规律与特性。

首先，在摹仿的媒介上诗与画有所不同。在莱辛看来，这两种符号有“人为的符号”和“自然的符号”之分。前者是在时间中先后承续的，作为人所创造的“符号”，语言不能直接描述事物，只能间接地唤起联想与想象；后者即是指线条、形体和颜色——在空间中并列，可以直接描绘事物本身。

其次，在题材上二者也存在差异。同样是摹仿的艺术，但在模仿的对象上却有“静态性”与“动态性”之别。与之相对应，诗的题材就应该是动作，体现为先后延续的时间性；而画的题材则应是物体，表现为并列范围内的空间性。

最后，两者的接受感官和艺术表现效果也有所不同。莱辛坚信物体的美来自于各部分和谐完美的组合，因此，画可以方便地、直接地表现这种物体的美。诗则不同，诗的媒介是语言，而语言的先后承续性和物体的同时并存性又会发生冲突。所以诗人应该用情节与动作来唤起读者心中的意象，进而让读者产生一种“逼真的幻觉”。

（二）“尚形求真”的诗学追求

按照上述莱辛的论证思路和得出的一般原则，我们可以看出莱辛对描绘体诗是持批评态度的。诗所用的在时间上先后承续的媒介与绘画所用的在空间中同时并列的媒介存在着必然冲突，描绘体诗所呈现的部分的美就不能构成一个空间上的整体，也就很难营造一种美感。他在评论哈勒《阿尔卑斯山》中的诗句：“洁白的叶透出深绿的条纹，闪耀着五色缤纷的露珠”时说道：“我从每个字里只听到卖气力的诗人，但是看不到那对象本身。”[①]由此，莱辛不主张以画入诗，如果诗对物体详细描绘，那么诗便成为“解说的工具”而失其为诗。

① 莱辛：《拉奥孔》，朱光潜译，商务印书馆2013年版，第102—103页。

莱辛在书中大量引用荷马、维吉尔的史诗作为例证与依据。在西方，产生最早、影响最大的诗歌是史诗，如早期的荷马史诗，中世纪的英雄史诗等等。史诗在于叙事，因此莱辛把诗归到表现“事”“情”的时间艺术范畴。可以看出莱辛在艺术上承续了西方“尚形”“求真”的诗学传统，把诗义界为“运动的时间艺术”。值得注意的是，莱辛在前言中谈到：“因为我的出发点仿佛是拉奥孔，而且后来又经常回到拉奥孔，所以我就把拉奥孔作为标题。”[①]那么，“仿佛”一词是不是有着某种“隐喻”呢？联系莱辛作为一名启蒙斗士的身份，《拉奥孔》一书可能远不止是学理上的一番探究。

《拉奥孔》的整体意图看起来的确很直白——“论诗与画的界限”（第一副标题），并引用了普鲁塔克所说：“他们在题材和模仿方式上都有区别。”但我们若从题目入手进行考量又将是耐人寻味的。古希腊的“诗”并不仅是指涉具体的静止的诗篇，戴维斯将亚氏的《诗学》中的“诗”译为“制作、做”[②]，是带有“行动”指向的。而在亚里士多德的《政治学》之中，诗被看作是人成为优秀公民的必要条件，也是理性动物受教的重要目标，因此在古典诗学的意义上“作诗”与城邦对公民的教育和灵魂的塑造直接相关。联系第二副标题——“兼论《古代艺术史》的若干观点”和温克尔曼在全书中的重要地位[③]，我们可以看出莱辛将他的“论敌”放到了重要的位置，其目的是在显现自己与温克尔曼在关键问题上的不同看法，即“高贵的单纯和静穆的伟大”[④]的艺术理想并不适用于诗。毫无疑问，“拉奥孔”是一份独特的古典遗产，在追求“尚形求真”的传统背后有更深层的价值取向有待探究。

---

① 莱辛：《拉奥孔》，朱光潜译，商务印书馆2013年版，第4页。

② 戴维斯：《哲学之诗——亚里士多德〈诗学〉解诂》，陈明珠译，华夏出版社2012年版，第6页。

③ 文中第1章、第19章以及第26至第29章均与温克尔曼有关，出现的次数多于莱辛所推崇并奉为典范的“荷马史诗”。(只出现在第16至第23章)。

④ 朱光潜：《西方美学史》，人民文学出版社2015年版，第297页。

二、诗画同律的理论内涵

中国学人不是没注意到诗画二者的区别[①]，但自唐宋之后，似乎更强调二者的相似相通之处，这些见解在苏轼的阐发中开始萌发成比较系统的理论支撑。不仅如此，苏轼的诗画创作实践同样臻于化境，孔武仲曾言："居士之文俊伟闳博，纡徐姣好矣，而又欲从丹青之妙，优以此娱情，欢以此喻笑，盖将以贾谊、陆贽之文，顾恺之、王摩诘之笔兼之一身。"[②]此言甚确，因为兼善并美，所以苏轼所论具有体验与概括相结合的特点，那么探讨中国古代的诗画同律观，也就需从苏轼这一代表性的人物入手。

（一）诗画一律，双向建构

苏轼关于诗画关系的论述颇丰，具散见于他的诗文当中。最为人所熟知的当属在《评王维诗》中发出的感慨。值得注意的是，这不仅是事实的描述，更是一个价值判断，是苏轼对王维诗歌涵泳之余的欣赏与赞誉。因为"味"作为一个美学范畴已不同于五味之"味"，而是"听别人说话（言语）的味道，是一种审美的享受。"[③]此外，东坡在《书鄢陵王主簿所画折枝二首》其一中说："诗画本一律，天工与清新。"[④]再联系《王维吴道子画》："今观此壁画，亦若其诗清且敦。"[⑤]可知东坡所指"一律"之价值正在于"清"。[⑥]

① 中国古代对诗画的表现对象、思想基础、社会功能的等方面的差异均作过探讨，详见邓乔斌：《有声画与无声诗》，《邓乔斌学术文集》（第二卷），安徽师范大学出版社2013年版。

② 孔武仲：《东坡居士画怪石赋》，《清江三孔集》，四库全书第1345册，第205页。

③ 叶朗：《中国美学史大纲》，上海人民出版社2014年版，第33页。

④ 颜中其：《苏轼论文艺》，北京出版社1985年版，第234页。

⑤ 颜中其：《苏轼论文艺》，北京出版社1985年版，第217页。

⑥ 钱锺书认为"敦"字乃是"深厚"之义，和"清"字连用很牵强，所以只是为凑韵而已。（《中国诗与中国画》，《七缀集》，生活·读书·新知三联书店2007年版）诚如是说，那么东坡所赏王维诗、画的共同特点只一"清"字。

为何王维能得苏轼如此称颂呢？原因就在于他和东坡两者兼善，“顾长康善画而不能诗，杜子美善作诗而不能画。从容二子之间者，王右丞也。”[①]王维自己亦曾说：“宿世谬词客，前身应画师。不能舍余习，偶被世人知。”[②]我们再来看王维的实际创作情况。作为画家，他的画作不唯东坡一人所赏。米芾曾言：“世俗……多以江南所画雪图命为王维，但见笔清秀者，即命之。”[③]荆浩亦称其“气韵高清”。再论其诗，就其量而言王诗今仅存四百余篇，言景之诗凡150首左右；就其质而言，山水诗为王维最享盛誉之作，不待详论。后人多以“清深闲淡”“清而秀”“穆如清风”称其诗[④]，诗画风格皆是用笔疏远、气韵高清，可见东坡所言不谬。

值得注意的是，“诗画一律”是有宋以降的普遍文艺观，王安石曾云：“烦公有声画，相我无弦琴。”黄庭坚亦曾云：“李侯有句不肯吐，淡墨写出无声诗。”总之，诗画同律的文艺观念“用北宋的话说就是‘文章书画固一理’，用南宋人的话说就是‘诗乃有声画，画乃无声诗’，用明人的话就是‘诗与画等尔’，用清人的话就是‘同一机轴’。”[⑤]而东坡所论又不止王维一人，在《书鄢陵王主簿所画折枝二首》其二中曾云：“悬知君能诗，寄生求妙语。”[⑥]《韩干马》：“少陵翰墨无形画，韩干丹青不语诗”[⑦]。可见诗画同律观并非苏轼专对王维创作的一时兴到之语，而是苏轼试图打通艺术壁垒力，求二者相互浑融契合，诗情援画境以抒发、画境含诗情以传达。

具体说来，这种诗画同律是一个双向建构的过程。所谓诗中有画，应

① 阮元：《诗画总龟》卷八，人民文学出版社1998年版，第89页。

② 赵殿成：《王右丞集笺注》（第五卷），上海古籍出版社1984年版，第75页。

③ 刘石：《诗画平等观中的诗画关系——围绕“诗中有画”说的若干问题》，《文艺研究》2009年第9期。

④ 以上分别为胡仔《苕溪渔隐丛话》，胡应麟《诗薮》，沈德潜《唐诗别裁集》所评。均引自刘石：《诗画平等观中的诗画关系——围绕“诗中有画”说的若干问题》，《文艺研究》2009年第9期。

⑤ 以上转引自刘石：《诗画平等观中的诗画关系——围绕“诗中有画”说的若干问题》，《文艺研究》2009年第9期。

⑥ 颜中其：《苏轼论文艺》，北京出版社1985年版，第234页。

⑦ 颜中其：《苏轼论文艺》，北京出版社1985年版，第225页。

当是说诗情应援画境以抒发。在苏轼看来，在诗歌创作中不应忽视刻画景致、描摹物象，应该在读者眼前营造一幅幅精妙绝伦的画面，以此更好地传达内心的情感意味。王维以画法入诗，用画家的眼光来建构诗境，由此形成了上下俯仰、前后不拘的流动关照，使得诗中景物错落有致、主次分明，单个景物有机组合成一幅生动画面。要之，在于诗歌意境鲜明、化实为虚，状难写之景如在目前，以精练的文字传视境之神韵、情趣。示象以少，得意唯多；即便是入之于画却难以画出的东西，又何妨入于诗取胜。

所谓“画中有诗”，应当说的是画境应含诗情以传达。在苏轼看来，画师应该是一个具有诗人情怀，能体会诗人意趣的画家，而不是只能描物摹像的画工。他在《跋汉杰画山》中说：“观士人画，如阅天下马，取其宗气所到。乃若画工，往往只取鞭策、皮毛、槽枥、刍秣，无一点俊发，看数尺许便倦。汉杰真士人画也。”[①]“化工之画”应强调意境，重在表达画家的一种情思，在创作中不要过多重视物象的形，关键是要画出物象的神韵。换言之，画家要传达一种情感，便要将自己的精神融入客观景物当中，同时将山水景物融入于自己情感意味之内。由此画家胸中之丘壑与客观自然之丘壑浑融一体而不可分，形成一种独特的艺术化境。

（二）咏物寄意，清华绝尘

“诗画一律”作为一个双向建构的美学命题，不仅是诗画综合观念的体现，同时也在理论阐释上和审美意蕴上为多种艺术的融通建立了某种艺术法则。从苏轼和古人的相关论述来看，这一经典美学命题的具体内涵体现在诗歌理念上，便是咏物寄意、山水摇情的艺术表现手法和清华高韵、自然绝尘的审美心态。

所谓咏物寄意、山水摇情，即诗应是“意”与“境”天然凑泊而成，通过摹写景物来传达诗情。自然万物是创作主体表达情感，寄托情思的重

① 颜中其：《苏轼论文艺》，北京出版社1985年版，第215—216页。

要题材。

注重直观描绘，象形体物，是诗与画的相融相通之处，但诗作不止于此。从咏物来看，苏轼在《评诗人写物》中说："诗人有写物之功……林逋《梅花诗》云：'疏影横斜水清浅，暗香浮动月黄昏。'决非桃李诗……若石曼卿《红梅诗》云：'认桃无绿叶，辨杏有青枝。'此至陋语，盖村学中体也。"[①]在苏轼看来咏物要求做到两点：其一，要随物赋形，即要鲜明刻画出物态特有之形；其二，要以形写神，即物之神韵要通过物之鲜明生动的外形来传达。这里的疏影、暗香不仅刻画梅之外形出神入化，更突显孤格神韵，决非一般桃李之浓妆艳丽之态。而如果只是如石曼卿一样拘泥于描绘青枝绿叶而不见神韵性情，则无疑是至陋语。再说写景，他在《书郑谷诗》中说："郑谷诗云：'江上晚来堪画处，渔人披得一蓑归。'此村学中诗也。柳子厚：'千山鸟飞绝，万径人踪灭。孤舟蓑笠翁，独钓寒江雪。'人性有隔也哉，殆天所赋，不可及也已。"[②]前者直写眼前之景，但不见诗人情怀，远不及后者在景中寄寓了孤高耿介的文人气格。这种主体性情与客观外物相谐相融的诗学思想与其上述说法意旨相通。

所谓的清华高韵、自然绝尘，乃是说诗歌是创作主体天然真性的流露，要有清旷、高远、绝俗的天然之美。这种独特的艺术审美心态，是苏轼等在内的文人集团对魏晋高风绝尘的精神实质和盛唐兴象玲珑的美学特质的继承、创新与整合的结果。

苏轼所谓的诗画一律在审美上的表现是"天工""清新"。就创作主体而言，诗人要保持一种清真的品格，强调要有一种超越世俗的非功利性的创作动机，这样的诗作才能如清水芙蓉般有清华自然之韵。他在《次韵答参廖》中云："新诗如弹丸，脱手不暂停。"[③]即是指诗人要以真情来付诸文字，那么新诗便如弹丸脱手而不必施以雕琢之功。

---

① 颜中其：《苏轼论文艺》，北京出版社1985年版，第162页。
② 颜中其：《苏轼论文艺》，北京出版社1985年版，第170页。
③ 颜中其：《苏轼论文艺》，北京出版社1985年版，第150页。

与莱辛不同，苏轼论诗着眼于诗画共融所赋予诗歌的独特审美价值。需要注意的是，苏轼所论之“诗”是以山水景物和花竹禽鸟等自然景物为题材的抒情诗。这当然与中国以抒情言志为诗歌之功能的诗学传统有关，刘勰所谓：“神用象通，情变所孕。物以貌求，心以理应。”[①]说的正是如此。其所标榜的清华绝尘的诗风也与前人“近而不浮，远而不尽，然后可以言韵外之至耳”[②]的审美理想一脉相承。

三、立场殊异，影响殊途

“亚里士多德之所以能将对诗的分析与对行动的分析合在一起，因为在某种意义上，此二者乃为一事，也就是就人类之为理性动物来讲其意味所在”[③]而人又是城邦的动物，无城邦，便无以言诗。也就是说一旦脱离了时代背景，《拉奥孔》背后的隐喻也就很难被看到。超越其阐述的直接内容，会让《拉奥孔》在内涵上有所增进。正如前所述，“拉奥孔”是古罗马给后人留下的古典遗产，莱辛在继承这份古典遗产、追求“尚形求真”的传统背后有更深层的价值取向有待考量。苏轼所言的“诗画一律”在于“清”，《说文》：“朖也。澂水之皃。”段玉裁注：“澂而后明。故云澂水之貌。引申之凡洁曰清。凡人洁之亦曰清。”[④]由物到人，可见是艺术家徜徉于物我之际、徘徊于虚实之间的互观共照，才有物我浑融的审美特征。这背后隐隐有着某种生生不绝、物我浃化的天人意识。

---

① 郭绍虞主编：《中国历代文论选》，上海古籍出版社2014年版，第85页。

② 郭绍虞主编：《中国历代文论选》，上海古籍出版社2014年版，第164页。

③ 戴维斯：《哲学之诗——亚里士多德〈诗学〉解诂》，陈明珠译，华夏出版社2012年版，第9页。

④ 许慎著、段玉裁注：《说文解字注》，浙江古籍出版社2007年版，第274页、第550页。

（一）启蒙理想的诗学追求

我们一再强调亚氏的《诗学》中“诗”与《拉奥孔》副标题中的“诗”在内涵上的联系，是因为莱辛正是从亚氏“文艺模仿自然这个基本信条出发的”[①]。莱辛将“拉奥孔”作为其论著的书名，在隐喻意义上可以看作是对希腊古典人文精神的追求，而这正是基于对德意志民族艺术理想在启蒙时期艰难抉择时所作出的人文思考。

古希腊位于今巴尔干半岛南部和小亚细亚半岛西岸，地形以山地丘陵为主，难以依靠农业为生，于是便向广袤的海洋张开怀抱。这样特定的生存环境和生活方式造就了古希腊独特的海洋文明和自由奔放、崇尚力量、智慧、勇敢的民族性格，也培育了古希腊人追求个体生命价值、尊严的价值观念。“全部希腊文明的出发点和对象是人。”[②]同时，在他们看来，“人同自然的划分是知识和智慧的起点，是人自觉其为人的起点。”[③]因此在自然面前，希腊人就表现出一种力量和自然本性。

莱辛是西方启蒙运动中的斗士，为使德国建立起统一的代表当时新兴资产阶级利益的德意志民族文学，就有必要在文艺界推翻法国新古典主义。希腊古典文艺富有民间文艺气息，被当时的德国新兴资产阶级文艺理论家们奉为典范。所以莱辛将希腊古典文艺作为准绳，而古希腊的艺术以人体雕塑等造型艺术为主，所以莱辛并没有将物体美之外的自然美作为美的范畴。当时的诗歌创作流行的是仿古牧歌诗体和田园诗体作品，绘画则侧重于宣扬封建社会英雄理想的历史画和寓意画，这种绘画体诗和静穆的理想暴露了资产阶级的软弱心理，在莱辛看来这不利于发动人民参加社会变革的革命。

① 朱光潜：《西方美学史》，人民文学出版社2015年版，第306页。

② 转引自鲍·季格里扬：《关于人的本质的哲学》，汤侠声等译，生活·读书·新知三联书店1984年版，第28页。

③ 杨适：《中西人论的冲突》，中国人民大学出版社1999年版，第121页。

因此在文学上，莱辛首先关心的是文学应该成为一种武器——启蒙利剑，因此，莱辛写《拉奥孔》的根本动因是为了“诗”。如果说莱辛的《汉堡剧评》是为其文学实践提供理论支撑的话，那么《拉奥孔》则是他文学理想的隐微表述。对诗与画的划分实际上只是莱辛阐释自己文学理想的一种理论外衣，他所要隐喻的其实是那个充满智慧、勇敢和力量的行动的拥有自由天性的希腊。正是因为如此，“自从亚里士多德以来，谁也没有像莱辛那样正确和深刻地理解了诗的本质”，因为在莱辛眼中，“诗的唯一基本题材和唯一主要的内容”[①]是人。“他把人的动作提到了首位，建立了美学中人本主义理想。”[②]

莱辛正是试图通过诗来召唤“行动”的人和“行动”的时代。“为什么拉奥孔在雕刻里不哀号，而在诗里哀号?”[③]这实际上是对温克尔曼所提倡的克制与沉静的反叛，因为温克尔曼所倡导的人性实质上是静态的以至带有一种神性，所否定的恰恰是人之所以为人的运动、变化和个性，这是一种永恒绝对的、逃避现实的艺术理想。而莱辛意在创立一种适合德意志民族精神、唤起民族自信的艺术理想，要建立一种运动的诗学观而去追求一个“行动”、自然本性的人的希腊。莱辛极力推崇的“荷马史诗”，正是希腊古典精神的最好体现，所以文艺意义上的“德国的启蒙运动到莱辛才算达到了高潮”[④]。

（二）生命哲学的艺术表达

在中国哲学中，本体即是生命，《说文》：“生，进也，象草木生出土上。凡生之属皆从生。”又“性，人之阳气，性善者也。从心，心声。”段

① 车尔尼雪夫斯基：《车尔尼雪夫斯基论文学》（中卷），辛未艾译，上海译文出版社1997年版，第425页。

② 朱光潜：《西方美学史》，人民文学出版社2015年版，第301页。

③ 莱辛：《拉奥孔》，朱光潜译，商务印书馆2013年版，第5页。

④ 莱辛：《拉奥孔》，朱光潜译，商务印书馆2013年版，第300页。

玉裁注："董仲舒曰：'性者，生之质也。'"[1]生有生命意，性有本性和本质意，意即是说生命乃是天地自然之本性，天地自然皆以生命为本质之特征。这种语言学中的"生""性"相通是哲学中"生之为性"这一命题的最直接的显现。《易·乾·传》："乾道变化，各正性命，保和大和，乃利贞。"《易·系辞上传》又云："一阴一阳之谓道，继之者善也，成之者性也。"[2]因此，万物只是生之道的外化，而那万物之中含有生之性，即是永恒的生命精神。而这种生命形式又呈现出在时间之轴上的孳生化育和空间之轴上的类推关联，由此形成一种万物生生不已不绝的"有机主义"思想，这种"有机主义"思想正是自我情怀与宇宙生命的大化流行、相与浃化。

儒道两家为中国传统文化的两大主干，两大思想流派虽有出世、入世之别，但"'上下与天地同流'的儒家精神和'浩然与溟涬同科'的道家精神的合一，成为中国艺术体征生生理论的根本源泉。"[3]儒家效法以仁生万物的思想提出仁为人之本——以仁为人间道德大厦的基石，但同时又强调推己及天。"亲亲而仁民，仁民而爱物。"[4]"老吾老以及人之老，幼吾幼以及人之幼。"[5]不仅如此还要强调"天地万物本吾一体"，所以天人在泛爱的基础上实现了"合一"，这种钟爱自然生命的浓厚情谊既是一种道德精神，又是一种审美情怀。这就形成一种致力于建立心理本体基础之上的与活泼泼的具象生命相与呼应，又具有非功利超越性的艺术精神，而这正构成了中国艺术独有的感染力与民族特色。

道家哲学相较于儒家更富艺术精神，这以庄子和郭象二人为代表。庄子体道、悟道的"道"是不离心而外在的，既然是这样，达于道的过程即

① 许慎著、段玉裁注：《说文解字注》，浙江古籍出版社2007年版，第274页、第502页。

② 《周易》，辽海出版社2012年版，第37、554页。

③ 朱良志：《中国艺术的生命精神》，安徽教育出版社1998年版，第34页。

④ 叶朗：《中国美学史大纲》，上海人民出版社2014年版，第340页。

⑤ 叶朗：《中国美学史大纲》，上海人民出版社2014年版，第195页。

是归复自己生命本真的过程，所谓“以天合天”即是以自己的真实生命契合宇宙自然之生命。因此这种体悟过程不再是知识和道德活动，毋宁说是一种审美情调和艺术精神。人们便能“在这种体验中畅游生命之乐，吟咏人生乐趣，感受人与天地万物豁然贯通所带来的无上快慰。”[①]所以有“忘其肝胆，遗其耳目，茫然彷徨于尘垢之外。”[②]“若夫乘天地之正，而御六气之变，以游无穷，彼且恶乎待哉。”[③]而郭象更是以其对庄子哲学的创造性剔发，发展了这种生命美学。郭象哲学面向物自身而摒弃抽象的形上学观念，重视自然本身的生命特点，认为万物有其自身存在之理，是一种圆润的自足体。在此基础上他提倡体用一如——自然即道。人们流连物趣，即物体真，终于在两晋将审美的目光投向感性的自然——自足圆润的真实生命。

在某种程度上，苏轼的“诗画一律”是中国古代生命哲学的艺术表达，生命成了跳荡于中国艺术中的不灭精魂。以时空的探讨为例，“时空合一，以时统空的宇宙意识贯穿于秦汉以来的整个中国历史。它反映了中国人以生命为中心的独特意识，时空在心理统合为一生命体。”[④]所以中国人从不以时空割裂艺术门类。如果说诗从“言志缘情”的主观抒情向“穷形尽象”的客观描写、长于感觉发展，从而更好地从诗中表现和统摄空间；那么画从“写气图貌”的客观描写向寄予善感灵心、长于想象发展，从而更好地从画中体悟和把握时间。要之，两者都是为更好地抒写生命情怀。于是这以画入诗就是在这时间艺术中，以标举典型物象来统摄空间，将广阔的空间纳入到短暂的本文时间，将空间作为生命的载体，在空间展示中把握和体悟时间，以求更好地抒写生命情怀。

所以尽管在中国古代文论中，论诗和论画分别有“虚”和“实”两种

① 朱良志：《中国艺术的生命精神》，安徽教育出版社1998年版，第39页。
② 吕惠卿撰，汤君集校：《庄子义集校》，中华书局2001年版，第360页。
③ 吕惠卿撰，汤君集校：《庄子义集校》，中华书局2001年版，第6页。
④ 朱良志：《中国艺术的生命精神》，安徽教育出版社1998年版，第69页。

不同的最高标准[①]，但重视活泼性灵之生命实体的诗性目光消弭了时和空，虚与实的界限，有的只是万物性命的天机流荡。如果说诗能象外求意以求虚中见实，画又何尝不能得意忘形而弃实就虚？诚如郭沫若所说，二者同属“情趣的世界。便是两者的不同，所不同的只是方法上的问题，不是本质上的问题”。[②]

四、结语：诗之双飞翼

通过上述分析，两种诗学理念及深刻内因已获得了较为清楚的呈现。在莱辛看来，诗画异质，诗歌是流动的、时间的艺术，绘画是静止的、空间的艺术。莱辛继承了西方诗学的求真写实传统，但这仅是学理上的表述。莱辛致意古典，只为沟融当今；历史的追寻也只为现实的沉思。在莱辛看来，对传统诗学的追求，实际上是想重回古希腊的经典价值体系和人文艺术精神，二者一体蝉联。莱辛身处启蒙运动这一特殊时期，所关注的是德意志民族将何去何从的重大问题，诗画两分和对诗的偏爱都是将矛头直指在文艺上占优势地位的新古典主义。莱辛呼唤的是“有人气的英雄”[③]，要勇敢地面对现实而非“静穆”地逃避。

从某种意义上说，莱辛是以古为镜对现代人的生存状态进行反思，要求做一名凌厉高蹈的具有理性、激情和自然人性的优秀的现代人。莱辛的诗画观带有时代烙印和理论局限，终将随着历史的发展而被后人“增删损益”，但是学理上的“过时”并不能掩盖这本著作的深文隐蔚——对人类精神的深层次的思考与追寻，这是纯粹的、超越的理性沉思。

产生在农业基础上的周文化，使得宗教情绪在先秦理性文化的熏染下

① 钱锺书：《七缀集》，生活·读书·新知三联书店2007年版，第24页。

② 郭沫若：《文学的本质》，《郭沫若全集》文学编第15卷，人民文学出版社1990年版，第351页。.

③ 莱辛：《拉奥孔》，朱光潜译，商务印书馆2013年版，第30页。

蜕化为以血缘关系为基础的礼仪人伦，强调人们之间的“相与之情厚”，进而将对自然的情感通向于颇具人文色彩的审美。中国天人同一，物我相容的万物有机哲学观念与思维模式，以及在此基础上所形成的独特的审美心态和艺术手法，使得诗画交融成为诗画艺术创作尤其是山水抒情诗创作的独特美学品格，方东美曾言：“各主要文化的决定性因素，在希腊是哲学，在印度是宗教与哲学，在中国是艺术哲学。”[①]此言甚确，哲学与艺术在中国人心中是二而一的，生命哲学自然而然地衍生出艺术精魂，艺术意境内含哲学精神，也成为了哲学的最高境界。

正因此，中国人的生命精神必然会延伸到艺术之中去，甚至在艺术之中最充分地体现这种精神。这就造成了中国艺术家“以虚静观照、绝圣弃智的空灵心境为本体，以涵养审美心胸、俯仰观照的独特感悟为过程，以天人合一的艺术意境为最高体验”[②]的创作特征。由此，气韵生动，生命冲荡，盎然生机的活泼泼之情状成为人们判断艺术成败的基本标准。正如张大千所说：“艺术到了最后的境界，都是通的，唯一不同是所用的工具和风俗习惯，其他原理都是通的。”[③]因此，画重描物象形，何尝不重寄兴达意；诗重言志抒情，何尝不重状物图貌。

比较是对话，更是交流，这不仅为中国古典美学的阐释找寻现代语言，也为西方经典找到东方智慧的直觉体验。对于诗画艺术的探讨是无止境的，一代又一代在艺术之路上前行的艺术家们会继续探索。但可以肯定的是，这两种诗画理念的取长互补，是诗歌艺术发展必不可少的双飞之翼，倘能合理地加以运用，必定会给中西的诗歌艺术带来新变。

（指导教师：章池）

① 方东美：《原始儒家道家哲学》，转引自朱良志：《中国艺术的生命精神》，安徽教育出版社1998年版，第8页。

② 朱良志：《中国艺术的生命精神》，安徽教育出版社1998年版，第9页。

③ 蔡文怡：《大风堂情缘——记大千居士最后一次接受访问》，《张大千画语》，岳麓书社2000年版，第89页。

大众文化背景下《狼图腾》的艺术转换

——从小说艺术到电影艺术

◇欧锦清

摘　要：小说《狼图腾》自发行之日起便受到了广泛关注，并一直以畅销书的姿态出现在各大书店，在大众文化娱乐消费的背景下，它必以另一种更加迎合消费者的姿势站在大众面前。2015年，电影《狼图腾》以6.9亿的高票房创下了文艺片的新高度，在大众娱乐的推动下小说《狼图腾》再一次受到了热捧。从小说到电影，两种不同的艺术领域，在大众文化背景下实现了完美的转换，又促进了彼此的发展。本文通过分析小说文本、电影文本，来探讨小说与电影之间的关系以及小说在大众文化消费时代的发展趋势。

关键词：文本分析；电影分析；影像化思考

一、《狼图腾》小说文本分析

《狼图腾》是2004年长江文艺出版社出版的图书，主要讲述了20世纪六七十年代知青陈阵在内蒙古草原插队时与草原狼、游牧民族发生的故事。在小说里，“小说”与“立说”并行，对人与自然的关系、人与社会的关系、人道与狼道、人性与狼性进行了深刻的阐释。并且在最后，作者发表了长达四万字的理性对话，表述自己对目前生态环境恶化的悲愤和失去早期国民性的担忧之情。

小说《狼图腾》一出版便获得强烈的反响：

2004年4月出版，首印5万册，半个月内销售空，并跻身于各大书店销售排行榜第一名。

至2004年12月，销售达55万册，创造文学类图书的销售奇迹。

获得《新周刊》“2004年中国年度新锐榜年度图书奖”。

被评为《中国青年报》“年度十大印象图书”之一。

获得人民文学出版社及《当代》杂志社“长篇小说年度优秀奖”“读者评选优秀奖”。

“卓越网”“中国2004年度图书”入围，并雄踞榜首。

北京市新华书店“2004年度颇具人气图书”入围，并居首位。

“新浪网”“2004年度图书（文学艺术类）”入围，并居首位。

2005年8月30日，英国老牌出版社、全球第二大出版社企业企鹅集团以10万美元付款、10%版税买下《狼图腾》一书的全球英文版权。

至2005年8月，《狼图腾》创下110万册销售记录。

至今，《狼图腾》已经签下16个国家、十几个语种的翻译版权；且目前还在全国各大书店销售。

2007年，《狼图腾》将在100多个国家同步销售。①

……

《狼图腾》创造了出版社的出版神话，可见此书在大众文化视野下是受到普遍关注的。文学批评家孟繁华说：“《狼图腾》在当代中国文学的整体格局中，是一个灿烂而奇异的存在，如果将它作为小说来读，它充满了历史和传说；如果讲它当作一部文化人类学著作来读，它又充满了虚构和想象。作者将它的学识和文学能力奇妙地结合在一起具体描述和人类学知识又相互渗透得如此出人意料、不可思议。显然，这是一部情理交织、力透

① 张淑红：《〈狼图腾〉成功原因探析》，华中师范大学2007年硕士学位论文。

纸背的大书。”因而该书能够获得如此成功自然是离不开文本小说艺术魅力，接下来本文将分析文本小说的思想主题、描述对象、语言艺术三个方面来解读《狼图腾》成功的原因。

（一）文本内容

小说讲述了20世纪六七十年代，北京知青陈阵到蒙古草原插队，初到草原，陈阵被草原的自由与浪漫吸引，但陈阵很快发现，草原并不只是自由与浪漫，牧民们要时时刻刻提防狼的进攻，在目睹狼群在狼头的指挥下，调兵遣将围猎了几百只黄羊，且为了报复人类，发动大规模袭击军马的残酷而激烈的战役后，陈阵被狼群的牺牲精神所震撼，渐渐迷恋上了狼。于是不顾牧民的反对掏狼窝并养了其中一只小狼，通过细心喂养小狼，悟出了狼的习性，它们是动物里唯一不可驯服的动物。此外，陈阵发现狼和蒙古族有着千丝万缕的联系，狼不仅仅是他们敬畏的敌人，狼还是蒙古族民族图腾的象征，是引领他们死后灵魂到达腾格里的使者。为此，陈阵也和牧民们融合在一起，对狼产生了一种敬畏之感。然他们都无法阻挡历史的进程，农耕文明的扩张所带来的生态毁灭，狼群被现代武器大规模扑杀，草原被开垦成农田，鼠害横行，草原沙化。并且在小说的最后，作者发表了长达四万字的理性对话，表述自己对目前生态环境恶化的悲愤和失去早期国民性的担忧之情。

在小说里，除了主人公陈阵，还有一个灵魂人物——毕力格老人，他和陈阵是亦父亦师亦友的关系，他信奉腾格里，谙熟草原文化、狼文化，向陈阵传授各种草原知识，生态观念。他深知草原之所以千年长存，得益于生物之间的合理存在，而草是最基本最重要的存在，没有草，任何的物种都将灭绝。草在得到狼粪、兔粪、旱獭粪便的滋养及轮番放牧的畜牧方式，草得以生长，供牛、羊、兔、旱獭的食物，小动物才得以生存，而处于食物链高端的狼则是肉食动物，刚好抑制了食草动物的疯长，才能给草阔大生存的空间，所以狼不能打尽，维护草的生长才是真正的生态观念，草原民族捍卫“大命”才能延续千年。可以说毕力格老人的一言一行都给陈阵的思想带来了很大的改观，也通过对毕力格老人的言行描写向我们传达出了一种深刻的生态观，应当引起我们深刻思考。

（二）思想主题——文化历史与生态的多重思考

1.文化历史

姜戎曾说：“写完《狼图腾》后，我的心情始终是沉重的。一下子从书稿中的原始草原回到这个喧嚣的社会，暂时后有一种情感上的疏离和排斥。《狼图腾》终于出版了，面对公众和媒体，我担心会有人问我‘狼’的那些有趣的故事——我很怕掉到‘有趣’的氛围里。”[①]显然，从读者的反馈来看，大多数的读者通过故事的“有趣”氛围引发了他的关于草原和狼的更加理性的文化历史思考，上至大学学者，下至普通百姓，都加入了激烈的讨论，各种褒贬不一，此书也就成为了文学界关注的热点。

书名为《狼图腾》即是向我们暗示了一种关于图腾崇拜的文化历史现象，不仅在中国，在世界各地都存在着图腾崇拜，而以汉人为主要族群的中华民族则以龙作为我们民族图腾的象征，它是吉祥如意、权力、希望的象征。而狼则视为狡诈、野蛮、阴险的代表，例如成语：狼心狗肺、狼子野心、狼狈为奸等都向我们展示着狼邪恶的一面。而在《狼图腾》一书中则向我们介绍了我国游牧民族把狼视为自己的图腾，是智慧、坚强不屈、团结奋进的象征，反之龙是压迫者的象征。由此，作者在小说中提出“我们到底是龙的传人还是狼的传人”这个大胆而引人深思的问题，作为邪恶身份的狼也首次被提到了歌颂的层面。

作者认为狼性的游牧民族，它具有不屈不挠、奋发向上、开拓进取的精神，对中华文明有着非常大的奉献，在中华文明的历史上，“这种大游牧精神不仅摧毁了野蛮的罗马奴隶制度和中世纪黑暗专制的封建制度，开拓

① 吴菲：《姜戎用半条命著〈狼图腾〉》，《北京青年报》2004年5月25日。

了巨大的海外市场和‘牧场’，而且在当前还正在向宇宙奋勇进取，去开拓更巨大更富饶的‘太空牧场’，为人类争取更广阔的生存空间，而这种游牧精神是以强悍的游牧性格、特别是狼性格为基础的”。周秦汉唐时，华夏族血统中“狼”性成分还很浓，曾把犬戎、山戎匈奴和突厥打得落花流水，灭掉了强大的北匈奴和西突厥，开启了华夏民族的辉煌时代。而温柔敦厚的儒家教义，经过千年的驯化，使得华夏的下层布满了软弱可欺的“羊性”般良民顺民。到后来华夏小羊遇到西方“文明狼”遭受了前所未有的侵略和凌辱。显然，作者是借狼图腾之有趣故事，引发读者重新思考自身的信仰。

2. 生态意识

《狼图腾》这部无性无爱情的小说，却引发人们的阅读狂潮，这当然离不开小说的一个重要的主题思想——生态意识，可以说《狼图腾》是一部生态悲剧小说。腾格里草原牧草丰富，一眼望去尽是风吹草低见牛羊之景观，它是一个有机的生态整体。在腾格里草原上，狼吃牧民牲畜，吃黄羊，吃旱獭，吃兔子等这些吃草的动物，既保护了草原的自然生态平衡，又能及时处理腐尸，防止瘟疫的蔓延，保护了人类的生活环境。在游牧民族的心里，狼是腾格里的使者，对它怀有深深的敬意，它是勇敢、彪悍、团结进取的象征。

此外，《狼图腾》透露了一种众生平等的生态观，无论是勇猛的草原狼，忠诚的狗，坚强的兔子，亦或是美丽的天鹅，都用生动的语言对它们进行描绘，表现了作者的怜悯之情。然而人类的欲望是无穷无尽的，以包顺贵为代表的反生态人物，组织队伍把草原狼赶尽杀绝，挖走野芍药，射杀天鹅，结果导致狼群锐减，黄羊、兔子等食草动物把草原的草啃光了，动物们没草吃了，兔子、牛羊也渐渐变少了，草原最终变成了荒漠。对此，作者是明显批判包顺贵等人的生态观，提倡毕力格老人的生态意识——“在蒙古草原，草和草原都是大命，剩下的都是小命……把草原的大命杀死了，草原上的小命全都没命……草原完了，牛羊马、狼和人的小命都得完，连长城和北京城也保不住啊……”

（三）描述对象——狼性分析

自古在中国汉文化里，狼是虚伪、狡诈、贪婪的代表，似乎一切不美好的东西都与狼有着特殊的关系，与狼相关的词语几乎都带有贬义色彩，如：狼心狗肺、狼狈为奸、狼吞虎咽、鬼哭狼嚎等等。而《狼图腾》小说中提到，在《汉书》《周书》《魏书》《资治通鉴》有过记载游牧民族对狼是至尊崇拜的，它是智慧的象征，是刚勇进取的游牧民族的象征。例如：

> 狼抓黄羊有绝招。在白天，一只狼盯上一只黄羊，先不动它，到了天黑，黄羊会找一个背风草原的地方，卧下睡觉。这会儿，狼是抓不住黄羊的。黄羊的身子睡了，可它的鼻子耳朵不睡，稍有动静，黄羊蹦起来就跑，狼也追不上。一晚上，狼就是不动手，趴在不远的地方死等。等一夜，等到天白了，黄羊憋了一夜的尿，尿泡憋胀了，狼瞅准机会就冲上去猛追。黄羊跑起来撒不出尿，跑不了多远，尿泡就颠破了，后腿抽筋，再也跑不动了。黄羊跑得再快，也有跑不动的时候。那些老狼和头狼，就知道在清晨的那一会儿能抓住黄羊。

草原是一个小小的生物圈，生物链环环相扣，顺应自然的法则，适者生存，故而维持了草原的生态活力。而草原狼处于生态草原的最重要的一环，它睿智沉稳、团结协作、知己知彼、巧借天气和地形，在黑暗中等待时机，由此巩固着它不可动摇的草原王之位。在小说的另一处关于狼的血性有过精彩的描述：

> 群狼三五成组，相互配合，下口极快极狠，一口咬透，口口见血。几条大狼巨狼还使出了蒙古狼极其残酷的战法：以轻伤换

重伤，故意露出非要害处让大狗咬住，然后置自己伤口不顾，而猛攻狼咬狗的喉咙和肚子。大狼巨狼个个浑身是血，而倒下的却极少……

狼的血性与团结协作精神是在与人、马、狗战斗的时候表现得淋漓尽致。狼的兽性使它更加不顾一切地豁出去，让人类打心底产生敬畏之感！可以说小说《狼图腾》对以往的小说都有前所未有的突破，小说的重点不再是“人化”的狼，而是“狼”本属于自然生态链中的一环，它自始至终凭着自身而活，并且从狼中探讨出了目前人类因贪婪而面临的严重生态问题，由狼到民族性格的差异的探讨，最后将狼上升到民族图腾的高度，深化了狼的历史文化内涵。

（四）语言艺术

小说《狼图腾》可谓语言的盛宴，生动传神、简洁凝练、气势磅礴、视角独特。例如：

西边橙光色的落日还未被遮沫，裹胁着密密雪片的北风，顷刻就扫荡了额仑草原。横飞的雪片，在斜射的阳光照耀下，犹如亿万饥蝗……人骑在马上，雪片密得不见马首马尾。雪粒像砂枪打出的砂粒，嗖嗖地高速飞行，拉出亿万跟白色飞痕。

阳光越来越毒，地面热雾蒸腾，整个草场盆地热得像一口烘炒绿茶的巨大铁锅，满地青草都快炒成干新绿茶绒毛，但在绒毛里又稀疏地冒出一些又长又硬又黑的狼毫，绒短毫长，参差不齐，一身野气，像一个大毛栗子，拿着也扎手。

天鹅们已经换上了冷蓝色的晚礼服，使得它们头上那块黄色也变成了冷紫色。幽幽天鹅的弯弯脖颈，像一个个鲜明的问号，默默地问天、向地问、向水问、向人问、向世上万物追问。问号在湖面上静静地移动，静静地等待回答。然而天地间寂静无声，只有水面上的倒影，在波纹中颤抖，变成了十几个反问号。一阵风来，十几个反问在波纹和波光中……

鲜明的色彩，恰当的比喻、夸张、拟人的修辞手法的运用，将陌生的草原描写得如眼前之景。

二、《狼图腾》电影文本分析

电影《狼图腾》是根据小说《狼图腾》改编且由著名导演让·雅克·阿诺导演的影片。影片讲述了知青陈阵根据当时国家的政策从北京到内蒙古接受牧民的再教育，而陈阵从狼嚎的原始呼唤中感受到狼的魅力，深深地迷恋上狼，并冒着违抗阿爸的命令私自养狼崽。而之后，包顺贵等人对狼的赶尽杀绝式屠杀，深刻触伤了陈阵的心灵。而同时，小狼也回归草原，成为真正的草原狼。最终，陈阵回北京，小狼的出现，陈阵看到了希望。整部影片既充满了荡气回肠的哀婉又有含泪的微笑和温馨。

（一）电影叙事分析

在此，先参照麦茨的组合段理论，对影片的叙事做一个简单的梳理，以清晰地展示这部影片的变奏曲。

序幕，段落。陈阵和杨克从北京坐车到内蒙古草原，并在包顺贵安排下来到了阿爸家。

段落。陈阵在阿爸安排下去放羊。

段落。陈阵抄近路回来，遇群狼，并迷上了狼。

段落。陈阵随阿爸观看群狼追捕黄羊，进一步对内蒙古草原狼产生崇拜。

段落。阿爸带领众人挖冰封的黄羊。

段落。包顺贵随其后，把剩下的黄羊全部挖走。

段落。众人按指示掏狼崽，送狼崽回归腾格里。

段落。镜头切换到小羊喝羊奶的温馨场面，进而突转，狼袭击羊群。

段落。陈阵，杨克掏狼崽。

段落。安顿小狼崽。

场景。狼袭击马群，人狼大战。

场景。陈阵与小狼的温馨。

段落。马群遇难，包顺贵对众人的处罚。

场景。狼嚎，蒙古民族发现了小狼崽。

线性叙事组合段落。陈阵等人的迁徙，途中陈阵对小狼的深切情感。

场景。夏天来临，陈阵带小狼出去兜风。

插曲式镜头。小狼咬小孩。陈阵去为小孩找青霉素。

场景。狼夜袭羊群。

插曲式镜头。毕力格老人被炸伤。

叙事组合段。包顺贵等人赶尽杀绝式屠杀狼群。平行插入镜头：最后的38公里，一方面狼群以最原始的动能奔腾前进，一方面现代机械紧随其后，最终狼王先停下了脚步，长时间疲于奔命的奔跑，即使用尽最后一丝气力，也要以王者的姿态站着俯视人类。

在叙事序列上，影片《狼图腾》采用相关关系为主导的叙事线索的方法，因而影片的镜头与镜头、段落与段落、场景与场景之间没有环环相扣的因果关系，而是上下文之间留有大量的空白和间隙，为观众提供思考的空间。它的意义不局限于编织故事的层面，也不把观众视为仅仅到电影院消遣的看客，而是把观众作为一个有待引导、谈话的对象。

（二）电影对小说的改编

1. 本情节的变更

从上述的电影组合段分析可知，电影基本遵循了原小说的叙述脉络和叙述结构，只是对小说进行了合理性的修改。例如：陈阵第一次与狼的遭遇，在小说里是陈阵和毕力格老人去场部拿资料，毕力格老人另有重要会议要开，但资料必须马上下发。于是陈阵只能一个人回去，不听毕力格老人的劝告下私自走了近路而遇到了狼群。但到了电影里，陈阵是因为轮换放马，在去的路上遇到了狼群。再者，在黄羊全部被取走的场景里，小说叙述了东北蒙古人以酒的方式取走了黄羊，而在电影里是汉人用收音机贿赂蒙古人，取走了黄羊。此外，小说与电影都出现了一个精彩的情节，即是人、马、狼的大战，在小说里巴图没死，而且一直活到最后，但在电影里，导演则设计为巴图牺牲了，为嘎斯迈与陈阵的爱情的产生准备了条件。再者，在掏狼崽这个场景里，在小说里讲述了陈阵他们第一次是以失败而告终，第二次是联合道尔基他们才成功掏到小狼崽，而且摔死小狼是回到蒙古包之后发生的，而在电影里则改为是陈阵和杨克一次就掏到了小狼，并且是在现场直接摔死的小狼。再者狼咬小孩这一幕，在小说里是道尔基的孩子被咬，在电影里则是巴图的孩子被咬，这一幕的改写加深了陈阵和嘎斯迈的情感纠葛的戏份。再者狼会飞的场景，在小说里只是一段故事的插曲，来突出狼群的聪明，但在电影里则成了人要灭狼的一个重要原因。再者毕力格老人的死亡，在小说里毕力格老人之死纯粹是自然的因素，但在电影里则是受到农业现代文明的影响，被炸伤而后死亡，隐约中透露了两种文明之间的冲突。最后，在小说里小狼悲惨地死去，而在电影里，嘎斯迈放走了小狼，还给属于小狼应有的自由，也为沉重的电影主题画上了希望的句号。

2. 加情感戏

从小说到电影，阿诺的修改迎合了大众娱乐文化消费的时代。比如说爱情，自电影诞生起，爱情是人类最美好纯洁的情感之一，常常引发人们情感上的共鸣，因而爱情这个线索常常贯串故事的始终。在电影《狼图腾》中，爱情这个戏份无疑被加强了，由开始见面时的互生好感，到巴图死后，陈阵对嘎斯迈的照顾，最后为了救嘎斯迈的儿子奔波劳累，将陈阵男子汉真挚、勇敢、负责任的一面呈现给观众，从另一个层面说，塑造了中国汉族好男人的形象，减少了在原小说里提到汉民族"羊性"形象的成份。无论是陈阵对嘎斯迈的炙热的爱情，亦或是杨克与蒙古姑娘的相爱，其实都表现了导演对情感的认同——爱，无民族界限。此外陈阵和杨克虽是汉族人，可是他们的血液和性格体现出来的都不是"羊性"，可以说在大众文化消费时代下，这种巧妙的修改在潜意识里对汉民族性格的认可，弱化了原小说里的民族性格对比，更符合今天民族大团结的局面。而在原小说里，嘎斯迈的丈夫活得好好的，她和陈阵不可能在一起，也不会产生一种叫作爱情的东西，顶多是基于朋友的喜欢，为此民族性格的对比至始至终处于一种不可调和的状态里。在电影里导演却把巴图处理成死亡，增加嘎斯迈与陈阵的爱情戏，不仅仅是为了迎合大众文化背景下的娱乐消费，而且为了树立陈阵作为主角的人物形象。

3. 多重主题到单一主题

调整思想主题，原小说不仅仅突出人与自然的关系，还对人道与狼道、人性与狼性进行了深刻的阐释。例如毕力格老人的大小生态观，保护草原才是真正的生态观，而保护那些只会吃草的动物去伤害狼群，只会带给草原更大的灾难。人应该像狼一样勇敢、团结、热血，顺应腾格尔的意愿，捕杀黄羊却又不赶尽杀绝。要像狼一样为尊严战到最后一刻，而不是像"羊"一样手无缚鸡之力，任人宰割。而在电影里则重点突出人与自然的关系，人的贪欲造就草原的退化、狼以及食草动物的灭绝，批判了当今人类对地球过度开发而不加节制的行为，借人与狼、人与自然的关系向人类敲醒了警钟。并且整合小说人与狼情节并将它们放置在一起加强戏剧的冲突。

4. 小说结局的改编——给世人一个希望

在原小说里，小狼的牙齿被陈阵弄伤后，变得不锋利，最后在争取自由时，又被陈阵弄伤了，最后死了。而在电影里，小狼的牙齿还是很锋利的，陈阵放它自由的时候，它狠狠咬了陈阵一口，最后被嘎斯迈放回草原，获得了自由，给沉重的电影画上了一个温情的句号。

三、在大众文化视野下的小说影像化思考

电影自诞生之日起，便与小说结下了不解的渊源。小说为电影插上腾飞的翅膀的同时，电影也促进了小说的繁荣。爱德华·茂莱说过："1922年以后的小说史，即《尤利西斯》问世以后的小说史，在很大程度上是电影化的想象在小说家头脑里发展的历史。"①在大众影像消费时代的到来，生活节奏的加快，人们不再满足于从几万字到几十万字的文学作品中获得精神的满足，而更多地选择享受120分钟的视觉盛宴。电影《狼图腾》自播出以来，又引发了小说《狼图腾》的热销，与此同时，电影《狼图腾》受到了众多原著党的批判或者抵制，那么我们该如何看待在大众文化视野下的小说影像化思考呢?

（一）正确看到两种不同领域下的艺术作品

电影由声音、图画、文字等多种艺术的综合体构成，因而观众朝着相反的方向：从主题、从动态镜头的对照关系开始，到对它们的理解，再到内部言语的建构。因而小说《狼图腾》从改编成电影《狼图腾》那一刻起，就意味着它不再是小说的复制品，而是对小说的再创造，它不再沿用原著小说的"立说"与"小说"相结合的方式，而是尽可能寻找小说中触动人心的可视化情节。例如陈阵初到草原遇狼的情景，人、马、狼大战的

① 爱德华·茂莱：《电影化的想象——作家和电影》，中国电影出版社1989年版，第140页。

场景，最后灭狼的情景等，都经过电影化的处理呈现在观众的面前。此外，对电影观众而言，对电影语言的理解不需要像阅读文学作品一样，需要一个长期的文化学习过程，任何国家任何民族都可以凭借自身的直观经验，通过电影语言明白影片所要传达的意义。例如电影《狼图腾》，它是一部关于动物的电影，是一部关于人与生态自然的电影，它剔除原小说复杂的“文革”时代背景，把多重主题压缩成一个世人都关注都了解的生态环境主题，无论你来自哪个国家哪个民族都可以凭借自身的直观经验对影片有充分的理解。而小说由文字符号构成，读者运动方向是从印刷文字，到主题的可视形象。既可以描述可视化情节，也可以做补充性的议论，采用立说与小说相结合的方式。此外，阅读小说《狼图腾》，需要的不仅仅对语言文字的阅读和理解，还需要对一定历史文化的理解，否则就不能理解特定时空下的社会现象，小说对狼性的刻画，对人性与狼性的关系，人道与狼道的议论都是站在特定的历史时期，特定的民族文化立场上的。

（二）切合大众消费的时代要求——雅俗共赏

随着大众消费影像时代的到来，人们提出了更加快速的娱乐消费要求，小说被搬上银屏后，成了雅俗共赏的产物。观众在观看影视作品时，既放松了自己，获得了知识；又大大缩短了自己的接受时间，不需要像阅读文本那样再用脑力想象去填补文本的空白。但并不是被改编成影视的小说都是优秀的小说，也并不是说改编的影视都是成功的作品。由以上分析可知，小说《狼图腾》不仅具有扣人心弦的情节，也有含情脉脉的场面；既是传统类型的动物狼的题材，又超越了以往的狼故事；既符合大众的审美口味也能经得起人们的深思；既展现了人与草原狼之间，汉族与蒙古族民族文化之间不同的故事，又体现了一种奋发向上精神和对生态自然的深深的人文关切，以上可谓雅俗共赏。

（三）追求小说影视化的同时不可失去小说原有的立场

电影凭借自身综合艺术的优势性迅速在现代艺术中占据中心地位，并从小说那里吸引了大量的读者和隐藏受众。因而小说名著不断被翻拍成电影，大众更加乐意去选择一部电影理解文学名著而不是小说原著，例如金庸的武侠小说、张爱玲的《金锁记》、钱锺书的《围城》，经过影视的热播后，男女老少皆成其观众。作家海岩指出说："我们现在处于视觉的时代，而不是阅读的时代，看电影的人远多于阅读的人，看电影的人再去阅读，其要求的阅读方式、阅读心理会被改造，对结构对人物对画面感均有所要求。在影视时代从事文本创作时应该考虑到读者的需求、欣赏、接受的习惯变化，所以作家在描写方式上很自然会改变，这是由和人物和事件结合在一起的时代生活节奏和心理节奏决定的。"即在表明小说影视化在潜移默化中成了小说创作者的追求。例如刘恒的小说《黑的雪》中的一段话：

> 身后马路上汽车来来往往；天上有白色的飞机缓缓飞过，一对年轻夫妇在便道上吵架、一辆拉水果的三轮翻了车，绿地的栅栏里有个外地人背对行人撒尿，大概实在憋不住了……
>
> 下水道里爬出了一只土鳖，它在车轮间无意识无目的地穿行，竟然爬过马路，翻过了对面的便道。李慧泉一直注视着它。

在这段的描述的画面中，我们可以切出7个影视化镜头：

1.马路上汽车来来往往。

2.天上的飞机飞过。

3.一对夫妇在便道上吵架。

4.一辆拉水果的三轮翻了车。

5.绿地的栅栏里有个外地人背对行人撒尿。

6.下水道爬出的土鳖爬过马路，翻过对面的便道。

7.李慧泉注视着它。

小说经过电影改编后总会给小说家带来丰厚的经济回报和一定的社会声誉，80年代莫言的《红高粱家族》被张艺谋改编成电影后获得了800块钱的报酬，在当时相当于莫言大半年的收入。之后莫言的更多小说开始搬上银屏，他的名字他的小说让更多人所熟知。因此，小说家开始专门创造为电影量身定制的“小说”或者参与影视的编导工作。

由此可见影视化的影响会逐渐使得小说家过分追求小说的影视化描述，在这种大众文化时代，小说《狼图腾》可谓良心之作。首先小说《狼图腾》站在原本小说的立场进行合理突破，采用“立说”与“小说”相结合的形式，具有反流行小说的性质，在小说的每一章节前面都有一段引文，是“立说”的理论依据，也是读者的精神索引。引文从经典史料中严格筛选，既显得有历史的厚重感，又有时间空间交接的立体感。例如第一章提到的“‘犬戎族’自称祖先为二白犬，当是以犬为图腾——范文澜《中国通史简编·第一编》”，“周穆王伐畎戎，得四白狼、四白鹿为当归——《汉书·匈奴传》”。再者是小说结尾四万字——《理性挖掘——关于狼图腾的讲座与对话》，这是小说的极大冒险，以狼图腾作为精神索引，对几千年的中华文明史进行了解说，指出狼图腾是中华文明前进的原动力，因而，小说从读者接受阅读那天起，它的起点就不只是一个有趣的故事，而是一个值得深思的文化和生态相结合的问题。因而像这类有其深刻性又雅俗共赏的文学作品进入影视圈，会使电影的艺术层次更高些。正如刘恒说：“作为一种现代的表达方式，电影已经成为一种越来越重要的艺术，所以，作家没有理由孤芳自赏，我觉得现有的电影、电视剧之所以不令人很满意，是因为一大部分很有才华、艺术天性比较高的人没有介入到这里面来，没有被市场所接纳，一旦这些人都介入到这当中来，他们所具有的丰富的创作思维和丰富的艺术准备会推动艺术向前发展，会使电影、电视剧的艺术层次更高些。”因而，追求影视化的同时不可以失去原小说的立场，小说与电影的双向互动，才能促进小说与电影的共同繁荣。

唐宋词的乐舞传播方式及其对当代歌词艺术发展的启示

◇冯　甄

摘　要：词是唐宋时期最富有时代特色的艺术样式之一。立足唐宋词的乐舞传播方式，运用词乐舞相结合的互动传播规律，全面考察当代歌词艺术生存发展的现状，可以总结出乐舞传播方式对于现代歌词艺术的三条启示：其一，词谱并重，追求词乐舞和谐统一的艺术效果；其二，雅俗并举，把握多元文化的传播脉动；其三，继往开来，寻求新媒体时代歌词艺术的传承和创新。

关键词：唐宋词；乐舞；传播；歌词

乐舞作为唐宋词的主要传播方式，将唐宋词推向了文学和艺术交融的顶峰。在相当长的一段历史时期里，词通过与乐舞的积极互动获得自身的推广、发展及革新。在词乐舞的互动传播中，词人的声名得以远播，词作的价值得以实现。事实上，乐舞传播方式几乎主导了整个唐宋时期词的转型与传播。

这种主导力的发挥依赖于特定的文化环境和传播条件。进入新媒体时代，文学传播经历了西方先进传播学理念的冲击和现代科技的颠覆性变革。近年来，通俗流行音乐的空前发展伴随着社会审美品味的整体提高，歌词艺术作为一种与唐宋词一脉相承、与当代音乐舞蹈相结合传播的典型文本，面临着与唐宋词发展相似的历史处境。在唐宋时期词乐舞相结合的传播模式中探寻新媒体时代歌词艺术生存发展的正轨，对传统艺术的当代传承与转型无疑具有极其重要的指导意义。

学界目前相关领域的研究多局限在词的文学属性上，研究唐宋词的具体传播方式及其文学、历史价值等。就现有的研究成果来看，真正传播学和文艺学意义上的唐宋词的乐舞传播方式研究是有限的。本文以乐舞这一特殊的唐宋词的传播方式为切入点，将乐舞作为唐宋词的传播方式独立提出，实现传播学、考古学、史料学、历史学等多学科的整合，更加关注乐舞在唐宋词的传播流变过程中发挥的实际作用、积累的历史经验，以及产生的深刻影响等等。站在传统与现代的联结点上，将唐宋词作为视听共享的综合艺术重新审视，从唐宋词的乐舞传播方式探求现代歌词艺术发展的走向。

一、词谱并重

叶嘉莹对于词和歌词的概念有过这样一个简单的说明："词，我认为是在中国的文学体式中一个非常微妙的文学体式。因为词在初起的时候，完全没有伦理和道德的思想意识在其中。为什么叫做词呢？其实只是歌词的意思。"①

由于词天生富于抒情性、音乐性、通俗性等特质，其发展流变依赖乐舞这种特定的传播活动，也就注定其始终无法获得独立的地位。歌词也就成了"一种既不被文学界所注目，又常常被音乐界所遗忘的艺术"②词所特有的艺术魅力需要与乐舞相结合才能得到充分的展示。就"歌词"的文本特性来说，无论是唐宋词还是现代歌词，它们首先必须是文学，只有同乐舞相结合之后才成为艺术。一方面，词凭借于口头语言的形式直接传播于

① 叶嘉莹：《唐宋词十七讲》，北京大学出版社2007年版，第50页。
② 晨枫：《中国当代歌词史》，漓江出版社2002年版，第1页。

大众，另一方面，词也以书面文字形式流传于文人案头。口头传播与文本传播的并存，直接导致了词作创作中重文辞还是重音律的矛盾。具体表现为词作创作中的词谱先后与诗乐偏重问题，调之声情与词之文情协调问题，以及乐工与文人倾向自主性等问题。这个矛盾延续到今天，依然是歌词艺术创作时的冲突焦点。

（一）词须“待曲而生”

“刘熙载《艺概》卷四中指出：‘词即曲之词，曲即词之曲。’此处所说的‘曲’即是《旧唐书·音乐志》中所云歌者杂用之‘曲’，也即南北统一以后出现的新乐曲（燕乐系统）。当时称这种‘曲’为‘曲子’或‘杂曲子’，书写下来，就是一些乐谱，有了乐谱就会有歌辞，以用于歌唱。这配合着燕乐乐曲的‘歌辞’就是‘词’。从文学角度来说，这种‘词’是新起的文学样式。”[①]这里的“词”单指合乐的歌词。于是就词源而言，词的产生与音乐关系密切，“词”因“曲”而生，“先谱后词”从时间方面纵向考虑是无争议的。

由乐定词、倚声填词的创作方式逐渐沿袭为词的正宗创作方式。《词源·音谱》所谓：“词以协音为先。音者何？谱是也。古人按律制谱，以谱定声，此正‘声依允，律和声’之遗意。”[②]就已充分发现了“先谱后词”的合理性。另外，自古“入乐”与否就是音乐文学能否为人所接受、传播的重要条件。明代王世贞在其《艺苑卮言》中做了一个精辟的总结：“三百篇亡而后有骚赋，骚赋难入乐而后有古乐府，古乐府不入俗而后以唐绝句为乐府，绝句少婉转而后有词”，“乐”或者说音谱、曲谱之于词的重要性可见一斑。

“先谱后词”重视了词的音乐性属性，强调词待曲行、依声定体，使之与当时的近体诗（尤其是声诗）相区别，保留了词的本色。音声和谐、悦

① 唐圭璋、潘君昭：《唐宋词学论集》，齐鲁书社1985年版，第4页。
② 吴熊和：《唐宋词通论》，上海古籍出版社2010年版，第35页。

耳动听的曲调自然易于流传。但是，在这种模式下的词的创作，很大程度上要受到乐曲、词律的双重限制，不如传统的音乐文学创作自由，也不如新兴近体诗更适于随时言志抒情。赵令畤《侯鲭录》卷七记王安石“古之歌者，皆先有词，后有声，故曰：‘诗言志，歌永言，声依允，律和声’。如今先撰腔子，后填词，却是‘永依言’也”。言其本末倒置，如王灼《碧鸡漫志》卷一所谓“故有心则有诗，有诗则有歌，有歌则有声律，有声律则有乐歌。永言，即诗也，非于诗外求歌也。今先定音节，乃制词从之，倒置甚矣”。责其束手束脚，如王灼引“或曰”：“今音节皆有辖束，而一字一拍，不敢辄增损，何与古相戾欤！”

但是，先谱后词、按谱填词的创作模式，虽有其受限之处，也不无因采用长短句而句法灵活多变、契合新曲而韵味灵动悦耳、适于流传而易于为世人所接受等诸多进步之处。相对于前代已有的音乐文学创作模式而言，“先谱后词”赋予了词更卓著的音乐属性，更以句式、韵律、传播等多方面的创新，使词更为解放、更接近于语言的自然状态。在之后漫长的发展进程中，更是通过词与谱相磨合，不断丰富词的艺术形式和表现手段，以期达到文学同音乐的浑成融合。

（二）乐工重乐与文人重辞

“词”的表演本身就是诗乐结合，亦时有舞蹈相伴的视听共享艺术。它是在乐工伶人对于词人作品有所选择的接受后，面对观众，对词中内容情感的直接传达。而文人和乐工之间的互动达成与否，则是决定这一系列创作、表演、传播活动能否顺利完成的关键。

“文字、弦歌，各擅其绝。”[①]辞与乐的内在规定性不同，诗与乐的分离也就难以完全避免。乐工重乐，因其工于曲调歌法要求词作音与律协且合乐能歌；文人重辞，因其工于词律文法要求词作字句玲珑且情采斐然。对

① 周振甫、冀勤：《钱锺书〈谈艺录〉读本》，中央编译出版社2013年版，第328页。

于词作表现侧重面的不同诉求，在文人和乐工之间画出一道天然的分界线，也就形成了贯穿词作创作、表演、传播全过程的诗、乐紧张关系。

乐工和文人在词作的创作和表演过程中各重其重、辞乐不合的矛盾时有发生。譬如文人谨严不苟逐字精炼，而乐工伶人却往往随意添声减字以助声态；文人不懂音律随性填词，却又往往造成调之声情与词之文情不相符。然而，这种矛盾完全可以通过文人与乐工之间的互动合作来避免。文人与乐工之间的互动合作可以分为文人作词与乐工演唱辅助调和，文人与乐工的属性互通共融，以及欣赏时的瞬间共感这三个层面。

第一层面，文人作词与乐工演唱辅助调和。文人倚声填词、乐工以乐唱和，通过乐工的表演传达，文人从中检验词作的接受情况，及时获得歌伎演唱时的反馈，进一步修改完善词作。如《词源》记载的张枢为家伎演唱而三改其词的典故就是一个非常典型的例子。再如相传晏几道每作新词，都要经由歌妓打板演唱，当场检验修改直至完善。这一层面上的互动，将满足词作的受传者的欣赏预期作为文人和乐工进行合作的隐含条件，双方共同参与词与乐舞的创作编排，使词作在与乐舞表演的结合上趋于和谐。

而第二层面，文人与乐工的属性互通共融，又可分为以下三种情况：

其一，歌妓往往既是词人的合作者，又是词人的精神知己和艺术伴侣，更常常是乐舞词中加以表现的主要对象。诸如大量“代言体”词作，就是文人在创作过程中突出歌妓主体位置、实现乐工文人创作过程中的心神沟通的产物。文人以歌者（尤其女性）的口吻、视角、立场入词，创作出许多音声和谐、情调婉约、便于演唱的优秀词作。

其二，歌妓的演唱并不是简单地将词有声化，而是依据乐舞表演要求、自身演唱习惯、同听者之间的关系，以及现场表演的具体情况等，对词作进行积极、自觉、灵活的选择加工再创造，甚至是直接创造，从而实现了文人和乐工属性的融合。当时有名的才女兼歌妓比如湖州的吴淑姬、杭州名妓乐婉、长安名妓聂胜琼、成都歌妓尹温仪等，往往倚声自填，将满腹才华、满腔情思诉诸文字、形诸歌喉，为歌词文情与乐音声情的高度糅合注入了一丝婉转动人、精致纤细的美感。

其三，善于音律、兼乐工词人于一身的全才，将文人与乐工属性的融合推向了极致。比如像柳永、姜夔、周邦彦这类精于翰墨又善于音律的文人，因其一方面具有较乐工伶人更高的身份地位、更广泛的活动范围、更突出的社会影响力，另一方面又兼备较高的文才素养，由其所创作的词作往往律精韵胜，更适于传唱、易于传播。譬如温庭筠作为当时出色的文人代表，就十分精于音律，《旧唐书·温庭筠传》说他“能逐弦吹之音，为侧艳之词”。如此“诗、乐两擅场”的综合性人才所作之词，自然更胜一筹。也正因如此，其词作得以上播宫廷、传酒席，下播民间、流巷陌，甚至在敦煌曲辞中也有收录，传唱之盛实属晚唐之首。随着诗乐结合的成功实现，真正意义上的文人词传统才由此开启。从这个意义上来说，文人与乐工属性的交融实质上是对于文乐全才的呼唤。

第三层面，欣赏时的瞬间共感。“使君落笔春词就，应唤歌檀催舞袖。”（黄庭坚《木兰花令》）唐宋词是一种需要表演的视听综合艺术。正是通过与歌唱、配乐、伴舞的现场表演，才将其作为歌词的本色显露无遗。唐宋词的现场乐舞表演正是对于词中文人所重之辞与乐工所重之乐的完美融合。诗、乐之间的紧张关系透过词独有的“现场感”[①]得以调和。正所谓“小词流入管弦声”（晏殊《浣溪沙》），真正优秀的词作当是融入节奏旋律中的语言，是词与乐协和之后的音乐，是能够涤荡心灵的音乐要素的自由流淌。在“词人与演唱者之间、演唱者与听众之间、听众与词之间”[②]达成一种互相感染互相激发的情感共鸣状态。这种感动是瞬间的，而艺术本身所包含的那种可以撼动灵魂、包容一切的力量却又是永恒的，优秀的词作广为流传、经久不息就证明了这一点。于是，这种“辞不尽意、意不传歌、歌不如弦”的切身体会往往成为乐工词人永恒的艺术追求。“玉

① 王兆鹏：《宋词的口头传播方式初探》，《文学遗产》2006年第6期。

② 谢珊珊：《休闲文化与唐宋词》，暨南大学出版社2011年版，第166页。

楼清唱倚朱弦，余韵入疏烟。”（晏殊《喜迁鹊》）当诗意伴着弦音和谐朴素地流淌进听众的心灵，“重辞”或是“重乐”早已没有了严加区分侧重的意义。

总而言之，词人与乐工间的界线在漫长的磨合中逐渐趋于模糊，词人与歌妓的互动融合，事实上就是词与乐舞在不断互动中走向一体化的过程。通过乐工与词人的合作互动，实现词与乐的完美和谐，最终达到字声与乐声、声情与文情的契合无间、浑然天成。

（三）词应“择曲而成”

当代歌词最初是伴随现代音乐流行的需要而逐步发展起来的。歌词对于音乐有较强的依赖性，不少歌词一旦脱离了音乐，读起来便毫无美感，意蕴苍白。在相当长的一段时间里，歌词的传播必须借由歌曲的演唱才能为人所知。人们对于歌词的作者并不在意，对于歌词本身的辞藻文法、情感寓意和思想内涵也不加关注。歌词艺术俨然成为了流行乐曲的附属品，无法独立生存发展。相比优秀的歌词，动听的乐曲具有更强的吸引力和传播力。相比创作高质量的歌词作品，悦耳动听的旋律于歌曲能否广泛传播更为关键。“重谱轻词”倾向的长期存在，导致歌词作家的创作热情低下、整体创作水平难以提高，也就进一步促使现代歌词艺术走入发展的困境。

然而，“词须待曲而生，还须择曲而成”，一味“重谱轻词”，完全趋附于乐曲之声情音律而不求歌词的文情辞采，是对于歌词文学属性的抹杀。唐宋词的乐舞传播方式对这一问题做出了回答。

“前人按律以制调，后人按调以填词”，不论是乐工还是文人，都必须充分认识到其在创作过程中的主动性。在词的乐舞传播过程中，作家的目的是要使作品得到广泛的接受与传播，借助乐舞等形式只是一种辅助、一种为传播与接受增色的手段。倘若只关注乐曲而忽略文辞，在乐舞传播过程中失掉了词作为歌词独立的文学意义，未免喧宾夺主。反观之，倘若只关注文辞而忽略曲律，同样也不适于词作的传播。譬如苏轼词就因其不善唱曲或旷达不羁而颇有不入腔、不协律吕之处，往往“曲子束缚不住”，不利传唱。在漫长的历史实践中，词与乐舞不断寻找到适于双方共同发展的传播模式，以期实现词乐舞的完美结合。这种结合不是将词的文学性或音乐性模糊化，而是在与乐舞的配合中，力求音韵协和、声情并茂，尽可能地放大其作为视听共享艺术的天然魅力，以达到预设的传播效果。正是这种积极的互动融合下，词与乐舞在唐宋时期的高度繁荣才得以实现。

词谱并重是实现音乐与文学的完美结合、当代歌词艺术健康发展的必由之路，也是唐宋时期词乐舞相结合的互动传播规律在现代文艺发展上的体现。词与谱的结合，不仅要做到在辞藻、韵律、节奏等各方面的浑融契合，令歌词适于歌唱、悦耳动听，更应当充分保持歌词作品的文学属性，不应流于俗泛一味迎合，也不可趋于高调无病呻吟。而是应当追求歌词内在文学性与音乐性的契合，保有歌词本来的精神风貌。只有实现了词谱并重的歌词，才能获得永恒的生命力，实现最为广泛、持久的流传。

现当下，一批新生代歌词作家正着力推动现代歌词艺术由原有“重谱轻词”向“词谱并重”的转型，并以其创作实践对歌词艺术发展产生了积极的影响。台湾歌词作家方文山就曾提出“素颜韵脚诗”①的歌词创作主张。我们应当看到，歌词作为重要的文学形式被摆置桌案，是歌词艺术文学性的回归，更是对于古老词乐舞传播优良传统的延续。

二、雅俗并举

不论是唐宋词还是现代歌词，都在各自的历史时期里长期担当着“俗文学”的虚名。一方面，必须注重利用“俗”所带来的传播效应，另一方面也不能为其所干扰。同样，在追求“雅”的同时，不必为担心被俗化而完全摒弃俗的因子，而应当在雅与俗的互动中保持一种微妙的平衡。

---

① 方文山：《关于方文山的素颜韵脚诗》，作家出版社2007年版，第1页。

纵观整个唐宋词发展史与当代歌词艺术发展现状，雅与俗的矛盾，在不同的社会环境与音乐环境下对各类艺术的发展都产生了一定的影响。唐宋时期，优秀的词作俗能“有井水处皆歌”，雅可“坐中隔帘听曲”。然而，不论在哪一个时代，唯有雅俗并举，以冷静、明智的态度坚持自己的创作风格，创作真正经得起时间、群众检验的作品，才能实现永恒的价值。

（一）俗之“有井水处皆歌”

“俗文学”事实上代表着一类更简单、更直接、更易于为人所接受的文学。相对诗歌、散文之类的纯文学，词以其娱乐大众、通俗易懂、载歌载舞的综合艺术表现形式广为接受和传播。

不同于纯文学的“雅”，唐宋词独特的乐舞传播方式和受传者群体设定就从根本上决定了其不可脱“俗”。词借助乐舞在勾栏瓦舍、街头巷尾、公私宴会、茶楼酒肆、秦楼楚馆等各种场所，面对各个阶层的人群进行最为广泛的传播。尤其到了宋代，勾栏瓦舍成为最主要的人群集散中心，据《东京梦华录》卷二记载，北宋汴京最大的瓦舍容纳人数可达数千人以上。如此人数众多、流动性极强、分布范围广阔、层次结构不一的受传者汇集一处，决定了唐宋词的传播盛况，也同时决定了词作之“俗”，决定了其不可能成为仅供一小批文人墨客案头欣赏把玩的“雅文学”。

然而，正因为俗，词得以反映最为宽广的社会生活与思想感情，获得了最为广泛的接受和传播，更实现了其作为诗乐舞一体的综合视听艺术所不可估量的社会、艺术、历史价值。事实上，唐宋词发展到后期，词体由俗到雅的转化使词渐渐脱离乐舞表演成为单纯的“纸上文学”[①]，虽然也取得了一定的文学成就，却最终令词失去了本色的艺术魅力。

论及词作之俗则不能不谈到柳永。《避暑录话》卷三记一西夏归朝官云：“凡有井水饮处，皆歌柳词。”“有井水处皆歌”反映出柳永词作在当时

① 王宁宁：《中国古代乐舞史》，山西人民出版社2009年版，第701页。

的广为传唱，也引发了同时代的文人对于柳词受到广泛欢迎原因的思考。如陈师道《后山诗话》所谓“柳三变游东都南、北二巷，作新乐府，骫骳从俗，天下咏之”。李清照《词论》所谓“柳屯田永者，变旧声作新声，出《乐章集》，大得声称于世。虽协音律，而词语尘下”。诸如此类的论述，都指向柳词得以广泛流传之根源在其“俗”。采用浅近口语、方言俗韵，力求寻常情思、情采动人，注重调取新声、歌舞相合，也就使得凡俗之事、艳俗之情、鄙俗之人纷纷成为词这一视听综合艺术的表现者、参与者、传播者。柳永词作以其“不避俗”得以远播四海、久远流传。

（二）雅之“坐中隔帘听曲”

“俗文学”，首先当是“文学”。换言之，首先须得有不俗之体态、高雅之格调。自晚唐温庭筠开文人词创作传统后，词作渐由巷俚俗逐渐转向士大夫雅奏。后世文人前赴后继，不断开拓词之题材、声律、辞采、文法、品格，以其创作实践重塑词的“雅”之高格。文人作为词的创作着、传播者，以及唐宋词乐舞传播过程的直接参与者、欣赏者，更以其形式创新为词的乐舞传播带入了“雅”之因子。

文人雅士力求以不俗之形式、高雅之格调入词，使词作趋于雅致。柳永其词虽“近俚俗”“杂鄙语”但仍力求“工致”，有着文人天性里的一股雅致风流。他的一些名作，大多俗中有雅、俗不伤雅。如其《八声甘州》虽有“想佳人妆楼隅望”之大俗，又不乏“渐霜风凄紧，关河冷落，残照当楼”般正音。可见“雅”与“俗”并非互相排斥、不可调和。苏轼则在词调风格方面一振雄风，走出文人词的另一条路子。转变词自《花间集》至柳永以来“词为艳科”“昵昵儿女语”“雌声学语”的词品、词境、词风，一方面“以诗入词”，正其本源，把词提高到“雅”文学的地位；另一方面又“以词还词”，完其本色，对词的音律、题材、风格等方方面面加以拔高，尽到了文人的本分。如果说柳词失于俚俗而流于艳情；苏词得之风雅却常有不协律吕之处不便演唱；周邦彦之词既做到去俗复雅又能兼顾音节谐美；秦观词之“专主情致”、声辞俱美就又将文人词之“雅”发挥到了极致；李清照“以寻常语度入音律”，既做到“炼句精巧”，又得以“平淡入调”，“雅到极致自然浅白”，以口语中提炼的明白洗练、清新浅白的语辞入词，达到了文人词雅致的新高度。

词的乐舞传播方式到了文人这里，已不单是词作的传播、眼耳的娱乐、情思的沟通，更升华为文学艺术心灵的碰撞交融。创作、欣赏、传播形式朝着文雅化的方向创新，正是文人自觉于唐宋词中发现自我、回归自身的表现。“隔帘听”这种雅致含蓄的欣赏方式就是其中的典型代表。

> 咫尺凤衾鸳帐，欲去无因到。虾须乍地重门悄。认绣履频移，洞房杳杳。强语笑。逞如簧、再三轻巧。
>
> 梳妆早。琵琶闲抱。爱品相思调。声声似把芳心告。隔帘听，赢得断肠多少。恁烦恼。除非共伊知道。
>
> ——柳永《隔帘听》

> 步帐摇红绮。晓月堕，沈烟砌。缓板香檀，唱彻伊家新制。怨入眉头，敛黛峰横翠。芭蕉寒，雨声碎。
>
> 镜华翳。闲照孤鸾戏。思量去时容易。钿合瑶钗，至今冷落轻弃。望极蓝桥，但暮云千里。几重山，几重水。
>
> ——张先《碧牡丹》

一道“步帐摇红绮”便在欣赏者与表演者之间隔出一段似见未见的审美距离。帘子隔开的不单单是浓艳动人的乐舞表演，更是滤净凡俗红尘之后纯粹的律动。在这种朦朦胧胧、似见非见之中，唐宋词的乐舞传播方式得到了精致典雅的文人化呈现。文人在漫长的唐宋词乐舞传播过程中的不断革除俗艳、创新形式，为唐宋词的乐舞传播吹入一股清新文雅之风。

（三）雅俗并举多元共存

正如前文提到柳永词作的"雅不避俗"从横向证实了"雅"与"俗"之间的矛盾并非不可调和，从唐宋词史纵向考虑也可以得出雅俗并举、互动平衡之必然性。唐宋词从敦煌曲子词"倚声椎轮大辂"之极俗极简，走向宫廷梨园之典雅奢靡，再到安史之乱后传唱巷陌的市民消遣，直至化为文人案头的扑鼻墨香……一条俗雅互动、由俗趋雅的自然发展轨迹揭示了歌词艺术雅俗并举的内在规律和现实必要。

当代歌词艺术面对当下多元文化碰撞的时代背景、丰富多彩的传播媒介、市场化的经营操作，往往"俗"有余而"雅"不足。一味只求歌词的传播效应，迎合大众娱乐消费需要，创作内容形式趋于平易、通俗，甚至低俗、怪诞的歌词，难免会在多元文化碰撞中迷失自我，走向谄媚。这样的歌词可能在短时间内通过新媒体炒作能够广为人知、甚至传唱一时，但往往昙花一现，被新兴艺术发展的浪潮所抛弃。唐宋词以其发展历程证实，唯有于雅俗之间寻得一个平衡，实现雅俗并举，才能实现真正意义上的自我发展、历久弥新。

唐宋词的互动传播规律在雅与俗的互动中就兼顾了受传者的文化需求和传播者的文学诉求，在文人与乐工的良好互动中实现雅俗并举。当下歌词艺术发展正面临一个尴尬的境况，歌词作家不仅同理想的文学音乐全才有相当的距离，甚至难以实现两者的有效互动。正如作协成员里少有著名的歌词作家，现代意义上文学家大多仍然注重诗歌、散文、小说的创作，对于新兴的现代歌词艺术很少涉及。歌词的创作队伍普遍缺乏扎实的文学功底和系统的学习训练，势必会对歌词的长远发展不利。在市场化、商品化占据了文艺高地的今天，歌词艺术的发展可能永远无法摒弃其功利性。但这也从反面证实了俗文学向雅文学靠拢的必要性，当高雅内容遇见通俗的形式、当通俗的内容兼顾格调的高雅，两者的和谐统一才能创造出经久不衰的艺术精品。

王洪在《唐宋词的演进》中提到“俗代表了一种文化的一个根本趋势。”[①]事实也证明，在俗与雅的交织发展历程中，俗还是最终决定了文学的走向。唐宋词作为“俗文学”为同时代文人士大夫所轻视，却在百年之后的今天成为古典“雅文学”之代表；而相对的是，明清时期作为“雅文学”典范的八股文却渐渐淡出人们的视线，成为文学媚俗政治的范型。“无论是俗还是雅，在时代的规则之内它们站在各自相应的位置上领其荣辱”[②]，真正超越时代的文学作品必定雅俗并举，于多元文化环境中找到适合自己的发展走向。唐宋词的乐舞传播方式如此，当代歌词艺术的发展也当如是。

三、继往开来

继承与创新，这对命题于任何一种艺术样式的发展都有着举足轻重的意义。唐宋词本身就曾从之前音乐文学传统中继承优良传统，吸取已有的节奏韵律、善词佳句、典故意象，从传统乐舞表现手法中寻求可以借鉴的音乐、舞蹈元素，形成了自己的特色。在继承传统的同时，不忘创新，不断在已有的描写领域和题材基础上深入探索，发掘适于自身的艺术形式。在与乐舞长期互动中实现音乐性与文学性的融合，在与大众的传播互动中兼顾通俗和雅致。可以说，正是唐宋词的继承与创新，才令词得以传唱千古，历久弥新。

没有人喜欢陈词滥调，创新一直是唐宋词得以发展传播的重要因素。唐宋人对于“新声”的追求从未停歇。郑樵《通志》卷四九论及乐府新声时这样描述时人的“新声”情结：“今都邑有新声，巷陌竞歌之，岂为其辞之美哉，直为其声新耳。”中唐新生迭起，“《六幺》《水调》家家唱，《白雪》《梅花》处处吹。古歌旧曲君休听，听取新翻《杨柳枝》。”（白居易《杨柳枝》），在《杨柳枝二十韵》里白居易这样注道：“《杨柳枝》，洛下

① 王洪：《唐宋词的演进》，人民大学出版社2006年版，第35页。

② 李瑞瑞：《现代歌词对宋词的接受研究》，陕西理工学院2011年硕士学位论文。

新声也。洛之小妓有善歌之者，词章音韵，听可动人。”时人对于新声的喜爱可见一斑。时人爱听新声、爱唱新曲，也就注定了词人乐工对于词作创新的不懈追求。往往乐工“要索新词，殆人含笑立尊前”（柳永《玉蝴蝶》）。文人则“贪听新声翻歇指。工尺字。窗前自品琼萧试”（石正伦《渔家傲》）。力促新词、推崇革新，不断从教坊新腔和都邑新声中汲取新鲜元素，以新歌词替换旧曲章。使得新声佳作得以播之管弦、传之歌喉，令人耳目一新，传百代千秋，同时也为歌词艺术创新之必要性做出了有力的证明、积累了丰富的经验。

值得注意的是，唐宋人于词中过分求新难免继承不足。蔡居厚在其《蔡宽夫诗话》中说：“近时乐家，多为新声，其音谱转移，类以新奇相胜，故古曲多不存。”到了北宋后期，词人乐工能接触到的多是宋时新声，前代旧曲留存者甚少，甚至不少质朴醇厚的陈曲旧词音谱失传，曾经美妙动听的旋律消散在历史的苍茫之中，不能为后人所耳闻，实是中国文化之遗憾。

当代歌词艺术面临文化转型的大环境，想要谋得长久的发展和有效的传播，必须注重对于传统艺术的继承创新、继往开来。五千年的中华文化积淀赋予歌词艺术厚重的文化传统，新媒体时代各种新颖的传播理念和人们丰富多元的文化需求也为歌词艺术提出了新的要求。继承传统文学在音韵、辞藻、典故、意境、节奏等方方面面的丰厚遗产，继承唐宋时期词乐舞相结合的互动传播模式，并结合现实需要，在题材内容、思想感情、外在形式等方面不断推陈出新，创新艺术思维和表现形式，实现歌词艺术在传承经典基础上的新发展。

近年来，以复古为特色的“中国风”歌曲的流行，作为对于传统的创新继承方式的一次尝试有其积极的意义。“中国风”歌曲的出现，一方面满足了当下人们寻求归属感的精神需求，有利于民族传统文化的发扬。当代文化由浮躁中回归古典的平静高雅，是对传统传播模式的一种理性回归；另一方面，它创新形式，将流行歌词艺术的表现领域不断扩大，并运用电子媒介，将这种传播效果无限扩大，赢得良好的社会反响和市场效应。出现了像《青花瓷》《现象七十二变》《长相思》《卷珠帘》等文学性和音乐性兼备的优秀歌词作品，也令方文山、罗大佑、施人诚等一批优秀的歌词作家出现在人们的视线中。借助电视剧、电影、综艺节目等新兴电子媒介，优秀的歌词作品采用诗乐舞一体的表现形式推出，取得了良好的传播效果。

电视剧《甄嬛传》插曲《惊鸿舞》，将原先极少为普通民众所接触到的文学作品曹植《洛神赋》引入歌词，令传统乐舞惊鸿舞等经典文化元素重新进入大众审美的范畴，综合诗乐舞的表现方法极具震撼力地推出其古风歌词的独特魅力；通过综艺选秀节目一曲成名的李玉刚，以唐诗入歌词，配合大唐乐舞中的袖舞表演，以创新的形式完美地继承了词乐舞相结合的互动传播模式，取得了惊人的传播效果。同样，在发挥新媒体时代歌词艺术传播所具有的优势条件之外，我们还应当看到，“中国风”背后潜在的媒体传播效应和市场运作模式。这种继承和创新无疑是对于当代歌词艺术转型的一种良好尝试与探索，但如若不能保持清醒的头脑、谨慎平衡继承与创新之间的关系，就很有可能为功利所驱使，使歌词艺术成为“文化工业”，成为迎合市场、传播或者某一潮流的附庸，那么这种尝试就完全变了味。

四、结　论

“一代之文，每与一代之乐相表里。”[①]唐宋词作为唐宋时期的乐歌，始终于诗乐、雅俗、新旧之间寻求一种与自身发展相适应的平衡。其发展繁荣受到乐舞传播方式发展递变的深远影响。

首先，乐舞传播提高了唐宋词的艺术表现力。乐舞传播第一次实现了文学传播上的视听统合，舞蹈动作、曼妙身姿所带来的视觉冲击，灵动旋

① 吴梅：《中国戏曲史》，江西教育出版社2014年版，第149页。

律、清脆歌喉所赋予的听觉震撼，配合词作本身思想情感的自然流露，融表演性、音乐性和文学性于一身，合悦目、娱耳、走心的审美功能于一体。可以说，在唐宋词的乐舞传播过程中，词人、词作、歌妓之间形成了相互交融的密切关系，唐宋词在与乐舞的结合中走向了视听综合艺术之顶峰。其次，乐舞传播乐舞活动对词的创作不断提出新的需求。词的日益流行和广为传唱，给词人带来可观的社会声誉，激励词人努力创作出优秀新颖的词作。在乐舞与词的互动磨合中，词的之音乐性、文学性以及表演性要求在不断实践中不断走向规范。另外，为了满足流动性大、分布范围广、层次结构不一的乐舞活动受传者的要求，词人不断将唐宋时期广阔的社会生活融入到词作中去，在创作实践中追求通俗而精致的语言形式，谋求词作传播范围和传播效果的最大化。

“历史蕴藏着未来。”[①]在新媒体传播大行其道的今天，与唐宋词一脉相承的当代歌词艺术面对纷繁复杂现实环境，唯有以史为鉴，反观自身，于唐宋词的乐舞传播方式中汲取经验教训，总结文艺规律，并以其指导创作实践，探寻新媒体传播时代歌词艺术的发展与转型，才能创造出经久不衰的艺术精品。

本文以乐舞这一特殊的唐宋词的传播方式为切入点，立足唐宋时期词乐舞相结合的互动传播实际，透过当代歌词艺术发展的种种现象，结合新时代文学传播与艺术发展的必然走向，唐宋词的乐舞传播方式及其对于现代歌词生存发展的三重启示：

唯有词谱并重，追求词乐舞和谐统一的艺术效果，才能达到音乐与文学的完美结合、实现当代歌词艺术健康发展；

唯有雅俗并举，把握多元文化的传播脉动，不媚俗、不高冷，才能于多元文化环境中找到适合自己的发展走向；

唯有继往开来，寻求歌词艺术对于丰厚文化传统的传承和内容形式的

① 陈文忠：《走向学者之路的学术五步曲》，《安徽师范大学学报》2014年第2期。

创新，才能在纷繁复杂的文艺、社会环境中立于不败之地，成就新媒体传播时代的绝唱。

（指导教师：杨柏岭）

两个天真汉，一颗赤子心

——从《苏东坡传》看林语堂的苏式人格

◇张思嘉

摘　要：林语堂的《苏东坡传》是苏轼传记中最出彩最成功的一本，这与林语堂在书中的自我投射离不开关系。国内外对这本书的褒贬不一，许多人认为这本传记中过多的个人情感投入破坏了传记的真实性，林语堂有意无意地忽略甚至扭曲了部分史实，尤其是在王安石变法的问题上显得过于偏激。然而无论是从生活经历还是作品风格，林语堂与苏轼都有许多相似性。人物传记不同于史传，因此尽管《苏东坡传》的真实性有待考证，还是不损它的文学价值。

关键词：林语堂；苏轼；《苏东坡传》

绪　论

当初我读《苏东坡传》是为了了解苏轼，但一本书读完，却被林语堂所吸引。不同于一般传记力求客观地从历史角度对苏轼进行刻画，本书作者在写作时没有把自己置身事外。他就像苏轼的好友，敬仰爱慕苏轼，所见所写的都是其人格的伟大。通读全书，我们很难不爱上苏东坡，很难不怨恨王安石。这可以说是本书最成功之处，亦是最大的败笔。“由于历史观的根本错误，大大降低了林著《苏东坡传》的学术价值，带来了根本性的、统贯全书的立论上的错误，对苏轼这一历史人物一生中关键性的几个重大问题自然也就无法做出符合历史的解释了。”[1]关于这本书的真实性问题本文并不准备多做探讨，视角主要集中于这本书中体现的林语堂与苏轼的相似性。本文将从家庭、爱情、政治三个方面分别论述，主要比较了林苏二人的人生经历及其在文学创作上的体现，通过这种比较归结出他们超越时代的人格美，这种人格美深植于中国本土，又对中国历代文人产生轻重不一的影响。

一、家　庭

（一）奇山异水

“如果我有一些健全的观念和简朴的思想，那完全是得之于闽南坂仔之秀美的山陵，因为我相信我仍然是用一个简朴的农家子的眼睛来观看人生。”[2]林语堂的故乡坂仔四面青山环绕，他一直认为故乡的山塑造了他日后的性格。尽管他曾走出国门游历多国，坂仔的青山始终是他心中最向往的地方。《苏东坡传》中独列一章介绍苏轼的故乡眉山，眉山亦是有山有水的灵杰之地。林语堂把人生观分为两种——高地和低地，苏轼和他一样，都是大山的孩子，都有高地的人生观。这样的成长环境对他们日后的人生和创作都有一个奠基作用。

从性格上来说，大山使他们心胸开阔，“比方你生在那些山间，你心里不知不觉评判什么都以山为标准，都以你平日看惯的山峰为标准。于是，你当然觉得摩天大楼都可笑，都细小得微不足道。你现在懂了我的意思了

① 王瑞明、夏露：《略谈林语堂〈苏东坡传〉的得失》，《南充师范学报》1984年第3期。

② 林语堂：《林语堂自传》，群言出版社2010年版，第4页。

吧？对人生别的一切你也是同样一个看法。”[①]生于大山使他们对大自然始终崇敬热爱，不管日后遭遇怎样的挫折苦难，大自然总能给他们抚慰和激励。林语堂在描写苏轼贬谪黄州的经历时着重写到了他的务农生活，一方面为了缓解经济压力，更多的是为了排遣胸中苦闷，他开垦东坡，成为了一个真正的农夫，在劳作中获得了暂时的宁静。而林语堂在生活中也时时保持着冒险家的精神，喜欢游历名山胜水。对自然的爱是每一个热爱生活之人的共同特点，不论古今中外人们都能从自然中获得平静。

苏轼和林语堂在成名后一直到离开人世都没能再回到家乡。在林语堂心中，坂仔的山永远都是那么青那么高大，他在任何地方都看不到那样的山。他始终认为故乡的山才是真正的山，故乡在他心中是个回不去的圣地。

不同于林语堂，苏轼的家乡有很多。无论是他投注无数心血的杭州颍州，还是荒芜的黄州儋州，“我本无家更安往，故乡无此好山水”[②]。他对待人生的态度更达观，他的随和性格也使他不管在哪里都能交到朋友，无论是名士高僧，还是市井平民。在贬谪岭南后他领悟到只要心安，处处是家的道理。这种随遇而安的性格也是他身上的魅力之一。

（二）开明慈爱

在这两位文人的成长中，父亲的影响都是巨大的。林语堂的父亲是个牧师，无论是在他的自传还是别人为他写的传记中，都会突出他父亲幽默开明的性格。“在厦门很少男孩子听说有个圣约翰大学之时，他已经送自己的孩子到上海去受英国语文的教育了。”[③]他有着基督教徒的善良，教自己的孩子要爱上帝，善待穷人；也有男子汉的正义感，为了集市上卖柴的穷人和税吏打架。有这样一个父亲无疑是幸运的，林语堂在日后不肯向威胁

---

① 林语堂：《赖柏英》，陕西师范大学出版社2004年版，第95页。

② 苏轼：《六月廿七日望湖楼醉书五绝》，《苏轼诗集（全八册）》，中华书局1982年版，第341页。

③ 林语堂：《八十自叙》，宝文堂书店1991年版，第5页。

他的恶势力低头，用笔为牺牲者呼号，斥责怒骂人民的敌人，这种威武不屈的正直和他童年时的耳濡目染脱不开关系。父亲的开明使他从小就受到开放的外国教育，能够走出家乡的小镇，最后成为享誉世界的大文豪。他总说，父亲是个梦想家。而他是这个梦想家最好的作品。

苏洵的性格与林父也有几分相似，刚正不阿，但不同于林父的幽默慈爱，他更趋刚烈严格，林语堂在书中写到他曾当着全族谴责妻子的家族失德，还在后面提到了那篇言辞激烈的《辨奸论》。这篇文章是否为苏洵所写现在尚无定论，但如果真是他写的，那么可想而知该文也是苏王之争的重要导火索之一。

在书中，林语堂不仅细细刻画了苏洵的个性，还提到了苏轼的祖父——苏序。他是位聪明的老人，对自己的孩子不过分操心，喜欢和亲友坐在草地上饮酒谈笑，颇有魏晋风格。林语堂说苏轼的酒趣就是得于祖父。

由于缺乏历史记载，关于苏母我们只知道她曾教自己的孩子读《范滂传》，并有那一段著名的对话。但她必定是个慈爱睿智的母亲，只有充满爱的家庭才能成长出那样关系亲密的兄弟，那样热爱人民的官员。

在林语堂笔下，他的母亲是典型的贤妻良母，对自己的孩子有着“天高地厚般的慈爱”。父母的爱使他无论遭遇怎样的挫折都始终爱着这世界，也构成了他传统的婚姻观。他认为的幸福婚姻中，妻子总是默默扶持着丈夫，而他的妻子和苏轼的妻子都拥有这样的性格。

二、爱 情

（一）失败的恋爱

林语堂的《苏东坡传》中提到了其他苏轼传记中都没涉及过的一个人——苏轼的堂妹。林语堂说她是苏轼的初恋，因为他们二人是堂兄妹所以不能成婚，但苏轼一生都无法忘怀这段未果的恋情。林语堂找出两首苏轼写给堂妹的隐晦的情诗，但这也只是他自己的猜测。历史上是否真有这样一个堂妹存在，她是否真的是苏轼心中难以忘怀的初恋现在还不能断定，林语堂在描写苏轼相爱而不能相守的初恋时，也许想到了他自己那一段被迫夭折的爱情。

在遇到妻子廖翠凤前，林语堂曾有过两段恋情。初恋是他的青梅竹马“橄榄”，后来他还为这个大山的女儿写过一本小说《赖柏英》，赖柏英和他故乡的青山绿水缠绕在一起，成为他历经沧桑后心里那一片神圣的净土。他在圣约翰大学邂逅的泉州女子陈锦端是他一生的挚爱，她是个外表和心灵都一样美丽的女子。但是陈父不愿将女儿嫁给一个牧师的儿子，于是这段恋情只能无疾而终。林语堂痛苦了一段时间后，还是顺从自己父母的意愿娶了另一位痴情于他的富家小姐。

一直到垂暮之年林语堂也没能忘记陈锦端，虽然他的作品中并没有明确写给陈锦端的文字，但像他自己所说的，“慕而不达，则衷心藏焉，若远若近，若失若亡，而仍不失其为真情。”[①]真正深刻的感情是无法表达出来的，但也无法挣脱，它曲曲折折地隐藏在他的笔下，比如《京华烟云》。虽然木兰爱的是孔立夫，但是当父母把她许配给曾荪亚，她也只是微笑，甚至连反抗的心都没起过。婚后她依然爱着立夫，但也不妨碍她对婚姻的经营维持。对林语堂来说，爱情和婚姻并不一定要统一，结婚不仅仅是夫妻两人的事，更涉及两个家庭，他的婚姻观是传统的，也是实际的。

（二）美满的婚姻

苏轼的第一任妻子王弗是丈夫的得力助手，她平实精明，刚好和苏轼坦白直率的性格互补。苏轼才华横溢，但在待人处事上没有妻子聪明，王弗为他处理好了一切家务内事，让他专心在自己的文学世界里游荡。王弗过世后苏轼甚是想念她，为她写下了那首流传千古感人至深的悼亡词。他

① 郑月娣：《从〈京华烟云〉看林语堂的婚姻观》，《和田师范专科学校学报》2010年第6期。

的第二任妻子王闰之与他同甘共苦，度过了最艰难的二十五年。她性格柔顺，不如王弗能干，但不论遭遇怎样的灾祸都始终追随丈夫。第三任夫人朝云是他的红颜知己，他为朝云写的诗词是最多的，可想而知在身体和心灵都逐渐衰老的贬谪生活中身边有这样一个了解自己的女子对苏轼而言是多大的安慰。

林语堂的妻子并不是他最想娶的女人，但是结婚的当天晚上他就烧毁了结婚证书，因为他打定主意要和妻子好好生活，扶携到老。这段婚姻里有多少爱情的成分我们并不知道，至少他的妻子廖翠凤全心敬爱他，为他抛弃了富裕的生活，不顾家庭的反对执意嫁给当时还默默无闻的林语堂。勇敢追求个人幸福的女人总是令人敬佩的，之后林语堂的发展也证明她的眼光是正确的。林语堂对自己的婚姻十分满意，如果换了另一个女人做他的妻子，比如他深爱的陈锦端，也许他们的婚姻还不会如此和谐，因为林语堂多多少少有些大男子主义，他需要的是美丽温顺的家庭主妇，而不是和他一样有独立精神的知识女性。

在《苏东坡传》一书中我们也可以看出林语堂的婚姻观。他并不反对父母包办的婚姻，“婚姻由父母选则安排的长处是简单省事，容易成就，少费时间，选择的自由大，范围广。”[①]他的婚姻观明智实用，看重的是在婚后几十年的日子里夫妻二人能否互相扶持，和谐生活。而父母不论是在自身经验还是对子女的了解程度上都更能挑选出最适合子女的伴侣。当然，父母包办也是有风险的，但苏轼和林语堂都足够幸运，拥有一位宜家宜室的好妻子。

从林语堂对苏轼三位妻子的描述中，我们可以看出他对女人抱有一种敬佩之情，敬佩女人的宁静和处理家务事的精明，这种敬佩更多的带有男权社会的色彩。描写王闰之时他说：“男人一生在心思和精神上有那么奇特难言的惊险变化，所以女人只要聪明解事，规矩正常，由她身上时时使男

① 林语堂：《苏东坡传》，张振玉译，陕西师范大学出版社2009年版，第48页。

人联想到美丽、健康、善良，也就足够了。”[1]他对女人的欣赏是站在传统男性角度，女人好比是装点书房的花瓶，只要时时站在男人背后，为他打点生活琐事让他专心忙自己的事务就够了。即使是苏轼的红颜知己朝云，在书中也没有自己独立的个性，我们只看到她追随苏轼，和他一起修炼道家长生术。一方面关于苏轼妻子的历史资料的确有限，但也能看出林语堂眼中的女人是离不开男人的，是亚当的那一根肋骨。“林语堂始终跳不出男性立场这个阈限。他笔下的女性形象尽管风采各具，引人入胜，但是都有作者男性理想的痕迹。”[2]

林语堂和苏轼都是目光远大的男人，女人不是生活中的全部，因此他们对待感情的态度很达观，就算不能和最爱的人白头相守也能说服自己和另一个女人结婚生子。虽然林语堂的女性观和今天男女平等的精神有所背离，但他能保持那么长久的美满婚姻也是很值得今天的人学习的。

三、政　治

（一）苏王之争

1.林语堂看待苏王之争的态度

《苏东坡传》中花费了很多笔墨描写那场影响甚远的变革——王安石变法。关于这场变革人们看法不一，支持者认为王安石一心想让国家富强起来，他的许多政策都具有超前的先进性，他是伟大的革命家。反对者则认为他的富国政策反而使人民处于水深火热之中，造成了国家的衰弱，而他本人也是自以为是独断专裁的“拗相公”。

林语堂是坚定的反王派，他在书中关于王安石的许多描写几乎就是直

① 林语堂：《苏东坡传》，张振玉译，陕西师范大学出版社2009年版，第82页。

② 李慧：《论林语堂之女性观》，《淮阴师范学院学报》（哲学社会科学版）2004年第1期。

接的人身攻击。说他是妄想狂，心胸极其狭窄，专断自负，听不得任何反对言语，在朝廷只手遮天排除异己，最后导致国无贤人，自己也因为古怪的性格落得了悲惨的下场。他认为这场从头错到尾的变法不仅造成了苏轼一生颠沛流离，更使宋朝走向没落。“他俩的冲突决定了苏东坡一生的宦海生涯，也决定了宋朝帝国的命运。”[①]变法失败的主要责任就在于王安石的刚愎自用，独断狭隘。即使他变法的初衷是为了使国家富强，但因为他个人的性格缺陷，使朝廷被小人佞臣所掌控，百姓流离失所，最终国家越来越衰弱不可挽救。“对国运为害之烈，再没有如庸妄之辈大权在握、独断独行时之甚的了。”[②]

书中显示王安石自大无知的一个例子就是他编纂了《三经新义》，这本仓促完成漏洞甚多的书成了当时科举取士的标准。这本书的编纂是为了统一学术界思想，给新法提供理论依据，使其能够得到更多的支持。这种思想专制固然是错误的，但毕竟不是王安石一个人的责任，没有神宗的支持就算是宰相也不可能有这么大的权力。更何况在那个中央集权的专制社会，皇帝想要推行一项政策必须从思想到经济全方面统一。因此把这件事完全归结于王安石的“妄想狂精神”[③]未免失之公平。

后来的研究者认为林语堂在对待王安石变法的问题上过于极端，一方面是他对王安石的偏见太深，另一方面和他的历史观也有关系。学者认为林语堂的历史观是唯心的，把人物的性格看作命运的决定性因素。性格在人生中固然很重要，但是在研究一个历史人物时更要顾及他身处的时代环境，人物在时代的影响下做出的行为如果剥离了时代背景单独地评判对错，就容易做出不公正甚至是不真实的评价。

王安石自负的性格固然是使新法未能受到支持和理解的一个重要原因，但是新法的失败和造成的深重后果并不能完全归咎于哪一个人。当时

① 林语堂：《苏东坡传》，张振玉译，陕西师范大学出版社2009年版，第18页。
② 林语堂：《苏东坡传》，张振玉译，陕西师范大学出版社2009年版，第18页。
③ 林语堂：《苏东坡传》，张振玉译，陕西师范大学出版社2009年版，第98页。

的封建社会体制无法适应这场超前的变法，虽然神宗和王安石顶着众人的反对强硬地执行了这些政策，但在具体执行中地方官吏为了完成任务一味压榨逼迫百姓，这决不是王安石的初衷。参与变法的官员大多只追求个人私利，造成互相分裂倾轧的局面。种种问题最终使这场变法悲剧收尾，由此就全盘否定变法和王安石，难免有些过于极端。

2. 林语堂反王情绪的原因

从性格上来说，林语堂讨厌王安石并不奇怪。他生性自由幽默，不喜欢任何形式的束缚，他把西服的领带称作“狗领带”，他要求自由，要求享受生活。但王安石偏偏是个对他人和对自己都无比严格的“拗相公”。在书中，林语堂用嘲讽的口气写到王安石的生活极其粗糙，他从不注意自己的穿着饮食，整日以邋遢脏乱的形象示人。林语堂说他无法断言王安石真的是不拘小节的理想主义者，还是为了表现自己的独特而刻意为之。他引用了邵伯温的记载隐晦地表达了自己的倾向，他说仁宗也认为王安石是个沽名钓誉的伪君子，“不知何故，在世界各国，怪人、狂想家、精神分裂者，总是相信邋遢脏乱才是天才的标志，而最能使自己获有千秋万岁名的办法，就是拒绝正人君子般的装束。”[①]这样的语言过于尖刻恶毒，失去了百年之后一位传记作家该有的冷静宽容。一般的传记，不管传主在人生中遭遇了怎样的陷害污蔑，作者还是会把视角集中在传主不屈不挠的奋斗之上，而对陷害他的奸人——就算是已被历史定罪的——也只是适当地写几句惋惜的话。林语堂的偏激从另一个角度来看也是这本书与众不同的地方，他不是作为一个传记作者，而是作为传主的朋友，甚至就是传主自身出现在书中。

他变成自己笔下的人物，回到几百年前看到了王安石怎样令人厌恶地一意孤行，把贤臣都排挤出去，使朝堂上只剩下他自己“精心挑选”的一群小人。看到因为他的无知自大，有血性的青年才俊不能施展自己的抱

① 林语堂：《苏东坡传》，张振玉译，陕西师范大学出版社2009年版，第88页。

负。古怪的性格让他众叛亲离，最终在幻象里孤独地死去。写到后来他有些同情王安石，但即使王安石在晚年被痛苦折磨，也不能改变那一场变法对国家和人民的伤害。

他怨恨王安石，不仅是从苏轼的角度，更是从生活在那个年代的平民百姓的角度。在研究史料时他发现了那时的百姓生活艰难，政府和官员对他们进行了毫无人性的剥削和残害。他并不是不知道其实王安石和神宗变法的本意是要令国家强大，而不是为了个人私利，但是新法产生的破坏太大。他仿佛回到了几百年前，从苏轼的诗里看到了饥馑的流民被政策逼迫不敢回乡，丰收的年月里却呼号遍野，国家岌岌可危。林语堂热爱自己的国家和人民，抗日战争期间他与美国政府交涉想获得美国的支持，不断发表文章和言论坚定地支持本国的抗日斗争，尽管有人质疑他，但他一直在尽最大努力帮助自己的国家和人民。他在《梦想的未来中国》一文中表达了自己的美好期望，期望一个民主先进的社会，这同样也是百年前苏轼的愿望。书中说苏轼是一个极有民主精神的人，但是他身处的时代却那样专制，这不能不让林语堂心痛。而在林语堂生活的地方，民主同样没有达到他期望的高度，文人没有言论自由，政治黑暗，爱国的大学生被残害。有过这些经历，他更加能体会苏轼目睹人民遭受苦难却无法施以援手的痛苦。因此，他要替苏轼打抱不平，代替他也代替自己说出当时无法说出的话。

（二）压迫与抗争

书中细致描写了苏轼经历的几次贬谪，他性格耿直，疾恶如仇，看到百姓受难不能不为他们抱屈，因为这种性格他屡次被小人诬蔑陷害。但是他从没“学乖”过，他的天性就是正义的，即使为了性命不能不三缄其口，他还是要尽自己所能为百姓谋福。无论是建堤修路，还是赈灾救荒。这也是他无论在何处都能得到百姓拥护敬爱的原因，当然，也离不开他

"上可陪玉皇大帝，下课陪卑田院乞儿"的民主精神。[1]

政治的失意固然使他挫败痛苦，却也使他的创作越来越成熟深刻。我们可以说在政治上他是一个悲剧，他的报国卫民之心饱受打击，最终厌倦了朝堂斗争宁愿归隐乡间。但那些挫折也造就了一个精神上的巨人，处在顺境之中看一切都是美好的不算什么，经历了人世的丑恶黑暗却仍然热爱生活，这才是真正的乐观。越是在逆境中，他的作品就如同窖藏多年的老酒越醇厚深沉。"问汝平生功业，黄州儋州惠州。"[2]从书中我们可以看出苏轼从不浪费时间抱怨后悔，他的生活极其丰富，政治只占其中的一部分。

林语堂尽管没有投身政治，但他的一生也经受过许多打击。办杂志、办大学的失败，众人的诬蔑和怀疑，女儿的自杀，他的精神不断被磨炼，但他始终认为活着要快乐，要尽可能地享受人生。就是这种无法被外界剥夺越挫越勇的乐观精神使他们在千百年之后也让人敬慕。

也许是因为同为文人，他们的灾难大多都和自己的作品有关。苏轼由于"乌台诗案"锒铛下狱险些丧命，林语堂因为作文批评当局而面临生命危险，不得不出国躲避。后来二人的作品虽然没有再直接批判社会，但也决不肯说违心之话。

在书中有一章题为"百姓之友"，讲述苏轼在当地方官时为百姓做的事，但苏轼与百姓的联系更多地体现在他作为农夫而不是诗人官员的生活之中。他最开心的就是和平民百姓同乐，最得意的就是走在路上行人不知他是太守，把他当作老农夫。与苏轼相比，林语堂和人民并没有多深的联系，虽然他热爱自己的国家人民，不遗余力地把本国文化向国外介绍，应该说在这一点上没有人做得比他好，但是他和平民百姓之间是有隔阂的，他始终是学者文人，不像苏轼在做太守期间亲自和人民接触，投入平民生活，他的根是深植于土地的。因此苏轼的作品比林语堂深刻，他更贴近普

---

① 林语堂：《苏东坡传》，张振玉译，陕西师范大学出版社2009年版，第11页。

② 苏轼：《自题金山画像》，《苏轼诗集（全八册）》，中华书局1982年版，第2641页。

通百姓的心灵，对生活有更丰富多面的认识，而林语堂囿于学者作家生活，他的超脱仅限于个人层面。

总 结

也许是相似性格的人会互相吸引，也许是了解苏轼其人后情不自禁地向他学习靠拢，林语堂无论是从生活经历还是人格精神上都和苏轼很像，“堪称二十一世纪‘活着的苏东坡’”[①]。他们两人都出身于“小康之家”，家中不算特别富有但也不至于穷到念不起书。父亲对他们的影响都很大，不管是对教育的重视还是自身性格的榜样作用，父亲都是他们的第一任老师。东坡不仅继承父愿完成《易传》一书，在对哲学、军事以及政治的很多观点上都和其父有相通之处。林至诚是个梦想家，林语堂完成了他送孩子出国留学的梦想，在后来的人生中自己也不断做梦。可以说，父亲陪伴了他们一生，影响了他们为人处世的每个方面。

他们的婚姻都是传统的包办婚姻，但都很美满幸福。他们在爱自己妻子的同时也会去欣赏别的女人的美——大多数时候仅限于欣赏。

他们都有一腔抱负，热心国家大事，但都遭到现实的打击。比如林语堂想把南洋大学办成世界一流的大学的愿望破灭，还背负了一身骂名，比如苏轼写了那么多政策论文，皇帝欣赏的却只是他的文采。他们都不怕讲不合时宜的话，只忠于自己内心的真实想法。他们不属于任何政党，都有一颗自由的赤子心。

他们都很会生活，东坡注重吃和养生，林语堂注重细节上体现的生活质量，他的那一本《生活的艺术》令多少人沉醉。他们都是影响力极强的文豪，文如其人不受约束，“嬉笑怒骂皆成文章”。林语堂的文章小到打领带买牙膏大到国家政治无所不谈，东坡就更不用说了，从没人写过的牛屎

① 陈睿：《异代文人心灵共鸣——林语堂的苏东坡情结》，《前沿》2005年第4期。

在他的诗里也能显出别样风采。写作对他们来说是快乐的事，因此阅读他们的作品也很快乐。

不管林语堂这本传记在对史料的处理上是否有问题，他都给读者呈现了一个快乐的天才形象，这个形象无论在什么年代都是能激励鼓舞人的。因此，这本书无疑是一本好书。

（指导教师：桑农）

浅析《竹取物语》的故事类型

◇谷　雨

摘　要：《竹取物语》作为日本最古老的物语，被称为日本物语的鼻祖，其内容广泛复杂，包含了许多故事类型，本篇分别从竹生人、五人求婚、辉夜姬最后的升天这三个主要情节来分析《竹取物语》中的故事类型。

关键词：《竹取物语》；化生型故事；难题求婚型故事；日本文学

《竹取物语》作为日本文学史上第一部物语，它的产生对于日本文学的变革与发展产生极大的影响。《竹取物语》的故事十分复杂，涉及了许多民间故事的母题，其中有化生、致富、求婚、升天、地名起源等，从整个作品的情节来看，不同的情节可以归纳成各不相同的几个故事类型，这些故事类型都属于民间故事中非常常见的类型。笔者将以《竹取物语》本身入手，从竹生人情节、求婚难题情节、升天情节三个方面来探究其中的故事类型。

一、成书与情节内容

“物语”意为“谈话”“讲述”“讲故事”“日常杂谈”或是被讲述的

“故事”，是日本平安朝时期出现的一种新的文体。[①]将“物语”作为一种文学概念来讲，是指平安镰仓时代的文人以假名进行创作的具有虚构意识的作品。

《竹取物语》是日本最早的物语作品，著名的《源氏物语》将之称为日本物语的鼻祖。这本书实际的成立年代不详，但一般认为它产生于公元10世纪初的平安时代。这本书的作者亦无从考证，有学者推崇源顺、源融等说法，而就文字而言，大多学者认为，这本书的作者应该是一位男性文人，他们认为此人具有杰出的和歌才华和佛典汉文修养，可能是律令制度下仕途不得志的文人。

平安时代正是日本具备粗略的文明形态的一段时期，像《竹取物语》这类具有强烈非现实因素的作品，在日本文学史上被称为传奇物语。

《竹取物语》中的“竹取”二字意为“伐竹”。故事写了一位伐竹翁，名叫赞岐造。他上山伐竹时，在竹筒里发现了一个女婴，她经过三个月成长为美貌绝伦的少女，因她能使满屋生辉，便起名为“细竹辉夜姬”。后来，伐竹翁常在竹节中发现金子，渐渐成了富翁。随着辉夜姬的长大，她的美名远播，吸引了无数贵族子弟前来求婚，最有名的有五位贵族子弟。辉夜姬为了拒婚就出了五个难题，让石作皇子去寻找“天竺石钵”，藏伴皇子寻找“蓬莱玉枝”，大伴大纳言寻找“龙颈的宝珠”，阿部右大臣寻找“火鼠皮衣”，石上中纳言寻找“燕子安贝”。五人采取各种手段，均遭失败。天皇闻讯，企图强取，也遭到辉夜姬的拒绝。三年后，辉夜姬每晚对月落泪，在父母的逼问下，才说出自己是月宫仙子，因触犯天条被贬人间。在一个八月十五的夜晚，天上派来使者接应她，辉夜姬留下不死之药，穿上羽衣，吞下不死药返回月宫。辉夜姬走后，天皇十分惋惜，命人将不死之药拿到离天最近的山顶焚烧，从此，这座山被命名为“富士

① 张龙妹、曲莉：《日本文学（上编）》，高等教育出版社2008年版，第104页。

山”。[①]

《竹取物语》一共十个章节，从情节上划分，不同的学者的划分方法各不相同。而从说话类型上看的话，学者们意见大致相同，都将整个故事划分成化生说话、致富长者说话、求婚难题说话、升天说话和地源起名说话这五个类型[②]。本篇将从辉夜姬从竹中化生、五人求婚、辉夜姬最后升天而去这三个情节，着重分析《竹取物语》中蕴含的故事类型。

二、故事类型

（一）竹筒生人——化生型故事

在《竹取物语》的一开头就提到，辉夜姬并不是人类胎生，而是在竹筒中被发现的。这就很容易让人想到一些传奇故事或是神话中的主人公，他们大都是没有生身父母的，仔细探寻会发现，他们大部分都是自然也即造化的产物，即自然生人。

辉夜姬的诞生可以归为“竹化生”一类的故事类型。将竹与人类联系在一起的故事，早在中国就有提及。在中国的远古神话中就提到了竹林，帝俊就拥有一片竹林，在《山海经·大荒北经》中有记载：“（卫）邱方员三百里，邱南帝俊竹林在焉，大可为舟。”[③]帝俊的竹子在南方荒野之中，被称为“涕竹”。说到“涕竹”，就很容易联想到“湘妃竹”。

“湘妃竹”的故事与舜的两个妻子有关，在《博物志·史补》有“尧之二女，舜之二妃，曰湘夫人，帝崩，二妃啼，以泪挥竹，竹尽斑”[④]的记

① 蓝泰凯：《〈竹取物语〉——日本物语文学的鼻祖》，《贵阳师范高等专科学校学报》（社会科学版1993年第1期。

② 野口元大：《从传承到文学的飞跃〈竹取物语〉和〈斑竹姑娘〉》，斯英琦译，少年儿童出版社1983年版，第3页。

③ 袁珂：《中国古代神话》，华夏出版社2006年版，第175页。

④ 袁珂：《中国古代神话》，华夏出版社2006年版，第206页。

载，之后南方有斑竹即“湘妃竹”的说法。“湘妃竹”的传说将竹与女性联系在一起，侗族曾把竹根花作为男性生殖来崇拜，而后来在刘敬椒的《异苑》中记载：“建安有篔筜竹，节中有人，长尺许，头足皆具。”[①]其中有提到“竹孕”，这里的“竹孕”其实与中国远古神话中的“葫芦崇拜”“瓜崇拜”类似，是一种对于女性母体生殖的崇拜。

关于中国民间故事，最早在《华阳国志》的《蜀志·南中志》中，有：“汉兴……有竹王者，兴与遁水一女子秦并蜀，通五尺道，浣于水滨，有三节大竹流入女子足间，推之不肯去。闻有儿声，取持归。破之，得一男儿。长养有才武，遂雄夷狄，以竹为姓。捐破竹于野，成竹林，今竹王祠竹林是也。”[②]

公元前5世纪，《后汉书》的《南蛮西南夷列传》中，有同样的“夜郎侯传说”，后刘敬椒编撰的《异苑》中也有相关记载。上述两则记录又都记录了传说发生的地点在今四川地区，可见“竹生殖”崇拜是四川地区的民间传说特点。

同样是四川地区，藏族的《斑竹姑娘》的故事情节与《竹取物语》十分相似，男主人公朗巴是在听到楠竹里的哭声后，劈开竹筒，才发现斑竹姑娘的，这与《竹取物语》中辉夜姬的诞生几乎一样。

学者严绍璗就把中国有关于竹子的故事分为两种系统[③]。

第一种系统为前期阶段即孕育阶段：

竹→幻化为女性→竹孕（胎体）

① 严绍璗：《日本“古物语”〈竹取物语〉生成的考察》，张玉安主编，北京大学东方文学研究中心、北京大学东方学研究院编：《东方研究2004中日文学比较研究专辑》，经济日报出版社2005年版，第13页。

② 严绍璗：《日本“古物语”〈竹取物语〉生成的考察》，张玉安主编，北京大学东方文学研究中心、北京大学东方学研究院编：《东方研究2004中日文学比较研究专辑》，经济日报出版社2005年版，第11页。

③ 鲍辉：《〈竹取物语〉文学世界中的中国文化》，《青年与社会》2014年第5期。

主要代表有上述的“湘妃竹”“筼筜竹”等；

第二种系统为后期阶段即生殖阶段：

竹胎→（哭声）→（捡拾）→破竹而出

↘ ↙ ↓

（胎动标志） （生殖）

主要代表有上述的“夜郎候传说”“斑竹姑娘”等。

这两个系统可以说是“竹生殖”的一个整体，在大部分文学作品中立足于第二种系统时，第一种系统往往是潜化了的。《竹取物语》中辉夜姬的诞生恰好属于第二种系统。

抛开“竹”这一具体物象的局限，还能够发现许多自然生人的故事，其中典型的是“葫芦生人”的故事。

我国西南的各少数民族，在自己的民族史诗中都有记载人类起源的民族故事，这类故事大都描写人类是从葫芦中诞生的。像瑶族、苗族、黎族等民族，就认为“盘古”是由“盘瓠”这两个字音转而来的，“瓠”就是“葫芦”，盘古实际是从盘子和葫芦里变出来的。在拉祜族，“葫芦生人”的传说就更加明晰化，在史诗《牡帕密帕》中就有天神厄莎种葫芦育人的说法，说厄莎打开一个箱子，找出一颗葫芦籽，把葫芦籽洒下地，用草灰把籽盖起来，经过种种波折，终于从葫芦里孕育出了人类的始祖，男的叫扎笛，女的叫娜笛。[①]

除此之外，还有民间流传的盘古孕育在混沌中一个大鸡蛋中的故事，苗族的“枫香树干上生人”的故事，我国著名小说《西游记》中孙悟空乃天生石猴的故事等。

以上这些都属于自然生人类型，而在西方又存在另一种属性的生人故

① 佟德富、宝贵贞：《中国少数民族哲学专题研究》，中央民族大学出版社2006年版，第78页。

事，故事的主人公不是从纯粹的大自然客体中诞生的，而是由人体的某一个肢体或者某一器官变化而成的，和上述竹子等作为主人公的母体不同，这类故事中的主人公可以称之为另一主体的分身。

最典型的是希腊神话中的雅典娜的诞生，雅典娜之所以被称为智慧女神，是因为她是从宙斯的头颅中诞生的。宙斯因惧怕预言而吞了墨提斯，之后犯了头痛病，他命火神将自己的头颅打开，火神打开他的头颅后，美丽的女神雅典娜就从中诞生了。

同样在《圣经》的记载中，人类的祖先夏娃，就是上帝从亚当的身上取下一根肋骨造成的女人。

而在印度的创世神话中，就同时涵盖了自然生人和肢体化生这两种属性的故事。印度的创世神大梵天是从金蛋中破壳而出的，这与我国少数民族中盘古破壳而出的故事大同小异，都属于自然生人的一种。之后印度神大梵天又从自己的心、手、脚中生出儿子，他的妻子文艺女神也是从他的大拇指上生出来的，这一点与西方神话故事中的器官化生相似。

不论是自然生人还是肢体化生，这两种不同母体的故事，都可以归为化生型故事，从另一种意义上讲，这两种故事类型与创世神话在创作根源上有一定联系。

我国少数民族存在葫芦信仰、瓜信仰，认为葫芦和瓜都是多子的植物，这一点与人类的诞生联系在一起，人类身上就具有这类优秀特性。同理，在西方的神话故事中，很多地方都体现了神人同构性，从肢体化生上看，分身身上带有明显的主体的特点（如雅典娜代表着智慧）。同理，《竹取物语》中，辉夜姬之所以会从竹子中诞生，有一部分原因跟日本的竹崇拜有关。日本是竹类种植生产国，由于竹生长迅速，日本人一直将它视为顽强生命力的象征。竹子四季常青，中间空洞，且属于少数开花就死的植物，与死亡再生关联在一起，日本人认为竹子是一种神圣的植物，其中蕴含着竹灵。辉夜姬的化生可能正是因为日本人认为竹子的空洞里潜藏着灵魂神力。

（二）五人求婚——难题求婚型故事

《竹取物语》中五人求婚的情节占了很大的篇幅。像这类在求婚或被求婚时，用回答难题来解决婚配问题的故事被归为难题求婚故事类型。

日本伊藤清司还将难题求婚型故事分为A、B两类，“A型就是姑娘或姑娘的父亲向求婚的小伙子出难题。B型则是有权势者为了霸占别人的妻子或女儿而向该人或其父出难题。”[①]《竹取物语》按照伊藤清司的理论来分，应该归为A类。

A类故事在中国古代有许多类似的民间习俗，如闺中小姐出题考试，考上了便择为东床佳婿；打擂比武招亲；对对联、对诗招亲等。有名的民间故事也有《斑竹姑娘》《三女婿拜年》《三个儿子和三个媳妇》《天鹅姑娘》《阿秀王》等。在中国远古神话中早就提到过类似的难题求婚的故事，伏羲和女娲兄妹结合再造人便是一例。在李冗《独异志》卷下记载道：“昔宇宙初开之时，只有女娲兄妹二人，在昆仑山，而天下未有民。议以为夫妇，又自羞耻。兄即与妹上昆仑山，咒曰：‘天若遣我兄妹二人为夫妇，而烟悉合，若不，使烟散。’于烟即合，二人即结为夫妇。”[②]

日本学者君岛久子曾指出，流传于日本的难题选婿故事在内容和艺术特征上，具有浓厚的山地火山农耕文化的特点，与中国从事火山农耕的苗族、瑶族等少数民族有共同之处[③]。基于这一点，伊藤清司也提到过苗族、瑶族有从山上滚下树木压死求婚者、把求婚者带到野外烧死等以此作为难题考验的难题求婚故事[④]。他还举了我国云南纳西族利恩的难题故事为例，纳西族的天地创始神话《洪水冲天》与上面提到的女娲兄妹的故事在开头

① 伊藤清司：《难题求婚型故事·成人仪式与尧舜禅让传说》，叶舒宪编：《神话——原型批评》，陕西师范大学出版社1987年版，第409页。

② 田崇光编：《情爱婚姻典故辞典》，中国文史出版社2009年版，第271页。

③ 《日本纳西学论集》，白庚胜译，白庚胜、何白兴主编：《纳西学丛书》，民族出版社2011年版，第53页。

④ 《日本纳西学论集》，白庚胜译，白庚胜、何白兴主编：《纳西学丛书》，民族出版社2011年版，第53页。

一样，纳西族祖先崇仁利恩历经洪水大难后，地上只有他一个人类，天女下界沐浴，利恩在老鼠的帮助下弄坏了天女的羽衣，之后两人结合，一起升上天去，傍晚，天神放牧回来，得知一切十分生气，利恩便恳求天神将天女嫁给他，天神就出了难题，考验利恩是否能够做他的女婿。①

另外，像希腊神话中美狄亚帮助伊阿宋解决父亲的难题，格林童话《青蛙王子》、莎士比亚的《威尼斯商人》都属于A类故事。

B类故事通常是恶霸欺男霸女最后受到惩罚的故事，比较典型的有我国的《百鸟羽衣》故事。讲的是一个农民的妻子被皇帝霸占后，农民用一百种鸟的羽毛织成的衣服与皇帝交换，并用计杀死皇帝的故事。

元代戏曲家关汉卿的《窦娥冤》中，张驴儿以毒害自己父亲的罪名威胁蔡婆答应他三个条件，以此达到娶窦娥的目的，这一故事情节也可归为B类故事。

从A、B两类的故事类型上看，《竹取物语》应该属于A类型的难题求婚型故事。但从创作动机上看，《竹取物语》的结局和创作动机都和《斑竹姑娘》相同，但与同类型的《阿秀王》和《天鹅姑娘》等故事又全然不同，《阿秀王》一类的A型故事，旨在表现求婚者的优秀品质，如男子的智慧和力量，女子的灵巧和美丽等。《竹取物语》可以说是一部反映时代的物语。结合时代看，平安时代属于贵族掌权的时代，这时上层贵族政治腐朽，精神堕落，他们肆意玩乐，且一些女性特别是一些才貌出众的贵族女性，往往会沦为政治斗争的牺牲品，作者借辉夜姬之手捉弄五位权贵，尖锐地嘲讽了上层贵族统治者。在这一层面上，《竹取物语》中五人求婚这一情节作为难题求婚A类故事与《百鸟羽衣》等B类故事在创作动机上又有异曲同工之妙。

---

① 《日本纳西学论集》，白庚胜译，白庚胜、何白兴主编《纳西学丛书》，民族出版社2011年版，第42页。

（三）辉夜姬升天——奔月型故事

辉夜姬穿上羽衣回归月宫这一情节无疑是整个故事中最富传奇色彩的地方。日本学者一致将《竹取物语》归为“羽衣说话故事”，辉夜姬最后穿上羽衣飞升这一情节，仿若给整个故事披上了一层神秘的纱衣。说到“羽衣”，我国牛郎织女和上述提到的纳西族利恩的故事中都有提到。但是，辉夜姬升天除了涉及“羽衣”这一世俗中不存在的事物外，还存在“月宫”和“不死药”这两个虚幻的事物，这与我国古代神话故事嫦娥奔月在情节上就很是相似。所以，《竹取物语》在辉夜姬升天这一情节上，便可以归为奔月型故事。以下就举嫦娥奔月的神话故事与《竹取物语》进行比较研究。

《竹取物语》和嫦娥奔月最终都是以主人公“升天”作结，通过这一行为，主人公脱离尘世，得到永生。这两则故事中，都存在一个令人心驰神往的理想之所，而中日两国都将月宫作为神话中理想的安乐之所。可以看出，月神信仰是中日神话的普遍母题，而在史前先民的心目中，月亮有某种恢复植物生机的神力。

中国古人对月亮的关注与崇拜，最早见于《尚书·尧典》。文称：“日、月、星辰为天宗，岱、河、海为地宗；天宗，地宗合为六宗。”王逸注《楚辞·九章·惜诵》时云：“六神，谓六宗之神也。”在道家思想中，以月为阴之精，而最终的“奔月”行为，正是一种归于理想世界的道家长生不死与升天的追求。

嫦娥奔月的故事中，月亮只是神仙居住的地方，而在中国早期，最原始的神话故事中，太阳和月亮都是人的幻影，即所谓的“日月神本体论”。《山海经》里记载，太阳和月亮都是帝俊的儿子，帝俊的两个妻子，一个生了太阳神，一个生了月亮神。与之相对应的，在古希腊神话中亦然，太阳神阿波罗和月亮神阿尔忒弥斯就是宙斯的儿女。在世界各古老民族的神话中，“神”的身上有“人”的色彩，即所谓的“神人同构”，我们将太古时期这类神话称为“神话本体论”。

与上面这些相比，嫦娥奔月的神话就应属于衍生新神话了。之所以产生这种变化，与中国战国以来追求长生不老之术有关。那时的人们已经开始注意到在现实中不死是不可能的，道教文化十分盛行，人们为寻求慰藉便编造了像嫦娥奔月这样一类的神话故事。在这些神话故事中，月亮不再是一类神的象征，反而更接近于一种长生不死的神殿的存在，而生存在这样神殿中的人，被称之为“神”或者是“仙人”，这里的“仙人”本质上是人们欲望的化身，这些“仙人”寄居到原始神话中的“神”体中，使得“日月神本体论”逐渐演化为“日月神客体论”。①

《竹取物语》接受了中国先民对月亮的崇拜，也继承了嫦娥这一女性形象。之所以这么说，是因为在《竹取物语》之前，在日本的神话中，很少有涉及“日月神客体论”的思想。日本神话的重大特征之一，便是有关自然的神话比较贫乏。涉及自然的神话中用月亮为题材的神话是非常少见的，而在以往的和歌里也很少将月亮与女性结合在一起，在忌讳死亡与血秽的古代日本，月亮与不洁是紧密联系的，这一点在《竹取物语》中同样提到：“看月亮的脸是不吉利的。”而在《竹取物语》的最后，月亮摆脱了这一阴暗的神秘色彩，与仙女辉夜姬的“奔月”行为结合，月亮的存在本身就有了人类精神的光芒。这与竹化生中将竹与女性结合在一起大致相同。

谈及“不死药”，长生不老，自古以来就是人类的一个奢想，而“不死药”尤为神秘，是仙家才能拥有之物，这可能也是不死药型故事数量很少的其中一个原因。

“不死药”在我国古代总是与炼丹的道士联系在一起，而被道教奉为教主的老子，就在《道德经》里提到过“长生久视”的终极理想。《山海经》里存在相关不死药型故事的内容，如《山海经·海内西经》中所记：“开明东有巫彭、巫抵、巫阳、巫履、巫凡夹窥之尸，皆操不死药以拒之。”②春

① 严绍璗：《日本“古物语”〈竹取物语〉生成的考察》，张玉安主编：《东方研究2004中日文学比较研究专辑》，经济日报出版社2005年版，第16页。

② 李海蓉：《中日“奔月”神话比较研究》，《考试周刊》2009年第10期。

秋战国时期，长生不死的思想一度盛行，到了秦始皇统一各国后，曾命人炼制不死药，甚至还派人出海寻找。这方面的记载，也有不少。

春秋战国时期有关不死药的故事，在《韩非子》中记载："有献不死之药于荆王者，谒者操之以入。中射之士问曰：'可食乎?'曰：'可。'因夺而食之。王大怒，使人杀中射之士。中射之士使人说王日：'臣问谒者，曰"可食"，臣故食之。是臣无罪，而罪在谒者也。且客献不死之药，臣食之而王杀臣，是死药也，是客欺王也。夫杀无罪之臣，而明人之欺王也，不如释臣。'王乃不杀。"[①]这则故事说卫士吃了不死药，但君王要杀他，足以证明不死药是假的。

几则故事中的"不死药"最终也就只有嫦娥一个凡人吃了，可嫦娥最终也飞升月宫，成为了仙子，天皇虽然也得到了不死药，但怀着对辉夜姬的想念，天皇最终还是将不死药带到山上烧毁。两则故事，同时都暗示了"不死药"的不可得性，嫦娥吃了药即刻"登月"，进一步暗示了"奔月"的主题。再从另一方面来讲，月亮有从钩月到望月到弦月再到钩月的过程，这一过程何尝不是周而复始、死而复生的过程，正好可以与"不死药"的"不死"结合在一起。

人无法逃避死亡，而为了摆脱对死亡的恐惧，人们就自然而然地想到了可以医治一切病痛的"不死之药"，可以说，"不死药"正是人们恐惧死亡而想象出的产物。

"月宫"和"不死药"都是人们理想化的产物，不论是这两个出现在故事中的意象还是求生避死这一动机，甚至在具体情节内容上，《竹取物语中》中辉夜姬的最终升天与嫦娥奔月的故事都十分相似，可以视为奔月型故事。

① 祁连休：《中国古代民间故事类型研究》（卷上），河北教育出版社2007年版，第117页。

三、结 论

从以上的分析看，《竹取物语》作为日本的第一部短篇物语，其情节结构中所蕴含的故事类型是十分丰富的，其与中国民间故事的关系也是非常复杂的。本文限于能力与资料，只能暂时对作品中所蕴含的几个比较明显而常见的故事类型进行分析，至于从《竹取物语》的创作看中日民间故事的关系等问题期待将来做进一步的考察与研究。

（指导教师：刘颖）

驯致以绎辞

下编

XUNZHI YI YICI

论马克思艺术生产理论现代性的多维展开

◇丁艺婉

摘　要：本文从时代性和纵深性两个维度来探讨马克思文艺理论的发展情况。就前者而言，通过总结其现代发展特点，得出艺术品格与生产特征矛盾统一的结论；从后者来说，通过分析其多维展开方式，明确了审美创造与艺术产业价值兼顾的目标。结合对艺术生产过程中的具体案例分析，得出结论：面对当下艺术生产的新变，在重视艺术产品经济价值的同时更要对其蕴含的特殊审美价值保留具体而微的审视，力求实现双向协调发展。

关键词：马克思主义艺术生产；现实价值；文化产业

市场经济下，文化产业的生产模式不可避免地受到影响。为了适应这一新变，研究者们以密切关注现实的眼光重新审视马克思艺术生产理论，并结合当下的艺术生产活动在具体运用中释放出其新的生命力。本文以阐述马克思主义艺术生产论为着眼点，着重关注其新的发展，从产生原因和解决措施两方面来理解作为“艺术生产”的文化在当代市场模式下的变化。

一、“艺术生产”与“艺术消费”的辩证关系

生产和消费作为社会生产这一总体过程的基本环节，具有相互依存、推动的关系，艺术生产与艺术消费也是如此。一方面，生产活动为消费提供“外在的对象”，创造的结果是艺术作品。“生产不仅为主体生产对象，而且也为对象生产主体。”[①]所生产出的产品以一种自觉或不自觉的方式扩展受众，帮助消费主体形成并且提升消费需求，从而反向催生出消费的动力。以近来大热的网络小说改编影视剧现象为例，从《致青春》到《盗墓笔记》，改编自网络小说的电视剧、电影大量涌入市场，小说转身以另一种艺术形式成为现象级作品，这一现象让消费者有理由相信网络文学为影视作品的生产开辟了一种新型模式。随着新兴媒体的崛起，新时代艺术生产下的作品更多地依据消费者的需求而量身定做，玄幻题材近来火爆，那么接下来的剧作中会加入“神魔”“灵异”等元素。生产活动创作出来的产品虽然是“外在对象”，但仍然普遍地满足内在的需求。另一方面，消费为生产提供“想象的对象”，即读者群体。马克思曾经指出：“消费创造出还是在主观形式上的生产对象。没有需要，就没有生产。而消费则把需要再生产出来。”[②]在人们的物质需求得到保障的同时，更高层次的精神需求就会被放大。为了满足大众的文化需求，具有广泛适应性的“大众文化”应运而生。“大众文化”是对象倾向性的文化，它以“想象的对象”为根本导向，使得艺术生产的目的性更加直白和明确。现代化的艺术生产下，“大众文化”已经从多角度多层次地影响着我们的生活。作为消费文化的重要载体，大众文化为艺术生产环节催生了更多“想象的对象”。从公共领域来

① 马克思：《〈政治经济学批判〉导言》，《马克思恩格斯选集》第2卷，中共中央马克思恩格斯列宁斯大林著作编译局编译，人民出版社1995年版，第95页。

② 马克思：《〈政治经济学批判〉导言》，《马克思恩格斯选集》第2卷，中共中央马克思恩格斯列宁斯大林著作编译局编译，人民出版社1972年版，第94页。

看，大众文化使得大众之间的交流更加密切，人与人之间有了相似的话题，为感性交流和理性交流都提供了具体空间，对文化消费的评价也反馈得更为全面，或多或少地促使了消费群体的扩大。

值得注意的是，大众文化并不是全能的，它所起到的作用仅仅是将落后的对象改造为普通的对象。进一步来说，如果把社会进步视作艺术生产的功能之一，那么大众文化则无法满足这种具体需求，因为它无法将普通的对象提升为进步的对象。戏剧片是戏剧与影视结合的产物，虽然这类艺术形式在严格意义上被归类为电影，但是近百年来却为西方古典戏剧的普及做出了巨大贡献。1960年，改编自萧伯纳经典剧作《茶花女》的爱情戏剧片《窈窕淑女》吸引了广泛关注，观众被剧作的高雅情趣与幽默情节所折服，为数不少的人开始重新审视戏剧作品的特殊魅力。作为大众文化的戏剧片吸收了二者之长，以端庄的内容和轻松的形式让戏剧爱好者接受了电影这一新兴技术，更让电影爱好者对古典戏剧产生了浓厚兴趣。但是在传承西方古典戏剧的文化意涵上，戏剧片的所起到的作用是有限的。观众无法从电影中体会到剧作独特的意象、流畅的叙述方式、传神的细节和心理描写乃至语言韵律的真纯情趣。因而那些被普及了戏剧文化的观众如果想在这一领域有更深的造诣，就必须突破戏剧片的限制而直接接触戏剧。

二、现代发展特点：艺术品格与生产特征的矛盾统一

艺术生产在当下展现出新的风采，也暴露出明显的问题，这是艺术品格与生产特征的矛盾统一。一方面，随着新兴媒介的出现，艺术生产高速进行。另一方面，现代化的艺术生产在满足人的艺术消费的多层次需求上已经表现得力不从心。

（一）艺术生产高速发展的形成

艺术生产和物质生产的高速发展都离不开现代媒介的推波助澜，有着

"第四次工业革命"之称的"数字时代"对艺术生产来说可谓是一场变革。在"数字时代"的今天，媒体的重要性已经不言而喻，它对艺术带来的影响也毋庸置疑。不容否认的是，"观念变革与工具变革对艺术创新的影响，是通过媒体发挥的；艺术创作的经验与社会生活的变化趋势，也是通过媒体来汇聚的"。[①]实际上，历次媒介技术的革命和进步，都给艺术生产带来很大的影响和作用，口头艺术、印刷艺术、电子艺术莫不如此。

总的来说，在艺术的产业化进程中，媒体始终发挥着不可或缺的作用。一方面，它保有艺术特质的同时扩大了艺术产品的消费市场。艺术产品的生产者和营销者借助互联网、移动终端等数字平台，向广大消费者广泛传递信息，从不同角度触及消费敏感点，刺激他们的消费欲望，从而开拓艺术市场。以往一部电影的上映、一场话剧的公演依靠的是人们的口口相传，利用良好的口碑带动后续的消费。而微博、微信等新媒体的出现则打破了这种模式，从筹演、选角、拍摄，到公映、宣传，每一环节都有消费者的广泛参与，无形间就已经在艺术生产中拓展了消费群体。另一方面，它加强了艺术生产者与艺术消费者之间的良性互动，为下一轮的艺术生产提供了宝贵的反馈信息。对艺术消费的考察是艺术生产论的一个重要方面，本雅明在《作为生产者的作者》一文中明确提出了应该将消费者转化为生产者、将读者或观众作为艺术生产的合作者的思想，认为"读者随时准备成为写作者，也就是描述者或是创造范例的写作者"。[②]陪伴"90后"一代成长的魔幻冒险文学《哈利·波特》就是消费与生产完美结合的典型例证。作者罗琳并不是职业作家，一开始发表小说也只是兴趣使然。小说的第一部一经出版，就因为奇幻的题材而迅速引起广泛的关注和热烈的讨论。读者对小说内容的评论在一定程度上影响了罗琳的创作，从而使得后续作品更像是作者与读者互动的产物。这样一种特殊的艺术生产现象

① 李四达：《数字媒体艺术概论》，清华大学出版社2006年版，第4页。

② 瓦尔特·本雅明：《作为生产者的作者》，王炳钧译，河南大学出版社2014年版，第12页。

直接导致了世界范围内的“哈利·波特”热，创造了出版史上的神话。在这一过程中，现代媒体加强了放送者与接受者之间的良性互动，同时也对艺术生产中的时代问题和读者要求做出了自己独特的回应。

（二）艺术消费多重目标的实现

媒介的参与虽然使得艺术生产有了跨时代的进步，然而其弊端也是十分明显的，一个比较突出的问题就是艺术的同质化倾向正在逐渐加剧。马尔库塞在其著作中假设推演过这类现象，“文化中心成了商业中心”，“上层文化逐渐变得低俗”。[①]产业化的艺术生产、规范式的媒介传播下，我们过着相差无几的生活，消费着大致相似的产品。虽然经济上的贫富差距依然普遍存在，但是越来越多的普通上班族都能开上汽车，博士生和中学毕业生都在看《奔跑吧兄弟》这样的电视节目。实用价值目标越来越广泛地在日常生活中得到实现，大家的娱乐方式变得相差无几，生活模式趋向于同类化。一旦这种现象成为社会常态，绝大部分人会维护现存的消费需求方式，而不是去反思更不用说去突破现有的模式。身处这样的“单向度”社会中，人们的思想逐渐趋向庸俗化，审美也趋于单向化，贫乏的精神生活与优渥的物质生活形成了极大反差。

以“艺术产业化”为特征的大众文化的确在一定程度上满足了人们日益增长的精神需求，高速发展的生产特性推动着艺术消费过程中实用价值的实现。但是艺术生产和消费的本质在于提升人的精神层次，而非仅仅满足需求。艺术作品的消费过程，应该更多地体现在其文化价值的实现，即艺术品格的彰显，从而把握多重目标中的主要目标。所谓的文化价值，即包括审美价值、精神价值这类感性体验，也包括历史价值、象征价值这类理性体验。审美价值实现艺术的美感特质，提升品位修养；精神价值实现人与人之间的交流共感，传递着人文关怀；历史价值引领人们思考，建构

① 马尔库塞：《单向度的人：发达工业社会意识形态研究》，刘继译，译文出版社2006年版，第17页。

对话平台；象征价值体现内涵的传递，延续了美感共性。反思当下的艺术生产，我们所做的还远远不够。

三、多维展开方式：兼顾审美创造与艺术产业的价值

结合当下艺术生产的发展现状，需要在不损害艺术品格的前提下，适当开发艺术产品的商业价值。在对其进行商业化改造的同时，又能清醒地把握艺术的意识形态品格，才是我们应该努力的方向。

（一）正视艺术的商品性质

从马克思主义艺术生产理论观点来看，面对艺术创作所带来的各种问题有必要正视艺术作品的本质，即艺术的表现价值。马克思认为，当前艺术生产从业者的活动已经从纯粹的精神性劳动转变成“直接同资本交换”[①]的生产性劳动。当下的艺术生产方式逐渐趋向于马克思所说的具有商品特性的表现。“商品化的逻辑已经影响到人们的思维”[②]，在进行艺术生产的同时密切关注市场定位和商品价值，已经成为当下各种生产活动的不约而同的取向。从功利意义上说，这种做法有利于艺术生产的利益最大化；从超越层面上看，有可能最大限度地发挥艺术的自身价值。

艺术生产者逐渐意识到，正视和运用艺术的本质，作品的审美意蕴将得到有效提升，同时以消费者的形式接受进行推广，作品的商品性质将得到极大展现。如此一来，更多的艺术形式将走向新生。如白先勇改编的青春版《牡丹亭》在国内外成功演出并在青年人中引发了“昆曲热”的文化现象。其取得的巨大成就有完整的可复制性，它在坚持古典文学含蓄写意

① 季水河：《论马克思艺术生产论的现实价值与当代艺术生产》，《中国人民大学学报》2015年第2期。

② 詹姆逊：《后现代主义与文化理论》，唐小兵译，陕西师范大学出版社1987年版，第162页。

的审美品格的同时，继承了百年昆曲兰韵幽香的审美意蕴。此外，青春版将现代人的审美需求与传统戏曲的样式恰当调和，加入西方现代舞台表演技术，立足现实不废传统，真正做到了在春天里观望春天，在春天里赞美春天。而反观我国其他民间艺术形式，如年画、微雕、皮影、口技等，由于缺少对其商品性的发掘，又忽视了俗文化的艺术魅力之所在，所以至今面临着发展突破之困局。正视艺术的商品性质是发展艺术产业的关键步骤，重视审美创造则是发展艺术产业的不竭动力。

文化与商业的和谐相处并不是悖论，艺术产业的兴盛是与人们的艺术欣赏要求相一致的。商业文明在其中所起到的作用是普及大众对文化的理解，为文化产业和艺术生产的飞速发展打下了坚实的根基。进一步说，艺术生产的层次受艺术需求影响和制约，而市场所提供的是满足需求的契机。低品质的艺术需求或许可以被市场机制推波助澜，但高水平的艺术需求决不会因为采用了市场模式就被忽略。市场和商品的直接现实性有助于艺术生产从业者准确把握当下的文化导向，当一个层次的需求实现盈余之后，更高层次的文化形式就会进来补充。只要正确把握艺术生产的商品性质和艺术活动的市场导向，终会实现艺术生产者、消费者和艺术成果的多向共赢。

（二）牢记商品的艺术性质

与此同时，不可忽略的是市场的繁荣常常会给人带来浮躁的心态。对于艺术这一市场经济下“幼苗”以及作为“幼苗工业”的艺术产业来讲，过度趋向于价值导向，不免会带来揠苗助长的负面影响。有的人沉迷于商品形态，有的人则将其作为跳台。当艺术或为宣传手段，或为消遣方式的时候，我们不免要感慨这是艺术技巧普及和世界面貌改良的必然结果。在这样一个时代，敏感的人的本能是重建“艺术”。杜尚以签上名字的“小便池”作为艺术品进行展览，通过复制品拒绝了复制，利用艺术品来解构艺术。可以想象，如果没有艺术家性格化的创作理念和消费者个性化的艺术演绎，便池决无摇身成为艺术品的机会。在技术的进步传媒的发展影响之下，纵使艺术的常态是被物化为商品，始终有人在为艺术生产的艺术性在做着不懈努力。1969年，瑞士举办了一次观念艺术展，其展出标语写道："今日美术的主要特征，不是造型，也非空间构成，而是人。艺术家的行为成为主题和内涵。"艺术产品是艺术家思想和行为的载体，因而当其价值被曲解的时候，艺术家有义务利用特殊的生产方式把艺术精神在观众的心灵中突显出来。正因如此，商品化工业化时代的艺术特性尤为被重视。

一方面，艺术性质体现在艺术作品的自我表达上。艺术生产在工业化的进程中，可以量身定制，大规模生产，艺术不再是马克思所强调的"自由的精神生产"，而是被赋予了商业化的价值功能。不久前上映的电影《百鸟朝凤》，提醒我们重新思考艺术形式的商品性存在和艺术性存在问题，即文艺活动的大众化与私人性的关系问题。唢呐为了得以流传最终与现代电子乐合鸣，家班为了继续生存不得不改组。"师承""品格""绝学""规矩"，这些词汇除了能用来描述这一行当之外，同时也是检验这种艺术生产能否延续的标准。就像片中焦师父所说："唢呐不是吹给别人听的，是吹给自己听的。"这是"自我"作为自由的精神性存在的根本立足点。艺术生产在广泛地面向消费者之外，更要关注生产者的自我实现。当毕加索被问到"什么是艺术"时，他的回答是"什么不是艺术呢"。王尔德也说过"艺术不应该尝试流行，但是公众得学会让自己变得艺术化"。艺术是绝对的自我表达，艺术生产就是为这种表达提供展示的渠道。诚然，富有商品性的艺术生产活动的确掩盖了艺术的自我化表达，但它最终的目的是要展示艺术本身。如此一来，才能使得隐藏在艺术背后的艺术家始终保持独立的艺术品格。

另一方面，精神性价值也是艺术特性的重要体现。不管何种艺术生产，只有找到自己立足的根本，发挥精神领域的特殊功用，才有可能拒绝复刻，突破商品模式的牢笼。阿多诺曾以戏剧家贝克特的《等待戈多》《中局》等一系列荒诞剧为范本，分析意义的缺失并不是这些戏剧中的荒诞性所在，其荒诞价值在于把意义放在历史背景下上揭示其虚无性，置于人生舞台上表达其无稽性，从而实现对非常态化社会的深刻批判。因此会产生这种“无意义可以成为审美内容和决定性的审美形式”[①]。艺术生产的批判性既可以以夸张的手法大胆直露地来表现，也可以利用隐性的方式去传达。“90后”雕塑者蒋晟致力于修复古老的佛像，在将艺术品商品化的同时分享对于佛像的记忆。与一般的雕塑工匠不同，艺术家的身份使得蒋晟尤为关注作品的传播价值，他编写的书册《流浪的神明》详细地介绍了一座座佛像的来源和去处，提醒人们觉察千百年来神明在流浪的同时，寄托在这些神像里的价值观也在一直徘徊流浪。艺术家以作品的传播来寓指人的信仰危机，真正发挥了艺术本应具有的反抗和批判功能。

综上所述，具有前瞻性的马克思主义艺术生产理论，在当今的文化和商业大背景下依然能发挥到高屋建瓴的指导作用。在实际运用中，依然要结合我国当下艺术发展的现代性新变以及多维的展开方式。在正确的艺术批评理论的导向下，创造出更多既能满足群众的精神需求，又能保持艺术独立品格的佳作是我们的不懈追求。

① 阿多诺：《美学理论》，王柯平译，四川人民出版社1998年版，第477页。

艺术生产的特性

——从哲学、审美、政治的维度

◇马冰彦

摘　要：艺术生产论在19世纪被马克思系统地提出进而引起一系列学者对其进行研究。从其源头——人类的生存发展需要谈起，艺术生产是作为精神生产活动与宗教、国家有别的特殊存在，具有独特意义。它在经济意义之外，尤其是在哲学、审美和政治这三个维度中具有十分重要的特性。

关键词：艺术生产；精神延展性；审美接受性；政治倾向性；哲学；意识形态

一、艺术生产论概述

艺术生产论作为马克思主义文论的一个重要组成内容，在本质上是尊重时代语境并迎合生产需要而产生并发展的，它首先出现在《1844年经济学哲学手稿》中，把艺术和宗教、家庭、国家等因素放在同一层面谈论，总结其均为实践生产的一种特殊方式。[①]用图表[②]可以表示如下：

① 马克思、恩格斯：《马克思恩格斯全集》（第42卷），中共中央马克思恩格斯列宁斯大林著作编译局译，人民出版社1979年版，第121—127页。

② 李益荪：《马克思“艺术生产”理论研究》，巴蜀书社2010年版，第16页。

生存&发展需要 ⟷ 实践生产 { 物质生产活动 / 人口生产活动 / 精神生产活动 }

从生存和发展这两样最基本的需求出发，人们将实践与生产作为实现基本需求的行为方式，其中最值得一提的是“劳动”，恩格斯指出，手的使用和语言、思维的产生，都是在生产劳动过程中形成和发展的。[①]也就是说，正是由于劳动，人才得以从动物界中分化出来，拥有了属于自己的思维活动与审美诉求，进而人们能够将生产实践活动更精细地划分为物质生产活动、人口生产活动和精神生产活动，分别去迎合人的生存要求、生理要求和审美要求。因而，劳动创造了人本身，让人拥有与动物相区别的独一无二的意识活动，这一看法的提出让马克思对“艺术生产”这一理论的渊源产生了更深刻的思索的敲门砖，将“艺术”提升到实践生产的精神生产活动范畴当中来。

二、艺术生产在哲学上的特性——精神延展性

从哲学角度来说，艺术生产的特殊方式是超越了之前亚里士多德所提出的实体主义的“本体论”思想并且将其横向延展开去：一方面，作为一种能够独立存在的一切属性的基础和万物本原的东西，是一个能够被人们所感受、触摸到的客观实在，能够由其推导出与此客体本质相联系或引申出的其他客观实在，具有鲜明的现实意义，可以用“反对阐释”的理论来解释，不同于“智力的报复”，将形式滞留在理性的背后从而使其客体的本质陷入黑暗的影子当中[②]，而是散发出一种“诗性的智慧”[③]；另一方面，

① 恩格斯：《劳动在从猿到人转变中的作用》，中共中央马克思恩格斯列宁斯大林著作编译局译，人民出版社2012年版，第220—226页。

② 苏珊·桑塔格：《反对阐释》，程巍译，上海译文出版社2003年版，第3—17页。

③ 维柯：《新科学》，朱光潜译，商务印书馆1997年版，第152—182页。

它更是一种超越实体本身的不断生成和发展的运动过程。哲学的基本矛盾揭露一切物质都是运动着的物质，在看到艺术生产成品的本质之外必须尝试梳理清楚产生过程中是如何将意义灌注到形式中来，并且这个灌注过程又是如何不断变化发展着的。所以将生产论与反映论相比，它所涵盖的范围更为宽泛[①]，除了人的艺术思维领域，更囊括了艺术生产方式、过程以及艺术产品的价值与特性等，是将马克思主义的政治经济学中的上层建筑和经济基础统筹起来看待，是在哲学上的对艺术源头上的一种具有仪式感的回归，探寻它的本质精神及与之相关事物的本质特征。

柏拉图在灵魂说中指出人本身具有理性、激情和欲望[②]，反映出人在本质上是一个具有欲望的动物，它既符合精神上的契合，又反映直觉上的体悟，但这个欲望性作为人类文明上存在的特殊形式，它是否超出了它的实体——人的肉体本身，并且仅使人在精神上得到满足在学术界有着众多争议。文艺复兴时期的新柏拉图主义者费奇诺为代表，他发展了柏拉图在关于厄洛斯理念上的看法[③]，并推崇爱是由善引起的精神上的无限的幸福的宁静感，是让心灵获得升华的妙方，是需要排斥肉欲而存在的纯心灵沟通；但另一部分研究学者如弗洛伊德，认为被普遍认同的"柏拉图式的爱情"定义上存在误区，也就是说费奇诺所说的理论有失偏颇。根据柏拉图在《会饮篇》依据苏格拉底所讲述的描绘，他指出爱的形成与深入呈现出一个阶梯状攀升的过程，它的最高点是由爱来形成对于美的观看，但爱的阶梯的上升一定是从对特定个人的身体的爱开始的，没有对具体的美的身体的爱，往后的不断上升的诸阶段是不可能的。所以柏拉图或柏拉图笔下的苏格拉底并没有忽视肉体，即欲望基于肉体但又不仅仅止于肉体，它是一个超脱、解放的过程，是在肉体的欲望的基础上延伸开去，想要获得更多关于美与善的认知，即在精神和心灵

① 陈定家：《艺术生产论的发展及当代意义》，《中国社会科学院研究生院学报》2001年第3期。

② 柏拉图：《理想国》，郭斌和译，商务印书馆1986年版，第140页。

③ 赵敦华：《西方哲学简史》，北京大学出版社2012年版，第94—98页。

上获得爱的真正体验，这也就是《理想国》中所想要追求得到的东西。

由此推导到艺术生产，艺术生产是否超出了它的实体——艺术产品本身，并且有且仅有它的实用意义，如经济、政治效益等。通观对艺术的定义，就拿它在中国的发展来说，在《后汉书·伏湛传》有言："永和元年，诏无忌与议郎黄景校定中书五经、诸子百家、蓺术。"李贤注："蓺谓书、数、射、御，术谓医、方、卜、筮。"[①]这些都是具象的事物，是一个技能或物质本身，正是通过这些"艺术"能够使个人本身获得长足的发展，因而这些"艺术"的标准是否到位，要求是否严苛，内容是否准确等是必须得到重视的，它关注的是"艺术"本身。直到清代的吴敏树在《与筱岑论文派书》提到"文章艺术之有流派，此风气大略之云尔，其间实不必皆相师效。"[②]他对"艺术"理解为通过塑造形象以反映社会生活而比现实更有典型性的一种社会意识形态，如文学、绘画、雕塑、音乐、舞蹈、戏剧、电影、曲艺、建筑等。艺术本身的定义自具象发展为抽象，从一个具体的实物转换为一种抽象的思想意识，是可以不必有确切的标准的，但须抓住其气与神，即目前所说的精神与审美需求，可以说是突破了它本身对于实体的局限，将关注点更多地放在了艺术所包含的精神特质上来，也就是艺术生产的理念发生变更，它具备了一个所谓的精神延展性，并不只是一味地生产出需要的物质产品和划定所需的质量要求，而是要突破其中的壁垒，将精神上的诉求灌注于物质上去，比如爱欲或者更高的对智慧的欲望，以及真善美的体悟。参照贺来提出的"本源性"理论，这些艺术生产的产品依旧是由现实社会中被集体认知的最基本的东西发展而来，但它同时又关注了其中的不断发展的过程和方法所蕴含着的形而上的内涵与意义。

---

① 范晔撰，李贤注：《后汉书·伏湛传》，中华书局2000年版，第597页。

② 吴敏树：《与筱岑论文派书》，《吴南屏文选》，北新书局1937年版，第25页。

三、艺术生产在美学上的特性——审美接受性

从美学角度来看，这个特殊方式具有审美反映和审美创造的特性。艺术创作是艺术家对现实生活的加工、改造和审美创造，是对过去或现有存在的事物的客观反映，无论是《文心雕龙》中强调的“郁陶说”还是华兹华斯的“沉思说”、托尔斯泰的“再度体验说”，按照马克思对这些说法的批判继承，都离不开艺术创作者本身的劳动实践——客观的实际生产过程和主观的精神思想过程，进而诞生的艺术生产品，包括舆论和客观实在，都在艺术的加工后展现着创作者的强烈主观情感因素，是精神内容的客观显现，是美的实体化。因而，艺术生产无论是在生产过程还是生产结果上都一览无余地展现出艺术家丰盈的精神世界和社会真实的客观现象。某种程度上可以说，马克思主义是在结合思想、宗教信仰、道德观念等主观精神层次的生产物和相关衍生品，在其对社会造成的实际影响的基础上，吸收前人经验和理论，如莱辛的艺术欣赏观点，海德格尔的“存在的历史性决定了理解的历史性”[①]等，开始重视起艺术作为一种特殊的精神生产形式对于社会生产的重要性，同时也将艺术的诞生过程和艺术生产这一形式看作是一种特殊的生产上的美，作为接受者，我们需要尝试去接受、欣赏、分析其中的美。因而，艺术生产应当是一种十分自觉的人类审美行为活动，但同时也必须承认的是，它也是社会性的资本主义产物，是迎合人们逐渐增长的精神性需求而创造出来的供市场流通能够产生经济效益的过程。

马克思指出“当艺术生产一旦作为艺术生产出现，它们就再不能以那种在世界史上划时代的、古典的形式创造出来”[②]，他自己也举例，史诗就

① 马丁·海德格尔：《存在与时间》，陈嘉映译，生活·读书·新知三联书店2006年版，第19页。

② 马克思、恩格斯：《〈政治经济学批判〉导言》，《马克思恩格斯选集》（第2卷），人民出版社1995年版，第30页。

是一个很好的典型，只有在那个文字、教育还未普及，人们心智还没完全开化，生产力十分落后，生产关系是自给自足的时候，史诗才能被创造，比如西方的《荷马史诗》，东方的《格萨尔王》，那时候人类对于艺术的认知比较浅显甚至可以说是鄙陋，对审美缺乏系统认知，那时的艺术生产的目的是为了满足社会上人们的需求——娱乐与教育，因而那时候的艺术生产不是完全意义上的自觉的人类审美行为，也不是真正意义上的生产方式——量化和系统化，它是在适当条件下有意识地形成的反映当时社会意识形态的非条件反射行为的产物，它是独一无二的，是具备划时代意义的。

而当艺术生产成为艺术生产后，一种新式的符合社会生产状况的艺术生产形式便诞生了——并不同于古典时期，它并不再具备像史诗那样的特殊的古典的划时代的意义——属于生产力的革新，而是更多地聚焦于反映人类审美意识，是一种人类审美行为艺术，并且也倾向于现实意义。不过，值得一提的是真正具备审美接受性的艺术产品还是基于原始艺术形态的，如戏剧、剪纸、皮影戏等，为获取经济利益而大规模制作的艺术产品并不是属于名副其实的艺术生产。

就拿戏剧和电影的关联来举例。安徽的地方戏曾经比较有名的就多达11种之多，例如青阳腔、岳西高腔、黄梅戏等，这些戏曲的产生主要是基于人们的需求——表达自己内心情感与反映现实生活，这是在当时当地的环境下才能产生的需求，现在人们的精神生活日益丰富，地方戏曲的传唱面临着一种后续无人的窘况，老一辈会唱的人已经不多，年轻一辈人又不愿意学习和继承，纷纷外出打工。最近上映的热门电影《百鸟朝凤》就面向大众描述了面临着相似情形的传统文化艺术凋零现状，电影人试图在当今现代化快速发展的时代让人们的审美诉求和价值观念转向对传统文化的审视，而不仅仅停留在现世较为肤浅的对外观的新颖独特和内容的现代化高科技的欣赏。这是针对生产力十分发达，高科技产品日新月异的今天所特有的艺术生产方式，也只有通过电影形式才能既满足供应商——制片人的利益要求，也符合制作人——导演的审美诉求，同时也契合拥有人——

观影者的审美心理和接受条件，从而更好地引起人们对艺术审美的思考并推动社会主体意识形态向美的转变。这是一个漫长的过程，需要现时代的艺术生产与原始艺术生产出发点产生部分重叠——追求传统与写实，是一种审美意识的回归与传承。因而可以说，艺术生产是一个回环往复并不断累积上升的过程，它是需要考虑大众的审美接受性，并将其审美要求和各个时代的主体意识形态相承接并融合，使艺术在量的积累下得到质的飞跃。

当今社会，艺术越来越多地是在社会上被量化生产的批量化成品，它一方面是为着记载与传承，更多的是作为一种具备价值属性的商品在市场被用来交换的资本化的流通品。若将艺术通过电子产品来记载，它自身的留存效果会更好，传播范围会更广，甚至可以通过这生产将原本有地域局限性的精神产品发展成世界性的，因为此时世界市场已经形成，作为商品的艺术产品可以在世界范围内更迅速地流通，由此看世界文学的发展，我们也不难得出其在政治经济学理论上的缘由——世界市场的形成，艺术生产的规模化。

四、艺术生产在政治上的特性——政治倾向性

从政治角度来看，这个特殊生产方式与政治息息相关，它是艺术创作者政治倾向的间接反映，可以用弗洛伊德的“潜意识”理论来解释，艺术生产的前提是生产者本身对事物的观察与体验，在这个观感过程中生产者将自身态度、倾向附加在生产过程中，是一种无意识的状态，几乎可以说是一种非条件反射活动，是人的诉求的需要和本能的冲动，因此引起产品形态和质料的改变是对人本能意识倾向的变相印证。其中，结合马克思所处的政治经济大变革时期的社会条件，从狭义的角度来看，一方面，艺术产品是出自于经济的需要，它是在资本主义生产时期“直接同资本交换”[①]

① 马克思，恩格斯：《马克思恩格斯全集》（第26卷），人民文学出版社1995年版，第469页。

的生产性劳动，因而可以说艺术生产是一种为报酬而进行创作的行为，艺术品是一种具有价值的商品，此时艺术创作成为一种雇佣劳动，与金钱、地位、权势构成了一张广大的经济网脉络，很好地诠释了作为艺术生产的“生产”在政治经济学中为商品交换而进行的概念；另一方面，它与政治的需要密不可分，经济与政治是社会生产的两大支柱，作为经济基础的生产力决定作为上层建筑的政治——一种特殊的意识形态，同时，政治反作用于经济。本雅明在《机械复制时代的艺术作品》中在承认艺术需要被量化生产的同时，强调技术尤其是政治倾向对于艺术生产的重要性不可忽视，政治趋向在艺术生产中需要得到正确的表现。

新中国成立以后，中国文学步入了一个“十七年文学”阶段。在这个阶段中，文学被高度组织化，表现出鲜明的统一化和一元化状态[①]。文学与政治紧密联系，文学为无产阶级服务，为政治服务是当时的文学主流。这段时期，一系列的歌颂革命、呼吁革命的作品纷纷诞生，例如八大样板戏、三红一创等等。

丁玲是由小资产阶级写作倾向转向无产阶级革命文学创作的典型代表之一，她在30年代初期就完成了转型[②]。在30年代之前，她的关注点更多地集中在女性的觉醒和解放上，发表了以《莎菲女士的日记》为代表的一系列作品，评论家指出若是丁玲仍旧按照这个道路走下去，有可能是第二个张爱玲[③]，是“心灵上负着时代苦闷的创伤的青年女性的叛逆的绝叫者”[④]，但在这之后她坚定了她的无产阶级立场，突破了原本描写知识女性的苦闷和自由的觉醒的局限，开始将社会革命斗争作为她的文艺创作素材，力图表现共产党人的革命活动。尤其在延安文艺座谈会后，遵循党中央提出的“文学为无产阶级服务”的口号，丁玲更加坚定地沿着文艺为工

① 朱栋霖主编：《中国现当代文学史》（下编），高等教育出版社2000年版，第2页。

② 罗守让：《丁玲在新文学史上的意义和地位》，《文艺理论与批评》1990年第1期。

③ 李春雷：《李春雷谈丁玲：延安生活使她的文学创作发生了质变——兼谈文艺家深入生活，扎根人民之必要性》，《人民日报》2014年11月28日“文化原创”版。

④ 茅盾：《女作家丁玲》，《文艺月报》，第1卷第2期，1933年7月15日。

农兵服务的方向深入生活。她多次来到农村，参加1946年到1948年的华北土改运动[①]，在农民群众中积累生活经验和写作素材，最终以极大的政治热情成功创作了反映农村土地改革运动的长篇小说《太阳照在桑干河上》。这部小说成为“十七年文学”的重要代表作之一，也反映丁玲在40年代后尤其是1949年之后文学创作上的政治化目的与倾向，全身心地将自己置身于为工农兵和无产阶级革命服务当中。

正如本雅明在《作为生产者的作家》中所阐述的那样，革命的知识分子若是坚定了无产阶级政治倾向，他会完全背叛他原先所在阶级，并且他越是为了他所要求的无产阶级理想贡献他的所有，置身于“生产者”的角色，进入社会生产关系结构当中，他的艺术生产成果就越是彻底，越能够说明艺术生产的“生产”要求。

总而言之，马克思主义艺术生产论的提出是进一步完成了一次在人类思想史上真正的、彻底意义的“人学转向”，将艺术生产纳入到作为人的基本生存活动方式之一——精神生产活动中来，是对人的“全面解放”“自由发展”的进一步阐释，是在生产力得到跳跃式发展的工业革命时代基于艺术生产量化创造经济效益基础上提出的对物质的本质精神广泛化、审美诉求精英化及政治倾向鲜明化要求。

① 罗守让:《丁玲在新文学史上的意义和地位》,《文艺理论与批评》1990年第1期。

物化·异化·人的突围

——关于大众文化时代艺术生产的思考

◇籍　祥

摘　要：马克思对艺术生产理论的建设已经做出了开创性的贡献，大众文化时代的艺术生产则体现出了新的特点——“物化”与“异化”的双向趋动。作为现代传媒艺术的主流，影视生产与图书传播呈现了脱离正常发展轨道的趋向，为此，需要从生产主体与生产外部环境两方面进行完善，并最终实现人的全面发展。

关键词：艺术生产；物化；异化；文化体系建设

一、“艺术生产”理论述评

艺术生产理论的提出距今已有一百多年了，它被认为是19世纪最具理论穿透力和现实针对性的理论创见。那么，不妨让我们回到这一理论的提出者——马克思那里，去看看这一理论的产生过程吧。在马克思实现从唯心史观到唯物史观的转变后，他敏锐地认识到人的本质是实践的，人在实践中不但完成了“外在自然”的人化，也在实践中完成了“内在自然”的人化，但是，人之所以为人，也正在于人类在劳动实践中获得了意识，具备了站在外部思考自身的能力，认识到人不能仅仅像其他动物一样满足于口腹之欲，而应该具有区别于其他生物的属性。随着历史的发展，人类在探索世界奥秘的过程中发现了真，在伦理认同的基础上确立了善，由于人的本质力量的对象化，人类懂得了什么是美的事物和如何审美。人类历史的发展和个体生命的百年历程，都表现出了一种追求自由，实现人的全面发展的要求。接着，马克思又发现无论是奴隶社会、封建社会，还是资本主义社会，人的自由自觉都被不同程度地“异化”了。在这些社会阶段，人的主体性得不到发挥，在异化的劳动条件下，人的本质反而降低为动物的本质，从而劳动降低为谋生的手段。以马克思为代表的共产党人希望以革命的方式完成社会制度的变革，以代表先进生产力的无产阶级代替资产阶级，求得生产力的大发展，最终使人在共产主义的社会中不再受异化劳动的支配。

法兰克福学派在新的历史条件下丰富和发展了艺术生产理论，这与现代主义艺术在欧美的风行是分不开的。20世纪资本主义矛盾的膨胀，尤其是第一次世界大战的爆发让启蒙运动以来人们所持有的理论失效了，人类变得迷茫，找不到未来的出路。现代主义艺术在表现荒诞的背后是一副严肃、悲伤、绝望的面孔，卡夫卡的《变形记》是这样，艾略特的《荒原》是这样，海明威的《老人与海》也是这样。现代主义虽然拒绝了传统，但是依然在期望这个世界的改变。

本雅明就是在这样的历史背景下开始自己的艺术政治研究的，在其《发达资本主义时代的抒情诗人》一文中，他表现了对艺术的深刻思考：“人在机械时代消磨了情感和对他人的依赖，成为街头没有个性，幽灵般游走的大众。”[①]古典的美被现代的美所取代。在现代艺术的一阵阵惊叹中，人们不断地追求新的奇异的美，又在一次次破旧立新中不断接受“转瞬即逝”的美，成为了不会思考，随波逐流的大众。此文虽然没有明确表述，但是与马克思《1844经济学哲学手稿》以及卢卡契《历史与阶级意识》中所体现的资本主义物化现象不谋而合，或者说前者为后两者提供了实例。

① 赵宪章编：《20世纪美学文艺学名著精义》，北京大学出版社2008年版，第381页。

另外在《机械复制时代的艺术作品》中，本雅明分析了传播技术对于重塑文艺生产理论的作用，同时，也清晰地认识到统治阶级对传媒技术以及广播电视的控制，会造成毁灭性的后果。

通过对艺术生产理论的分析，我们可以看到，无论是马克思，还是卢卡契、本雅明，他们都是在新的历史条件下提出了对艺术和艺术生产的新看法，完成了“作家—作品—读者”观点向“生产者—产品—消费者”观点的转向，表达了对于资本主义进入高级阶段后艺术丧失独立品格的隐忧。

二、异化与物化的双向驱动

如果我们以语义为切入点对“异化”和“物化”进行分析，就会惊奇地发现这两者就像一对亲密无间的孪生兄弟。“异化”使生产方式、社会运作、思想体系发生扭曲、变形，从而使人类摆脱了原先充满生机、活灵活现的存在状态。生活在社会中的现实的人不可能免于污染，本来对美好生活充满希望，怀抱梦想的个人就会逐渐丧失其操守，降低其底线。这样一来，人们很快就会丧失对形而上哲学、终极价值、社会理想的兴趣，转而追逐物质享受、私欲的满足，这就是物化状态。但是这种状态与“异化”现象并不会维持在某个水平，而是呈现出一种交替恶化的趋势，“异化”的出现导致“物化”的蔓延，而“物化”的加剧则会进一步增加“异化”的程度。

我们知道，中国在近代一百多年中是处在现代化进程中的。19世纪之前，中国幅员辽阔，物产丰富，在特殊的地理环境中完全可以自给自足，从而产生了以四海为夷狄，以中国为天朝上国的自满情绪。可是在欧美各国相继完成工业革命，纷纷进入资本主义快速发展时期，中国一次次被迫打开国门，不得不签订一份份丧权辱国的不平等条约时，中国人才开始真正地放眼世界。中国逐渐发现与西方的坚船利炮相比，中国的器物方面不如西方；在对西方民主政治制度的考察中，中国发觉自己的政治制度也缺乏民主；在进入20世纪，一大批接受过西方现代文化教育的知识分子在比较东西方文化差异之后还是对中国的传统文化表现出一种坚定的决裂态度。一时间各种西方的“主义”涌入中国，中国顿时成为了各种政治思想、文化艺术的角力场，当一种“主义”被认为是不合时宜的时候，另一种“主义”的讨论就会进入人们的视野。中国就在这样的环境中开始探索自我的文艺道路。由于近代前期多年的屈辱经历，中国在真正面对西方文化之时总是显得底气不足，而这种底气不足又体现在——已经产生了诸多佳作的现代诗歌依然无法为自身的文学合理性找到确认。很快，新一轮的国家危难出现了，军阀混战、日寇侵华让中国暂时无力顾及文化艺术的建设。以左联为代表的政治文学团体开始清晰地表明：文学是有阶级性的，任何企图掩盖文学的阶级性的行为都代表了反动阶级的意志。新中国建立后，阶级斗争的愈演愈烈，文学几乎被意识形态覆盖。十七年间几乎没有佳作，间出的优秀作品还是民间文学的变体或“人道主义”的产物。随着改革开放以来资本主义制度的某些因素被吸收，中国的文学艺术创作也慢慢开始偏向市场，并逐渐融入全球化的洪流之中。在我们自觉或不自觉地进入世界之后，全面的生产和全面的消费纳入日常社会，生活在其中的我们不管愿不愿意，都必须被卷入到生产和消费中，我们的身份总是在文化消费者和文化生产者之间快速转化，以至于出现了要么是为了消费而拼命地生产，要么为缓解生产的疲惫而肆意地消费的局面。所以我们这个时代的人才这么“忙碌”，这么“焦虑”，以致社会上虚无的事，怪诞的事层出不穷。这难道是我们这个时代的宿命？

三、影视传媒与图书市场管窥

在我们这个时代，对于普通平民来说，最好的“艺术教师”，一定是电影电视了。随着大众传播媒介的发达，电脑与网络技术也飞入寻常百姓家，大众文化时代的人们很少进入剧院欣赏戏剧，亦很少进入博物馆和艺术馆去近距离接触穿越千年的艺术品。茶余饭后，一家人看看电视，上网购物娱乐已经成为大多数人消遣的选择。如果我们打开电视，仔细审视这些电视节目，就会惊奇地发现，类型的多样化背后却是艺术生命力的缺失与思想内涵的单薄。马克思在《政治经济学批判·导言》中说："艺术对象创造出懂得艺术和具有审美能力的大众，而庸俗低下的艺术作品只会腐蚀欣赏者的审美感受力。"[①]长此以往，当这种"艺术生产—艺术消费"的模式占据了主流，文学艺术还谈何发展？

同电视剧类似，电影也存在类似的困惑。近些年制作粗糙、剧情荒诞的一系列影片不断挑战观众的审美下限。冯小刚曾不无感慨地说："《一九四二》是反映中国人民苦难的电影，它肯定不是拍给奖项的，应该是拍给人民的电影，只是人民现在更需要娱乐。"这真可以说是莫大的讽刺！今年五月上映的《百鸟朝凤》是一部思考民族文化传承的文艺片，可是当费尽心血拍摄的影片排片率低，关注度不佳的消息传来，制片人竟然以下跪的方式来恳求全国观众的支持。所幸网络时代的传播力量使网民们开始关注这部影片，这才在一定程度上挽回了中国文艺影片仅有的一丝尊严。

通过对中国电视电影现状的分析，我们会注意到：随着带有商品性、通俗性、娱乐性的大众文化的日益流行，电影和电视作为"第七种艺术"所应具有的艺术性有被商业化的内容所淹没的趋势。

图书作为一种文化产品，具有商品属性，但是也不应该忽视其作为精神产品的属性。代表人类智慧结晶的书籍在被市场价值规律决定之后，创作者要么放弃写作，要么放下"身段"屈就读者，以致随着图书质量的下降，阅读者品味也会受到影响。近年来，当当、京东、亚马逊的网上专营店异常火爆，在向读者让渡部分利润的前提下，它们开始了对读者书架的"入侵"攻势，不时以捆绑发售和满减的方式向读者输送了大量非必要或者毫无价值的书。笔者本人就曾因为促销购买过一些不必要的书，看着食之

① 中国作家协会、中央编译局编：《马克思恩格斯列宁斯大林论文艺》，作家出版社2010年版，第173页。

无味，弃之可惜的“多余书”，只能做无可奈何状。此外，这些图书经销商善于通过图书排行榜来吸引读者购买，其中虽然不乏佳构，但是也少不了因为利益驱使而混入的混珠之作。

而我们现在的图书市场现状却是：商品属性被不断扩大，而精神属性则被压抑到边缘。单纯地追求销售量和作家排行榜不是尊重文化的表现，也不是一个富有责任的出版商的应有作为。

四、对策与展望

一切问题，归根到底都是人的问题。文艺作品的创作和欣赏本应是促使人获得美的享受，提高美的创造力，增强生活幸福感的自由自觉活动。在这个快节奏，高速度，道德滑坡、价值缺位的时代，我们应该重新构建自己的文化体系。如果我们转换一种思路，重新从连绵数千年的中国传统文化中吸取养分，或许格局将为之一变。中国自古以来重体验、重感悟的文化思维方式，在一定程度上增添了文艺作品的艺术性，在佛道两派汇入传统的儒家文化之后，人们在积极进取的同时也肯定了寻找心灵宁静、追求精神升华的必要性。在对待自然的态度方面，中国人自古以来也希望达到一种“仁者乐山、智者乐水”的和谐天地与齐物境界。在现世幸福得不到满足的时候，传统文化精神也鼓励养成旷达乐观的人生态度；天人合一以及阴阳观念也往往将人与宇宙万物的关系处理得非常和谐；在处理人与人关系的时候，也有诚信、友善、尊亲、爱幼等一系列伦理观念来稳固人与人之间的关系。在大众文化时代，人们普遍获得更丰富的人生的体验，自然应该自由地接受西方文化中的合理成分，但是为了提高个人以及国人的幸福感，则不得不从中国传统文化中汲取滋养。

以上，我们分析了如何促进“艺术生产”的内部条件，即人作为创作、欣赏、批评的主体，对如何增进文艺与社会生活，提升自身幸福感所应做出的努力。从另外一个角度看，当我们分析“文艺生产”的外部条件时候，就不由得产生各种困惑。由于我们无法超越现有的历史阶段，所以不得不回忆起艺术生产理论的提出者和继承者的教诲，并结合当下的现实情况，创造性地提出自己的主张。

第一，在商品社会中，虽然文艺的生产无法摆脱市场的支配，但是这并不意味着文艺作品创造者可以降低自己的审美标准。相反，还要不断提高个人素质，创造出优秀的，经得起时间磨砺和岁月淘洗的作品。

第二，党和政府应该建立相应的激励机制，增加资金投入，在保证文艺创作者个人积极性充分发挥的前提下，鼓励文艺工作者出精品，出力作。市场组织者也要加强行业自律，从行业长远发展着眼，不做过分贪图利益之事。

第三，改革文艺作品评价评选机制。在公办评选活动中不以职务高低、权利大小作为评选优秀作品的晴雨表，鼓励体制外的文艺创作者和民间爱好者参与，给予他们平等的机会和适当的物质支持；非公评选中，建议评价体系摆脱庸俗的商品价值一元论，积极促成评价体系的多元化。

毫无疑问，短时期内克服文艺生产的弊端是不可能的，但是我们应该将这种弊端降到最小，这需要各个生产环节，各个生产参与者的努力。艺术生产理论在文学批评和社会批判领域得到了充分表现，但是其在指导文艺生产的具体进行时却略显苍白。我们是否可以如此展望，如果文艺生产理论的后一种作用被充分论证和运用了，我国以及全世界的文艺生产又会是怎样的面貌？

总而言之，当下的中国处在快速发展却又存在矛盾问题的时期，中国的文艺生产在各种乱象和暂时的徘徊之后，必然有新的发展。

浅谈艺术生产

◇马慧丽

摘　要：艺术生产理论是马克思主义文论中的一个重要理论命题，它将精神审美与物质实践有机统一，从人类的劳动实践和社会生产劳动中去考察认知艺术，并将艺术纳入社会实践的范畴，不仅更新了文艺研究的理论视角，还拓展了艺术的物质内涵。马克思主义的艺术生产理论能指范围较广，并且随着时代的发展、社会的变迁不断增添新的内涵。通过对艺术的起源、性质、特点的揭示，对艺术生产与物质生产之间不平衡关系的阐释，对艺术体系的运作规律的说明，在阐释这一理论的特征的同时，更为后来的文艺创作、文艺生产及文艺消费提供了理论指导与规范。

关键词：艺术生产；劳动实践；物质性与非功利性

艺术生产是一种创造审美对象的精神生产，不仅具有物质性、精神性还具有审美性。具体而言，“艺术生产……作为一种生产，它是一种感性的、客观的、有目的的、对象化的实践；作为一种精神生产，它是再现与表现的统一，是一种社会意识形式，具有能动反映性和一定的意识形态性；作为一种特殊的精神生产，它以创造审美对象、满足人们的审美需要作为自己特有的目的”[①]。由此可见，艺术生产这一概念的能指范畴还是较

① 钟呈祥，张晶主编：《艺术概览》，中国传媒大学出版社2012年版，第271页。

为丰富的。通过深入研究艺术生产理论的意涵，不仅有助于我们从整体上把握马克思主义文论体系，还对我们当下的文艺创作、文学发展具有重要的指导作用。

一、艺术生产之内涵

从艺术生产理论创始人马克思的观点看来，艺术生产这一概念是不断发展的，具有多种内涵。一方面，艺术生产源于社会实践，脱化于文学活动。文学活动作为人类活动，一旦进入现代资本运行的社会，就成为一种艺术生产活动。因此，随着时代的发展，马克思把文学活动理解为“艺术生产”活动。这是马克思在考察资本主义经济的发展后，主要从经济学的观点来看待文学艺术活动的结果。另一方面，艺术生产具有三种意义内涵：其一，把作为精神生产的艺术生产与满足人们自然属性需要的物质生产相比较，但并不专指某一特定历史时期的生产性劳动；其二，艺术生产是指作家、艺术家实际的艺术创作过程，是“一定社会形态下自由的精神生产”[①]；其三，专指在资本主义生产时期，一切艺术生产的目的是为资本创造价值，一切艺术品都具有商品的属性。前两点是艺术生产的广义概念而言的；后一点是就其狭义概念而言的，具有时代特殊性。由此可见，马克思主义的艺术生产理论不仅表明艺术生产作为一种生产，理应与物质生产一样受生产规律制约，还揭示了资本主义社会中艺术生产所具有的特定属性。在认识了艺术生产理论基本内涵的基础上，下面来具体阐释我对于这一理论的理解。

---

① 马克思、恩格斯：《马克思恩格斯全集》第26卷，中共中央马克思恩格斯列宁斯大林著作编译局译，人民出版社1972年版，第296页。

二、艺术生产之理解

马克思主义的艺术生产理论不仅揭示了艺术的起源、性质和特点，还阐明了两种生产即艺术生产和物质生产之间的不平衡关系并且揭示了艺术体系运作的规律。下面将就艺术生产这三方面的理论意义，结合具体实例，来具体阐发我对艺术生产这一概念的理解。

第一，艺术生产理论揭示了艺术的起源、性质和特点。首先，从艺术的起源来看，艺术生产本身就是在经历了一个漫长的历史过程之后才从物质生产中分化出来的。人类最初的艺术作品常常同他们所从事的生产劳动实践有着直接的联系，这些艺术作品或是劳动工具如精致的石器、骨器等，又或是用来作为装饰品的兽皮、兽牙、羽毛等劳动成果。随着生产力的发展和人类社会的进步，人类的基本生存需要得到满足，有了更多的意识与能力进行审美活动，于是艺术生产才逐渐从人们的物质生产中独立出来，这些劳动产品也逐渐从满足人的物质需要转变为满足人的精神需求。虽然艺术的起源可能是多种多样的，但归根究底，艺术生产是以劳动为前提的，它的起源离不开人类的社会实践活动。在马克思主义创始人看来，劳动为艺术生产创造了主体条件、客体条件以及艺术本体。艺术生产的主体条件主要是指劳动使得人体机能不断完善、社会关系逐步发展与形成，从而为艺术生产提供了可能，这是艺术生产的首要前提；客体条件主要是指劳动使得人们在对自然的劳动对象化中形成自我意识，从而促进审美意识的发展，这是艺术生产的关键；艺术本体是指劳动及劳动产品在具有实践与实用性的同时，还有艺术审美的特性，这为艺术生产提供了自觉的审美追求。第一方面很好理解，比如，在猿向人的进化过程中，首要问题是通过觅食满足基本的生存需求，这个时候没有纯粹的艺术。随着人的劳动技能的不断完善与社会群体关系的不断发展，人类开始自制获取猎物的工具，开始群居生活，开始学会用树叶、兽皮遮掩身体，开始佩戴兽骨、兽牙等串成的项链作为装饰等，对美的追求使得人的审美意识在不经意中形成和发展。关于艺术本体问题，马克思在《1844年经济学哲学手稿》中提出人的生产总是“按照美的规律来塑造物体”，我觉得这种观点没有明确这种生产特征产生的时间，所以容易混淆一个原则性问题，即生产活动与规律认识孰先孰后。诚然，马克思主义是唯物性的，但此观点却不禁使人有以上疑问。其次，从艺术生产的性质和特点来看，艺术生产理论说明了作为审美主客体关系的最高形式的艺术美包含着两个方面的内容：一方面，艺术是对客观社会生活的反映；另一方面，艺术凝聚着作家和艺术家主观的审美理想、愿望和情感。也就是说，艺术美既包括客观的因素，又有主观的成分，主客观两方面通过作家、艺术家的创作活动互相融合、彼此渗透，物化成为具有艺术形象的艺术作品。所以说，艺术的审美价值必然是主客体的有机统一。这很容易理解，就作家创作文学作品来说，如果一个作家没有任何生活经验，那他很难写出深刻的作品；同时作家的情感也只有经历生活的磨炼，才能更具思想性、深刻性。没有劳动实践作为基础的情感，无论多丰沛，都不能增强作品的真实性与生动性，只会使作品显得矫饰、做作、缺少张力，好的文学作品必然是将客观的生活与主观的个体情感融为一体的。艺术生产的突出特点是把创作主体强烈的主观因素渗透到整个艺术创作过程，并融汇到艺术作品之中。只有当艺术家调动他强烈而丰富的想象来从事创作时，才能创造出有血有肉、生动感人的艺术形象，当然这是以参与劳动实践为前提的。从这种意义上说，艺术必然是心与物的结合、主观与客观的统一、再现与表现的融合。以丁玲的文学创作为例来进行说明。丁玲早期的作品主要延续了五四落潮期“个性解放”幻灭的思绪，强调关注知识女性的命运，表现现代女性独特的人生感受，甚至大胆表达了对于传统的蔑视与反叛。《莎菲女士的日记》是她这一时期的代表作，小说塑造的莎菲女士追求独立平等的爱情婚姻生活，有着鲜明的自我意识，敢于反抗传统，是一个新女性的形象。丁玲创作中的女性意识在其杂文《三八节有感》受到政治批判后开始消解，尽管她的作品中早已有明显的政治革命倾向，但此前的她基本还算是个个性化鲜明的作家。为了响应革命区的政治号召，丁玲逐渐向无性化、男性化创作转变，后来创作《太阳照在桑干河上》标志着她作品中的女性意识和独特艺术个性的彻底丧失，取而代之的是苍白扁平的人物、空洞说教的内容、僵化平庸的情节、浓厚的政治色彩。后期的平庸化与前期的个性化形成鲜明的对比，而造成这种转变的原因并不是她缺少主观情感，主要在于她缺乏革命生活的经验与认识、缺少革命群众的生活体验、盲目地在想象的基础上进行创作，即进行从观念出发的理想化创作。这也给我们当下的文学创作提供了一个启示：应当深入生活，在体验真实的生活中积淀情感，从而进行文学创作，而不能脱离具体的劳动实践，仅凭想象来虚构作品的生活背景。

第二，艺术生产理论阐明了艺术生产与物质生产之间的不平衡关系。艺术作为一种特殊的社会意识形态，它的发展不能脱离一定时代的物质生产条件。一定时代的艺术发展，从根本的原因上说总是在一定的经济基础上形成的。但艺术生产作为一种特殊的精神生产，又具有其相对的独立性，这种相对独立性主要体现在艺术的发展与物质生产力发展状况的不同步中。就如马克思所说的艺术“它的一定的繁盛时期绝不是同社会的一般发展成比例的”[①]，这也就是说，生产力的发达与艺术生产的萧条或生产力的落后与艺术生产的繁荣对应出现，呈现一定的反差。19世纪的俄国就是一个典型的例子：经济上萧条落后，政治上腐朽封闭，但在文学艺术上不仅出现了一批杰出的文学艺术家如普希金、果戈里、托尔斯泰等，还产生了诸如别林斯基、车尔尼雪夫斯基等著名的思想家、文艺评论家，使得当时俄国的文学处于欧洲文学艺术发展的领先地位。按照经济基础与上层建筑的关系规律来看，发达的生产力产生的应是文学艺术的繁荣，此处却相反，这正体现了文学艺术并不是消极被动地适应和反映经济基础，而有自己发展的内在规律。此外，艺术生产的相对独立性不仅表现在其与物质生

① 马克思、恩格斯：《马克思恩格斯全集》第2卷，中共中央马克思恩格斯列宁斯大林著作编译局译，人民出版社1972年版，第112页。

产的不同步性，还表现在其不依附于物质生产的功利性目标，而是具有自己独立的品格追求。这主要是从艺术生产的广义概念来理解的。物质生产劳动以满足人们的物质生活需要为目的，而作为精神生产的艺术生产则不直接生产物质性的可交换价值，因为艺术生产劳动只生产非物质的价值。也就是说，艺术生产的目的不是生产能满足人们自然属性需要的物品，而是生产非物质产品诸如思想、观点和情感等，即依附于一定的物质载体或物质承担体之上的精神财富。这里强调的是艺术生产的审美性与纯粹性。艺术生产属于生产的范畴，马克思的原意是说艺术生产可以正当地以商品的形式进入流通领域。但是将属于意识领域的“艺术”与属于物质范畴的“生产”结合起来，虽说艺术生产的对象是艺术，但生产却成了艺术价值的表现，而且将艺术生产投入物质市场必然不能排除市场对它的影响。在一定程度上，艺术生产就是物质生产。值得注意的是，马克思主义的艺术生产理论并没有排除艺术生产在资本主义社会中的特殊性质，甚至在一定程度上肯定了艺术生产的商品属性。所以，一边强调艺术生产的审美性、纯粹性，一边将其与物质生产、市场流通相联系，我觉得这是该理论存在悖谬的地方。诚然，马克思主义创始人把艺术生产的审美性作为首要的，把其商品物质属性作为特殊时代背景下次要的。回到艺术生产与物质生产的相互区别上来。就拿网络色情文学来说，这一类文学创作只是为了满足部分观众低俗的精神需要，是对人的健康文明思想的腐蚀；再加上它的最终目的是为了获得利益报酬，而不是为了给人们的阅读活动提供思想性的材料，所以只能算是物质生产的范畴。从这个意义上说，并不是所有的艺术创作都是艺术生产，只有那些排除功利性目标、表现深刻的思想、反映社会现实的作品才属于艺术生产的范畴。“作家当然必须挣钱才能生活，写作，但是他决不应该为了挣钱而生活，写作”，“在必要时作家可以为了作品的生存而牺牲个人的生存”①，这对于当下商业社会中利益驱动下的艺术

① 马克思、恩格斯：《马克思恩格斯全集》第1卷，中共中央马克思恩格斯列宁斯大林著作编译局译，人民出版社1972年版，第87页。

生产具有振聋发聩的作用。

第三，艺术生产理论揭示了艺术体系运作的规律。艺术生产理论把艺术创作、艺术作品、艺术欣赏这三个相互联系的环节作为一个完整的系统来研究。艺术创作可以说是艺术的“生产阶段”，它是创作主体对创作客体能动反映的过程，是艺术生产的前提。艺术作品可以看作是艺术生产的“产品”，是艺术生产的对象。艺术欣赏则可以看作是艺术的“消费阶段”，它是欣赏主体（读者、观众、听众）和欣赏客体（艺术）之间相互作用并得到艺术享受的过程，是艺术生产的目的。也就是说，作家立足于自己的社会实践，通过创作表达自己对于某种社会现象或社会问题的情感、看法与思考；然后作家的创作经过现代传媒手段变成真正的“作品”以书籍的形式进入市场，读者通过阅读作品领会作者寄寓其中的情感、观点与思考，并与作者产生某种程度的共鸣。这是整个过程的理想顺序。艺术生产的根本价值虽在于其审美性，但一旦进入市场流通后，它的价值就体现在能否被消费者所欣赏。从这个意义上说，艺术生产是艺术欣赏的对象，艺术欣赏是艺术生产价值的实现。马克思认为艺术生产与消费具有直接的同一性，生产就是消费，消费就是生产。这主要是指饱含作家才能与心血的精神创造以物质载体为依托物化之后进入市场，读者通过对艺术作品的欣赏，从中吸收对自己有益的成分，从而获得精神上的某种满足。作者对艺术的物化和读者对艺术作品的欣赏发挥了关键性的作用。如果作家的创作不能被市场肯定和接受，那这部作品就算不上“成功”，但它依然是艺术，只是没有实现“看得见”的市场价值。这会刺激艺术家去反思自己的创作，进一步提升创作水平。如果一部作品在市场中广受好评，也会在一定程度上促进艺术家的进一步创作。这样看来，对于整个艺术系统来说，艺术生产理论揭示出艺术品与欣赏者、对象与客体、生产与消费之间相互依存、相互转化的辩证关系。在艺术生产的全过程中，生产作为起点，对消费具有支配作用；消费作为需要，又直接制约着生产。艺术作品被创作出来，就是为了供人们阅读和欣赏；如果没人欣赏，它就算不上真正的作品，只是潜在的作品。但作家或艺术家又不能一味地从满足消费需要的角度进行创作，而应以反映自己对于社会现实的表现与思考为立足点，这对于当今商品经济社会中的文学创作具有重要的监督促进作用。艺术生产适应欣赏者的消费需要进行艺术创作，艺术欣赏又成为促进艺术生产的动力，推动着艺术生产的发展。在将三者辩证看待的同时，务必还要考虑艺术生产自身的独立性。

三、小　结

艺术生产理论是马克思主义文论体系中重要的一环，在马克思主义中国化的过程中，我们应将它与我国的社会实际特别是文艺发展现实结合起来，用发展的眼光来辩证地看待它，不断为其增添新的、符合我国当下发展实际的内容，使其更好地为我国文艺事业的发展服务。

浅谈我对艺术生产的理解

◇侯文娟

摘　要：首先，艺术生产作为人类生产的一种，它和物质生产具有同质性；其次，艺术生产作为人类生产中的特殊存在，它创造的目标和成果是以创造审美价值为依归的。

关键词：艺术生产；人类生产；审美价值

如果对“艺术生产”这个概念作一个简单的分解阐释，即为“艺术的生产”。很显然这种分解是过于浅易的理解，但里面已经包括了“艺术生产”这个概念的两点重要属性。首先，艺术生产作为人类生产的一种，它和物质生产具有同质性；其次，艺术生产作为人类生产中的特殊存在，它创造的目标和成果是以审美价值的实现——艺术品为依归的。下面我就以所学的马克思文论的相关理论知识为基础，联系社会现实，具体阐释我对“艺术生产”的理解。

“宗教、家庭、国家、法、道德、科学、艺术等等，都不过是生产的一些特殊方式”①，艺术生产归根结底来说是人类生产的一种，它和物质生产

① 马克思、恩格斯：《马克思恩格斯全集》（第42卷），人民出版社1961年版，第121页。

之间必然存在着紧密且不可分的关系。经济是社会存在和发展的基础，自然也是艺术生产存在和发展的基础，艺术生产过程中每一个环节的实现都必然依赖于经济投入。以商业电影为例，从筹备到开拍到宣传直至上映，投资方在电影拍摄过程中看似存在感很低，但正如资金的使用渗透进电影的每一个细节，投资方也在摄像机的后面把控甚至决定着电影的发展走向。而且经济的发展促进科技的发展，而在科技的发展足够成熟的时候，电影、电视艺术才被发明出来，然后一路蓬勃发展，成为艺术领域中十分重要的一个门类。从另一角度来说，在人类历史的发展中，经济的繁荣时常会伴随着艺术的繁荣，中国唐代的经济异常繁荣，文化高度发展，从而形成了空前绝后的盛唐气象。在这个时代，经济对艺术的繁荣很显然起到了一定的推动作用。一方面，盛唐经济的发展以及和谐的社会环境，使得上至皇宗贵胄，下至布衣百姓，以及其中的士族文人，都免于困顿流离，且整体呈现出一种昂扬的精神状态，而这种精神面貌体现在艺术领域，不管是文学方面的诗文赋，还是舞蹈、音乐，都以一种积极健康、恣肆大气的形式展示时代面貌。另一方面，对外贸易的开展，外来文化的传入和渗透，形成了唐人兼收并包的雍容气度以及健康活泼的审美趣味。具体来说，唐朝的诸类艺术有着浓郁的异域风情，其最显著的表现是在音乐和舞蹈领域，贵族宴乐中胡旋舞和由印度的《婆罗门曲》改编成的《霓裳羽衣曲》广为流传，民间则形成了“城头山鸡鸣角角，洛阳家家学胡乐”的风气，胡乐胡声也常常入诗入文。因此，总结以上论述，可说经济是艺术生产和发展的基础。

在物质生产的过程中，除了经济作为艺术生产的基础外，劳动也为艺术生产创造了必要的条件，人是不可能不依靠劳动去创造产品的，即使精神生产作为一种特殊的生产方式也不例外。自古以来的艺术家们都格外地推崇灵感，中国的文论家常将灵感描述为一种“虚静”的状态，“寂然凝虑，思接千载；悄焉动容，视通万里”，与中国文论家强调内心的寂然，外在的悄然不同，西方文论家在描述灵感时强调的则是一种迷狂的状态，德莫克里克曾说，“没有一种心灵的火焰，没有一种疯狂式的灵感，就不能成为伟大的诗人”，虽然中西方对灵感的解读并不统一，但二者还是有着某些不谋而合的契合点，即都强调灵感的突发性和亢奋性。而作家的成功，很多都归功于他们善于抓住瞬时的灵感去创作最富灵气的作品，《兰亭集序》即为一篇灵感迸发，喷薄而出之作，它飞扬的文采和超前的思想注定了它不朽的文学价值；音乐领域也是如此，音乐家要善于抓住头脑中偶发的片段并将其连珠成串才能创作出优美的乐章。但如果这些灵感没有经过作家、音乐家以手记之，以口述之，那么再伟大、奇妙的灵感也不过是脑海中几个运转得较快的细胞，归根到底也不过是空想。伟大的音乐家贝多芬在其创作后期几乎失聪，但他仍不断地进行创作。他的创作不是空想，而是用手弹，用耳听，当他的耳朵失聪，已不能进行听觉劳动时，他把木棍叼在嘴里，把另一端放到钢琴上，通过骨传导听到钢琴的声音，这是他的其他感官在进行劳动。其他的艺术，如绘画，要经过画家的手在画板上的描绘才能成为画作；再如雕刻，要经过雕刻家一刀一刀地精雕细琢才能成为雕塑品。在电脑还未被发明的年代里，作家在纸上写下的一笔一画都是劳动。“四库全书”整理完成之后，被分置在七个藏书馆里，一句一读都是手抄，这无疑是一个巨大的劳动量，因此，可说艺术生产的过程本身就是一个劳动的过程，劳动的主体往往也就是艺术生产的主体。

艺术起源于人类的自身生产。首先，人类通过劳动达到对“自己生命的生产”，而有很多艺术则直接起源于人类的劳动生产。以民歌为例，我们的祖先最初是在劳作、祭祀、狩猎等劳动过程中开始歌唱；再如青铜器等手工艺品最初的出现则是用作盛酒的杯子，或烹煮的器皿。其次，艺术起源于人的自身生产还表现在对“他人生命的生产”，当这种形式进入艺术领域，具体表现为原始艺术中对生殖或暗或明的崇拜。《诗经》作为中国最早的诗歌总集，虽然已经脱离远古时期艺术的简单与直白，但其中仍保留着一些生殖崇拜的意味，最为典型的就是《诗经》中出现的众多意象。如“鱼”“莲”“桑”等具有生殖暗示的意象，还有祈求多子的“绵瓜”“麻雀”“蛙”“蘼芜”等意象。这里或是对生殖器的暗示，或是对多子多福、绵延子嗣的渴望，用一种原始的比喻象征的手法来替代直白的描写，从中可见生殖崇拜对文化发展的作用。

以上所说的都是物质生产及物质生产方式对艺术生产的基础作用，但其实生产力和生产关系的理论也同样适应于艺术生产之中。艺术属上层建筑一类，而生产则属经济基础一类，因此，艺术一旦进入社会，且被社会承认和接受，就一定会带有经济基础的性质。文学作品、绘画、音乐、建筑等艺术门类中被创作出的艺术品可以用金钱进行交换，也可以按照非物质价值的多少进行评估，这两种评价标准之间往往差异巨大，因此不可同一而论。同样的《红楼梦》，若一个是当代印刷本，一个是清代残本，它们的价值或是按照作品本身的研究价值来评估，或是按照作品的历史价值来进行评定，而不会简单地按照作品本身的艺术性或完整性去估价，在书籍的领域里，有价值的残本比完整的精装本更贵，这是看似奇怪实则十分正常的现象。因此在艺术生产的领域，即使是纯粹的文学作品，一旦进入市场领域，都可以用价格来衡量其价值。而这些代表价格的数字表达出的艺术品的价值，只能代表买卖双方对其某一方面价值的认识，或是物质价值，或是收藏价值，或是文学价值。

马克思在论述艺术生产关系的规律时指出，同一种劳动，可以是生产劳动，也可以是非生产劳动，这一论述可以用以解释文学的创作和市场的关系。同样的笔尖创作，不同的创作目的会催生出差异巨大的作品。作家路遥创作小说《人生》和《平凡的世界》，完全是从心出发，他始终以深深纠缠的故乡情结去感受陕北大地的生死浮沉，他的创作不求利益，而始终是将写作看作是他审视自我，观照历史的一种方式，因而他至死也没有摆脱贫困的厄运。这样的一种创作是非生产劳动，而非生产劳动创作出的作品才会是永恒的、艺术的。而生产劳动，是显然与非生产劳动不同的一类。这一类劳动者，或是杂志、报社中的编辑一类，或是进行资料的整理、编写的职业写手，这一类劳动者都是为获得一定的酬劳才进行的编写或文字整理。在中国现代的文学市场中，还存在一批为赚钱而进行创作的文学写手们，他们传播的内容往往包含一些消极、庸俗的价值观，为博眼球而进行创作，这类劳动则属于生产劳动，他们创作出的作品则可以被定义为非艺术的商业消费品。

以上所说的是物质生产之于艺术生产的重要作用，但艺术生产作为一种特殊的人类生产形式，根本上还是一种以创造审美价值为依归的精神生产活动，艺术生产始终要以创造审美价值而非功利价值为动机。在文学创作领域，文学的创作不能沦为服务市场的工具，而应始终以作家的创作渴望为中心，不能为了创作而创作。伟大的作家创作出的作品永远是掷地有声的，他们的作品中或呐喊或叹息，永远是为国为家、为民为己，从内心深处喷发出来的真实情感。而暴力、色情、炫富等一些消极的价值观在如今一些作品中大行其道，其目的不过是为了迎合一些有着低级趣味的读者的爱好，从而获得更广阔的市场和更高的点击率。阳春白雪和下里巴人都是文学需要去反映的，大众文化和精英文学都是艺术的重要内容，但没有哪一类文学艺术是仅仅通过迎合大众的低级趣味获得成功的。因而可说，文学作品之所以为文学作品，而不仅仅是写在纸张上的文字，就在于其中反映出的审美价值和文学意义。在电影领域，文艺片和商业片则完全显示出不同的境遇。电影公司、导演都热衷于拍摄一些商业大片来赚钱，而他们对文艺片的态度则是十分不乐观，在中国的电影市场，文艺片几乎都被贴上了赔钱的标签，与此同时，观众对文艺片也有着一种自动忽略的态度。这种现状下的中国影坛，一些真正有艺术品位和审美价值的文艺片只能被淹没在商业大片的浪潮下。商业大片的火热，在近几年中国电影市场表现得十分突出，仅2016年第一季度全国电影市场总产出票房就高达144.93亿，中国现已成为仅次于北美的世界第二大电影市场。相比之下文艺片市场的冷遇则让人十分痛心，近期一部反映中国传统文化消亡的电影《百鸟朝凤》受到了很大的关注，关注的焦点并非作品本身，而是一位“志愿宣传”此片的制片人下跪求影院加大《百鸟朝凤》的排片量。此番下跪，电影的排片量和关注度果然提高了不少，但下跪之后，不免引人深思，中国文艺片的没落要靠下跪来挽救吗？网民是健忘的，人们的同情和叹息也只是一时的，接下来的许许多多部文艺片的命运或许还是一如既往地被淹没。文艺片最后的活路竟然是靠商业片的套路来讨个饭碗，不知道这是中国电影的悲哀，还是中国观众的悲哀。商业片的火热与文艺片的冷遇也能反映出当下中国人"娱乐至死"的浮躁心境，任何或悲伤或沉重的感情都能以一种戏谑的方式来演绎，而对于那些真正沉重到将心里的火焰彻底压下的情感，却往往受到忽视。"来电影院看电影就是图个乐子"，这是大部分观影人的想法，与此同时，文艺片就注定成为电影人关于理想的孤注一掷的冒险。艺术生产不能完全顺从于物质生产的功利性目标，应永远保持自己自由独立的品格追求。文艺片的发展道路注定是坎坷的，但作为电影艺术中，最具艺术性和审美性的一类，其存在是必然的。

艺术生产作为一种特殊的人类生产，它在生产与消费关系间有自己独特的属性。当一部作品无人问津时，这种状态会刺激作者去完善自身，从而进行更好的创作。当勃朗特三姐妹将她们各自的作品寄给出版商，而只有夏洛蒂·勃朗特的《教师》被退回后，受到打击的夏洛蒂决心另写一部作品来证明自己的才华不比两个妹妹差，这部小说就是后来声名大噪的小说《简·爱》。所以，作家会根据自己作品受欢迎的程度来完善自己的写作。由此也可见，市场对作品的接受情况在一定程度上也可引导作家的创作。

正如艺术生产是人类生产的特殊一种，艺术品就不会是普通商品，而是一种特殊商品。它的使用价值和交换价值经常是不一致的，也就是说，艺术品上所挂的价格标签是一种世俗化的价格界定，艺术品的价格和艺术品本身的使用价值也就是它的审美价值之间确实是不一致的。"在物质丰裕的社会，商品的使用价值不再是人们占有物品的重要原动力，而拥有商品所包蕴的符号价值和意义系统则是人们购买此商品的主要动机”[①]，因而它的价格甚至会随着人们欣赏趣味的变化和时代的发展产生巨大的波动。比如，宋代汝窑瓷以素净典雅，色泽纯正闻名，具有极高的审美价值，但同样的一件瓷器，其在宋朝和当代的价格自是不可同日而语的；再如，画家凡·高生前穷困潦倒，只卖出一幅画作（《红色的葡萄园》），而死后他的画作每一幅都价值连城。由此可见，艺术品的审美价值和它的交换价值并不具有统一性。

以上就是我对马克思艺术生产理论的理解，综合来说，艺术生产的物质性和功利性是艺术生产得以存在的基础，但艺术性和审美性的追求又是艺术生产之所以为艺术生产的条件。艺术品的生产的过程中，艺术性的呈现永远是第一位的。

① 杨建刚：《消费时代的艺术生产》，陕西师范大学2006年硕士学位论文。

作品到产品的桥梁

◇张宏艺

摘　要：文学研究有两个维度，其一是作者—作品—读者，其二是生产者—产品—消费者。根据作品和产品的属性，我们知道，凡产品一定是作品，但作品却不一定是产品，因为从作品到产品还需要经历一些环节。这一系列的环节就是艺术生产。在马克思的艺术生产理论中，针对艺术生产和艺术消费的辩证关系，已作出具体的分析和阐发。本文拟运用马克思艺术生产理论，结合当下影视行业发展的现状，做一些尝试性的探索。

关键词：艺术生产；桥梁；市场经济

早在《1844年经济学哲学手稿》一书中，马克思论述人是生产的动物时写道："宗教、家庭、国家、法、道德、科学、艺术等等，都不过是生产的一种特殊方式，并且受生产的普遍规律的支配。"[①]马克思从唯物主义者的视角出发，把技术看作是与物质生产不同的一种特殊形式的精神生产。

我们知道文学研究有两个维度，其一是作者-作品-读者，其二是生产者—产品—消费者。根据作品和产品的属性，凡产品一定是作品，但作品

① 马克思：《1844年经济学哲学手稿》，中共中央马克思恩格斯列宁斯大林著作编译局译，人民文学出版社1985年版，第78页。

却不一定是产品，因为从作品到产品还需要经历一些环节，这个环节就是作为桥梁的生产，即文学领域内的文学生产，艺术领域内的艺术生产。

一、艺术生产是从作品到产品的桥梁

第四代电影导演吴天明的遗作《百鸟朝凤》自今年5月6日上映以来，“享受”着高口碑和低排片量并存的尴尬局面。一方面该片获得了豆瓣（国内一知名影片评分网站）打出的8.4分的高分，一方面全国各大院线平均排片份额仅维持了百分之一。吴天明导演是新时期中国电影改革、创新的先行者和探路人，为了中国电影的崛起，做出了卓越的贡献，更提携了第五代导演中的张艺谋、陈凯歌、黄建平等人。他曾经为了中国电影以身相许，以命相拼。《百鸟朝凤》中老唢呐艺人对传统艺术顽强的坚守，仿佛就是他自身的写照。天明导演借《百鸟朝凤》的创作展现了对艺术一片深情，唱了一曲黄土地上两代唢呐艺人的挽歌。然而，影片的发行亦是一曲悲歌，一路坎坷。

在连日来媒体的热议中，我们不禁疑惑，高口碑、低排片量的原因是什么?

是文艺作品向文艺产品转型时所受到的阻力，是一部电影进入院线这一环节时遭遇的困难。这困难和阻力就是生产环节，具体说来便是艺术生产环节出了问题。根据马克思提出的艺术生产的狭义概念，“特指在资本主义生产时期，作家艺术及‘直接同资本交换的劳动’，艺术生产为资本创造价值，艺术品具有了商品的属性。”[①]也就是说，必须进入到资本运作中，作家艺术家的劳动才是艺术生产。

天明导演的《百鸟朝凤》上映前便拥有李安、贾樟柯、徐克、谢飞、于冬等一众业内知名人士的力荐。毋庸置疑，它是一部优秀的作品，具有

① 马克思、恩格斯：《马克思恩格斯全集》（第42卷），中共中央马克思恩格斯列宁斯大林著作编译局编译，人民出版社1995年版，第28页。

艺术观赏性。但在进入市场的环节上受阻，没有很好地完成从作品到产品的过渡令人扼腕。怪不得著名文艺片导演王小帅也曾大发“这是商业片最好的年代，也是严肃电影最坏的时代”的悲慨。

该片上映一周后，发行方劳雷影业总裁方励向各大院线下跪求排片一事，更引发热议。方励说：“这是我们自己的电影，这是我们中国的文化……人的一生要是只为钱活，那多单调？人的一生总要有一次骄傲，有一次任性吧？”方总的确够任性，这一跪跪掉了中国电影的尊严、跪没了中国电影人的骨气，但他说得有道理，至少讲明了该片缘何无法从优秀作品变为成功产品的原因，即从作品到产品的危机。这中间的桥梁艺术生产有了不小的裂痕。

艺术生产是区别于物质生产的精神生产的一种，作为一种人类生产，艺术生产同样以物质生产为前提和基础，经济是它的发展和动因。也就是说没有合理的经济作为动因，艺术生产这座桥梁就面临崩塌。但现今中国内地的艺术市场中，伴随着“互联网+”“金融+”“天使投资”“众筹”等概念变成热门词语，巨额的投资大量进入，艺术作品变成了金融产品，创作的主体也从艺术工作者变成了商人，导致艺术生产者和艺术生产资料占有者间的界限无法厘清。大量资金的涌入，无疑改变了原有的艺术生产方式，电视台、影视公司、互联网络以及金融行业都发生了相应的连锁反应，全行业的生态健康也在一定程度上遭到了破坏。大量文艺影片的地位无法得到保障便是明证。过分强调市场的指导地位，艺术生产必然畸态层出。

可见，扫清艺术生产中的畸态十分有必要。

二、搞好艺术生产在当下的重要意义

分析完文艺片《百鸟朝凤》艰难上映的事件，现在将目光转至电视剧行业上来。

针对国产电视剧产能过剩问题的讨论，近年来常见诸报端。

根据全国各类电视剧制作机构每年从国家广电部门申请的电视剧发行许可证的集数总量进行统计，2008年我国电视剧的年产量已经达到了17000集，每年有超过8000集的电视剧在各等级的电视台播出。固然有如此丰富的国产电视剧任君选择，我们的观众（消费者）还一边倒地认为国产电视剧乏善可陈。可见，每年虽有8000多集电视剧通过重重考验，经艺术生产环节从艺术作品转化为艺术产品，上了老百姓的“精神餐桌”，但老百姓们愿意为之埋单的“精神菜品”却不多。

原因显而易见，当今中国电视剧行业面对的是改革开放尤其是新世纪以来更加开放的市场竞争。这些弊病已经渗透到了生产、分配、交换、消费的各个环节中。电视剧投资方、制作方为避免自身遭到资本市场的残酷洗牌，艺术生产者就单一地以市场需求为指针进行生产。可想而知，如此下去，循环往复，出现能够经得起时代考验的精品剧作的可能性就大大降低。探寻更深层次的要义，此举对践行社会主义文化大发展大繁荣极为不利，对提升我国文化的软实力更是有害无益。即便在短时间内着实是带来了艺术生产的繁荣，也是短暂的获益，是饮鸩止渴的行为。

与此同时，作为艺术生产利益链中的底层，艺术产品的消费者、接受者，无疑受害最大。生长在趋利背景下的艺术产品往往不能满足他们的精神需求，他们对国产电影电视剧失望、沮丧，只好把兴趣转向好莱坞电影、韩国电视剧。

当下，做好艺术生产的工作，就是为了多生产经得起实践检验的好的电影电视剧作品，用来挽回观众的心；更深远的意义，在于合理发展文化产业，在意识形态方面掌握自主权，搞好艺术生产，并贯穿到“十三五”规划的全过程中去。

因此，如何做好艺术生产的工作，架好艺术作品与艺术产品间的桥梁，便是亟须深入思考的问题。

三、如何架好这座桥梁以飨人民大众

本雅明在《技术复制时代的艺术作品》中提到了技术复制这一艺术理论，他认为以照相术、电影为代表的技术复制下的艺术形式，使传统艺术的“灵韵”消失，代之以“震惊”。技术的革命性进展，之于艺术生产的变革影响深远。现今，面对资本大量进入艺术生产环节，市场愈益显示出的一元化指导局面，我们更应该思考：该如何架好作品和产品二者间的桥梁，向人民大众奉上经得起考验的精神大餐。

我有以下愚见：

首先，克服市场经济下，艺术生产的弊端。前述已然论证了资本市场中逐利心态的危险性。因此，需要有关部门准确、有效的指导，甚至要及时干预严重背离社会主义核心价值观的艺术生产行为，合理使用行政管理的相关手段。

其次，各艺术生产者、艺术资料占有者们要树立正确的艺术生产观。应当遵循艺术生产的规律，并且以创造审美价值为目标。近些年来，山东影视集团出品了《闯关东》《走西口》《温州一家人》《北平无战事》等或有历史关怀，或有深刻思考的优秀电视剧，在收获了应有的经济利益的同时，更得到了不同年龄段观众的好评。山东影视集团集团无疑作出了正面表率。

最后，我们的艺术消费者们，一要提高审美品位，不要沉湎于低俗；二要对国产艺术作品充满信心，关注并支持本民族的艺术产品。

架好了文艺作品和文艺产品间的桥梁，终究是为了祖国文化软实力的提高，是为了老百姓们精神生活的丰富。

文化发展中的艺术生产论

◇汪佩莹

摘　要：在物质文明飞速发展的今天，商业气息充斥着社会发展的各个方面，经济关系下的商品生产有着自身的规律，属于“精神产品”的艺术生产也不能免俗。传统文学的没落与网络通俗文学的兴起，本土文化的过度忽略与对外来文化的盲目崇拜，成为今日文化发展的突出现象，也是艺术生产遵循市场价值规律的体现，而立足于本国的社会现实，重视艺术的审美价值是促进文化进一步发展的重要方式。从基本文学发展现象出发，探究其原因，综合考虑艺术特殊性与价值规律，力求找寻文化发展的动机与方向，审视文化发展中的艺术生产，找到适合本国文化发展的正确之路。

关键词：艺术生产；审美价值；文化发展

前　言

任何一个社会的发展都离不开经济的发展。物质生产是经济发展的前提，有了物质生产、交换与消费，才构成了基本的经济关系，推动社会的进步；艺术立足于人的社会实践和社会生产劳动，通过艺术家的创作表现出其价值，与物质生产关系大同小异，广义的“艺术生产”就是作家、艺术家通过脑力劳动创造出精神作品[①]。

就马克思主义的“艺术生产论”观点来看，艺术生产是物质生产的一部分，只是其商品却是作为精神产品依附于一定的物质载体和物质承担体，它不单单具有商品的一般属性，还有其自身的特性。一般来说，物质生产以利益为唯一目的，其产品常常是交换其使用价值换取价值；艺术产品不仅仅是为了得到商品价值，艺术生产更重要的目的在于追求审美价值。艺术生产常常反映着文化发展状况，艺术产品代表着特定时期的文学状态，从文学与影视角度出发，看中国的艺术生产，了解时下的文化现象，推进艺术生产力的提升。

一、文学：传统文学的没落与网络通俗文学的兴起

中国的传统文学是世界文学上的一抹亮色，也是中国的文化瑰宝，传统文学的价值也是不可估量的，直至今天都很有影响力，但是不可否认的是这种影响力已经完全不能与前代相比了；文化巨匠也只是停留在那个遥远的时代。很多人忘了孔孟之思，忘了老庄之道；却为了《诛仙》挑灯夜战，为了《龙珠》彻夜不眠。传统文化成了一种符号，只停留在名字之上，很少有人看到它的价值；通俗文学让人着迷不已，受到更多人的追捧。

如今，中国进入商业社会，对于商品价值的追求已成为一种趋势，这表现在艺术生产上更是突出。艺术产品以商品的形式进入流通领域，商品的商业价值远远超出了它的审美价值。最鲜明的体现在于传统文学的进一步衰败以及通俗、网络文学的进一步兴起。文学的审美价值退居其次，商业经济发展下迎合大众趣味的快餐文化迅猛发展，不说创造出可以比肩传统文学的作品，连近代的一些文学作品也是难以超越的。进入21世纪以来，中国的文学发展没有找到一个明确的方向，也再难出现文化大家，文

① 江守义、丁云亮、何旺生主编：《马克思主义文论》，安徽大学出版社2010年版，第154页。

学创作整体也比不上前代。没有鲁迅，没有张爱玲，也没有钱锺书，连情感文字的描摹也远不如前人，中国的文学正在走向一个茫然未知的终点，而社会引导之下的文化生产也是竭尽全力去取悦大众，而不是利用文学的倾向性来引导社会的进一步发展。艺术生产出来的同样是商品，它是可以追求功利的，但是不能够仅仅只是追求功利，那些“快餐”文学可以欣赏，也可以吸收，但就长期发展而言，“正餐”却是必不可少的。过量的“快餐文化”极易造成文化的畸形发展。艺术生产所带来的产品是在文化消费中体现其使用价值，文化消费的审美价值体现在消化后被吸收的营养在思想上的深刻反映。

经济是整个人类社会存在和发展的基础，因而也是精神生产和艺术生产存在和发展的基础。文学应该是植根于社会的物质生活实践之中的。现代的社会商业气息过于浓厚，传统文学立于经济之上，它所基于的社会环境与今日全然不同，虽然对于今日社会依然有借鉴作用，但是它所依赖的载体已经失去了作用，这也是为什么传统文学在当今社会难以传播的原因，它具有审美价值，但是它的形式使很多人很难静下心来去欣赏，说得更通俗一点就是艺术生产的文学类型已不适合社会的发展，正如唐诗的繁荣期在唐朝，词的绚烂期在宋朝，直至今日它们同样还具有审美价值，但是其传播程度已经远远比不上当时的社会接受度，它们早已与现代社会产生隔阂，所以说艺术生产还是需要立足于时代之中的社会现实之上，采用时代与社会能够接受的艺术形式，传统文学的进一步没落就是忽略了这一点，只有采用更为喜闻乐见的形式，才会有更好的发展，如果不能很好地从这一方向找到解决办法，即使是国家大力提倡，传统文化的没落也只是时间问题。但是这种吸收并不是没有要求与原则的，社会所需要的文化生产不是哗众取宠，而应有所吸收，有所摒弃。不是迎合大众低级趣味，而是应当寻找一种更为通俗与简单的方式。大众文化发展下的网络通俗文学，切合了快速发展的社会状态，满足了人们日益浮躁的心理状况，利用全新的手段创造出截然不同的文学作品，是立足于时代与社会现实的产物。面对现代社会高速化的发展，表现在文学上，造成了文学的泛滥和无主题；过分注重商品市场价值，忽略文学本身的独立性与审美要求，其整体创作水平并不高。看似冲突的观点，但这其实是在抵制过度泛滥的低俗文化基础上依然学习其外在的表现形式与文化创造力，取其精华，弃其糟粕，否定之下的肯定必然有其存在的合理性。当然这需要作家能够自觉地认识艺术生产所强调的审美价值，在获取功利性目的的同时也能达到审美要求，这样的文学才能具有持久的生命力。传统文学欠缺了商品所应具备的市场价值，大众网络文学则是在审美价值上稍显不足。就像纯粹去读《周易》，根本就无法接受它的晦涩难懂，现代人很少有人愿意静下心来去认真研读，社会的快节奏使得这一类的书籍被束之高阁；相对郭敬明的《悲伤逆流成河》简单易懂，有故事有情节，更易引起兴趣，但是全然的悲苦情节，却毫无深意，看完了哭过了也就什么都不剩了，这类书只需要走马观花根本无法引发思考。实际情况证明在二者都有不足的情况下，后者明显比前者畅销。这又证明了追求大众口味的市场价值远比审美价值重要，这也导致了所述现象愈演愈重，形成一种恶性循环，中国文学目前还在这一怪圈中苦苦挣扎。若是将传统文学融入现代小说之中，中和二者，不失为一种办法。这只是一种假设，实际上强调的是在艺术生产过程中可兼顾其价值与审美价值，这样的文学作品才会有市场也会有文学价值。新的文化发展与传播需要将传统文化进行重新包装，采用更易传达的形式，更完美无缺地展现内在价值，在网络通俗文学中注入更多的思想内容以增加其审美价值，由此传统文化与通俗文学都能得到持久的生命力，不一味追求经济上的满足，也不会关在文学的“象牙塔”里，看不到社会人生，也不在意生存价值。能被绝大多数人接受又有其深刻的内涵，这种艺术产品并不少见，所谓名著，不过只是如此罢了。真正的文艺工作者会自然而然将二者捆绑在一起，没有人能够否定它们是相伴而生的，时间就是最好的证明。而中国文学的发展急需找到一条上升之路，不再屈居人下，带着崭新的面貌和价值走在文学的前沿。

二、影视：本土文化的过度忽视和外来文化的盲目崇拜

在现代社会，大众传媒对于生活的影响越来越大，而影视作品更是广泛融入生活之中，作为文艺生产的一种类型，其作为商品的价值更为明显，不同于物质生产，它的产品的总体价值隐藏在其消费过程之中，电视剧的收视率，电影的票房，影视被大众所承认的价值则更为直接明显，其追求产品市场价值的目的性也更明确。

提到美国的影视文化，第一个想到的就是好莱坞大片；提起日本，涌入脑海的是动漫；说到韩国和泰国，不约而同地会想起偶像剧。但是提到中国呢，谍战剧？战争片？家庭伦理剧？似乎什么都有，但是什么也拿不出来。相较于世界很多国家而言，中国的经济发展并不算落后，而整体的艺术生产力也并不算低，但是这些文化产品的最终价值却远远比不上世界上其他的国家，无论是作为商品的内在价值，还是作为艺术品的审美价值。很多的国家都有了自己的一个品牌，只要说起这一类型，就自然而然想到这个国家，而他们大多也有自己的发展目标，并且能保证在这一领域做到几乎无人能及，即使相像也会被认为是抄袭。就像在社会竞争中最大的筹码就是不可替代性一样，这些国家的艺术生产也具有不可替代性。艺术生产具有商品的一般属性，也遵守着商品交换的一般规律，不可替代性就预示市场占有率，代表了其本身的巨大价值，艺术生产的价值体现就在于独一无二且符合大众审美的价值。好莱坞大片为什么畅销，日本动漫为什么无人能及？这就是艺术生产的不可代替性和其内在的“使用价值”，作为特殊商品的艺术生产具备了不可替代性和审美价值，其商品价值就自然而然地显现了。这也意味着单纯追求商品价值就不是真正意义上的艺术生产了，其审美价值更应该是终极目标。中国的影视文学就是陷入了这样一个误区，追求其作为商品的价值，盲目跟风，毫无新意，忽略符合中国大众的审美要求，迄今为止，中国的影视作品很少走出国内，获得较大的影

响力。电视剧迎合大众口味，主题千篇一律；电影盲目跟风，毫无创意，或是毫无突破，在一个主题上反复纠结，没有故事，没有深度，画面也不够唯美，无怪乎囿于一隅。这与时下的文化发展状态有关，缺乏文化自信，因此缺乏创新意识，在艺术生产上随大流而不去认真思考，少数人虽有创新但是不得大众喜爱，这也是中国艺术生产中迫切需要考虑的问题。

从与其他国家的艺术生产对比来看，不难发现中国社会艺术生产力并不突出的原因在于盲目崇拜外来文化与过度忽略本土文化。真正的艺术生产一定根植于人的社会实践和人的社会生产劳动之中的，而这些作为人的活动，都会是在一定的社会形态之下，也就是说真正的艺术生产中的艺术是包含文学倾向和政治倾向的，简单来说，即是立足社会，反映社会并且带有符合大众的审美价值。中国走过了几千年的文化历程，文化积淀是很少有其他的国家能够相媲美的，但是这么厚重的文化积淀，却始终没有形成中国的文化体系；而作为一脉相承的炎黄子孙，中国本土文化与现实的契合度远远高于外来文化。影视生产将西方或是其他国家的艺术带到中国，被大量充斥的文化信息所包围，大众审美的趋同性完全暴露出来，就连艺术生产也在盲目跟风。对于韩剧的抄袭已经屡见不鲜，毫无创新性可言，商业价值不足还广背骂名；娱乐节目更让人无言以对。当时刻被其他国家的艺术生产所震惊时，却忽略了对于本国文化产业的关注，即使盲目跟风似乎也很少有人愿意立根于本土文化，扎根于社会现实和文化发展，学习先进的技术和理念，创造自己的文化体系，使中国的文化艺术生产也走向国际，增大影响力。

前段时间上映的中国动漫电影《大鱼海棠》，整体创意取自庄子《逍遥游》："北冥有鱼，其名为鲲，鲲之大，不知其几千里也。"未上映时，就让人有很大的期待，将浓厚的中国风搬上荧幕，历时十年的制作历程，很多人希望这会是中国动漫一个全新的转折点，但是褒贬不一的评价让人无奈。其中不少人就其画风展开了批判，认为其画风过多借鉴了日本宫崎骏的漫画，却不曾想到宫崎骏的画风其实来自中国，宫崎骏本人也承认他的画作受到中国文化的深刻影响。这让人想起前几年风行的一部由漫画改编的偶像剧《恶作剧之吻》，先后被中国，日本及泰国改编，大致情节相仿，其中泰版是最晚出的，然而泰国版《一吻定情》却是斩获粉丝无数，而国内更早的翻拍片却是得到一片骂声，这其中固然有对于情节处理上的差异，但是更多的却是反映了一种文化自信及不同国家艺术生产能力的不同。中国人过于苛责自己国家的文化，追求突破，却在不断发展的过程中谩骂声不断，对于外来文化却给予了更为宽容的态度；但是泰国显然更为自信地加入了本国的大量元素，有着浓厚的泰国风情，特色鲜明。近年来，在中国影视圈还有这样一个奇特的现象，中国本土投资拍摄的电视剧、电影总是会找韩国演员参演，似乎加上这些演员就能提升商品的价值，完全出于市场价值考量，但是去年一部《琅琊榜》已经很能说明问题了。这也说明了在艺术生产中，立足于本民族文化并不会只带来负面效应，一味追求表面的东西，是难以带来长久的经济效益的，与其追求演员的外在条件，不如做好内在质量的把关，以提升审美价值获得认同感。立足于本土文化之上的《琅琊榜》至少在近些年的电视剧中无可比肩，没有盲目崇拜外来文化却让它远销海外。

影视文学是现代社会颇为重要的艺术生产中的一部分，代表着国家的文化软实力，但是过度崇拜其他国家的文化，一味套用他们的发展模式是没有竞争力的，这需要践行鲁迅先生所说的“拿来主义”，学习精华，为我所用，以创造更为出众的价值。商品市场份额竞争中，既然不能做到极致，不如另辟蹊径。正如韩国也曾将电影关注焦点放在大片上，但是很难抢占市场份额，于是将目光放到了小成本电影上，利用情感的细腻描绘，拍摄出一些清新又感人的电影，没有大场面的叙述，只是人与人之间、生物之间的情感碰撞，轻易就能触到感动点，如今在这一类型电影上基本上没有国家能与韩国相比了。当然不得不承认，电影技术的不成熟也限制了这一产业的发展，向外探求，不如向内深挖。中国的文明从未断层，在这样的资源下完全可以打造出不被超越的文化，而要达成这个目标，首先需要立足现实，以本民族文化为内容，学习外来技术为形式，方能成就真正的中国影视文化。

结　语

中国需要文化自信。无论从作家文学或是影视文学方面来看，中国的艺术生产力水平都是很高的，但是真正兼顾了价值与审美价值的却少之又少，所以中国的艺术生产是需要被改变的，不能一味“抄袭”以迎合市场需求，当一个商品兼具了审美与商业价值，其作为艺术的真正价值是不会被埋藏的，其市场需求也会大大提高。所以只有具有了作为商品的“使用价值”，才能有商品的价值。立足于社会现实，从本土文化出发创造出符合大众审美的作品，有价值又能得到价值，中国的艺术生产做到这个地步，中国文化的发展前途将不可限量。

“大人者不失赤子之心”

——由《作为生产者的作家》谈谈我对艺术生产的理解

◇蒋泽宏

摘　要：“艺术生产”自马克思创造性地提出后，其丰富的内涵和强劲的生命力，不断得到后世的阐发，其中本雅明关于“艺术生产”理论的批判，具有鲜明特点，且对我国文艺创作与批评产生较重要的影响。

关键词：艺术生产；本雅明；艺术作品

“艺术”本属于美学研究范畴，“生产”是经济学领域的术语。自马克思首次明确将二者联系起来，提出“艺术生产”这一概念，进而在其著述中加以扩充和丰富，之后文艺理论家本雅明发表《作为生产者的作家》，不单首次将马克思的生产理论推广至文艺领域，还对我国的文学艺术创作产生重大影响，其文艺主张似与《在延安文艺座谈会上的讲话》在文艺标准及艺术家的创作倾向等论述有相似之处。

首先，艺术作品在生产关系中的地位是什么？马克思从生产和消费的基本关系入手，认为由“艺术生产”到“艺术品”再到“艺术消费”的循环是艺术创作的主要活动过程。本雅明给出了“这个问题……直接以作品的写作技术为目的”[①]的回答，作为本雅明“艺术生产论”的重要观点，这更加深层次地阐释了马克思的“艺术生产”理论，补充艺术作品相对于社会生产关系中范畴更广的生产关系之地位。显然，从生产关系看，艺术作品在生产关系中处于核心环节，而艺术技巧又成了艺术作品创作的重点。在文学理论课上，老师曾将《三国志》与《三国演义》进行比较，二者都是对三国时期纷纭历史的描绘，前者侧重史实，后者在前者及多部史书的基础上，运用虚实结合手法展现壮阔的历史图册，更受到世人的欢迎。根据“删取公约数”原理得出真正的好作品最后与形式有关的结论：

作品	《三国志》	《三国演义》
内容	+	+
形式	−	+
艺术性	非文学性	文学性

世界许多大文豪都有积累素材的习惯，而这些素材大多也是普通人在现实生活中可能遇见的，以离奇、惊骇情节行文的作品毕竟少数，但有些不难发见的素材经这些大家处理加工便成了一个个文学经典，如列夫·托尔斯泰写《安娜·卡列尼娜》，本是一个报纸上刊登的不守妇道的女子自杀事件，经托翁独具匠心的“拱顶结构”，以奥布朗斯基的家庭生活为外部线索，通过向心对照手法，将安娜与列文两位看似无联系的主人公生活连接起来，使丰富的故事情节得以平行发展，展现安娜和列文一样努力摆脱上流生活桎梏的心灵发展，将安娜形象塑造得血肉丰满，带给读者强烈的震撼。而从不同写作技法出发，还能将同一系列题材写得各具特点，如福楼拜在《包法利夫人》中创作的爱玛，她也作为一位在婚姻中出轨且未得善终的女性，但福楼拜本着“客观而无动于衷”的创作原则，在塑造爱玛形象的同时，介绍了19世纪法国淫靡享乐的社会风气，以及爱玛高兴的不是获得了恋情而是“我有个情人了”的生活方式，揭示安娜与爱玛对待爱情

① 江守义、丁云亮、何旺生主编：《马克思主义文论》，安徽大学出版社2010年版，第170页。

与生活的根本差异，以及二者走向死亡之路性质上的区别：如果说安娜是“生生死死为情痴”，那么爱玛则可谓“生生死死为情多”了，由此托尔斯泰和福楼拜塑造的主人公便有了不同的内涵：爱玛局限于个人享乐与婚姻层面，而安娜则展开对资产阶级上层社会道德、婚姻的批判。因而，可以说本雅明间接地回答艺术作品在生产关系中的地位，是遵循文艺创作自身规律的。

其次，好的艺术作品的标准是什么？本雅明在“正确的倾向性”和“作品的高质量”的基础上，提出了“只有当诗在文学倾向上也是正确的，它才可能在政治倾向是正确的。这就是说政治上的正确倾向包括了文学倾向。”[①]的观点，文学质量被置于作品政治倾向之下，这是本雅明在1934年4月流亡时于巴黎左翼知识分子“法西斯主义研究所”中发表的演讲，八年后，在抗日战争时期的中国，毛泽东等中共中央领导在整风运动的基础上开展了延安文艺整风运动，并发表了《在延安文艺座谈会上的讲话》,这一著名讲话对新中国成立后的中国文艺界产生了深远的影响。二者都强调了艺术生产的正确“文学倾向”应体现在正确的“政治倾向”中，后者从立场、态度、工作对象等角度提供了对策，结合当时的战争背景，毛泽东指出站在当时的立场，暴露敌人、联合同盟者、赞扬人民群众，帮助他们改正缺点错误，为工农兵及其干部创作文艺作品。这在当时产生了立竿见影的效果，诗歌领域出现了李季的《王贵与李香香》这种将民歌与叙事诗相结合的作品，戏剧层面贺敬之、丁毅执笔的《白毛女》成为受民众欢迎的小歌剧，小说方面反映解放区乡土生活的赵树理和反映社会变动、揭示阶级关系与矛盾的丁玲、周立波等作家成了解放区两种基本小说写作模式的代表作家。能够真实反映生活、人民心理的文艺作品肯定是不错的，但同样以赵树理为例，他在解放区创作的《小二黑结婚》《三里湾》等广受文艺界的好评，而同样本着“真诚地正视农民成长过程中不可避免的新旧矛

① 江守义、丁云亮、何旺生主编：《马克思主义文论》，安徽大学出版社2010年版，第169—170页。

盾冲突”[①]的新中国成立后作品，如《“锻炼锻炼”》则被批评家视为“这是没有把群众当成‘人’来看待”[②]，赵树理本人也受到严酷的批斗。且此时《社会主义现实主义——中国文学前进的道路》一文，同毛泽东“文艺界统一战线问题”一同被认为文艺界创作与批评的最高准则，那么像赵树理这些反映农村改革中遇到的问题及农民的“非英雄性”也便遭遇抨击，可见当政治管制文艺，不仅仅是干预文艺，那么文艺批评亦为文艺政策服务，但文艺批评也并非一直受文艺政策控制，如晚明时期，皇帝严禁民歌（某些如《调情》《送郎》）等作品的传播，但要求性情的解放和“真诗在民间”等文艺批评观的流行，反而促进了文人民歌的创作，可见文艺批评与文艺政策并非完全为被含属与含属的关系，政治倾向并非一直高于文学倾向，当文艺创作真正延续本身的创作规律，即使文艺批评与文艺政策一同打压它，它的光芒也可在日后展露出来。

再次，接受者如何成为参与者？上文提到了“技术”在艺术生产中的关键性，而这些很大程度上也与写作者和接受者角色的交叉现象有联系。本雅明当时提出了报纸“那种巨大的重新融合过程不仅不顾传统上对文学体裁之间、作家和诗人之间、学者与通俗读物作者之间的区分，而且甚至对作者与读者的划分进行修正”[③]的观点，另外强调的“照相术”“音乐”等“艺术技巧”，更凸显了生产技术在艺术生产中的核心地位。以当下影视文学为例，许多影视作品根据网络等媒介征集的观众好恶来编排剧情发展，曾经风靡一时的穿越剧《宫》在编写和拍摄中便分别安排了两个结局，一是晴川与八阿哥分别，独自回到现代，二是晴川穿越回现代与八阿哥重逢，最后制片人根据观众的喜好来选择结局。欧美剧更是边根据收视情况边拍摄剧作，部分电视剧会长达第六季、第七季，某些不被观众看好

① 朱栋霖主编：《中国现代文学史》精编版，北京大学出版社2011年版，第193页。
② 朱栋霖主编：《中国现代文学史》精编版，北京大学出版社2011年版，第240页。
③ 江守义、丁云亮、何旺生主编：《马克思主义文论》，安徽大学出版社2010年版，第169页。

的作品可能会面临“腰斩”的厄运，这样接受者无形或间接地参与了创作，而创作者在一定程度上也站在接受者立场考虑他们的情感或价值取向，从而更好地迎合受众者的兴趣爱好品位，使艺术产品完满地被消费，实现经济效益。

最后，作为艺术生产者的作家该如何定位呢？不同于中国古代不存在“诗人”这一职业，诗、文、画的创作往往成为文人士大夫雅好的一部分，如王右丞由画中寻找禅意，李太白在“功成名就后全身而退”，孟浩然“奉诏写诗”而不能从仕，这都令他们有无法施展抱负的愤懑，至元明多下层文人从事杂剧、散曲的创作，创作小说的文人更是不被时人所关注，以致许多名著的作者及其生平，后人也无从得知，而今文艺创作者作为“人民艺术家”较受社会和民众关注，那么已不纯粹进行艺术创作而进入艺术生产的文艺工作者该如何定位自身呢？其一，诚如本雅明所言“艺术作品在原则上总是可复制的，人所制作的东西总是可被仿造的”[①]，“生产”要求文艺工作者需要大批量创作，需借助印刷、影印、摄像等技术产出文艺作品，并且可能需要将文学创作转化为电影、戏剧等文艺产品，展现艺术产品的价值、扩大产业链，譬如金庸的十四部力作“飞雪连天射白鹿，笑书神侠倚碧鸳”（十四部著作首字串成的对联）、王朔的《顽主》《一半是火焰，一半是海水》《看起来很美》《动物凶猛》等作品先后被改编为影视作品，并且获得了较大成功。其二，“艺术生产”要求文艺工作者仍要遵循艺术内在的发展规律，不能盲目迎合消费者喜好，核心仍应真实反映人民生活、生存状况，传达“真”“善”“美”的情怀。迟子建曾在《白雪乌鸦》的创作后记中谈到《动物私密语》里一则“猪与珍珠”的故事[②]，嘲笑了一头不停啃吃，不管外面世界的小猪，从某种意义上，或可间接启发“作为生产者的作家们”需要关注广阔的生活、关注人性，为“物欲横流”所

① 本雅明：《机械复制时代的艺术作品》，王才勇译，中国城市出版社2001年版，第5页。

② 迟子建：《白雪乌鸦》，人民文学出版社2012年版，第253页。

役、不分良莠的创作动向只是从事无意义的劳动，不会诞生优秀的文艺作品。总之，“艺术生产”既要保持一定程度的独立性，也需要立足社会，否则即便保持独立或者迎合市场，都无法经住历史长河的淘洗，在浮躁、猎奇的大众文化心理下，人们不爱沉重、不爱慢节奏，搞笑、新奇、恐怖等元素充斥着大众生活，这便给“作为生产者的作家”提出新的要求，或许需要静下心、慢慢走，“以入世之心做出世的文艺创作”。

“自古以来，艺术的最重要任务之一就是对时下尚未完全满足之问题的追求”[①]，前段时间，著名导演吴天明的遗作《百鸟朝凤》饱受争议，票房不佳，电影人方励甚至向影院下跪，恳求院线增加排片，非市场取向的电影境况令人心酸，而这些影片往往因人性、生存等话题的思考令观众、读者感到“沉重”，不如“哈哈一笑”的作品来得轻松，而自《百鸟朝凤》之后，还会有多少文艺工作者能坚守艺术，做一名“麦田守望者”，把在悬崖边奔跑的孩子捉回来呢？

尼尔·波兹曼在《娱乐至死》中提到：“我们的电视使我们和这个世界保持着交流……所有的内容都以娱乐的方式表现出来。”[②]其实，不仅电视节目、电影或报纸杂志成了娱乐方式的媒介，连生活中的每个个体或许都成了“为娱乐而娱乐”的实体，且在“娱乐至死”的时代，“我们将毁于我们所热爱的东西”这一预言在今天似乎越来越得到证实，如此娱乐时代的“艺术生产”似乎也会更加盈利化和娱乐化，但这也将加速这件生产品的衰落退化，而不断重复的娱乐化产品最后可能会使我们心灵浮躁、社会浮夸，没有经过时间沉淀的产品不会是好产品。

希望“艺术生产”在当下仍可具有活泼泼的生命力，“作为生产者的作家”尊重艺术、尊重人生，创造出“丰富人内心世界的作品”[③]，而非“镀

① 本雅明：《机械复制时代的艺术作品》，王才勇译，中国城市出版社2001年版，第57—58页。

② 波兹曼：《娱乐至死》，章艳译，中信出版社2015年版，第106页。

③ 帕乌斯托夫斯基：《金玫瑰》，戴骢译，上海译文出版社2004年版，第18页。

金的纸箔”，以一颗热忱的赤子之心捕捉生活跳动的光影，相信即便是从灰尘中簸扬、熔炼的“金玫瑰”还是会永远令我们感动。此外，作为与创作者界限逐渐模糊的接受者，我们自身也需有较高的审美鉴赏能力，不断增强审美感悟能力，不要助长“恶搞”的文化怪圈，自觉抵制恶俗媚金作品，为“艺术生产”提供健康的文化环境。

狄德罗曾说“艺术就是在平凡中找到不平凡和在不平凡中找到平凡”[①]，我想“艺术生产”最好也可以向这一追求靠拢，保持单纯充盈之心，利用现代科学技术，生产出经得起历史和人民检验的艺术产品。

① 帕乌斯托夫斯基：《金玫瑰》，戴骢译，上海译文出版社2004年版，第22页。

马克思“艺术生产”理论与我国当下文化市场

◇朱　惠

摘　要：马克思、恩格斯对“艺术生产”这一概念提出了两大理论属性：一是艺术生产和物质生产具有同质性，二是艺术生产是一种特殊的人类生产形式，以创造审美价值为目的。当下我国文化市场火热，文化产业日渐成为不可或缺的经济力量，但同时也出现了各种各样的问题，尤其是文化的娱乐倾向越来越重，精神和道德影响的缺失。这正是因为我们忽略了艺术生产的特殊性。马克思的“艺术生产”理论作为一种前瞻性的、深刻的思想，必须受到我们的重视，并结合时代的、社会的现状去进一步完善和发展这一理论，以更好地发挥它的指导作用。

关键词：艺术生产；文化市场；文化产业；监管

“艺术生产”理论是马克思主义文论体系中重要的一环，早从19世纪50年代开始，马克思、恩格斯就已经在《1844年经济学哲学手稿》《政治经济学批判》《共产党宣言》《资本论》等著作中提出和解释了这一概念。但那时，文化还没有形成为一个产业，这种思想还只是一种前瞻性的预测。而今天，这种预测已经远远超过他们当年所未曾想到的规模和水平，演变为活生生的现实。

据联合国教科文组织提供的数据，全球文化贸易总额在1980年为953

亿元，1998年猛增至3879亿元，而2013年为2128亿元。[①]文化贸易已经成为国际贸易的重要组成部分。文化作为一种产业，它所创造的产品以及消费形式，如影视业、电子游戏业、互联网信息业、娱乐服务业、音像制品业、艺术品业、演出业等，已发展到相当大的规模。在一些发达国家，文化产业甚至已经成为国民经济中增长最快的支柱型产业。文化与经济结合的新经济形态已经取代了传统的经济形态，成为当今社会发展的核心与支柱，成为考核一个国家综合国力的最重要指标。因此，加强对文化经济、产业和贸易的研究已经成为当下刻不容缓的重大课题。我们要追本溯源，重温马克思、恩格斯的“艺术生产”理论，并结合时代的、社会的现状去进一步完善和发展这一理论，以更好地指导当下我国的文化建设。

一、马克思、恩格斯的“艺术生产”理论

“艺术生产”的概念最早由马克思提出，并经历了历史发展而走向成熟。在《〈政治经济学批判〉导言》中，马克思正式提出“艺术生产”的概念，又在《共产党宣言》中具体以文学为例，论述精神生产与物质生产的关系，在《政治经济学批判大纲》和《资本论》中比较集中地研究资本主义社会的艺术生产问题。“艺术生产理论”从此成为马克思主义文论中的重要理论命题。

马克思对“艺术生产”这一概念提出了两大理论属性。第一，作为一种人类生产，艺术生产和物质生产具有同质性。马克思、恩格斯认为，物质生产和物质生产的社会方式是艺术生产存在和发展的基础，艺术起源于人类从事的物质生产劳动。因此，物质生产领域中的生产力和生产关系理论也同样进入艺术生产的考察之中。艺术生产力是指“人们运用一定的精神资料和物质资料生产出物态化的艺术产品的能力”，艺术生产关系就是

① 杨吉华：《我国文化贸易现状及贸易逆差》，《马克思主义文摘》2008年第9期。

"在一定物质生产关系制约下的艺术生产者、艺术消费者和艺术资料占有者之间的相互关系"。艺术生产受生产力的制约，需要艺术生产者的劳动，不同的艺术生产者同艺术生产资料占有者之间的关系以及不同的艺术产品消费方式会构成不同的艺术生产关系（如前资本主义历史阶段和资本主义时期的艺术生产有不同的艺术生产关系）。[①]

第二，艺术生产又是一种特殊的人类生产形式，是一种以创造审美价值为目标的精神生产。作为一种人类生产，艺术生产与物质生产具有同质性，但艺术生产是一种特殊的人类生产形式，这种"特殊"就在于艺术生产是以审美价值追求为其目标。从艺术生产的角度看，艺术生产作为精神生产必然有其自身存在的、不同于物质生产的规律。马克思认识到，艺术生产与物质生产的直接目的和动机是不同的，艺术生产在本质上是人们对世界的一种"艺术的掌握"，是艺术家"按照美的规律"进行的一种创造活动，精神生产尤其是艺术生产的价值主要在于它是一种审美价值。[②]

二、当下我国文化环境与文化市场

（一）文化产业发展的火热态势

全世界文化产业发展得如火如荼，我国文化市场同样火热。下面通过一些数据来说明。

1.文化产品出口

根据联合国教科文组织发布的《文化贸易全球化：文化消费的转变——2004~2013文化产品与服务的国际流动》报告，中国2013年文化产品出口总值达601亿美元，高出排名第二的美国（279亿美元）一倍多，成为全球文化产品最大出口国。

① 江守义等：《马克思主义文论》，安徽大学出版社2010年版，第153—158页。
② 江守义等：《马克思主义文论》，安徽大学出版社2010年版，第158—159页。

2.电影市场

广电总局发布的数据显示，2015年中国电影总票房为440.69亿元，比2003年增长了40多倍。其中，国产影片票房为271.36亿元，占总票房的61.58%。《捉妖记》凭借24.40亿元获得票房冠军，《速度与激情7》紧随其后，高达24.27亿。而2016年取得“开门红”的影片《美人鱼》更是创造了中国电影票房新纪录——33.91亿。

3.出版市场

中国作家排行榜自2006年创立以来，传统纯文学作家余秋雨、苏童、王蒙、陈忠实、贾平凹、余华、莫言等人的席位已逐渐被替代，以郭敬明、韩寒、笛安等年轻作家为代表的青春文学影响力颇大，杨红樱、郑渊洁的地位显示了少儿阅读的火热趋势。2012年，网络作家富豪榜设立，唐家三少、江南、天蚕土豆等人榜上有名。2016年的榜单冠军，玄幻文学作家唐家三少的版税高达1.1亿元。网络文学愈发繁荣。

（二）文化产业火热发展背后的问题

当下我国“文化市场的突出特点是活跃程度之高与存在问题之多都是前所未有的”，所以一方面我们要为文化的繁盛而欣喜，另一方面我们更加不能忽视这火热态势背后的问题。有学者将我国文化市场的现状归纳为“四个强烈反差”：①非法音像制品肆意泛滥与正版音像制品相对滞销的强烈矛盾；②高档娱乐场所严重过剩与大众娱乐发展相对不足之间的矛盾；③不良文化现象日益蔓延与文化市场整体品味相对较低之间的矛盾；④文化市场发展十分迅速与文化市场管理相对滞后之间的矛盾。[①]因此，“当前我国文化市场明显地表现了自身处于社会主义初级阶段的几乎所有特征。概括地说就是高速成长的良性态势与一定程度的混乱现象并存于文化市场

① 李益荪：《马克思“艺术生产”理论研究》，巴蜀书社2010年版，第283页。

之间，可以预言，它们还将并存于社会主义文化市场初级阶段全过程。”[①]

以电影市场为例具体分析，艺恩咨询发表了一份有关《2015年国产电影发行市场白皮书》的报告（数据出自EB · T艺恩日票房智库，统计时间均截止到2015年12月31日），我们可以从中看出一些问题。首先，2015年出现了很多“爆款”电影，在公开的票房上甚至超过了同档期的好莱坞电影，成为了年度票房的主力贡献者。但实际上，这些电影仅占整个大盘的4%，也就是说，剩下绝大多数电影的票房贡献力仍是薄弱的，而市场中一些更具备成长空间的电影（票房在1至5亿元），其数量正在逐年下降。这对于市场的良性发展来说，并不是一件好事。其次，从影片数量来看，近5年来国产片的份额来回波动比较大，2012年的时候曾低于50%，2015年达到了61%。而进口片则刚好相反，2012年以后的市场份额持续下跌，到2015年已经小于40%，但即便是在数量减少的情况下，进口片所产生的年度票房（166.1亿元）同比仍增长了不少，达到了23%的增速。这说明，进口片整体的竞争实力仍不容小觑。因此，国产片的市场份额虽然更多了，但国产片已经崛起的说法还为时尚早。此外，根据国家电影专项资金办公室和易观智库数据显示，2013年至2015年7月，电影票在线销售比例由25%增长到了75%。通过微票儿、百度糯米、大众点评、猫眼电影、淘宝电影等平台在线购票已然成为用户观影最主流的购票方式。而这些“票贩”已经不满足于合作售票，宣传发售，而越来越多地与院线、片方亲密互动——联合出品、发行影片，深入到了电影内容、制作、发行等环节，这些互联网公司掌握了精准的用户需求与数据，因此对于电影投资、排片都会起到一定的作用。未来，它们将如何影响整个电影市场，这里面也充满着各种变数。[②]

---

① 刘玉珠等：《文化市场学——中国当代文化市场的理论与实践》，上海文艺出版社2002年版，第68—71页。

② 彭卡茜：《2015中国电影总票房背后的隐忧》，http://news.mtime.com/2016/01/26/1551870.html。

三、思考与建议

为什么会产生这么多的问题呢？从总体、宏观角度来看，关键在于我们对艺术生产理论的“特殊”二字缺乏足够的认识和深刻的思考。我们忽略了艺术生产是一种特殊的社会生产，而更多地运用一般性的、经济的观念和实践去对待文化产业、文化市场的问题。

文化产业作为一种新的经济形态，并不是文化与经济的简单相加，更不能简单地直接运用经济领域的方式去对待。文化与经济在这里深度地结合，因而与传统的经济形态有很大的差异。文化产业是文化经济化的结果，它的勃兴与迅速发展标志着人类社会继农业经济、工业经济后进入了一个更新、更高的发展阶段，显示出来人类的智慧和能力，使得我们更加牢固地确立了自己在这个世界上的主体地位。因此，为了追求人类自身的自由和全面解放，我们更应注重精神需求的满足。[①]

文化经济应该有自己独特的规律和原则。文化产业虽然也要考虑盈利的问题，但绝不能以盈利为唯一目的，甚至不能作为主要目的。文化产业的一大特点是公益性，文化经济要借助经济的强有力推动，通过对精神需求多元化和对层次的最大满足，实现国家、民族的整体文化素质、精神文明的提升，在世界民族大家庭中塑造自己的正面形象，维护自己的地位。此外，作为满足人类精神需求的文化产品，必须具有正面的、高级的文化水准，以提升社会道德水平和文化素质，决不能毒害人民的思想，不能逾越社会的道德文化底线。

因此，文化经济就不能是放任的、自由的市场经济，而应当由国家、政府总体策划、指导和干预，并具有多元的、多层次的、宽松的特点，是一种计划与市场相结合的经济体系。当前我国要大力发展文化产业，其最基本的

① 李益荪：《马克思“艺术生产”理论研究》，巴蜀书社2010年版，第283—284页。

思路应该是走以国家为主导的混合经济的道路，实现在党和政府主持和总体性策划、指导和调控下的市场化，有计划的市场化。具体建议如下：

1. 党和政府要对文化经济、意识形态和社会道德文化做好总体性策划、指导和干预。

2. 要加大资金投入，做好文化下乡工作，发展大众文化。

3. 要鼓励民间和国外的投资，为文化市场注入资金和活力。

4. 要控制和加强对影视、出版等基础性行业的管理，加强版权意识，坚决打击盗版。

5. 要扶持民营文化传播类企业的发展，并进行良好、规范的统一管理，鼓励引导文化市场健康发展。

6. 要不断总结文化市场监督管理的新经验，探索新方法，出台相关法律法规，切实加强监管制度建设。

7. 要不断创新监管手段，完善监管机制，建立行政手段、舆论手段、经济手段、法律手段等配套并用的文化市场立体管理格局。

8. 要继承优秀传统文化，鼓励科技创新，丰富文化内涵与传播手段。

9. 要创造有中国特色的优秀文化产品，让中国文化更好地走出去，提升文化影响力。

10. 文化消费、文化输出要充分利用高效便捷的网络新媒体市场，同时也要注重网络虚假信息和不良内容的监管。

四、总　结

马克思的“艺术生产”理论是前瞻性的、开放的、深刻的，在当前的文化新态势下，仍能给予我们思考和启迪。中国当下的文化市场总体上是蓬勃发展，奋力前行的，但在这种热潮中，我们更需要保持冷静的态度，看到那些被“好看”的数字表象所掩盖的隐忧。我们必须牢牢谨记艺术生产的特殊性，加强对文化产业、文化市场的管理，以实现更好的繁荣。

从马克思主义艺术生产理论中找寻实践方法

——当代青春文学的出路

◇陆天雨

摘　要：青春文学作为当代文学的一种新类型，面对市场经济环境下出现的诸多新形势挑战，其生产发展亟待进行科学性思考。本文立足马克思主义艺术生产理论科学指导，从经济基础影响、艺术生产力与艺术生产关系普遍规律、文学产品的特殊价值三方面出发，针对市场经济环境下当代青春文学的出路问题提出三点具体实践方法。这对进一步推动当代青春文学顺应时代发展具有巨大意义。

关键词：马克思主义艺术生产理论；市场经济；当代青春文学

一、市场经济环境引发新的思考

传统研究文学创作，评论界大多是从“作者-作品-读者”这一维度进行的，专注点集中在文学创作与欣赏的过程。而在当今市场经济高速发展的大环境下，我们能够发现文学创作与物质生产存在某些相似性，马克思曾在《1844年经济学哲学手稿》中就指出：“宗教、家庭、国家、法、道德、科学、艺术等等，都不过是生产的一些特殊的方式，并且受生产的普遍规律支配。”[①]其也将文学创作划归为精神生产的特殊一类，而观照当代青春文学的创作也是如此。因此，如今学术界对当代青春文学的创作研究，仅从“作者-作品-读者”这一传统角度探索未免视野狭窄，更好的做法应是以马克思主义艺术生产理论为指导，从“生产者-产品-消费者”这一维度进行具体思考。

当今社会经济大发展，产生诸多新的形势，对传统的文学创作理论提出了挑战。而青春文学因以年轻受众为文学接受对象，紧合时代最新思想，具有自身独特性，而应对全新变化形式时更容易受到影响。其作为当代文学的一种新类型，其生产发展也亟待进行科学性思考。现以马克思主义艺术生产理论为指导，笔者针对市场经济下当代青春文学的出路问题提出以下三点实践方法，以期当代青春文学这一文学形式能够顺应时代的发展，取得新的成就。

二、科学理论启示三点实践方法

第一点实践方法，在进行当代青春文学创作时正确把握时代经济对艺术生产影响的内涵，充分发挥经济基础对文学创作的积极作用，顺应市场经济主导下新的创作与阅读形式，与时俱进。马克思主义哲学主张经济基础决定上层建筑，曾在《〈政治经济学批判〉序言》中就指出：“物质生活的生产方式制约着整个社会生活、政治生活和精神生活的过程。”[②]而文学属于上层建筑的重要类别，故文学创作与时代经济因素息息相关。马克思、恩格斯亦强调经济是精神生产和艺术生产存在和发展的基础和动因。因而，当代青春文学要想获得创作发展，首先就应该明确当今时代的经济

① 马克思、恩格斯：《马克思恩格斯全集》第42卷，中共中央马克思恩格斯列宁斯大林著作编译局译，人民出版社1979年版，第121页。

② 马克思、恩格斯：《马克思恩格斯选集》第2卷，中共中央马克思恩格斯列宁斯大林著作编译局译，人民出版社1972年版，第82页。

形势，并积极运用有利因素发展自身。

考量当今社会，时代经济形势最突出的一点就是市场经济占据全球经济环境主体，社会化大生产日益繁盛，世界市场形成。可以说，市场经济大发展就是当代青春文学创作发展的基础与动因。在市场经济主导下，文学欣赏领域产生了“快餐式阅读”、自媒体阅读消费形式（即数字化阅读)、“感性阅读”等新的形势。而阅读模式是文学创作的风向标，在面对这些市场经济主导下的阅读模式新变化时，像青春文学这样的文学创作就需要与时俱进，及时转变自身的创作形式。“快餐式阅读”模式是大众闲暇生活方式内涵转变所形成的，在作家行文之前注意考察受众对文学作品阅读的时间性要求，相对应地进行一些短篇性、及时性的中短篇青春文学创作，向通俗化、浅近自然文学风格发展。《爱与痛的边缘》《是日夏茗》《仲夏夜之恋》等作品都向这方面转变。数字化阅读模式是新兴电子技术推动结果。当今社会，文学作品除了依靠书籍期刊这一类印刷出版术载体呈现，也出现了通过新兴数字化自媒体平台载体出版，数字化网络平台将会是当代青春文学主流创作生产阵地。“感性阅读”模式是由当代受众社会文化心理所致的，大众更多程度上会将文学定位为人性、人情的展示画布，而将写实功能给予新闻等形式。当代青春文学的低龄读者群正处于情感养成阶段，心理上更多偏向感性一面。这就启示青春文学作者进行文学创作时充分考虑到读者群的心理需求，作品更多选择人生生活情感性内容，贴近受众情感生活。辛夷坞《致青春》、饶雪漫《左耳》、九夜茴《弟弟再爱我一次》等作品都偏重选择青春情感题材，紧合读者的文化接受心理。

第二点实践方法，以生产的普遍规律为指导，具体考量当代青春文学创作过程中的生产力与生产关系，并从生产者（即作家）角度出发，提出相应生产方法。马克思在其著作中指出：“宗教、家庭、国家、法律、道德、科学、艺术等等，都不过是生产的一些特殊的形态，而且受生产的普遍规律的支配。”[①]从而将物质生产领域中的生产力与生产关系理论引入艺术生产领域中。法兰克福学派的本雅明也提出艺术本身也有生产力和生产关系的问题，并进一步提到艺术创作的技巧构成了艺术生产力。当代青春文学创作属于艺术创作的一种形式，也适用于本雅明提出的艺术生产力论点。

上述相关理论内容表明在文学创作中应当注重艺术生产力的突出地位，特别是着重处理好技术对艺术生产的制约。马克思在评论拉斐尔的绘画时，就将技术列为艺术生产制约因素的首要环节："拉斐尔也受到他以前的艺术所达到的技术成就、社会组织、当地的分工以及与当地有交往的世界各国分工等条件的制约。"[②]从而引入马克思主义的技术哲学思想，对作家艺术生产生成诸多启示。对于当代青春文学作者来说，其文学创作也同物质生产一样需要学会一套生产的技艺，提出的具体实践方法是其创作一部好的青春文学不仅仅需要自身的天赋，更需要勤奋与学习，在日常的创作生产活动中积极练习青春文学创作技巧，通过艺术创作技巧的提高进而推动自身艺术水平向前发展，为生产出好的作品打下文学基础。另外，本雅明针对艺术生产力的作用提出了其能突破创新文学类型，他从艺术生产力决定论出发，极为推崇摄影、电影等新兴艺术手段，并高度评价了对艺术技巧、形式上做出巨大创新的现代主义艺术。当代青春文学在发展过程中，虽然不能直接跨越为其他文学类型，但可以在生产以后将产品（书籍作品）进行一番延伸，创作符合当今时代发展的新艺术形式，诸如动漫、电影。日本作家雪乃纱衣创作的青春小说《彩云国物语》，后来被改编为同名动漫，风靡东南亚地区。中国作家郭敬明创作的青春系列作品《小时代》成功改编成多部影视作品。青春文学简明的内容、轻松活泼的语言、紧随时代气息的风格等特点亦适合进行这样的文化产业延伸。

① 马克思：《1844年经济学哲学手稿》，刘丕坤译，人民出版社1985年版，第78页。

② 马克思、恩格斯：《马克思恩格斯全集》第3卷，中共中央马克思恩格斯列宁斯大林著作编译局译，人民出版社1960年版，第459页。

艺术生产规律中的另一方面就是艺术生产关系，主要指艺术生产者、艺术消费者和艺术资料占有者之间的相互关系。作为其中的一方，作家需要在进行青春文学创作生产时处理好三者之间的关系，而在市场经济主导的当今社会，尤为注意摆正与艺术资料占有者的关系。从三方关系出发，具体分析现实文学创作情境，为当代青春文学作家提出两方面实践方法。第一方面，作家需要与艺术消费者（即读者）展开互动，明确青春文学以年轻读者为主要读者群取向，在互动中明确市场中消费者的需求，从而进行针对性创作生产。九夜茴《匆匆那年》、明晓溪《会有天使替我爱你》等作品紧合受众阅读需求，一经出版，就受到年轻读者的喜爱。第二方面，作家应该积极投身生产劳动，像电影创作那般与出版方进行联系，积极利用生产资本，走市场化创作道路。文学创作与市场之间关系，应从“生产劳动”角度加以考察。马克思在《资本论》第四卷《剩余价值理论》中，具体分析了生产劳动与非生产劳动，他认为，亚当·斯密“巨大的科学功绩之一就在于，他下了生产劳动是直接同资本交换的劳动这样一个定义”[①]。当代社会，艺术生产者借用生产资本的一种主要方式就是接受现代图书出版制度。现代图书出版业已然成为当今“艺术生产”的核心和主体，已经泛化为精神性“生产劳动者”的作家队伍，只有真正进入现代图书出版业运用当中，才能推动文学生产发展。现代图书出版业需要作家进行生产劳动，这是时代的必然因素，虽有弊端，但也有积极方面，作家需从中处理好相互关系，借力推动当代青春文学创作发展。目前，许多青春文学作家就是采取加入期刊撰文模式，与知名期刊签约，这样既进入市场化文学创作运用机制，也在一定程度上保持了作家创作自主性。《萌芽》《星星花》《花火》等知名期刊为众多青春文学作家接受，从而联合起作家群进行文学创作，成功地将艺术生产者纳入市场化艺术生产领域。市场经济下，资本的运作是事物发展的动力。当代青春文学创作要想发展，这一

① 马克思、恩格斯：《马克思恩格斯全集》第26卷，中共中央马克思恩格斯列宁斯大林著作编译局译，人民出版社1973年版，第148页。

生产过程应当引入资本，隶属“生产劳动”。作家的创作参与商品化大生产。

第三点实践方法，明确市场经济中青春文学作品的艺术生命力，作家在创作生产时赋予作品以生命力。在物质生产领域，商品能够存在得益于其生命力，即价值。青春文学作品作为艺术生产的产品，是一种特殊形式的商品，其想要成功进入市场，需要作家在创作生产时赋予其所必须的价值。马克思主义艺术生产理论告诉我们，艺术生产是一种以创造审美价值为目标的精神生产。所以笔者认为，审美价值使作品拥有了生命力，可以进入市场流通。现在每一部书籍收获读者、取得成功，都需要经历市场的产品交换过程，审美价值为书籍打上了“可以交换”的标签，因而作家的创作生产有了具体的目标。为此，他们需要用自己笔下的言语带给读者审美享受，或以深邃的主题，或以精彩的情节，或以活泼的语言。方式不同，而目标相似。郭敬明《幻城》构思奇特，情节精彩。饶雪漫《左耳》语言清新自然。明晓溪《泡沫之夏》《会有天使替我爱你》等作品文笔细腻。

另外，伊格尔顿在马克思主义艺术生产理论基础上进一步探讨了艺术价值论，他提出艺术价值是一种“交换”价值，文本在阅读和批判的再生产中确立自身的价值。这已考量到了艺术消费者领域，当代青春文学的文学创作生产要想取得进步，消费者的力量也不容忽视。文本生产出来，会在消费者的再生产中一遍遍提升自身价值，最终加速文学创作生产市场化。青春文学创作生产将会是这般创作文本、流通、交换、再创造的过程，形成特殊精神产品的大循环生产过程。每一种成功的文学类型，都是联合文本与文学批评的双重作用的，当代青春文学也是如此，文本在阅读和批评的再生产中确立了自身的审美价值。同时，每一位当代青春文学作家身处市场经济高度发达的商业主义社会中，也需时刻清醒地认识到艺术生产有其自身独特价值追求，而不能完全顺从于物质生产的功利性目标。这样可以警示艺术生产者们以正确态度看待文艺作品的本质。

三、结 语

通过前面市场经济环境引发的思考、艺术生产力与艺术生产关系普遍规律、文学产品的特殊价值三方面的具体分析，初步探讨了市场经济环境下当代青春文学的出路问题，并试提出三点具体实践方法。青春文学是当代较为重要的一种文学类型，期待其能够在马克思主义艺术生产理论的科学指引下，采取恰当的实践方法创新发展自身，从而在当代市场经济环境下取得新一轮的文学成就！

从“张火丁现象”看艺术生产的“精神属性”与“物质属性”的辩证统一

◇余亚如

摘　要：文章考察目前京剧艺术的发展，主要以“张火丁现象”为例，从“作为生产的艺术”“作为艺术的生产”“作为消费的艺术”“作为艺术的消费”四个方面阐释艺术生产的“精神属性”与“物质属性”的辩证统一。

关键词：艺术生产；艺术消费；精神属性；物质属性；“张火丁现象”

市场语境下，艺术生产应该像普通商品生产一样，积极投入竞争，还是为了保持“严、雅、纯”，局限于孤芳自赏？对此，张火丁给予了绝佳答案——坚持艺术生产的“精神属性”与“物质属性”的辩证统一。她在悉心追求京剧艺术品格的同时，冲破京剧市场普遍低迷的困境，在演出市场上表现出超强的号召力，形成了所谓的“张火丁现象”。

一、作为生产的艺术

艺术生产与物质生产具有同质性。生产即运用一定的生产资料把某种原料加工成产品的过程，而艺术生产则为运用一定的物质载体为头脑中的精神创造赋予物化形态的过程。

首先，艺术生产者同样是劳动者。艺术家不仅需要消耗大量的脑力和体力，还需要一定的物质材料、生产工具、创作技巧为精神内核赋予物质外壳。古有“字字看来皆是血，十年辛苦不寻常”的曹雪芹，近有“写到死，改到死”的巴金，现在作为京剧程派艺术的第三代传人张火丁也不例外。2015年张火丁的哥哥张火千在接受采访时，对上海《解放日报》的记者说：“张火丁的眼里除了京剧还是京剧。每天早早起来花三个小时吊嗓子，基本体力就耗完了，其余时间看似在休息，其实还在心里琢磨戏呢！”凡此种种，不胜枚举。

其次，艺术产品同样具有使用价值和交换价值。使用价值是指物品能够满足人们某种需要的属性，物质生产满足人的物质需要，精神生产满足人的精神需要。人们不仅需要衣食住行、粟黍稻菽，还需要通过艺术获得知识的灌溉、情感的宣泄、自我的认同、环境的认知、精神的指引，以便得以诗意地栖居于大地之上。观看张火丁表演的人半夜出来抢票，也多是为了感受国粹的绝伦、精神的陶冶。戏评人朱秀亮看过《武家坡》里张火丁的出场后被震得浑身寒毛倒竖，“她手提个篮子这么往外走，走得非常非常静，非常非常美。一点一点，先是手出来，然后篮子出来，然后下面的裙子踢出来，就像清水往外漫一样。”言语中流露出享受和惊叹。交换价值是一种使用价值同另一种使用价值相交换的量的比例或关系。艺术作品通过外化获得交换的前提，通过走向市场获得交换价值，作者也通过获得劳动报酬使艺术品获得一般商品的基本特征。张火丁的演出通过几十元至上百元不等的门票，使京剧免于孤芳自赏，通过走向市场大环境，使艺术走向大众。

因此，为避免文艺成为书斋中的雕虫小技，艺术生产必须遵守市场规律，考虑价格机制、供求机制、决策机制等“看不见的手”的影响作用，调节生产，积极投身于文化产业的发展中来，在市场交换行为中获得对自身商业价值的体认。这一点，张火丁演出的商业演出模式值得借鉴。2015年9月，张火丁及其团队运用市场化的运营机制，在首次访美演出中取得成功。集团细分市场，将目标群众锁定为当地主流社会人群，通过整合5年来在纽约演出市场的经验，将运作模式当地化，充分考虑了市场营销环境的变化。此外，为了做好广告，使人们意识到这是一场现象级、不可错过的演出，集团采用了成功的传播策略，通过主流媒体和意见领袖的发声，既沟通了自己的价值主张，又达到了告知、劝说及提醒消费者的目的。结果是，《纽约时报》连续4次刊发整版或半版篇幅的评论文章，称其影响力堪比86年前梅兰芳的访美演出。[①]

二、作为艺术的生产

艺术生产不同于物质生产，它是一种特殊的人类生产形式，有其自身的、不同于物质生产的规律——美的规律。

首先，精神生产与物质生产的直接目的和动机不同。区别于满足人们自然属性的需要，精神生产通过思想、观点和情思等精神财富的创造，旨在促进审美主体的审美心理的形成、审美趣味的提高以及人格的完善。正如培根在《谈读书》中所说“读史使人明智，读诗使人灵秀，数学使人周密，科学使人深刻，伦理学使人庄重，逻辑修辞之学使人善辩；凡有所学，皆成性格。”张火丁的戏谜说：“听惯了嘈杂的流行音乐，看惯了琐碎的影片沉渣，张火丁的表演反而更能让人得到内心的沉静，这也是我喜欢她的原因。”

其次，精神产品本身的价值和交换价值可能并不一致。一般商品的价值取决于社会必要劳动时间，而精神产品的价值更多地取决于作者的精神世界以及产品的精神质量。一方面，在构思阶段，作家看似纹丝不动，实则“收视反听，耽思傍讯，精骛八极，心游万仞”，脑力得到大量消耗。而将眼中之竹化为胸中之竹，再将胸中之竹化为手中之竹时，产品之境界早

① 秦文焕：《纯粹的艺术，纯粹的人——透视张灯现象》，《人民日报》2016年6月2日第24版。

已在下手时见分晓。另一方面，灵感对于精神产品举足轻重。不同于更多依靠技术，讲究熟能生巧的物质生产，艺术生产的价值讲究一个“巧”字。所以“斗酒三百篇”的李白也并不输于“二句三年得，一吟双泪流”的贾岛。

因此，当艺术产品的“物质属性”与“精神属性”发生冲突时，功利目的应服从服务于美，保持自己自由独立的品格追求，按照“美的规律”来创造依附于一定的物质载体的精神财富。张火丁并没有迷失在艺术商品化的大潮中，忽视对审美价值的追求。她在继承“程派”风格的基础上，将千锤百炼的唱腔、曼妙的表演身段以及摇曳多姿的水袖三者融为一体，宛若惊鸿一瞥，把京剧艺术的魅力张扬到了极致。台上一分钟，台下十年功。中国戏曲学院教务处主任张尧说，张火丁的功夫在戏外，成名后依然坚持每天练功几小时。尤其快有演出的时候，她自己就那么傻不愣登地，一套动作一套动作，一遍一遍地练，像有强迫症似的。[①]正是这台上台下的经营，使张火丁在迎合现代观众审美旨趣的同时，成功传递了传统艺术蕴含的永恒特质。

三、作为消费的艺术

艺术生产与艺术消费具有同一性，艺术消费有利于促进艺术生产的发展。

首先，消费是生产的目的。艺术生产一般只有以商品形式进入流通和走向市场，才能使自身的使用价值（审美价值）从潜在的可能性变为现实性。为了使票房走出低迷的困局，《百鸟朝凤》的制片人方励在网络视频直播中下跪磕头，恳求院线经理在周末为吴天明导演的遗作《百鸟朝凤》增加排片，呼吁人们重视传统艺术，这说明，在现代社会，再好的作品局限

① 牛春梅：《一个京剧演员的逆风起舞》，《北京日报》2015年6月18日第17版。

于“藏之于山”也只能“敝帚自珍”。

其次，消费是生产的动力。艺术消费所形成的新的需要对艺术生产的调整和升级起着导向作用。最近，影视界的IP热有增无减。热门小说、动漫、游戏等的广受欢迎，推动电影电视结合消费热点，走向不断创新发展之路。刚上映的《微微一笑很倾城》改编于顾漫的热门小说，真正实现青春电影与网游的牵手，好评如潮。与此同时，艺术消费也通过优胜劣汰最终达到纯净市场的目的。经典艺术作品流传后世，并未因时间而消减其艺术魅力走上无人问津之路，劣质渣滓必定如同过眼云烟，转瞬即逝。

再次，消费为生产创造出新的劳动力。艺术消费者的审美能力与审美需求的不断提高，必将推动艺术生产向更高、更强烈、更集中、更典型、更理想、更美好、更有普遍意义的境界发展。

因此，艺术生产应充分利用市场经济带来的有利因素，积极走向市场；同时，顺应市场对文艺的调节作用，在注重产品精神内核的同时，满足消费者对产品物质外壳的期待，使创作迅速适应市场的需要。张火丁所在团队站在年轻消费者的角度看问题，不仅善用现代光影、声乐、虚拟等技术拉近了年轻观众与中国传统戏曲的距离，而且采用专家解读等方式，通过举办专题讲座等活动，对剧目、流派、声腔特点等给予深入浅出的介绍。种种做法使其在市场找到了充分发挥艺术生产潜能的最佳位置，从而实现“一票难求”的场面。另外，要努力打破意识形态的藩篱，使艺术趋于普及和民主，生产出人民群众喜闻乐见的产品。从而促进社会文明的进步和人自身素质的提高。

四、作为艺术的消费

艺术消费不同于一般消费，有着自己的独特属性。

首先，艺术消费具有精神性。艺术商品毕竟不是普通的商品，而是一种特殊商品，它的使用价值就是它作为艺术消费对象的审美价值。它主要作用于审美领域，给予人们以精神上的满足，使人得到心灵上的陶冶，为了经济效益过分迎合人们低级趣味的产品，只能腐蚀人的心灵，丧失作为生产者的社会责任感和基本良知。张火丁并没有为了适应观众的所谓视听感官刺激，从而放弃了艺术的引领作用。比如，现在的部分电影一味地强调票房，靠营造影像视听奇观，满足某些观众在性、暴力、猎奇等生理上的刺激感，冲淡乃至抹杀了应该给人们带来的思想启示和精神美感。她对每一个音符都极其认真，靠作品的美学品位和史学品位来吸引感染观众，以在实现审美价值的前提下获取物质财富。①

其次，艺术生产必须能够肩负起"创造出懂得艺术和能够欣赏美的大众"的神圣使命。2015年9月，在赴北美演出前，主办方精心策划了多场京剧艺术讲座，为持票观众普及中国传统文化知识。例如在林肯艺术中心举办的以"张火丁京剧艺术赏析"为主题的中华文化讲堂第一讲中，在海内外享有很高的学术声誉和影响力的哈佛大学王德威教授从中国文学的角度，讲述了欣赏京剧的方法；王德威教授阐述了《白蛇传》故事出处及流变的历史，对《白蛇传》不同版本做了比较，分析了海内外学者的研究乃至中西文化在对待故事情节及内在涵义等方面的差异。②

因此，我们应当把社会效益和艺术价值放在首位，用健康的积极向上的优秀文艺作品来丰富和繁荣社会文艺市场。张火丁的"灯迷"（编者按："灯迷"是张灯戏迷的自称）以青年人居多，演出后，在微博、微信公众号上广泛传播的大批优秀剧照剧评，不仅为当代人亲近、读懂中华文化打开了一扇"时间之门"，传承了源远流长而生生不息的中华文化，让当代文化可亲可近，熠熠闪光，而且使消费者得以提高自己的文化修养、文化档次与格调，从而促进从物质消费价值观向精神消费价值观的提升，从重物质消费向重文化消费的升华。

① 仲呈祥：《张火丁现象是个审美话题》，《中国文艺评论》，2016年1期。

② 仲呈祥：《张火丁现象是个审美话题》，《中国文艺评论》，2016年1期。

总之，从张火丁的成功来看，艺术生产的“精神属性”与“物质属性”是可以辩证统一于产品之中的。作为生产的艺术，艺术生产要最大限度地搭乘市场经济的快车，积极走向市场，遵守市场价值规律，利用市场运营机制调节生产；作为艺术的生产，又要尽力通过宏观调控手段把市场经济的消极作用降到最低，注重以美的规律创造审美价值；作为消费的艺术，既要适应市场经济体制的需要走向市场，注重产品的物质载体，尊重消费者的审美需求；又要符合精神文明建设和文艺发展规律的要求超越市场，勇于承担精神文明建设的重任[①]。

① 陈定家：《论市场语境下的艺术生产》，中国社会科学院研究生院2000年硕士论文。

结合国内电视剧生产状况谈谈对“艺术生产”的理解

◇江崇雪

摘　要：“艺术生产”这个概念很抽象，本文将结合国内电视剧生产状况来理解“艺术生产”，发现将电视剧产业视作一种艺术生产，符合艺术生产的两条理论属性，即和物质生产具有同质性，且以审美价值为目标的精神生产。在艺术生产的两条重要理论属性的指引下，认真分析当前电视剧产业的发展状况，即电视剧产业获得发展的原因，当前电视剧行业所呈现出的乐观前景以及行业本身所存在的问题和不足，从而更好地为电视剧生产提供一些良好的建议和对策，以促进电视剧产业的健康和稳定发展。

关键词：艺术生产；电视剧产业；生产状况；发展对策

马克思最早是在《1844年经济学哲学手稿》中提到“艺术生产”的概念，他认为宗教、家庭、国家和艺术等是一种特殊的生产方式，并且都受到生产的普遍规律的支配。他把“艺术”看成是与人口生产和物质生产不同的包括宗教、道德、科学等在内的一种特殊形式的精神生产。而这一词的正式提出，则是在《〈政治经济学〉批判导言》一书中。当他在论述物质生产和艺术发展这二者之间不平衡的关系时，可以看出他所传达出的对文艺研究的一种独特的理论视角。从广义上来说，他着重阐明了“艺术生产”是为了满足人们的精神需求而不是物质需求，是作家、艺术家通过脑力劳动创造出精神作品的过程。他把艺术创作当作一种生产，认为它与物质生产一样，受同一规律所支配，可以“从物质生活的矛盾中，生产力与生产关系的现存冲突中对‘艺术生产’作出解释”。从狭义概念上讲，“艺术生产作为当代资本主义社会下存在的一种具有特定属性的活动生产，是‘直接同资本交换的劳动’，艺术品具有商品属性，揭示了资本家在艺术生产中创造剩余价值的根源。”[①]而本文将结合国内电视剧生产状况来谈谈我对“艺术生产”的理解。

中国的电视剧产业作为艺术生产的一种形式，是生产的一种特殊形态，和物质生产一样，要受到生产的普遍规律的支配。可以把电视剧产业看作是“生产劳动”，可以用于“直接同资本交换的劳动”。不言而喻，近年来，电视剧产业因为能够契合人们的精神需求呈现出蓬勃发展的态势。而电视剧能成为国内人茶余饭后的最大娱乐选项，原因可能有以下几点，一是中国的叙事文学一直以来都很发达，电视剧内容和结构较为成熟，而且懂得抓住受众群的心理状态；二是人们的精神生活相对比较匮乏和单调，倾向于用电视剧故事内容的描述和情感的流淌来弥补人们精神的空缺；三是人们的文化消费方式也相对比较单一，随着居民在文化娱乐消费所占规模的扩大，给电视剧等精神文化产品提供了广阔发展的空间，给电视剧制作和发行企业带来了良好的发展机遇。因此，不难看出，现阶段的国产电视剧开始有所转向，在定位、选材和制作上，开始注重明确性、广泛性和精湛性，已经呈现出“中国的电视剧时代”了。可以看出，国内的电视剧产业是一种艺术生产活动，已经在流通和交换过程中成为商品了，它转化为资本，是一种特殊的生产方式。

据统计，目前全国共有1974个电视频道，其中播放电视剧的频道就有1764个，占了总数的89.4%，全国有79.6%的省级电视频道和省会级电视频

① 江守义、丁云亮、何旺生主编：《马克思主义文论》，安徽大学出版社2010年版，第154页。

道播放电视剧。“2016年度1～3月，全国各类电视剧制作机构共计生产完成并获准发行国产电视剧59部2653集。根据总局以及各省电视剧管理部门的月报备案统计，题材比例情况如下：现实题材剧目共计31部1468集，分别占总比例的52.54%、55.33%。其中，当代题材共计29部1388集，分别占总部数、总集数的49.15%、52.32%；现代题材共计2部80集，分别占总部数、总集数的3.39%、3.02%。历史题材剧目共计27部1136集，分别占总比例的45.76%、42.82%。其中，近代题材共计20部843集，分别占总部数、总集数的33.9%、31.78%；古代题材共计7部293集，分别占总部数、总集数的11.86%、11.04%。重大题材共计1部49集，分别占总部数、总集数的1.69%、1.85%。”①

不难看出，各类题材剧都受到电视剧观众朋友的喜爱，这就为电视台的收视率提供了保证，最直接的影响就是推动了广告收入的增加，有相关数据显示电视剧的广告收入占全国各级电视台收入的50%，而广告收入的持续增长，能给电视台提供更多的资金保障。反过来更加大了电视台对电视剧、尤其是精品电视剧的采购力度。无疑这已经显示出了由于电视剧产业的发展，自然而然地带动了经济的发展，再加上电视剧行业自身的反思及行业的逐步成熟，一些初级性的问题越来越少，电视剧产业开始慢慢步入一个成熟理性的发展阶段。因此，电视剧市场将继续呈现出蓬勃发展的态势，未来发展前景也相当乐观。

但是我们也不难发现，电视剧产业的发展也越来越“呈现出宏大或搞笑的主题+电影般的宏大场面+群星聚集的豪华阵容+狂轰滥炸似的发行播放模式”②，在这种大好形势下，隐隐约约看到了这个生产行业透露出的浮躁和急功近利之势，随意翻拍或续拍经典，人物形象塑造单一扁平化，从众跟风随大流，以及文化内涵低等，不能够真正地深入民心，不能够真正地了解到百姓需要什么，这也在一定程度上侵害了行业本身。

① 《2016年中国电视剧制作行业现状及发展趋势分析》，http://www.admaimai.com。

② 《国产电视剧当前现状深度剖析：浮华背后的隐忧》，新华网news.xinhuanet.com。

而艺术生产作为一种特殊的人类生产方式，它应是一种以创造审美价值为目标的精神生产。这种精神生产的目的，不是仅仅生产能够满足人们自然属性需要的物品，而是生产非物质的思想、观点、形象和情思，即依附于一定的物质载体而且又凌驾于物质载体之上的精神财富，它应比物质生产更注重审美价值的追求和创造，它把审美价值作为直接的最终的目的。而我们知道，美是不必考虑其他的一切的功利因素，反而把其他的一切功利的考虑都以审美作为其价值皈依。现如今的国内电视剧也存在一些弊端，比如，就革命历史题材作品而言，有着宏大的叙事结构，反映革命战争和民族生存等主题，既有骨架又有血肉。这从表面上看似乎不错，但其实塑造的人物形象扁平、单一，个性特点乃至缺点都没有充分显示出来。此外，原创力缺乏，"啃老"现象突出，对经典电影进行翻拍，如《红楼梦》和《西游记》等，还有对热门电视剧的续拍，如电视剧《欢乐颂》和《余罪》等，以及"谍战剧"的一拥而上，一时间，这一类题材或某部作品很快就获得了极高的收视率，在观众那里很容易就获得了品牌效应，不失为是一种既省时又高效的方法，但是这种缺乏创新性的"啃老"的弊端显而易见了。

这种商品化对电视剧的品质有很大的负面影响，在电视剧市场化的运作模式下，应该注重电视剧的长期健康发展，不得不承认，商业投资的环境氛围下，电视剧的创作者，包括演员、导演、编剧和制片人等都贴上了"价格标签"，像一线的演员差不多都可以以大腕的身份"明码标价"，带有很强的商品性质。然而作为艺术生产，正如前文所说，即将"艺术生产放在人类改造自然、改造社会的一般意义上的生产实践的大背景下来看，艺术生产必须遵守生产的'普遍规律'。在商品经济的条件下，艺术产品如同遵循一般生产规律的其他产品一样，比如物质产品，可以名正言顺地以商品的形式进入流通领域。"①它带有商品的属性也在所难免。在商业化的背

① 江守义、丁云亮、何旺生主编：《马克思主义文论》，安徽大学出版社2010年版，第159页。

景下，“市场为上”成为拍摄一部电视剧的首要原则，毕竟它能够给市场带来巨大的活力。

但是回顾近几年的电视剧，不难发现：作品量多，产销率过低，供过于求，资源造成严重浪费；质优者少，制作粗糙，精品太少；投放渠道相对有限等诸多问题。在市场经济的条件下，在利益的驱使下，一些低俗和媚俗的文化肆意生长着。甚至有些电视剧随意歪曲历史和改编名著，宣扬错误的历史观和不正确的价值观，这些都极大地影响了电视剧的品质，有的可能在短时间内，“心想事成”，牟取暴利；而有的则收视惨淡，无人问津。再加上电视剧行业内出现的垄断和恶意竞争现象，更加阻碍了电视剧市场的正常发育和健康发展。此外，新媒体的蓬勃发展，如网络视频和互联网电视等的崛起，使海外优质的电视剧产品正大波来袭，这也一定程度上对国产电视剧造成猛烈的冲击。

“作为艺术的生产，它的主要目的是创造审美价值而不是商品价值即交换价值。”“从本质上来说,艺术生产不能完全顺从于物质生产的功利性目标”②，而应保持自己的独立性，在当今商品化的社会里尤该警醒和注意，艺术生产的审美价值应是最终的目的。因此，在当今的电视剧行业里，首先应该注意选材，定位明确，然后融“娱乐性”和“亲民性”为一体。由于电视是生活的传媒，它的娱乐性应该首先得到保证，但同时应该注意贴近人民群众，得到广大人民群众的喜爱和认可。电视剧制作机构必须把握广大观众的主观喜好，打好群众基础，不断地去推陈出新，创造出受众群体广泛的精品。唯此，才能创造较高的收视率，形成巨大的市场需求。其次，要注重运用新媒体，因为新媒体会提供更多的播放平台，可以让观众在内容丰富形式多样的电视剧作品里进行自由选择，更关键的是观看影像之前，观众只需要观看更短时间的广告，这算是对摆脱又臭又长的“老奶奶裹脚布”广告的一种短暂的抚慰。新媒体中的网络视频和互联网电视等

② 江守义、丁云亮、何旺生主编：《马克思主义文论》，安徽大学出版社2010年版，第159页。

都对电视剧产业起到巨大的推动作用，像爱奇艺和优酷就以独具特色的自制剧取得了不错的反响，如2015年网络剧《匆匆那年》的“大红大紫”。再次，还应注重海外市场的开拓。从改革开放以来，我们国家的综合国力和国际地位不断得到提高，中国的文化软实力在逐步显现和增强，国产电视剧的对外输出也呈现出递增态势，魅力不断增强。像《琅琊榜》在海内外的热播，获得了良好的口碑。然后，电视剧行业应注重生产一些体现民族文化精神，创造出有中国气派的电视剧作品，带有中国的特色元素和特色符号。最后，需要建立公平的电视剧机制，制定电视剧产业的稳定和繁荣，才能创造出“最美”的电视剧满足人民群众日益增长的精神文化需求。

综上所述，“作为一种人类生产，艺术生产和物质生产具有同质性。”又因为其是“一种特殊的人类生产形式，它是一种以创造审美价值为目标的精神生产”[①]，所以电视剧生产在作为商品流通过程中，在用于交换的情况下，应该遵循这两条“艺术生产”理论，唯此，才有能力获得长足发展的机会。

① 江守义、丁云亮、何旺生主编：《马克思主义文论》，安徽大学出版社2010年版，第158页。

浅析当代艺术生产的商品化倾向

——以《愤怒的小鸟》《百鸟朝凤》为例

◇程儒珺

摘　要：马克思曾说过“当艺术生产一旦作为艺术生产出现，它们就再不能以那种在世界史上划时代的、古典的形式创造出来”。而在当代市场经济的滚滚大潮之下，科学技术迅猛发展，消费对生产的反作用现象加剧，艺术生产也由此逐渐呈现出浓厚的商品化倾向。这主要表现为艺术生产的物化、文化工业的兴起等。由于艺术产品既具有与资本交换的商品性，同时也具备自身的审美价值，因此只有雅俗文化的创新融合、艺术生产主体的自律与国家的调控相结合，艺术生产才能获得更广阔的生存前景。

关键词：艺术生产；艺术消费；商品化

2016年5月，两部与“鸟”有关的电影在同一时间登上银屏。号称第五代导演吴天明遗作的《百鸟朝凤》，上映7天却只获得三百多万的票房。出品人在走投无路之际，通过网络直播下跪，以此呼吁各大影院为《百鸟朝凤》排片。与此截然相反的是，改编自手机游戏的动画电影《愤怒的小鸟》自上映之初就抢尽风头，轻轻松松将数亿人民币收入囊中。类似的现象近几年在国内市场层出不穷。商业电影大行其道，以《奔跑吧，兄弟》《极限挑战》等为代表的真人秀节目强势登陆各大电视台。而电视剧《平凡的世界》则在播出不久之后就再无人问津，《百家讲坛》因收视率滑坡，在央视“末位淘汰”的规则下可能被提前“下课”。作为一种特殊的生产方式的艺术，在当下的消费社会中逐渐呈现出难以抵挡的商品化倾向。诸此种种，令人深思。

一、艺术生产商品化的表现形态

（一）“物化”的流行

何谓“艺术生产”？这里主要包含广义和狭义两个层次。前者是指与物质生产相对的精神生产的一种，即作为精神作品。后者特指在资本主义生产时期“直接同资本交换”的生产性劳动。在消费时代，艺术生产的商品性进一步强化，艺术生产所创造的剩余价值更加受到重视，呈现出“物化”的倾向。所谓物化，马克思曾说过：任何生产都是个人物化。在当代，艺术生产的物化主要体现在以下两方面：

一是内容上娱乐性加强，思想内涵弱化。尼尔·波兹曼曾提出“我们的政治、宗教、新闻、体育、教育和商业都心甘情愿地成为娱乐的附庸，毫无怨言，甚至无声无息，其结果是我们成了一个娱乐至死的物种”[①]。消费时代，娱乐性成为许多艺术家进行艺术生产的首要标准。以《愤怒的小鸟》为例，它主要讲述了一群小鸟在鸟蛋被偷后，如何在胖红（影片主角）的带领下，夺回鸟蛋的故事。该片叙事简单，思想苍白，语言浅薄，除了鸟儿们荒诞的日常言行逗得观众哈哈大笑外，难以令人印象深刻。然而就是这样一部动画影片，在影院上映时，成人观众的数量远远多于儿童。相反，《百鸟朝凤》则带有更多的民间和传统色彩。它讲述了主人公从小学习唢呐，终于学有所成之后却发现现代社会难以再有唢呐的一席之

① 尼尔·波兹曼：《娱乐至死》，章艳译，广西师范大学出版社2004年版，第4页。

地，传达出对传统技艺与现代社会的反思。可该片却如同唢呐一般很快被市场埋没。英国的玛罗理·沃伯就曾提出“越不用花脑筋、越刺激的内容，越容易为观众接受和欣赏。这几乎是收视行为的一项铁律。”[①]消费时代，艺术生产从“形而上”走向“形而下”，资本家、艺术家大量生产出内容浅显、娱乐性强的作品来迎合市场，物化程度提升，思想内涵衰弱。

二是形式上，表现为文化实物产品的大量出现。纵观历史，文化的传播和存储的途径发生很大变化。从口头传播、刀刻竹载、毛笔纸帛到电脑网络。随着技术的发展，艺术这一精神作品更多地以“实物”的方式出现。除了传统的歌舞、戏曲等可以通过DV、网络等途径保存下来之外，文化艺术的创作更能带动一系列衍生物的出现。以《愤怒的小鸟》为例，它原本是款手机游戏，后来被搬上银幕，随着电影的热播，又出现了愤怒的小鸟玩偶、水杯、书包等相关产品。此外，迪士尼产业更是艺术作品实物化的典型代表。它以动画为源头，将触角广泛延伸至各个产业，形成迪士尼专卖店、迪士尼乐园、迪士尼音乐、迪士尼度假酒店等相互交错的产业链，相关产品遍布全球，以实物的形态出现在人们的日常生活中，表现出极大的物化倾向。

（二）“文化工业”的兴盛

以霍克海默、阿多诺为代表的法兰克福学派曾提出“文化工业”的概念。所谓文化工业，“是指凭借现代科学技术手段大规模地复制、传播文化产品的娱乐工业体系。它以制作和传播非创造性的、标准化的大众文化商品为载体，通过独特的大众传播媒介，如电影、电视、广播、报刊等多种普遍有效的途径送达消费者，供其消费，进而达到获取高额利润，实现发

① 转引自刘肖：《超越表象：对“娱乐至死”命题的批判性思考》，《新闻界》2007年第4期。

财致富的目的。”[①]文化工业的兴盛，带来了艺术生产的模式化和格式化，市场需求取代了审美需求，“震惊”代替了“韵味”，阻碍了艺术生产的多样性的发展。霍克海默和阿多尔诺就认为“在垄断下的所有的群众文化都是一致的，它们的结构都是由工厂生产出来的框架结构。”[②]长此以往，必定带来艺术生产的单一和雷同，危害无穷。

在文化工业标准化、模式化的特性下，当代的艺术生产暴露出一系列弊病。首先是抄袭现象加剧。前段时间闹得沸沸扬扬的琼瑶将于正告上法庭的案例就是一个典型。其次，艺术生产的胡编乱造现象更加严重。为了满足观众的口味，一些作家、艺术家完全不顾史实，肆意纂写、改编名著。除了近几年广为流行的穿越剧之外，古装片里主人公常常说着时下流行的网络用语，电视电影里更是频繁出现孙悟空、唐僧和妖精有了感情等情节，杂乱无章，令人错愕。最后，在消费社会里，一旦出现有消费潜力的生产倾向，类似、雷同的产品就会随之大规模涌向市场。近年来，改编自游戏的电影并非仅有《愤怒的小鸟》，此外还有《古墓丽影》《魔兽》等，游戏改编成了剧本编写的新宠。这除了渗透在电影领域之外，更在真人秀节目中有着极大的表现。湖南卫视《爸爸去哪了》的热播掀起收视狂潮，引起各大卫视真相效仿，接连推出了《爸爸回来了》《妈妈听我说》《妈妈是超人》《花样姐姐》等一系列真人秀节目。这些节目有着相似的模式，通过表现明星们的日常生活，满足普通观众窥探的癖好，以此来获得极大的收视率。

如此种种，都暴露出当代艺术生产中的创新意识淡化，以及以获取一定的物质财富来作为艺术生产目标的现状。艺术家在进行艺术创作时并非完全因为情感的迸发或对现实深刻的思考，而是站在市场的角度，忽视了

① 江守义、丁云亮、何旺生主编：《马克思主义文论》，安徽大学出版社2012年版，第183页。

② 马克斯·霍克海默、特奥多·威·阿多尔诺：《启蒙辩证法》，洪佩郁、蔺月峰译，重庆出版社1990年版，第113页。

艺术生产的特殊性——创造审美价值。而这一现象出现的原因，马克思主义也早给出了解释。

二、艺术生产商品化的原因

（一）“艺术消费”的推动

从艺术生产与艺术消费的关系来看，二者具有直接同一性。“生产直接是消费，消费直接是生产。每一方直接是它的对方。”[①]现代社会，生产力迅猛发展，人们精神消费的愿望日趋活跃，文化已经跳出了所谓的‘文化圈层’进入了日常生活，成为消费品。与此同时，文化消费需求的提升又将带动文化产业的兴起，促进了艺术生产的繁荣。呈现出艺术生产—艺术品—艺术消费—艺术生产的循环模式。

近几年，以动物为主角的动画电影成为新的追捧对象。此前的《冰河世纪》《拉斯维加斯的企鹅》等皆在中国市场收获了较高的票房。憨态可掬的动物形象、轻松愉快的影片氛围，搞笑幽默的影片剧情成了新的消费热点。艺术创作者在这些影片里，发现了消费商机，于是又接着创作出《功夫熊猫》《疯狂动物城》包括《愤怒的小鸟》在内的一系列作品。正如阿诺德·豪泽尔所说：“在大众文化的时代里，艺术的商品化所表明的不仅是可出售的、可能获得最大利润的艺术品生产的努力……而且更是为了寻找一种规范的形式，通过应用这种形式，一个类型的艺术品能够以最大的可能的规模出售给适合此类产品的公众。”[②]事实上，在生产、分配、交换、消费的流通环节里，民众的偏好影响了供求，观众变成了消费者。消费者热

① 马克思、恩格斯：《马克思恩格斯选集》第2卷，中共中央马克思恩格斯列宁斯大林著作编译局译，人民出版社1995年版，第9页。

② 阿诺德·豪泽尔：《艺术史的哲学》，陈超南、刘天华译，中国社会科学出版社1992年版，第326页。

衷于观看类似于《愤怒的小鸟》这样的作品，这也就意味着在未来很长一段时间内以动物为题材的动画电影都会成为艺术生产的宠儿。从另一方面看，生产与消费互相依存，互相影响。生产作为一种实践，如果没有利润和附加值,再生产就没有可能。这也同时解释了为什么近几年类似于《百鸟朝凤》的文艺电影生产较少，即便出现也难以立足的原因。

（二）现代科技的迅猛发展

现代科学技术的迅猛发展，尤其是传播媒体，对艺术生产产生巨大的影响，并由此带来了民众审美文化取向的变革。

首先，凭借先进的生产技术，让大批量的艺术生产变为可能。就像本雅明所说“复制技术把被复制的对象从传统的统治下解放出来，它制作出了许许多多的复制品，用众多的摹本代替了独一无二的存在。”[①]在这种条件下，人们对艺术作品进行保存的机会大大提升。其次，先进的传播媒体扩展了艺术生产、运营、流通的空间。大批量的生产，高速度的传播、高频率的出现，让艺术生产有了更多的受众和更广阔的前景，文化的跨国交融变得频繁，所以《愤怒的小鸟》、迪士尼产品才能在中国广受欢迎。最后，作为一种人类生产的艺术生产，归根到底是在经济基础上产生的。科技的迅猛发展势必带来艺术生产的质量的提高。而《愤怒的小鸟》与《百鸟朝凤》的票房的差异，更是与现代科技的使用有关。

《愤怒的小鸟》很好地利用了现代技术。从影片上映前来看，作为电脑和手机游戏的《愤怒的小鸟》之前早已经高频地出现在人们的生活中，无形中起到了极大的宣传效果，拥有一大批受众。此外，影片中频繁出现色彩斑斓、绚烂宏大的特效场面，给观众带来视觉上的刺激。且全程的3D效果，让人仿佛身临其境，与影片中的主人公一同上天入地，达到情感上的沟通和共鸣。相反《百鸟朝凤》则采用中规中矩的摄影技术和零度叙述的

① 胡经之主编：《西方二十世纪文论选》，中国社会科学文献出版社1989年版，第268页。

叙事方法，故事平淡，很难让生活在都市里的观众有所感触。所以反响平平，不被看好。

三、艺术生产商品化的未来展望

不可否认，在市场经济的大潮下，商品化之路是艺术发展的必然选择。它虽会带来一部分弊端，但同时也可以推动艺术生产，扩大文化传播，带动文化消费，促进经济繁荣。那么在当代，我们该如何做才能保持艺术生产繁荣和持久的生命力呢？

（一）雅俗文化的创新融合

传统社会里，雅文化似乎活跃在庙宇和殿堂，俗文化则多流行于乡野，但雅俗文化的界线似乎又并不固定。例如“在从明代成化元年（1465）到清代宣统三年（1911）近450年的历史中，传奇戏曲的语言风格经历了由俗变雅、由雅趋俗、由俗返雅、变雅为俗的变迁。造成这种雅与俗的扭结状态的文化动因，其表层是明清时期两种审美趣味，即文人审美趣味与平民审美趣味之间的对立与交融；其深层则是中国古代两种艺术思维方式，即通俗化的现实思维与典雅化的经典思维之间的冲突与调和。”[①]由此可以看出，雅俗文化并非处于绝对对立的状态，二者的关系因时代发展而呈现出动态变化的倾向。

在现代多元开放的文化空间下，主体的价值观和审美观也被不断塑形。当前，精英文化有着深厚的学养，丰富的内涵，却形式单一，局限于小群体之中，如《百鸟朝凤》《平凡的世界》只获得小部分人欣赏。而大众文化虽没有深刻的思辨内涵，却凭借先进的技术有广泛的受众。在这种条件下，只有雅俗文化相互交融，才能促进艺术生产的健康发展。

① 陈定家：《论市场语境下的艺术生产》，中国社会科学院2000年博士学位论文。

对此，首先精英文化要走出学院，走出知识分子阶层的象牙塔，将文化更广泛地传播开来。要正视大众文化的发展，重视大众文化提供的刺激动力和应用市场，切不可自视甚高，与他者孤立开来。其次，精英文化要自觉主动地与传播媒介互动。纵观历史，在五四时期，启蒙文化的广泛传播，与报刊、文学社团的大规模创办，传媒技术的迅猛发展密不可分。而近几年来，央视播出的《中国古诗词大会》《中国汉字听写大会》因形式新颖，在一定程度上也提升了民众对传统文化的关注。因此，精英文化在形式上借鉴大众文化至关重要。与此同时，大众文化也需要从精英文化中汲取精神养料，切忌哗众取宠、无病呻吟，才能使得艺术生产走得更加长远。

（二）艺术生产主体的行业自律

从艺术生产者的角度来看，要自觉遵循艺术本身发展的独特规律，坚持行业自律，构建良好的市场环境与人文环境。

当代的艺术生产实践中，低俗文化仍然占据着一部分市场，戕害着青少年的心灵发展。如《小时代》中的拜金主义，新版《西游记》中的情色表现等都被人所诟病。艺术生产的特殊性就在于它是一种以创造审美价值为目标的精神生产。它同时具备社会功能和文化功能，艺术产品具有与资本交换的商品性和自身的审美性。因此艺术生产者要明确艺术创作的目标，不能一味迎合市场而迷失自我。艺术生产主体不能只顾眼前利益，要倡导健康积极的精神消费，否则在快速发展的文化潮流下，也将很快被淘汰。

（三）国家的管理与调控

眼下，生产社会化、文化产品商品化、流通市场化已是大势所趋。面对日趋旺盛的文化消费需求，更需要国家的宏观管理和调控，才能维护艺术生产的秩序，促进艺术生产的繁荣发展。

第一，国家要制定正确的文艺政策。自古至今，文艺政策对艺术生产有着至关重要的作用。秦始皇“焚书坑儒”让大量文化经典付诸一炬；唐朝多元开放的文艺政策，促进了诗歌的繁荣；“文革”期间艺术生产的数量和质量；大幅度衰弱；而如今兼容并包的环境则让文艺又一次迎来了春天。由此看来，文艺政策涉及艺术生产、流通、消费的各个环节，其重要性不言而喻。

现如今，国家制定文艺政策，应立足以下三个方面。首先，所制定的艺术政策应保证文化具有足够的独立发展空间。文化艺术的发展确实与经济、政治体制密不可分，但并不能因此使文化沦为经济的附庸。否则艺术生产就会沦为传声筒，而丧失审美价值。其次，艺术政策的制定应随时代的发展而变化，切不可故步自封。正如同锺嵘的《诗品》将作者分为上、中、下三等，曹植居上，而鲍照、陶潜为中等，曹操居下。而这种观点在今天看来并不合理，这与不同历史语境下，人们对文化有着不同的理解有关。最后，在如今繁荣开放的文化空间下，文艺政策的制定应保持文化的兼容并包，以此才有助于艺术生产的健康和多元发展。

第二、国家要制定有关法律来规范艺术生产。文化产品走向市场，必定会面临着竞争与利益冲突。在此条件下，如上述提到的抄袭、剽窃、胡编乱造的现象便频繁发生。而艺术生产和消费又涉及主流意识形态、社会公德以及公民的文化权益等，所以国家要依法管理，保护艺术创作的产权，杜绝低俗、色情、暴力的艺术生产。

第三、通过经济手段来调节艺术生产。艺术生产也可将市场自发调节与政府的宏观调控相结合，用经济杠杆的手段来提高艺术产品的质量。

四、结 语

不可否认，艺术生产的商品化是艺术发展的必然阶段，也是市场经济下一股不可阻挡的大潮。现如今，文化艺术的评判标准已逐渐由审美价值被利益回报所取代，艺术作品表现出不同程度的精神缺失。但与此同时，艺术生产的商品化也逐渐把市场机制引入到传统文化的生产领域中，这表现为大众文化的崛起。它虽带来一系列弊端，但也有助于艺术的多元化，满足了一部分群体的精神文化需求。由此看来，只有把艺术生产的规律与市场规律相结合，才能保持文化的持久繁荣与发展。

弋游的中国动画电影

——对中国动画电影的生产与审美品格关系的反思

◇姚　卉

摘　要：艺术生产以创造审美价值为主要目标，在争取商业利益的同时应该保持自身独立的审美品格。本文以中国动画电影的发展为例，分析其在资本运作、技术发展、外来价值观冲击等因素作用下的盛衰沉浮，反思中国动画电影的审美品格误区，对中国传统文化与艺术生产的关系进行当代审视。

关键词：艺术生产；中国动画电影；大鱼海棠

之所以写这个主题源自对课本上一句话的思考："艺术生产是一种特殊的人类生产形式，是一种以创造审美价值为目标的精神生产。"

"精神生产"同"物质生产"一样受同一规律支配，一旦物化的产品进入资本运作的过程，不可避免地被烙上商品的二重属性：使用价值和交换价值。一方面，艺术是功利的，这体现在艺术品的直接美感愉悦和精神的审美功利上；另一方面，它又是非功利的，具有无物质的实用功利和间接的艺术精神影响。电影艺术作为信息时代的代表产品，能使观众产生"瞬间性"的惊颤反思，当然这指的是经典电影。优秀的影片不仅能满足观众掏钱买乐子的消费目的，还承担着独立的审美品格，是窥视社会文化、人性人情的一扇窗口。反观当下的中国电影市场，很可惜，我们能明显感受到电影的交换价值已经赶超使用价值，艺术品格让位商业利益。

阿多诺在《美学理论》中大肆讨伐文化工业及大众文化。他认为"作为商业，艺术只要能够获利，只要其优雅平和的功能可以骗人，相信艺术依然存在，便会继续生存"。[①]不错，当代艺术确实具有迎合大众的商业性质，但既然马克思已将生产分为"物质生产"和"精神生产"，我们就应该对二者进行区分，看待"精神生产"时要更加重视其生产非物质的价值。许多马克思主义者们发现，文化工业具有填补空虚、麻痹大众的作用，这在一定程度上确实危害了大众意识（与工业时代对人的异化有关），但文化工业的进程是避免不了的，一定程度上代表了人类文化的发展方向。"媒介即信息"，物质媒介规定并体现了艺术的特质，所以我们应该持积极的态度，赋予此媒介以更多"品格"，助人从"异化"转向"美化"。艺术生产既然是以创造审美价值为主要目标，就应该多多发挥产品的审美品格。

下面将以中国动画电影的发展为例，分析其近百年来的盛衰沉浮，反思中国动画电影的审美品格误区，对中国传统文化与艺术生产的关系进行当代审视。

一、宫崎骏的愤怒

宫崎骏是一代动画电影大师，他曾说过："世界上最好的动画在中国，在上美厂。"但当他1984年带着满腔热情来华访问时，倍感失望，再也不愿意来中国。这之后，中国动画产业从繁盛逐渐走向衰落，个中因果与宫崎骏的愤怒有没有联系呢？

宫崎骏盛赞的上美厂指的是"上海美术电影制片厂"，这里汇集了中国美术电影创始人万氏兄弟、漫画家特伟、美术家靳夕等蜚声动画影坛的艺术家，开创了木偶片（如《阿凡提》）、剪纸片（如《猪八戒吃西瓜》）、

① 阿多诺《美学理论》，王柯平译，四川人民出版社1998年版，第58页。

水墨动画片（如《小蝌蚪找妈妈》）、折纸片（如《聪明的鸭子》）等。这些极具特色的动画片将中国传统的艺术形式、耳熟能详的民间寓言故事和现代工业技术很好地融合在一起，至今很难被超越。万籁鸣先生的《铁扇公主》东渡后，对宫崎骏、《铁臂阿童木》的作者手冢治虫等产生巨大影响，一定程度上推进了整个日本当代动画的发展。改革开放之后，宫崎骏虔诚地来中国交流，却没想到上美厂已经开始“计件生产”，艺术品质让位于商业利益。宫崎骏认为这样的资本化运作会让上美厂再也制作不出万氏兄弟那样“中国学派”的动画了，未来的中国动画将会没有生气、特色。宫崎骏言中了，中国动画之后迷失在市场经济的浪潮中。一批动画精英出走国外，迪士尼的《花木兰》就是他们的作品，可惜3D动画的兴起埋没了他们的才华，中国动画艺术面临无消费市场的尴尬处境。宫崎骏守住了自己的动画理想，他坚持手工画稿，虽然三四年才能出一部作品，但高品质为他赢得了世界性的赞誉。

以上，我们能看出中国动画电影的两大衰落原因：一是商品流通属性带来的弊端，二是作为生产者的艺术家缺乏自觉的审美品格，既在新技术快速发展的境遇下乱了阵脚，又在追逐过程中丧失了自己文化的“根”。我们动画电影的发展历程，几次被打断；国内动画电影积极的市场意识多年来未被允许和鼓励；一些文化政策，又造成了动画创作长期的低幼化倾向。在这些不利的情况下，能把成人观众拉回影院，关注国产动画，着实不容易。

二、民族的才是世界的

2016年3月，美国动画电影《疯狂动物城》席卷全球，作为弱者的小兔子通过努力跻身于强壮肉食动物的警察行列，还和死对头狐狸谈起了恋爱，真是一出典型的“美国梦”；日本的《忍者神龟》从名字就能看出本民族特色。二者都有精彩的故事做底、精湛的技术修装且核心价值观的民族特色突出。所以，艺术领域中很重要的一条准则就是：民族的才是世界的。

近几年来，国产动画有回春现象。《秦时明月》是其中的一部典范。2015年夏天，一部《大圣归来》夹带暑气火热上映，虽然前期宣传不足，但是凭借高质量让无数网民自发宣传："那只死猴子又回来了！"这部动画电影取材于《西游记》，但故事情节、人物形象都有较大的反传统意味。雷公脸的孙悟空在设定上成为了一个人性的英雄，他失意、他狂躁、他孤独，他力拔山兮气盖世，他不断寻找迷失的自我，他是独属于中国人的超级英雄，再加上其在中国动画电影史的重要地位，情怀灼烫了一代人回忆的泪点。片中的中国元素运用得也非常出彩，比如混沌妖王高唱的诗经体昆曲《祭天化颜歌》：

五行山
有寺宇兮
于江畔
而飞檐
借童男童女之精华兮
求仙药
而历险

这个，只有中国才有。所以，中国动画应挺起自家文化的脊梁骨，把从炎黄就开始一脉相承的东西弄明白了，用电影的方式呈现，世界自会震惊——《大圣归来》在国外斩获荣誉颇多就是一个很好的例证。导演田晓鹏说，这部电影制作周期长达八年之久，特效制作经费以"秒"为单位衡量，几百元一秒的特效画面也不少见。艺术家的自守自坚可见一斑。

一年之后，又一部国产动画电影吸人眼球——《大鱼海棠》。这部电影讲的是一个掌管海棠花的少女与人类男孩的灵魂"鲲"之间的奇幻故事，主题为"家和自由"。明显看出，影片创意源自《庄子·逍遥游》"北冥有鱼，其名为鲲，鲲之大，不知其几千里也”，并融合了来源于《山海经》《搜神记》等古书与“女娲补天”等上古神话的传统元素，借鉴了永定廊桥、如升楼、福建土楼之王——承启楼等古建筑作为场景，处处体现都是中国文化的审美品格。《大鱼海棠》被美国动漫专业媒体称赞道：“这部充满了中国神秘感与浪漫色彩的作品，已经可以与亚洲最优秀的动画电影相媲美”。从2004年发端的一个梦，变成银幕上被千万人审视的作品，这个梦想耗费了12年的时间。期间获奖、花完钱、无限期搁置、众筹重启、定档跳票，种种波折最终成了电影上映前的光环和话题，以高姿态稳坐暑期热门IP。

但《大鱼海棠》上映后，评价呈直线下降，被指用情怀炒作。明明坚持了独有的民族审美品格，为什么还是遭遇口碑失败？传统文化与艺术生产在当代应该如何正确地进行审视呢？

三、《大鱼海棠》评析

不少评论家指出，《大鱼海棠》的意象设定很吸引人，叙事平台却空空如也。传统意境没有很好地参与叙事，仅仅作为无性格的背景板而存在；那些神话大神沦为功能符号，名字缺少纵深的意蕴阐释。看来，动画电影仅仅有中国元素是不够的，不仅要得之皮，还要得之骨。

总体来看，整部电影是金玉其外，败絮其中。优点在于视觉设定上的想象力：每一帧画面美得都能截下来当壁纸，装饰物的各种细节也精益求精。全片美术水准始终保持在一个相当高的基准线上，风格唯美偏日式，但又具备相当明显的中国特色。音乐和配音方面，两位导演张春和梁旋也是诚意满满。不过，外在的形式太铺张，反而不容易抓住内核，就像是用各种传统布料缝合拼贴的汉服，式样是对的，外观却看着别扭。追其根本，还是在于故事欠佳，格局太小。机械搭建的叙事框架、偶像剧化的台词、“玛丽苏”人物设定……难怪坐在电影院的观众大呼上当。这与大设定的世界观不能接洽，有种少年强说愁的拖沓感。

更深层的价值需要美丽的景和真切的情相融来映射。比如宫崎骏把有灵性的万物纳入动画之中，用飞行意象来表达自由和释放，用自然来对抗现代社会的物欲。人类与自然、生存与死亡，这是永恒的艺术母题，这样的情怀观众才会买账。再比如参与制作《大闹天宫》的张光宇，被称为“画坛的梅兰芳”，画风上将明清民间美术与欧洲现代主义结合，创作上如《西游漫记》改写唐僧四人的再取经来讽刺时事，形式内容皆有趣有味。所以，评价一部电影的制作是否精良并不是依据花了多少时间、金钱，而在于会不会专业地利用手中的资源。

总而言之，文学或者所有艺术行为价值需要解决流通与消费问题，文化传统与艺术生产应相辅相成，不能有所偏废。中国动画的未来方向和公关难点依旧是“两个融合”：民族性和世界性的融合，动画技术和故事片创作思维的融合。当下的中国动画电影像《大鱼海棠》中的大鱼还在梦境中弋游，摇摆于商业利益与艺术价值之间，期待有一天能够苏醒，取得生产与审美的平衡，游回属于我们的天空。

简论中国古代诗歌艺术生产的类型

◇胡梦雪

摘　要：自古情怀皆可入诗，诗歌作为艺术生产的一种，作为特殊的精神活动，它的特殊性贯穿生产、过程与结果，而作为精神活动，它又受到特定历史时期社会经济活动的制约。同物质生产即生产力发展的阶段性特征类似，同物质生产即生产力成长的阶段性特点近似，诗歌成长也具备阶段性特点：主要具有发源阶段的自娱式、发展阶段的依附式以及新型阶段的卖艺式等三大类型特点，而这三大类型在时期上又存在交叉与重合。

关键词：诗歌；艺术生产；自娱式；依附式；卖艺式

"艺术生产"的观点由马克思提出，他将艺术和出产两个观点组合在一起，构成艺术出产这一观点的最初形态。艺术生产分为广义与狭义，区别主要是看它的产品是否进入资本运作的过程中，只有为资本创造价值的才是艺术生产的狭义面。马克思认为艺术生产的理论属性："艺术生产与物质生产具有同质性，但艺术生产又是一种特殊的人类生产形式，是一种以创造审美价值为目标的精神生产。"①

① 江守义、丁云亮、何旺生主编：《马克思主义文论》，安徽大学出版社2010年版，第155页。

一、艺术生产理论与诗歌起源

马克思关于艺术出产理论的应用领域是包罗文学、音乐、美术、雕塑、修建等艺术丛，正如本雅明的艺术生产理论认为的“艺术活动不是观念化的认识活动，而是生产活动，并且具有自己的社会功能”[①]。而伊格尔顿以为：“艺术既是意识形态的一部分，又是经济基础的一部分。”[②]这就给艺术打上了双重烙印。

而中国自古便是一个诗歌的国家，诗歌最初的形态是诗、乐、舞相连的。“《吕氏春秋·古乐》云：‘昔葛天氏之乐，三人操牛尾投足以歌八阙。’这里的葛天氏应该是传说中的一个部落酋长，而这八阙可能是现在所知的最古的一套乐曲。”[③]歌诗，顾名思义是可以歌唱的诗，但本文论述的诗歌是包括歌诗在内的广义的诗歌：从中国最早的诗歌总集《诗经》，到文人五言诗《古诗十九首》，一直到唐诗这座高峰，无论是官方编纂的诗集还是民间的歌谣集，诗歌河流生生不息，至今仍旧滔滔不绝。

二、三大诗歌艺术生产方式

自古情怀可入诗，诗歌作为艺术生产的一种，作为特殊的精神活动，它的特殊性贯穿生产、过程与结果，而作为精神活动，它又受到特定历史时期社会经济活动的制约。同物质生产即生产力发展的阶段性特征类似，同物质生产即生产力成长的阶段性特点近似，诗歌成长也具备阶段性特点：主要具有发源阶段的自娱式、发展阶段的依附式以及新型阶段的卖艺

① 江守义、丁云亮、何旺生主编：《马克思主义文论》，安徽大学出版社2010年版，第161页。

② 江守义、丁云亮、何旺生主编：《马克思主义文论》，安徽大学出版社2010年版，第166页。

③ 袁行霈主编：《中国文学史》（第一卷），高等教育出版社2005年版，第22页。

式等三大类型特点，并且在时期上又存在交叉与重合。以下将就这三种类型展开论述：

（一）发源阶段的自娱式

中国诗歌源远流长，作为一种艺术形式，要钻研中国古代诗歌，就从中国文论艺术的发源提及：《吕氏春秋》以为音乐发源于自然界阴阳的转变，孔颖达以为艺术发源于人的赋性，文艺是神的缔造和赐予等。而根据马克思艺术生产理论，艺术起源于劳动：正如鲁迅先生所说的原始人抬木头时所唱“杭育杭育”，说明诗歌是适应劳动需要的情感表达。再如古老的《弹歌》《葛天氏之乐》就反映了原始狩猎与农业生产等，而到了第一部诗歌总集《诗经》，诗歌内容也更加丰富，境界也逐渐扩大：除了农事诗，还有战争诗、爱情诗、燕飨诗、怨刺诗等。[①]

诗歌作为最古老的诗歌艺术生产方式，可根据诗歌来源大致分为：一是自作诗歌，自娱自乐；二是以歌唱他人或已有的诗歌来怡情养志，某种程度而言这是属于诗歌的二度创作。在人类分工与专职诗人、艺人与艺术机构出现之前，这是诗歌最主要的生产方式。

自娱式诗歌的第一类可以追溯到中国文论中的不同诗歌起源说：例如有《尚书·尧典》中的“诗言志，歌永言，声依永，律和声”[②]的言志说；有《毛诗序》的“在心为志，发言为诗”表达说，有陆机的“遵四时而叹逝，瞻万物而思纷，悲落叶于劲秋，喜柔条于芳春”[③]的四时感悟说等等。

再从中国诗歌创作的沧海中拾贝一二：“《吕氏春秋·音初》所载涂山氏之女所歌的‘候人兮猗’，虽只有一句，却是我们今天所能见到的比较可信的夏代歌谣的遗文。”[④]《左传》中的郑庄公与母亲黄泉相见“大隧之

① 袁行霈主编：《中国文学史》（第一卷），高等教育出版社2005年版，第53—61页。

② 郭绍虞：《历代文论选》（一卷本），上海古籍出版社2001年版，第1页。

③ 郭绍虞：《历代文论选》（一卷本），上海古籍出版社2001年版，第66页。

④ 袁行霈主编：《中国文学史》（第一卷），高等教育出版社2005年版，第1页。

中，其乐也融融；大隧之外，其乐也洩洩”；也有狂放不羁“仰天大笑出门去，我辈岂本是蓬蒿”的李白。所有的喜怒哀乐、酸甜苦辣都可以汇聚成诗歌，这既是人民表达感情所在，也是自娱式所存在的意义。

但无论哪种起源说及表现形式，自娱式的歌诗具有比专业的艺术生产更灵活的机制，它具有广泛的群众性：生产者与消费者都为人民群众自身。而又因为它参与人数多，覆盖范围广，流传时间久，所以既促进了诗歌生产，又反过来加速诗歌传播。如中国的魏晋南北朝民歌：南方的民歌以温婉细腻的《西洲曲》为代表，反映了人民真挚纯洁的爱情生活；北方的民歌粗豪豪宕，以刚柔并济的长篇叙事诗《木兰诗》为代表。它们来源于群众，并在吴侬软语或抑扬顿挫的歌唱中而流传千古。

（二）发展阶段的依附式

在中国古代，诗歌也有艺术生产兼有经济基础与上层建筑之功用。随着社会生产的发展，专业的歌舞艺人出现，他们隶属国家，起着宗教祭奠、宴会朝见时的娱宾等作用。后来，这些歌舞艺人的表演与诗歌创作更加脱离自娱式，出现不同情况的依附式：第一种是依附于宫廷皇室或达官显贵之家，服务性大于独立性。第二种是建立在第一种基础上形成的不同的诗歌流派，受到依附对象的限制，甚至出现独立的文学派别，独立性大于服务性。这时的出现全职或兼职的创作人或歌舞艺人，就有了同自娱式不同的特征及作用。

究其原因，同艺术的社会分工有联系，在自娱式的诗歌生产中，群众既是生产者又是消费者。当生产力水平提升，人民群众尤其是统治阶级对作为“礼乐教化”和“休闲娱乐”的诗乐要求出现并提高时，于是便出现了物质与精神的生产与消费的分离，产生了相应的音乐机构和专门从事诗歌创作的人员，并出现了不同的依附式：

1.依附于宫廷皇室或达官权贵之家

在中国先秦，由国家供养的歌舞艺人最初归乐官管理。比如夔相传是尧舜时掌管音乐的人。《尚书·尧典》中就有“夔！命女典乐”的情节。这不仅是对诗的作用的阐发，同时进行审美和教化意义的说明。而到了礼节周全的周代，“瞽宗”为专门的乐舞机构，还有专职的教授人员“乐师瞽朦”。也有孔子的抱怨“八佾舞于庭，是可忍孰不可忍”，因为孔子认为鲁国的大夫这种公然在自己家里演出天子的八佾之乐是一种“僭越”，可知礼乐制度的规范化深入人心。这些现象的出现与奴隶社会的强大传统是密不可分的，它也是社会商品经济不发达，享乐大部分属于统治阶级的结果。

到了封建社会，生产力继续发展，相应机构也更加发达。例如专门负责收集整理音乐的东汉乐府机构以及“由朝廷乐府系统或相当于乐府职能的音乐管理机关搜集、保存而流传下来的汉代诗歌”[①]的两汉乐府诗至于两汉乐府诗的作者则来源于各个阶层，连司马相如也曾介入创作。这也是自娱式创作上升为封建阶级的依附式创作的一种途径。再比如，繁荣昌盛的唐代，因唐玄宗喜爱俗乐“更置左右教坊，以教俗乐”（《资治通鉴》卷二一一），即乐坊是一个俗乐机构，难怪白居易的《琵琶行》中的琵琶女骄傲地说自己的技艺“名属教坊第一部”。类似于琵琶女的歌舞艺术人才，不仅是具有使“江州司马青衫湿”的高超技艺的表演者，更客观上促进了中国古代诗歌艺术的传播和发扬。

2.依附于不同的文学流派或集团

在第一种情况的基础上，有更深一层的情况是由于依附贵族、朝廷、馆阁等权势机构的特殊性，从事诗歌创作的文人因为创作风格的类似形成一个文学团体，甚至是一个派别：这以齐梁宫体诗以及西昆体为代表。

齐梁时期，宫体诗诞生于的门阀制度下的家族文学前背景下，以皇室为中心的文学集团对文学的影响特别是诗歌的影响更为深刻，出现了规模最大、影响最大的三大文学集团：南齐竟陵王萧子良集团，梁代萧衍、萧统文学集团，萧纲文学集团。但因他们生活范围局限于皇宫帝苑、藩镇使

① 袁行霈主编：《中国文学史》（第一卷），高等教育出版社2005年版，第188页。

府，所以诗歌创作应制唱和的作品多，争胜斗艳色彩浓，审美趣味与艺术风格大体一致。

再比如，宋初诗坛上最盛的一派是西昆体，代表作《西昆酬唱集》就是馆阁文臣唱和风气及盛下的产物。他们的诗人群体关系密切：成就较高的代表有杨亿、刘筠、钱惟演。他们的创作目的，杨亿在《西昆酬唱集序》中说“历览遗编，研味前作，挹其芳润，发于希慕。更迭唱和，互相切劘”[①]。西昆体题材有怀古咏史、咏物、生活内容等，创作风格整饬、典丽。与齐梁宫体诗类似的是，他们的诗作思想内容也较为贫乏、缺乏生活气息。但他们为后来的诗文革新提供了经验和教训，故是宋初诗歌发展必不可少的一环。

由齐梁宫体诗和西昆体这两种特殊的诗歌团体可以看出，他们是诗歌生产的机构之一，但宥于生活及视野的局限，他们的诗歌创作成就并不高。所以后来的独立出来的因风格类似归为统一的文学派别的诗歌集团，更具有创新性及独立性，例如建安七子、初唐四杰、永嘉四杰等，往往有着更高的诗歌成就及文学史意义。

其实，在现当代的诗歌创作中，艺术生产与物质生产具有同质性，在某种情况下，诗歌也为资本创造价值，艺术品具有商品的属性，可以归类到狭义的艺术生产领域：如诗人自娱的创作被刊登而获取稿费，而诗人与现代媒体运作团体签约创作，也具有一定的独立基础上的依附性。

（三）过渡阶段的卖艺式

所谓卖艺，便是经由表演艺术来挣取报酬，并以此养家糊口的本领。如果仅从经济收入来说，依附式也具有卖艺式的特征，但就诗歌艺术创作来说，这种方式的自由度更大且更具有平民性。虽然它是一种以创造审美价值为目标的精神生产，但此时的方式流动性强，组织灵活，生产与消费

① 袁行霈主编：《中国文学史》（第三卷），高等教育出版社2005年版，第25页。

的对象均是平民群众。它的所依附的物质载体不仅是诗歌文本本身，更多的是以卖艺为生的专业艺术团体。他们可能作为民间歌舞团体在街头巷尾卖艺而生，也可能因技艺高超活跃在皇宫贵族之室，同时拥有朴素的平民性以及“楚王好细腰，宫中多饿死”的统治阶级选择性。

究其历史，我们可以发现一二：在诗歌兴盛的唐朝，《新唐书·李益传》里就记载过李益诗歌因技术高超备受欢迎，甚至“以赂求取之”的故事[①]。而更多的民间艺术团体随着生产力的发展，也会出现专门的具有商业性质的演出场所，比如宋代的“瓦市”，是大城市里娱乐场所的集中地和宋元戏曲的表演场所。

可以看到的是，在整个中国的封建社会中，卖艺式和平民式并不是诗歌生产的主要方式，但仍然具有意义。我们知道，人类社会出现阶级和分工以来，艺术作为一种高雅的象征，一直是少数人的特权，特别是高水平的艺术产品及表演的欣赏。下层群众在温饱问题与阶级压迫的基础下，谈何艺术享受？所以卖艺式是广大群众接触、欣赏艺术的重要途径，也是艺术生产与消费得以普及的重要保障。而随之产生的其他文学体裁及民间文学产品，如元代杂剧和明清小说为代表的俗文学，也可以印证这一点。即使在大众传媒飞速发展的今天，诗歌仍具有卖艺式的生产特征，这是时代的烙印，同时也与诗歌的艺术生产相辅相成、互相促进。

三、结　语

以上仅粗略地对中国诗歌的艺术生产方式做了不同区分，而这三种关系虽有阶段性特征，但同时也有重合的部分，它们在不同的时代相互促进、补充，共同构成了中国诗歌的璀璨星空。大体上来说，其中最早、最

① 宋祁，欧阳修，范镇，吕夏卿：《新唐书·李益传》，中华书局1975年版，第5784页。原文为：“李益，故宰相揆族子，于诗尤所长。贞元末，名与宗人贺相埒。每一篇成，乐工争以求赂求取之，被声歌，供奉天子。”

基本、应用最广泛的是自娱式。因为作为一种精神消费品，艺术本来就是为了人们的精神需求而服务的。随着生产力水平的提高以及社会分工的细化，自娱式的消费水平也逐渐提高，创作与欣赏的主客体水平提升，那么便出现了特权消费的产物——依附式，并且与封建统治密不可分，在此基础上出现的诗歌团体也不可小觑。随着平民阶层的兴起及欣赏水平的提高，卖艺式则更加适应时代的需要，这也预示着诗歌的内容、形式和风格发生了变化，可以归类为狭义的艺术生产。宋元以后出现的除诗歌外的戏曲小说等多样体裁，更证明了这一点。而无论哪一种生产方式，都在当代社会有所体现并处于不断地继承与发展变化之中。

正如马克思理论所认为的艺术生产在生产与消费关系间有自己独特的属性。而艺术家的素质的提高也并非仅因作品拥有众多消费者，而是在自我克服、自我磨炼中、自我修养的过程中得到提高。诗歌的魅力以及区别于一般商品就在于它作为消费对象的审美价值，这也是它如莲花般遗世而独立的重要原因。理论应为实践服务：在自娱式、依附式、卖艺式的三种诗歌创作生产的类型下，我们希望看到诗歌更加健康地发展，成为艺术生产者与消费者心目中永远的一块净土。

人物真实与独抒性灵

——结合实例浅析马克思艺术生产理论

◇张艺静

摘　要：艺术生产是由马克思首先提出的重要概念，是马克思主义文论中重要的一环。艺术生产是西方文艺批评中重要的命题，本文试从中国古代文论中的小说评点以及公安派的“性灵说”来重新阐释马克思主义文论中的艺术生产观，希望借此能对“艺术生产”理论有新的发现，亦能对中西文论进行有益的对比与借鉴。

关键词：艺术生产；审美价值；小说评点；独抒性灵

“艺术生产”的概念最早由马克思提出，马克思认为艺术是与人口生产和物质生产不同的包括宗教、道德、科学等在内的一种特殊形式的精神生产，其理论的最终成熟经历了一个较为漫长的过程。广义的艺术生产是指：“不是以满足人们的物质需求为目的，而是作家、艺术家通过脑力劳动创造出精神作品”[①]并且马克思和恩格斯认为艺术生产与物质生产具有同质性，那么这里也就涉及中国古代文论中的评点家在讲真性情时依赖故事、人物和情节来使其价值得以彰显，评点大家叶昼评点小说的首要遵守标准便是紧紧围绕性格与情节的发展，本文首先就艺术生产理论的同质性来与

① 江守义、丁云亮、何旺生主编：《马克思主义文论》，安徽大学出版社2010年版，第154页。

叶昼评点《水浒传》的共通之处来进行展开。

一、小说评点：人物性格彰显与同质性

从生产的艺术这一角度来看，马克思认为人类社会生活本质上是一种实践行为，文学与艺术不仅深深地植根于社会的物质生活实践中，并且它们的生产过程本身就是一种实践活动。明代起始，中国古代小说评点进入了一个全盛时代，不仅仅评点朝代的范围无所限制，并且批评的形式也是多种多样。首先引起小说批评界注意的是《三国志演义》，而后《水浒传》的评点又掀起热潮，李贽称《水浒传》为“古今至文”。在李贽之后，对于《水浒传》进行点评值得注意的是文人叶昼。在中国古代，文人评点与书商往往交织在一起，有学者指出明代书坊与文人评点的关系大致有两种情况，一是“书坊组织下层文人评点小说”[①]，二是“中上层文人主导小说评点”[②]。我们两种情况兼论，书坊主往往依靠中上层文人的社会名望来抬高自己刊刻的小说的身价，这一方面使得评点大家金圣叹等人能在评点中宣扬自己对小说的伦理立场，另一方面又使书坊主冒用李贽等文人的名头来刊刻小说，使书坊主本人的伦理意图借助文人的社会影响得以推广。叶昼其人生前穷困潦倒，是典型的下层文人代表，缺乏社会声望。为计谋生出版自己的评点，不得不托名李贽来进行小说评点，关于其托名著述在周亮工的《因树屋书影》中有详细的说明：

> 叶文通，名昼，无锡人。多读书，有才情。留心二氏学，故为诡异之行，迹其生平，多似何心隐。或自称锦翁，或自称叶五叶，或称叶不夜，最后名梁无知，谓梁溪无人知之也。当温陵《焚》《藏书》盛行时，坊间种种借温岭之名以行者，如《四书》

① 程国赋：《明代书坊与小说研究》，中华书局2008年版，第314页。
② 程国赋：《明代书坊与小说研究》，中华书局2008年版，第316页。

第一评、第二评、《水浒传》《琵琶》《拜月》诸评，皆出文通手。①

我们可以得知，叶昼评点小说多托名李贽，一来借助李贽名声实来宣扬自己的小说观点；二来则是叶昼是典型的下层文人，名望低微，对于书坊主的依赖性非常强，书坊主的伦理姿态往往主导了小说评点的倾向性，冒用李贽等文人的名头来刊刻小说能够使书坊主本人的伦理意图借助文人的社会影响得以推广，这是一种另类的推销手段。

叶昼评点《水浒传》的显著特点便是联系社会现实，借以诉诸胸中不平，乃至于更为尖锐泼辣、淋漓尽致地抨击统治集团，揭露社会黑暗和痛斥假道学。仅仅从文学艺术的观点来看，叶昼的见解也达到了当时时代的高度，并且较离经叛道的文人李贽的一百二十回的评点来说也更为丰富得多和深入得多。

叶昼评点小说的特点和成就在于他是第一个真正自觉地注意分析人物形象并且把握人物典型性格使其得以彰显的评论家。在叶昼之前，人们对于小说中的人物形象虽然也有分析，但是多为偶然触及，所见也不深，没有能够深入地把握人物形象。叶昼在《水浒传》之前写过一篇论著：《梁山泊一百单八人优劣》，他评李逵为“第一尊活佛”，到了宋江则是“假道学、真强盗”等，叶昼是第一个真正指出《水浒传》在刻画人物性格方面取得了杰出成就的评点家：

描画鲁智深，千古若活，真是传神写照妙手。且《水浒传》文字妙绝千古，全在同而不同处有辨。如鲁智深、李逵、武松、阮小七、石秀、呼延灼、刘唐等众人，都是急性的，渠形容刻画来各有派头，各有光景，各有家数，各有身份，一毫不差，半些

① 王运熙、顾易生主编：《中国文学批评史新编》（下册），复旦大学出版社2002年版，第156页。

不混，读去自有分辨，不必见其姓名，一睹事实，就知某人某人也。读者亦以为然乎？读者即不以为然，李卓老（叶托称）自以为然，不易也。[①]

叶昼在论述人物具有鲜明性格时不止于此，还指出人物之间有共性，而罗贯中与施耐庵塑造人物妙就妙在“同而不同处有辨”，共性与个性的巧妙统一，这是叶昼心中一条“不易”的标准。叶昼认为《水浒传》之所以能够将众多英雄形象写得性格鲜明，很大一部分原因在于其多层次的刻画英雄人物的性格，李逵性格莽撞，但有时候也写他真率，写他的蛮横；写鲁智深粗豪，却又写他的精细和机智。这就是在“同而不同”中显示出了人物的个性特点。

我们结合“艺术生产”的理论属性能够对叶昼的小说评点有更深入的认识，马克思在《1844年经济学哲学手稿》中说：“劳动的对象是人类生活的对象化；人不仅像在意识中所发生的那样在精神上把自己划分为二，并且在他所创造的的世界中直观自身。”[②]那么这里的直观自身指的是包括审美意思在内的自我意识，劳动及其产品不仅仅有实践和实用的特性，还包含着审美的特性。叶昼在论及人物性格时，切实地结合了小说中的英雄故事，人物的性格往往凭借着情节来展示，而情节的开展也必须符合人物性格的发展。如《水浒传》第三十三回写宋江到清风寨避难，结果途中被刘高抓去诬陷为强盗，花荣凭借武力将宋江夺回后，连夜又让宋江独自上清风寨，结果又被刘高派遣的军汉二三十个抓获。在这里，叶昼就指出：

花荣缘何不着人送到山下？独自花知寨太莽，宋公明亦欠细

① 王运熙、顾易生主编：《中国文学批评史新编》（下册），复旦大学出版社2002年版，第160页。

② 江守义、丁云亮、何旺生主编：《马克思主义文论》，安徽大学出版社2010年版，第156页。

密，临去着几人护送，也好托个信息，缘何如此托大？[①]

这就是从人物性格着眼来批评情节处理上欠妥当，按照宋江和花荣的性格，在当时的情境下必然会让人护送，但是假若真的果然“着人送到山下”，刘高抓不到宋江，这样花荣造反上梁山的故事也就难以为继了。叶昼指出了作者为了迁就情节而破坏了人物性格的完整性，从中可见叶昼对于塑造具有典型性格的人物形象是何等的重视，叶昼的这些见解直接启发了后代评点大家金圣叹的小说人物论。

二、独抒性灵：追寻审美价值与非功利性

马克思认为艺术生产作为精神生产必有其内在的、不同于物质生产的规律。精神生产的目的不是生产能满足人们自然属性需要的物品，而是生产非物质的思想、观点形象和情思，即依附于一定的物质载体或物质承担体之上的精神财富。

可以这样理解，艺术生产追求与物质生产不同的一种美的非功利性，试举晚明诗坛中公安派的“性灵说”来展开。公安派从提倡直抒“性灵”出发，反对拟古蹈袭，尤其是反对以前后七子为代表的复古流派，认为其固守传统道德规范来进行创作实际上戕害了文人内在真正的文思和性情，其追随者也大多粉饰太平造成了明代诗坛后期的艺术生命力匮乏。如何做到真正的发自内心的文学创作，其核心则首在遵从“性灵”：

大都独抒性灵，不拘格套，非从自己胸臆流出不肯下笔。有时情与境会，顷刻千言，如水东注，令人夺魄。其间有佳处，亦

① 王运熙、顾易生主编：《中国文学批评史新编》(下册)，复旦大学出版社2002年版，第160页。

有疵处。佳处自不必言，即疵处亦多本色独造语。[①]

推崇“独抒性灵，不拘格套”，就是从诗歌创作的角度，强调真实地表现作者个性化的思想情感，反对各种人为的约束以及“粉饰蹈袭”。臻处就在情与境会，处在此时的作者文思如泉涌，不必多加思索亦能有诸多话语。“李白斗酒诗百篇”和郭沫若创作《女神》时疯狂地亲吻土地就是文思泉涌的最好写照。其创作佳处也亦如严羽的“羚羊挂角”达到“无迹可求”的境界，即使创作中有瑕疵，亦是作者本色语值得加以肯定。

信手而成随意写出的写作态度也使得公安派作家不太喜欢在作品中铺陈艰涩的道理以及刻意琢磨雕饰，他们往往根据生活体验以及个人的兴趣爱好来抒情和赋事状物，追求一种清新洒脱和异趣横生的创作效果，如袁宏道的《初至绍兴》：

闻说山阴县，今来始一过。船方革履小，士比鲫鱼多。聚集山如市，交光水似罗。家家开老酒。只少唱吴歌。[②]

诗歌就以轻松舒展的笔调描写了山阴当地的风土人情，富有生活意趣，语言也是俗白活泼，一反明代诗坛拟古蹈袭的艰涩诗作。可以理解公安派的“性灵说”的提出就是强调诗歌创作这种文学艺术活动有着与人类其他活动相迥异的特点，其强调艺术生产的主体独特的生命体验。艺术生产所创造出来的审美价值不同于物质生产的实用价值，艺术生产的美具有非功利性。审美感受来自于人类对于美的事物的观照，所谓“睹物兴情”“情与境会”正是观照对象以其可感的外在形式吸引我们，个体进入一种精神亢奋的状态，不自觉地与对象所指引的境界产生共鸣，从而有所领会有所发现。

---

① 袁行霈主编：《中国文学史》（第四卷），高等教育出版社2005年版，第177页。
② 袁行霈主编：《中国文学史》（第四卷），高等教育出版社2005年版，第179页。

公安派强调“独抒性灵”则正是对于美感获得的个体差异性有所认识，美感富有个性而隐共性，个人美感的获得和其审美素养、审美心境以及人生经验都密切相关。而艺术生产则是一种以创造审美价值为终极目标的精神生产，其生产目标决定了艺术生产只有从现实的功利得失中摆脱出来，才能够产生审美价值，因此我们可以说艺术生产超越个人实用功利的特色也是十分显著的。康德认为：“美是一种无目的的快乐。”艺术生产所创造的审美价值中必定有美感，美感这种高级快感不同于生活情感，它不仅仅要适眼适耳还要赏心悦目。

袁枚标举性灵，最爱言情之作。其对沈德潜的诗论展开了尖锐的批评，沈德潜在给袁枚的信中重复其一贯的主张：“诗贵温柔，不可说尽，又必关系人伦日用。”①关系人伦日用就是着眼于维护封建社会的等级关系，要求诗歌要有一定的社会功用，袁枚则认为诗歌可以“有关系”也可以“无关系”，对于诗歌的社会功能不可强求一律。沈德潜最为反对“缘情绮靡”的诗作，认为诗歌言情也必须要和君臣朋友的伦常有关，袁枚标举“性灵”，最为重视表达男女真情，反对排斥艳情体诗，肯定“艳诗宫格，自是诗家一格”。“性灵”是“性情”于“灵机”“真”和“巧”的结合，追求性情的真实是袁枚诗论中最为重要的基础。我们可以认识到，“性灵说”最为突出的是文学的审美功能即表达自己的真实情感，它忽视文学的功利色彩并反对呆板地服从传统诗教。

但是艺术生产是否就完全与功利不相关呢？我们也不能得出这样的结论，普列汉诺夫在论述康德的“审美判断的非功利性”的观点时就说：

> 审美的享受的主要特点是它的直接性。但是功利毕竟是存在的；它毕竟是审美的享受的基础；如果没有它，对象看起来就不

① 王运熙、顾易生主编：《中国文学批评史新编》（下册），复旦大学出版社2002年版，第276页。

会是美的。[①]

普列汉诺夫吸收了康德美学中的合理因素，但他看到了美感在个人超功利的形态下隐藏的社会功利内容，纠正了康德的失误，我们必须承认审美活动中的功利还是存在的，因为它毕竟是审美享受的基础。

三、结　语

本文就马克思主义文论中“艺术生产”的理论属性与叶昼评点以及公安派的“性灵说”进行了比较分析，我们可以得出关于“艺术生产”在马克思文论中的内涵是较为丰富的，并且马克思与恩格斯提出这一观点也旨在解决复杂的艺术和美学问题。仅从西方的文学艺术来阐释“艺术生产”的本质也许只能阐释其部分含义，中西文论的对比结合才能更好地互补有无以不断阐释其内涵，也能使两者具有更充分的历史背景。艺术生产作为物质生产和精神生产中的桥梁，涵盖了生产论和反映论的观点，艺术生产论的提出肯定了劳动过程在艺术生产中的重要性，人类正是通过艺术生产将自己的意识反映出来，并且以此为基点不断激发自己的潜力。真正的艺术生产应当以表现艺术家的美学观念为基础，满足人类的审美需求和自我肯定为目的，这样人类才能更好地对待和改造所处的社会环境。对于马克思主义文论中的“艺术生产”的分析也许仅仅是其冰山一角，亦希望更多关注“艺术生产”理论的有志之士继往开来，探索其庞博的理论内涵。

① 刘叔成、夏之放等：《美学基本原理》，上海人民出版社2015年版，第204页。

从毛姆的文学创作看艺术生产

◇查　琴

摘　要：马克思在他的著作《〈政治经济学批判〉导言》中，正式提出了“艺术生产”的概念。作为马克思主义文论的重要组成部分，艺术生产理论在文学层面体现得尤为明显。毛姆作为英国著名作家，他的文学创作就深刻地体现着艺术生产理论的方方面面内涵，具体包括三个主要方面：一是艺术生产本质上是一种生产活动；二是艺术生产过程严格来说是一种消费过程；三则是艺术生产中存在的机械复制问题。本文将从这样三个角度从毛姆的文学创作看艺术生产，并说明马克思关于艺术生产的理论在当代的意义。

关键词：毛姆；艺术生产；机械复制

作为全球著名的作家，毛姆的创作可能在外国文学史上只有寥寥数笔，但实际上这位极具个人魅力的作家，一直被广大读者喜爱着，他那些优秀的小说作品和戏剧作品在世界各地都广受好评，其中最著名的《人生的枷锁》可以称得上是20世纪拥有最多读者群的小说作品之一。从其文学创作来看，我们可以看到艺术生产理论在其创作中极其明显的适用性，这具体表现在以下几个方面。

一、艺术生产本质上是一种生产活动

我们知道，艺术生产作为一种特殊的精神生产，始终离不开物质生产，正如马克思、恩格斯反复强调的那样，经济是整个人类社会存在和发展的基础，因而也必然是精神生产和艺术生产存在和发展的基础。经济对毛姆的艺术创作的影响主要表现在两个主要方面：

其一，从大的经济背景来看，毛姆主要活动于19和20世纪，在这个时期，无疑物质生产力有了相当大幅度的提高，机器生产也越来越普遍，科技迅猛发展，整个社会都表现出强大的生命力。在这样一个背景下，书籍出版业也随之火热起来，甚至出现了大型的出版集团（毛姆的小说《克拉多克夫人》就曾在颇具威望的威廉·海涅曼公司出版），促生了一批极有影响力的靠写作为生的作家，年轻的作家们在这样一个令出版业激动的时代开始尝试不同风格的艺术生产，著名的出版人托马斯·费希尔·昂温就曾发掘过著名作家叶芝、高尔斯华绥等人。毛姆作为一个急切希望独立又满脑子写作资料、怀有极强写作冲动的作家，这样的经济时代给毛姆的文学发展带来了一定的推动力。

其二，毛姆的文学创作给他带来的是巨大的经济上的成功，这些财富又反过来为他的文学生产活动提供了巨大的物质保障。一则是有了经济来源，毛姆可以静下心来进行文学生产，而不必为了生产疲于奔命；二则是有了资金支持，毛姆有了更多机会走出自己生活的固有范围，去感受异国的风光。毛姆在去西班牙的塞维利亚时就在这里完成了一本游记、四个短篇和一本足本长篇小说，这在一定程度上开阔了毛姆的文学眼界，而不至于陷入狭隘的创作，同时也为他提供了源源不断的灵感来源；三则是毛姆足够强的经济能力让他有了更大的社交圈子，也有资本开文学沙龙。毛姆是个有些口吃，性格内敛，不善表达的人，但在沙龙中，他可以不发言，只静静观察每一个人，也正是如此在毛姆创作的小说中有很多人物原型就来自于他的社交圈，而且上流社会的风流韵事也给他的戏剧创作带来了丰富的题材。如他的著名小说《寻欢作乐》就是由当时文坛上存在的真人真事拼贴而成，在阅读过程中，读者仿佛看到了哈代或是毛姆本人的生活，体现了极强的现实主义特征，同时又带有特殊的毛姆式的幽默，读者在读后往往会心一笑。可以说，正是这样特殊的经济时代成就了毛姆，而毛姆也以他极其活跃的艺术生产活动反映着这个社会。

二、艺术生产过程是一种消费过程

艺术生产作为一种生产活动，在马克思看来，只有产品进入了资本的运作过程，作家的劳动才是艺术产品，即艺术生产离不了消费活动，这在毛姆的文学生产，尤其是戏剧生产过程中表现得尤其显著。作为一名称职的职业作家，毛姆每天都坚持写作，直到生命终结。在整个经济链条中，毛姆可以作为起始端，是艺术产品的生产者，当文学作品诞生后，毛姆要寻找出版商或剧院出版或排演，这就是艺术生产的中间环节，而出版商或剧院就发挥了中间媒介作用，而只有当作品被读者阅读，戏剧被观众接受，整个生产环节才算全部完成，无疑这终端的环节是最为重要的环节，如果作品不能被消费者接受，作品的审美价值就难以实现。如果出现这样的情况，虽然在一定程度上打击了作家的生产积极性，但从长远来看，其益处也是显而易见的，即在潜意识中有利于促进艺术生产者的生产力水平的提高，促进作家的产品再加工进程的推进，即是马克思文论中的艺术再生产理论。同时这一生产活动还要尽量迎合大众，但这种迎合绝对不是盲目的，其深层含意即是指在商业发达的社会，作家可以为了挣钱而写作，但这种艺术生产活动却不能完全顺从物质生产的功利性目标。而应对艺术生产的超功利性有清醒认识，具体到文学作品创作中就是在创作过程中始终保持自己自由独立的品格追求。毛姆显然是做到了这一点的，毛姆深刻知道戏剧作为一种观赏性极强的艺术离不开观众的支持。如果一部戏剧不受观众欢迎，那么这部作品很可能立刻被剧院撤下而失去其商业价值，所以在其戏剧作品《弗雷德里克夫人》上演前，毛姆就曾说过："我思考了经理们想从一部戏中看到些什么：显然，这得是一部喜剧，因为观众想笑；尽量要有戏剧冲突，因为观众想激动；带一点情感戏，因为观众会喜欢；还要有一个大团圆的结局。"①这段对戏剧生产活动的评价简直让人拍案叫绝。毛姆深知观众始终是艺术作品的消费者，只有生产出观众满意的作品，作家的价值才得以体现，整个消费链条才得以完成。消费理论和需求理论在毛姆的创作中发挥到了极致。当然这种对消费的迎合并不是盲目的，毛姆对戏剧元素的运用有自己的考量，具有着熟练的技巧。这说明毛姆的艺术生产是有质量保证的，而不仅仅是迎合消费者的低俗之作。正是对观众（消费者）心理的准确把握和自我生产的严格控制让毛姆在戏剧创作中获得了巨大的成功。

三、艺术生产中存在着机械复制问题

毛姆一生创造了大量的作品，因而不可避免地犯了一个多产作家易犯的错误：作品的重复。本雅明在他的著作《机械复制时代的艺术作品》中提到了"复制技术把被复制的对象从传统的统治下解放出来，它制造了许许多多的复制品，用众多的摹本代替了独一无二的存在"这样艺术作品的"灵韵"就变成"在机械复制时代萎缩的东西"了。在机器大生产的背景下，大量产品被轻而易举地复制而失去了其独特价值。艺术生产作为一种生产活动，也不可避免地陷入其中，然而艺术产品毕竟不同于一般的商品，消费者对其独特性、创新性要求高得多，读者或观众不是傻子，作品的一再复制必然会引起受众的反感，甚至是抵制，这种机械复制在文学创作中具体表现在两个主要方面，即复制别人产品和自我产品复制。这二者

① 赛琳娜·黑斯廷斯：《毛姆传》，赵文伟译，安徽文艺出版社2015年版，第92—93页。

对作品的审美性都有着极强的破坏性，而失其“灵韵”。这一理论在毛姆的文学创作中表现为：

其一，是他早期对其他作家的作品复制，尽管这种产品复制是技术性的，甚至可以称得上是相当高明的，但仍受到了很强烈的批判。如他早期的小说作品《兰贝斯的丽莎》，尽管毛姆一再强调这部作品的独一无二性，但仍有评论者尖锐地指出毛姆的这部作品在相当大的程度上抄袭了一本“贫民窟”小说——亚瑟·莫里森的《雅各的一个孩子》。针对这一问题，毛姆极力反驳，但他的含糊其辞不得不令人生疑，并且此前很多作家如吉卜林也曾如实描绘过城市贫民的生活，毛姆所谓的独创在事实面前不堪一击。正是这种并不严谨的复制（尽管这种复制不是完全的）让他失去了读者。在毛姆创作的早期由于过于急功近利，使他始终默默无闻，不被英国文学界所接纳，创造出来的作品也大多差强人意，没有多少读者，甚至批评者众多，极其打击毛姆的创作信心。

其二，是在他整个创作生涯中，对自我生产产品的复制。毛姆是一个极富创作力，有着强烈创作欲望的高产作家，每天都笔耕不弃。尽管毛姆是个极富想象力，有着自觉独创意识的作家，也难以做到不断地创新，这使得他的作品中确实存在着重复的现象。这种重复既有题材层面的，也有思想主题等深层的表现。如他多次不厌其烦地在他的小说作品中表现上流社会的风流韵事，尽管在生产的最初阶段，这类作品确实满足了大批读者的窥探欲和好奇心，带来了一段时间内经济效益的增长，但相似题材的不断重复，相似内容的介绍，让读者渐渐失去兴味，产生疲劳感，久而久之批判的声音也就随之而来，而且这种重复不仅得罪了读者，也让英国作家圈对他产生了失望之情，对毛姆的创作有着明显的消极影响。

总之，不管毛姆的文学创作是否令读者满意，他的艺术生产活动整体上来说是成功的典范。他是为数不多的能准确把握读者和观众审美心理的作家，正是基于这一点，他的生产活动才能大获成功，成为艺术生产理论的典型。他的书被译成了几乎所有已知的文字，售出数百万册，为他带来了巨大的名望和财富，而如今他也越来越被文学界重视，收获了更多的读者群，成为艺术生产中的传奇人物。

马克思的艺术生产理论从提出到被各方解释阐述，一直都散发着它经久不衰的魅力，即使是在21世纪的今天，这一理论仍然有它存在的价值，甚至我们可以说它在当今社会，发挥着更为出众的作用。因为社会始终都是朝着更好的方向前进，社会的生产力水平较之前的时代有了更为明显的进步，科技水平的提高，尤其是消费观念的改变，精神消费占总消费的比例在上升，在人们物质生活得到了满足的情况下，对艺术产品的消费的需求自然而然地提高了。而且，在这个商业贸易更加频繁，生活水平明显提高的新时代，产品的更替越来越频繁，互联网的发展更使得人人都成了艺术生产者，这也在一定程度上导致了低俗化、快餐化、空洞化的艺术产品源源不断地流入艺术市场，造成了大众审美的偏差，误导了受众，并且机械复制的痕迹更为明显。在这样一个喧哗躁动的社会大背景下，马克思的艺术生产理论显得尤为珍贵，它在指导作家进行更好的艺术生产，重塑读者的审美价值观，净化艺术生产环境等多个方面都起到举足轻重的作用。马克思的艺术生产理论告诉我们：商业时代，艺术创作可以功利化，也不可避免地功利化，但艺术家自身要始终坚守自己的信仰，要首先把艺术生产当作一种精神生产活动，再把艺术生产当作一种单纯的物质生产，而不仅仅把艺术生产作为一种谋生手段，这在商业主义社会中尤该警醒。

废墟上的玫瑰

——浅论《献给爱米丽的一朵玫瑰花》中的文学生产与意识形态

◇程玉洁

摘　要：本文通过对《献给爱米丽的一朵玫瑰花》的分析，阐释了文学生产与意识形态的关系。意识形态加工了历史真实，而文本又反映了意识形态化的历史，文学生产成为一种“生产的生产”。“生产”的特性使得文学与意识形态构成了复杂的关系。一方面，文学生产通过对一般意识形态的描写使意识形态成为文学生产的对象；另一方面，文章全面的记述营造了一种虚构的“真实”，通过观念的矛盾对立揭示了意识形态的同化与擦抹作用，无疑又向意识形态提出了挑战。这两点相互运作又导致文学生产无法与意识形态彻底“决裂”，而真实性又与倾向性相统一。在《献给爱米丽的一朵玫瑰花》中，爱米丽的死亡象征着南方传统失落的历史必然，但作者却将其置入“追忆”模式，反映了自己与主流意识并不完全一致的理性旨趣。文章还从“消费性再生产”和女性主义视角，进一步分析了文学文本、意识形态与历史语境关系的复杂性。

关键词：文学生产；意识形态；历史真实；女性主义

皮埃尔·马舍雷在《文学生产理论》中将科学与文学对举：“科学与意

识形态决裂，破除意识形态。文学通过使用意识形态来挑战意识形态。”[①] 由此，我们可以更加明确文学与意识形态的关系，有三点：一、文学生产的对象是意识形态，二者联系密切；二、文学又向意识形态发出挑战，具有相对独立自主性；三、“挑战”不同于“破除”，文学生产是无法做到科学那样的“决裂”，它最后的落脚点又回归到其被孕育的母体——意识形态上。即一二点相互补充说明并最终导向了第三点。对福克纳的作品《献给爱米丽的一朵玫瑰花》的分析或许可以给文学生产与意识形态的关系问题一个很好的解释。

一

讨论上面三点，首先就要明确意识形态的定义。“从最简单的层面看，意识形态指使统治阶级合法化并表达统治阶级利益的社会意识形态（包括政治、宗教和美学等）。”[②]这个内涵旨在说明意识形态所代表的阶层是统治阶级，但就意识形态的主体来看，这个范畴应该更为广泛。马克思对人的定义指出了人在本质上是一种社会存在，故一个人的思想观念必然会受到社会观念的制约，而所谓的社会观念实际上就是人所生活的社会中占主导地位的“常识”，故意识形态的主体具有普遍性。

这一特性在《献给爱米丽的一朵玫瑰花》一文中有充分体现。先从“献给爱米丽的一朵玫瑰花”这个题目看，语法上并不构成句子，没有主语是因为主语可以被多重定义。从这种角度讲，其揭示的心理既可以是作者对爱米丽的悼惋，表明了作者情感倾向，也可以是南方贵族对消逝了的南方传统秩序的缅怀，甚至还可以是新兴资产阶级对于有利的社会变迁的庆

① 拉曼·赛尔登：《文学批评理论——从柏拉图到现在》，刘象愚译，北京大学出版社2000年版，第504页。

② 拉曼·赛尔登：《文学批评理论——从柏拉图到现在》，刘象愚译，北京大学出版社2000年版，第492页。

祝。虽然在标题外，全文再未提及“玫瑰花”，但这种开头的悬念设置，实际上是一个心理暗示，借以揭示社会中普遍存在的“常识”，即南方传统衰亡背景下人们的社会心理。“玫瑰花”一词，就是文章的“题眼”。她本身是一个化身，在战后废墟上生长，指涉了南方传统的衰落与取代传统的资本主义的发展。不同的主体发出各阶层的声音，而所有的声音都指向了一个共同的语境来源，即资本主义冲击下南方贵族阶层衰落的不可逃避。

在这背后存在着的是历史真实与意识形态之间的关系问题。美国的南北战争用历史的笔墨进行了一次成功的书写，向我们证明了新兴的资产阶级取代落后贵族地主的必然。但是一次内部战争的爆发本身就是一场话语权力的抢夺。这也就说明了在那个新旧交替、社会变迁的时代，经济基础上的争斗必然呈现为上层建筑中两种思想的对抗。一方面单纯的物质层面的战争无法彻底消灭旧的思想在人们精神世界的影响，在战争先行的前提下旧的思想传统依然存在，成为一种精神层面的遗留问题，爱米丽就是遗留传统的一个坐标；但是另一方面，战争的胜利者将掌控国家机器，以施加意识形态的影响，并对旧势力代表的意识进行擦抹。如上文所述，意识形态代表着统治阶级的利益，当统治阶级发生了改变时，社会心理也注定转变。文章的内容就反映了当时美国社会一般意识形态的转变。文中以“我们”的视角描述爱米丽，而“我们”对爱米丽态度的转变，就是对旧制度态度的转变。表面上“我们”包含了政府官员、妇女、年轻人、老年男子，是种种人的不同观点，但实际上这些观点本质上都反映了人们对爱米丽的共同态度——一种看热闹的刻薄态度，男子所谓的“敬慕”、女子所谓的“好奇”，都是基于统一的价值标准的判断，是对爱米丽行为的一个反对。“我们”一词既是对镇上其他人的统称，同时又将人们的态度笼统固化成为同一种态度，不同人物的言语行为只是不同性格的反映，而绝非他们身上存有相异观念的证据。身为原统治阶级代表的爱米丽的世界观与战后已然改变的镇民观念就形成了鲜明的正负两极的对比，分别指向过去与未来，二者之间又以看与被看的关系构筑起时间连接的桥梁，见证了历史变迁下意识形态领域的变化。此时意识形态虽然取缔了爱米丽存在的合理性，但是却无法否认她的真实存在，而在与“我们”的对峙中这种存在本身就象征着擦抹留下的痕迹，也就昭示着擦抹的存在，即意识形态对人们思想的控制。而已完全进入新观念的镇民，作为“已然的主体”在无视这种擦抹存在的同时，对爱米丽施加隐性的精神暴力，无意识地成为“文化霸权”的支持者，去为意识形态的同化服务。无论是像爱米丽这样的被孤立者，还是施害人，其实在某种意义上都存有被害者的身份片段，只是后者加剧了迫害现象仍不自知。“在这种意义上，意识形态不是一套政治信条，而往往是被无意识地奉行的由社会关系构成的世界的形象和图景，其中包括看似不证自明的概念。”[①]在此基础上可以理解“人在本质上就是意识形态的动物”[②]这句话的内涵。正如阿尔都塞在《意识形态和意识形态国家机器》一文所举了“朋友敲门”的例子：朋友敲门，我们会问：“谁?”，朋友多会回答：“我”，我们也能意识到是我们的那个朋友。在《献给爱米丽的一朵玫瑰花》的人们就是“已然的主体”，并且作为“已然的主体”，实践着“意识形态的认识仪式”。文章的多重主体看似建立了一种复调，但是所有人的观点所构成的多声部集合，实际上覆盖着相同的意识形态阴影，所谓的真实就是意识形态构筑的假象，它向我们提供认识世界的方法的同时，也一定程度上掩盖了我们与历史真实的关系。可知“意识形态是对个体与其真实存在的状况想象关系的再现”[③]。从这个角度上说，《献给爱米丽的一朵玫瑰花》战后叙事的内涵指涉远不止于女主人公的感情生活本身，它更多地体现着社会心理的变迁，以约克纳帕塔法为缩影对宏大历史题材进行了一次辐射。这种辐射还包含了某种暗示，即所谓的历史真实

① 拉曼·赛尔登：《文学批评理论——从柏拉图到现在》，刘象愚译，北京大学出版社2000年版，第433页。

② 拉曼·赛尔登：《文学批评理论——从柏拉图到现在》，刘象愚译，北京大学出版社2000年版，第498页。

③ 拉曼·赛尔登：《文学批评理论——从柏拉图到现在》，刘象愚译，北京大学出版社2000年版，第492页。

或必然性是经由意识形态加工的产品。

当文章以意识形态所掩盖的历史这一产品为写作对象时，文学生产就通过对一般意识形态的描写使用了意识形态，这解释了首段中的第一点——意识形态是文学生产的对象。同时，文章全面的记述营造了一种虚构的“真实”，通过镇民与爱米丽的对立揭示了意识形态的同化与擦抹作用，无疑又向意识形态提出了挑战，部分回答了第二点。而第二点的进一步解释要在第三点的交代后才能进行。

按照新历史主义的观点，文学文本是历史文本中的文本，是文本的文本。历史真实与艺术真实之间有着意识形态的参与。历史文本一定程度上被意识形态、权力话语所塑造，而文学文本则由参与这一权力体系构建的主体之一的作者塑造。作家本人是身处意识形态之中的“已然的主体”，所以作者在进行文学创作时，必然会受到意识形态的影响，作家所创作的文学作品也就必然与意识形态建立联系。文学生产建立话语系统的过程就体现着从一般意识形态到作者意识形态的转换。从某种意义上说，意识形态就是文学孕育的母体之一。这就使文学生产出现了首段第三点所说的情况，即无法如科学那样“破除”意识形态的影响。

这并非与第二点相矛盾，而是第三点给了第二点以程度上的限制。关键在于“文学通过使用意识形态来挑战意识形态”中的“使用”二字，它在文学生产与意识形态之间建立联系的同时，其所具有的“生产”的特性也囊括了作者意识形态独特性的内涵。毕竟“作者意识形态是社会一般意识形态在个人身上的独特体现”[①]，作者对文本中人物心理的塑造作为一种言说方式，表明了身处这一意识形态中的主体对意识形态本身的独特理解，反过来又补充甚至挑战了原有的“价值范畴的网装系统”，文学文本就是一种意识形态的生产。伊格尔顿曾将文本与意识形态的关系比作演出与剧本关系。“演出实际上不是‘反映’剧本而是对剧本进行加工再生产。剧

① Terry Eagleton，Criticism and Ideology，Verso，1978，p58—59.

本的性质将决定着演出的性质，但反之亦然，演出也决定着剧本的性质。演出以剧本为生产原料，但剧本自身并不是一个绝对的出发点，因为剧本本身已是文学生产方式的产品，因此演出实际就成为一种“生产的生产”“产品的产品”。”而“意识形态话语本身也是产品……含着与历史现实的复杂关系。文本在加工意识形态话语时，同时也就加工了这种复杂关系”①。所以，由真正的历史，到经由意识形态加工的历史，再到文学文本，经历了一次“生产的生产”，文学作品也就成为了“产品的产品”。对文学生产能动的特性的阐释就是文学生产独立自主性的答案。

“生产”的特性使文学呈现出“观念矛盾和语言冲突”。按巴利巴尔和马歇雷在《论作为一种观念形式的文学》中的观点：文本“在物质上是不完整的、异质的和扩散的”，所以“不能从文学生产的统一性入手研究文学生产，这种统一性是幻觉的和虚假的，而应该研究文学生产的物质分歧”②。《献给爱米丽的一朵玫瑰花》一文中的冲突，是作为当时美国的主流思想在意识形态方面的具体体现的镇民观念与爱米丽这一形象所代表的南方传统之间的冲突，进一步导致了文章主题与一般意识形态的不相一致。

由上文可知，爱米丽形象的典型化由“我们”完成，在“我们”的叙述视角里，爱米丽的形象被往阴森可怖的方向塑造。玛丽·埃尔曼从男性作家笔下的妇女形象和男性批评家笔下的妇女作品中总结出了十种女性模式：“无定形性、被动性、不稳定性、封闭、虔敬、物质性、崇灵性以及非理性、自满、巫婆与泼妇。”③《献给爱米丽的一朵玫瑰花》一文中的爱米丽无疑符合上述模式，在某些镇民的议论声中爱米丽的形象已然被渲染成了“巫婆”。

作者对“我们”形象的描写际上是对现实中人们的普遍态度的一次复

① 马驰：《新马克思主义文论》，山东教育出版社2001年版，第240页。

② 巴利巴尔、马歇雷：《论作为一种观念形式的文学》，弗朗西斯·马尔赫恩编：《当代马克思主义文学批评》，刘象愚译，北京大学出版社2003年版，第48页。

③ 陈惇，孙景尧，谢天振：《比较文学》，高等教育出版社1997版，第251页。

述，折射了现实社会中人们对旧习俗的反感厌恶，并将其完全抛弃的现象。在“我们”与爱米丽之间存在着的冲突就是两种观念矛盾在文本中的虚构呈现，使文学话语并非外在于意识形态的斗争，而与之保持构成性的关系，并向一般意识形态提出挑战。宇文所安《追忆——中国古典文学中的往事再现》提出了中国古典文学中的“追忆”现象，其实同样适用于福克纳此文。文章将对爱米丽的描述置入追忆模式之中的：文章一开头交代了爱米丽的死，再借“我们”的视角回忆其一生，进行追忆。在某种意义上追忆或回忆活动本身是一种重复行为，“重复的力量和魅力及其带给我们的新奇感，乃是过去事物之可能性的回归。重复能恢复过去的事物可能性，并使之重新成为可能性。这几乎是一种悖论。重复某种东西就是重复使其成为可能性”[①]。突出可能性即强调合理性。同时，追忆对象又因为被追忆而成为一种精神上的恒在，再次强调了其存在。这又涉及追忆者的身份问题，凌驾于“我们”叙述视角之上的是叙述话语背后的最终叙述者即作者本人，无论是“我们”还是爱米丽都是作者的叙事对象，所以作者才是真正的追忆行为发出者。爱米丽与“我们”之间的矛盾实际上是作者与文本人物所代表的那类被主流意识形态同化之人之间的观念冲突。这样看作者的追忆行为似乎与其将爱米丽结局定位在死亡上形成了悖论，但其实不然。文学中的真实性与倾向性是可以统一的。旧传统的消亡是无可否认的现实，如果否认就违背了真实性。所以作者用爱米丽的死亡承认现实中南方贵族制度灭亡的事实，却用“玫瑰花”进行追忆，来肯定其应当存在。

但是文章中追思的对象不仅仅是旧的传统。追忆者还能通过追忆的行为本身再被后来者追忆，从而获得永恒，“回忆的这种衔接构成了一部贯穿古今的文明史”[②]。由此可知作者巧妙地将形式与内容一起运用，使追忆对

① 阿甘本：《区别与重复：居伊·德波的电影》，《社会理论批判纪事》第7辑，南京大学出版社2014年版，第277—278页。

② 宇文所安：《追忆——中国古典文学中的往事再现》，郑学勤译，生活·读书·新知三联书店2014年版，第22页。

象不仅仅限于南方传统或所有逝去的文明（内容），还有追忆行为本身（形式），这就强调了对人类文明史反思的必要性。联系文章发表的背景不难得出原因，在其发表的30年代，战后美国的资本主义迅猛而盲目地发展向前，缺少对历史的深刻反省，已然隐藏着危机，1934年的“大萧条”无疑就是很好的佐证。作者的观点在当时的美国是非主流的，但从历史的眼光来看却是中肯的。向当下的意识形态提出挑战的同时，这种挑战的完成又依赖于对意识形态现状的真实反映。所以文学只能对意识形态的“挑战”，却不能与之“决裂”。到这里算是回答了首段三点间的关系。

二

上述讨论都在“作者—文本—世界”三者间进行讨论。艾布拉姆斯基在《镜与灯》提出了四要素，文学价值的最终实现必然涉及读者的阅读行为，故文学生产的最终完成也应包括接受活动。由于历史现实与意识形态之间的复杂关系，文本所体现的意识形态在不同语境下可以不断地被重新解读。因此，文本的内涵可以被不断地“再生产”，读者的“消费性生产”又使文学文本的艺术价值更为丰富，使文学生产与意识形态的复杂关系得到更充分的说明。

20世纪60年代，随着女性主义文学批评的兴起，福克纳的女性形象以及他对女性的态度一度成为批评界关注的焦点并引发了激烈的争论。就《献给爱米丽的一朵玫瑰花》而言，我们也不难发现女性主义的影子。可以发现一处隐性的矛盾，即作者本人对女性的看法与他文本中的女性形象塑造之间的矛盾。上文所说的十种女性模式，显示了大环境影响下的传统男性视角，爱米丽的“巫婆”形象无疑是主流的男权意识形态对作者的影响在文本中无意识的体现。福克纳本人在采访中关于女性地位的观点就充满男权色彩，认为女性低等并应该服从于男性。显然作者的男权意志又与当时的主流意识有关。当时正值美国二三十年代的女权运动高潮时期。一场运动的爆发必然是矛盾冲突到达一定程度的质变，权利的呼吁必然是以这种权利尚未实现，这一呼吁的主体备受压迫、被边缘化为前提的。这从一个侧面反映了，以兴起的女性意识的对立面的身份出现的男权意识是当时的主流意识，或者说传统的女性身份定义为所谓的“常识”。在这样的历史语境下，福克纳自身又作为既得利益者的男性，不可避免地具有歧视女性的思想，其笔下的女性人物似乎也陷入了传统男性作家写作中的“天使”与“恶魔”的两极分化。但是文章中的女性塑造却不仅局限于此。

爱米丽是南方传统的象征，作者对南方传统的态度影响了她对女性形象的定位。所以作者虽借他人之口将爱米丽限定为“巫婆”，却在文章中形成了“一对多”的局面，爱米丽作为被孤立的“一”，与整个镇子的流言蜚语对抗，扮演潜在的被害者；其后她被抛弃的感情经历，使她又成为明显的被害者。双重的被害者身份，充分引起读者同情，促成读者对她行为的理解。而这种同情归结于作者情节的编排，根本原因还在于作者本身对爱米丽的感性理解。在这样的铺垫下，其杀害情人的行为又变得合理起来。或者说，作者本人对爱米丽持有同情态度。作为一个传统的男性作家，由于受到所处的时代环境和自身经历的影响，从理智上，作者否认爱米丽的行为，但从感性上，对于象征着旧传统的爱米丽小姐又保持同情之理解。文章花费笔墨描写男性心中的爱米丽早年的优雅，是“最后的贵族”，这样爱米丽的阴森可怖又杂糅着曾经的青春激情，成为了介乎“天使”与“恶魔”之间的女性，区别于传统男性写作中的固化的女性形象。从某种意义上说，文章里蕴含了一种潜藏的、被动的，而不是作者理智上刻意为之的女性主义意识。这其实体现了作家潜意识里的一种反叛，与当时的主流意识的背离，又与作者追忆反省的态度相辅相成。

其次，从读者的角度对文本进行“再生产”，又能进一步突出这种女性主义色彩。作者的本意是通过《献给爱米丽的一朵玫瑰花》来表现当时美国资本主义冲击下南方贵族传统的没落，爱米丽符号化为一种南方传统文化的象征物。献给爱米丽的玫瑰花，实际上是献给伴随爱米丽的死亡而消逝了的南方传统。在生活中，爱米丽一直努力地去追回过去，而小镇的生活面貌又是美国历史社会变迁大环境的一角，这就将爱米丽传统女性的生存空间拓宽到社会历史层面，使其成为了没落南方贵族的副本。当一个女性角色象征了一个阶层时，她的性别概念就被模糊了。同时，她是典型的“疯女人”。“疯女人”形象在19世纪的女作家作品中曾多次出现。“某种意义上是女作者的副本，是作者自身的焦虑和疯狂、精神上的压迫感和分裂感的投射”①。在这里爱米丽的形象不是作者潜意识的副本，而是社会中没落南方贵族的副本，其投射的是一个没落阶级最后的挣扎与情感宣泄。这就使爱米丽虽身为女性却仍具有侵略性，具有一种双性表征，具体体现在其女性特征很大一部分的异化上。爱米丽是一个过渡人，这个过渡变化最终导致了爱米丽人格的完全异化。这种过渡甚至包括形象，她由美丽的妙龄女子转为一个连头发都“像是一个活跃的男子的头发”的双性同体者。至于精神世界，在南方贵族在资本主义冲击下没落的大背景中，这个社会的染缸让爱米丽偏执的性格初步形成，为追求高贵优雅外在的自我约束，同激烈青春的内心活动的反复冲突。随后父亲的死亡让其更加闭塞、孤独、自卑。最后是心上人的背弃，再加上小镇人的非议这一道催化剂，爱米丽的情绪变得不可控制，其性格完成了由量变到质变的过程，由此残忍地杀害了自己的情人并过着枕尸而眠的生活。很明显在这个过程中，尤其是在丧父之后，爱米丽开始逐渐承担了男性角色所需承担的象征意义。突破了二元论，爱米丽的身上明显地体现了女性主义研究中的一个关键词“双性性”。并且，爱米丽先遭到了情感的背叛，其反抗手段是无可奈何的暴力。而暴力往往被认为是具有攻击色彩的男性手段。这既佐证了爱米丽的“双性性”，又表明女性的反抗不得不用不符合自身“传统特质”的手段，暗示出现实的男权世界中女性运动的手段只能是男性手段，即极具攻击性的抗争，这其实又在无意识中对男权世界对女性特质的定义提出质

① 陈惇、孙景尧、谢天振：《比较文学》，高等教育出版社1997年版，第523页。

疑。但是这种怀疑，虽说包含在文本之中，但明显不是生活在那个时代背景下的作者的意识产物。这就体现了“消费性生产”对文本内涵的一种“再生产”。

20世纪60年代开始渐渐兴起的对福克纳小说的女性主义研究又与后现代的转向相契合。以约克纳帕塔法为中心辐射宏大历史的现代性叙事转向了后现代小叙事，更关注被边缘的他者。文本的诠释理解在不同的历史背景、理论语境中有了不同的可能。正如伊格尔顿在《批评与意识形态》中所说：“由于文本是一系列复杂历史条件多元决定的产物，因此既不能将文本的意识形态等同于某种主导的一般意识形态，也不能视文本与作者意识形态为毫无差别之物。”[①]读者的再生产赋予了文本更为丰富的内涵。

由上文可知文学生产与意识形态紧密相关又保留自己的独立性。意识形态与历史现实的复杂关系使文本加工意识形态时也加工了这种复杂关系，读者在进行“消费性生产”时将这种复杂关系又推进了一步，从而使文学文本有了丰富的内涵与艺术价值。

① 马驰：《新马克思主义文论》，山东教育出版社2001年版，第239页。

后　记

2015年年底，我领衔申报的“安徽师范大学文艺学教学团队”获得省级教学团队建设立项（编号：2015jxtd005），成为当年学校唯一的文科省级教学团队。很快，团队就开会制定了3年的建设计划。2016年，我们按照计划平稳推进团队建设，但突然听说以后的建设经费难以完全到位，在征得文学院领导的同意后，决定提前出版学生论文集。经过团队成员和文集作者的共同努力，文集终于编成了。

文集分两部分。上篇是学生的毕业论文和学年论文，共13篇，其中有2篇是2014届的毕业论文，1篇是2015届的毕业论文，因为团队申报是2014年启动的，启动之初，我们就有意加强学生的论文指导工作。其余10篇是团队建设期间的论文，包括3篇2013级学年论文（2016年完成）和7篇2016届毕业论文。这样编排，意在说明我们的团队从立项准备到申报成功到团队建设，是一个逐步推进的过程。下篇是2013级“马克思主义文论”课布置的关于“艺术生产”的专题讨论。出乎我的预料，很多学生的作业写得很认真，而且有些还有自己的想法，我从中择优挑选了18篇。由于这些学生在写作业时，还没有经过严格的论文写作训练，虽然我对每篇文章都进行了指导，但我自己的知识和能力有限，而每篇文章的涉及面又不一样，所以问题依然存在。我们编排这一部分的目的，是由于我们认为团队建设应该重视建设的过程，学年论文和毕业论文固然是阶段性过程的成果，但更多的过程是在平时的教学之中，将学生关于某一问题的讨论收进文集，可以从一个侧面展示团队过程性建设的成果。

文集标题“驯致以绎辞”，出自《文心雕龙·神思》，大意是“依照情感的需要来措辞”，《文心雕龙》固然有其所指，但我们不妨将这句话作为文章写作起步阶段的一个要求。文集副标题“本科生文论习作选”中的“文论”，是在浮泛的意义上说的，并非严格的文学基本理论。文集两个部分编排的大致顺序是：基本理论问题——理论术语（含文论家的某一观点）——理论运用（含文学批评）。对本科生而言，文论习作有一定难度，在团队成员的指导下，这些学生经过自己的努力，习作均达到一定水平。虽然不少文章还存在这样那样的问题，但对于本科生，我们更多的应该是宽容。

感谢团队成员的通力合作，感谢学生作者的积极参与，感谢团队建设经费的支持，感谢编辑的辛勤劳动，让我们这本稚嫩的习作选得以面世。

江守义

2016年12月21日于芜湖